Trilogía de Copenhague

Novela

Tove Ditlevsen
Trilogía de Copenhague

Traducción de Blanca Ortiz Ostalé

Seix Barral

Título original: *Barndom, Ungdom, Gi*

Seix Barral, un sello editorial de Editorial Planeta, S. A.
Avda. Diagonal, 662-664, 08034 Barcelona (España)
www.seix-barral.es
www.planetadelibros.com

Este libro se ha publicado con la colaboración de Danish Arts Foundation

Danish Arts
Foundation

Adaptación de la cubierta: Booket / Área Editorial Grupo Planeta
Fotografía de la cubierta: © Scanpix Ritzau / TopFoto / Cordon
Primera edición en Colección Booket: marzo de 2025

Depósito legal: B. 3.649-2025
ISBN: 978-84-322-4442-1
Impresión y encuadernación: QP Print
Printed in Spain - Impreso en España

Biografía

Tove Irma Margit Ditlevsen (14 de diciembre de 1917 - 7 de marzo de 1976) es considerada una de las voces fundamentales y más originales de la literatura danesa. Nació en Copenhague y creció en Vesterbro, un barrio de clase obrera. Las experiencias de su niñez fueron los puntos focales de su trabajo, así como la tensión entre su vocación de ser escritora y el rol que se esperaba de ella por ser mujer. Ditlevsen se casó y se divorció cuatro veces y publicó más de una veintena de libros, entre cuentos, novelas, poesía y memorias. Ha sido galardonada con los premios más importantes de las letras danesas, como el Tagea Brandt Rejselegat en 1953 y el De Gyldne Laurbær en 1956. Se suicidó en 1976.

INFANCIA

1

Con la mañana, llegaba la esperanza. Como un resplandor fugaz, se posaba en la melena negra y lisa de mi madre, que yo jamás me aventuraba a tocar, y se quedaba en la punta de mi lengua mezclada con el azúcar de las gachas tibias, que me comía despacio y sin perder nunca de vista sus finas manos entrelazadas, inmóviles sobre el periódico, con su gripe española y su tratado de Versalles. Mi padre ya había ido a trabajar y mi hermano, al colegio, de manera que, aun conmigo allí, mi madre estaba sola, y si me quedaba callada sin decir nada, aquella calma distante de su corazón enigmático podía prolongarse hasta entrada la mañana, cuando bajaba a Istedgade para hacer la compra como las amas de casa corrientes.

El sol surgía por encima del carromato verde de los gitanos como si brotase de su interior, y Hans el Sarna salía palangana en ristre y con el torso al aire. Después de echarse el agua por encima, alargaba la mano en busca de la toalla que le tendía Lili la Guapa. No cruzaban palabra, pero eran como estampas de un libro cuando se pasan muy deprisa las páginas. Igual que mi madre, aún habrían de cambiar con el correr de las horas. Hans el Sarna era soldado del

Ejército de Salvación y Lili la Guapa, su novia. En verano, apiñaban a una caterva de chiquillos en el carromato verde y los llevaban al campo. Los padres les daban a cambio una corona diaria. Yo había ido con ellos cuando tenía tres años y mi hermano, siete. Ahora que tenía cinco, lo único que recordaba de todo el viaje era que un día Lili la Guapa me bajó del carromato y me dejó en la arena ardiente de lo que entonces creí un desierto. Luego el carro verde se puso en marcha y se fue haciendo más y más pequeño; llevaba dentro a mi hermano y yo no iba a volver a verlo —ni a él ni a mi madre— ya nunca más. Al regresar, traían a todos los niños sarnosos. Por eso lo llamaban Hans el Sarna. En cambio, Lili la Guapa no era una mujer guapa. Mi madre sí, en aquellas mañanas extrañas y felices en que debía dejarla en paz. Guapa, intocable, solitaria y llena de pensamientos secretos que yo nunca llegaría a conocer. A su espalda, sobre el papel pintado de flores que mi padre había parcheado con cinta adhesiva marrón, colgaba la imagen de una mujer mirando por la ventana. Por detrás de ella asomaba la cunita de un bebé. Debajo de la imagen se leía: *Mujer esperando a que su marido regrese del mar.* Algunas veces mi madre reparaba en mi presencia de repente y seguía mi mirada hasta la imagen, que a mí me parecía muy triste y muy tierna. Ella, sin embargo, rompía a reír, y entonces era como si un montón de bolsas de papel llenas de aire reventasen a la vez. Mi corazón galopaba de angustia y pena porque el silencio del mundo se había roto, porque ahora yo era presa del mismo regocijo feroz que ella. Apartaba la silla de un empujón para levantarse y se plantaba frente a la imagen con el camisón arrugado y los brazos en jarras. Acto seguido, con una voz clara y desafiante de jovencita que no era tan suya como la que tendría luego, ya entrado el día, cuando empezase a pelear los precios con los tenderos, cantaba:

¿Es que no puedo cantarle
lo que yo quiera a mi niña?
Nina nana, nina nana, nana nina.
Vete ya de la ventana
y vuelve a verme otra noche.
Que el frío y la escarcha han traído
de vuelta al viejo fantoche.

A mí no me gustaba la canción, pero reía con fuerza, porque ella la cantaba para divertirme. Aunque la culpa era mía, que por andar mirando la imagen había hecho que mi madre se fijara en mí. De no haber sido por eso, se habría quedado sentada con las manos tranquilamente entrelazadas y los ojos, severos y bonitos, clavados en aquella tierra de nadie que se abría entre las dos. Y mi corazón podría haber pasado aún mucho rato susurrando «madre» con la certeza de que ella, de algún modo misterioso, lo oía. Tendría que haberla dejado sola mucho más rato para que ella, sin palabras, pronunciase mi nombre y supiese que nos unían lazos de sangre. Entonces, algo parecido al amor habría inundado el mundo, y Hans el Sarna y Lili la Guapa se habrían dado cuenta y habrían seguido siendo estampas coloreadas dentro de un libro. Pero en el mundo real empezaban a pelearse, a chillarse y a tirarse de los pelos apenas terminaba la canción. Y enseguida se colaban en nuestra casa unas voces furiosas que venían de la escalera y yo me prometía a mí misma que al día siguiente haría como si la imagen triste de la pared no existiese.

Una vez que la esperanza estaba rota, mi madre se vestía con movimientos bruscos y exasperados, como si cada prenda fuese una ofensa en su contra. Yo también tenía que vestirme y el mundo se volvía un lugar frío, lóbrego y amenazante, pues la cólera sombría de mi madre siempre acababa conmigo abofeteada o estrellada contra la estufa. Para mí era un enigma, una desconocida, y me decía a mí misma que me habían cambiado al nacer y que ella no era mi madre. Ya vestida, se miraba en el espejo de la alcoba y escupía en un trocito de papel de seda rosa que se pasaba con fuerza por las mejillas. Yo llevaba las tazas a la cocina mientras en mi interior palabras largas y extrañas se encaramaban por mi alma a modo de película protectora. Una canción, un poema, algo rítmico, calmante y melancólico a más no poder, pero jamás triste y doloroso, pues sabía que triste y doloroso sería el resto del día. Cuando me recorrían esas oleadas de palabras, sabía que mi madre ya no podría hacerme nada, porque había dejado de importarme. Ella también lo sabía y sus ojos se llenaban de una fría hostilidad. Nunca me pegaba cuando me encontraba en ese estado de ánimo, pero tampoco me hablaba. A partir de ese momento y hasta la mañana siguiente, la única cercanía era la de nuestros cuerpos, que, a pesar de lo exiguo del espacio, evitaban el más mínimo contacto. La mujer del marinero que colgaba en la pared seguía añorando al marido, pero mi madre y yo no necesitábamos ni hombres ni chiquillos en nuestro universo. Nuestra felicidad, extraña y fragilísima, solo florecía cuando estábamos a solas, y cuando dejé de ser una niña no volvió más que en raros destellos ocasionales que, sin embargo, para mí no tienen precio ahora que mi madre ha muerto y ya no queda nadie que cuente su historia tal como fue en realidad.

2

En lo más hondo de mi infancia está mi padre, riendo. Es negro y viejo como la estufa, pero en él nada me asusta. Todo lo que sé de él tengo permiso para saberlo, y si quiero saber más, basta con que le pregunte. Nunca se dirige a mí por iniciativa propia porque no sabe qué decirles a las niñas pequeñas. De vez en cuando me da unas palmaditas en la cabeza y se ríe: je, je. Entonces, mi madre tuerce el gesto y él se apresura a apartar la mano. Mi padre goza de ciertas prerrogativas porque es hombre y mantiene a toda la familia, así que ella tiene que tragárselo, no le queda otro remedio, pero no se resigna a hacerlo sin protestar. Ya podías sentarte como todo el mundo, le reprocha cuando lo ve tumbado en el sofá. Y si está leyendo un libro, siempre le suelta: La gente que lee se vuelve rara, los libros no dicen más que mentiras. Los domingos mi padre se toma una cervecita y mi madre dice: Cuestan veintiséis céntimos cada una. Como sigas así, vamos a acabar en Sundholm. Aunque yo sé que Sundholm es un lugar donde se duerme sobre paja y para comer te dan arenque en salmuera tres veces al día, ese nombre pasa a formar parte de las líneas que escribo cuando me asusto o cuando estoy sola, porque es tan bonito como una ilustración que me gusta mucho y que sale en un libro de mi padre. Se llama *Familia obrera de excursión* y representa a un padre y una madre con sus dos hijos. Están sentados sobre la hierba verde y todos ríen mientras comen la comida que han llevado, que está en el suelo, entre ellos. Los cuatro levantan la vista hacia una bandera clavada en la hierba, junto a la cabeza del padre. La bandera es toda roja. Siempre veo la imagen cabeza abajo, porque la única ocasión que tengo de hacerlo es cuando mi padre está leyendo el libro. Entonces, mi madre enciende la luz y echa las cortinas amarillas, aunque aún no ha oscurecido. Mi padre podía ser un canalla y un borracho, asegura, pero al menos no era socialista. Mi padre sigue leyendo impertérrito, porque está un poco sordo, eso tampoco es ningún secreto. Mi hermano Edvin clava clavos en una tabla para después sacarlos con unas tenazas. Un día será un obrero cualificado, y eso no es cualquier cosa. Los obreros cualificados ponen la mesa con un mantel de verdad en lugar de con periódicos, y comen con cuchillo y tenedor. Nunca se quedan desempleados y no son socialistas. Edvin es guapo y yo soy fea. Edvin es listo y yo soy tonta. Son verdades eternas como las que están impresas con letras blancas en la fachada de la panadería que hay calle abajo. Pone: «No hay diario como el *Politiken*». Un día le pregunté a mi padre por qué leía entonces el *Social-Demokraten*, pero él frunció el ceño y carraspeó mientras Edvin y mi madre se reían con su risa de papel: yo era más tonta que Abundio.

La salita de estar es una isla de luz y de calidez los muchos miles de noches que estamos allí los cuatro, igual que están los muñecos en la pared, por detrás de sus columnas, en el teatro de marionetas que ha recortado mi padre según un patrón que venía en el *Familie Journalen*. Siempre es invierno y afuera, en el mundo, hace un frío tan glacial como en la alcoba y en la cocina. La salita surca el tiempo y el espacio, y el fuego retumba dentro de la estufa. A pesar de todo el ruido que arma Edvin con su martillo, cada vez que mi padre pasa una página del libro prohibido, parece un ruido aún más fuerte. Cuando lleva ya mucho rato pasando páginas, Edvin mira a mi madre con sus grandes ojos castaños y deja el martillo. ¿Por qué no canta madre?, propone. Claro, contesta ella sonriente, y mi padre apoya el libro de inmediato en su barriga y se me queda mirando como si quisiera decirme algo. Pero lo que mi padre y yo queremos decirnos no lo diremos jamás. Edvin corre a darle el único libro que posee mi madre y al que tiene aprecio: es un volumen de cantos marciales. Se inclina hacia ella mientras lo hojea y, aunque obviamente no se tocan, están juntos de un modo que nos excluye a mi padre y a mí. Tan pronto como empieza la canción, mi padre se adormece con las manos entrelazadas sobre el libro prohibido. Mi madre canta con voz fuerte y chillona, como si se distanciase de las palabras que va diciendo:

Madre, ¿eres tú?
Me parece que has llorado.
Mucho has caminado, tus pies estarán cansados.
No llores más, madre; ya soy feliz.
*En medio de tanto horror, gracias por venir.**

* Se trata de un fragmento de *Soldatens sidste syn* («La última visión del soldado»), una canción de 1918. *(Todas las notas al pie son de la traductora.)*

Todas las canciones de mi madre tienen muchos versos, tantos que antes de que alcance a terminar la primera, Edvin ya ha vuelto al martillo y mi padre está roncando como un oso. Mi hermano le ha pedido que cante para aplacar su furia ante las lecturas de mi padre. Él es chico, y a los chicos no les gustan las canciones que hacen llorar si se las escucha con atención. A mi madre tampoco le gusta verme llorar, así que me quedo con un nudo en la garganta mientras miro de reojo la ilustración del libro, donde el soldado agoniza en el campo de batalla con una mano tendida hacia la aparición radiante de su madre, que yo sé que no está allí en realidad. Todas las canciones del libro cuentan cosas similares, y mientras mi madre las canta, yo puedo hacer lo que me apetezca, porque se enfrasca tanto en su mundo que nada ajeno a él es capaz de perturbarla. Tampoco oye si los de abajo comienzan a pelearse y a regañar. Abajo vive Rapunzel, la de la larga trenza dorada, con sus padres, que aún no se la han vendido a la bruja a cambio de un ramo de campanillas. Mi hermano es el príncipe e ignora que no tardará en quedarse ciego cuando caiga de la torre. Él clava clavos en su tablita y es el orgullo de la familia. Es lo que tienen los chicos; las chicas solo sirven para casarse y tener hijos. A ellas hay que mantenerlas, que no esperen nada más. El padre y la madre de Rapunzel trabajan en la Carlsberg y se beben cincuenta cervezas al día cada uno. De noche, al volver a casa, siguen bebiendo, y poco antes de la hora de que me vaya a la cama empiezan a chillar y a pegar a Rapunzel con un bastón de los gordos. Siempre aparece en el colegio con moratones en la cara o por las piernas. Cuando se cansan de zurrarle, se abalanzan uno sobre otro armados con botellas y patas de silla rotas, y muchas veces la policía viene a llevarse a uno de los dos, con lo que por fin la casa se queda en calma. Ni a mi madre ni a mi padre les hace gracia la policía. Ellos creen que los padres de Rapunzel tienen derecho a matarse en paz si les viene en gana. Les hacen el trabajo sucio a los de arriba, dice siempre mi padre de los policías, y mi madre nos ha hablado muchas veces del día que los gendarmes se llevaron al abuelo y lo encerraron en la cárcel. No lo olvidará jamás. Mi padre no bebe y tampoco ha estado en la cárcel. Mis padres no se pelean y yo vivo mucho mejor que ellos cuando eran niños. Aun así, cuando abajo por fin reina el silencio y tengo que ir a acostarme, mis pensamientos siempre se tiñen con un ribete negro de miedo. Buenas noches, se despide mi madre antes de cerrar mi puerta y regresar al calor de la salita. Yo me quito el vestido y las enaguas de lana y el corpiño y los leotardos negros que me regalan todas las Navidades, me meto el camisón por la cabeza y me siento un ratito a la ventana a observar el patio negro que se abre abajo, a lo lejos, y el muro de las casas de la escalera exterior, que siempre llora como si hubiese estado lloviendo. Casi nunca hay luz en las ventanas, porque al otro lado del patio solo hay dormitorios y las personas de bien duermen con la luz apagada. Entre los muros alcanzo a ver un cuadradito de cielo en el que a veces brilla una estrella solitaria. Yo la llamo el lucero de la tarde y pienso en ella con todas mis fuerzas cuando mi madre apaga la luz y yo me quedo en la cama viendo cómo las pilas de ropa que hay detrás de la puerta se convierten en brazos largos y retorcidos que tratan de agarrarme por el cuello. Intento chillar, pero todos mis intentos quedan reducidos a un débil susurro, y cuando al fin sale el grito, la cama y yo estamos empapadas de sudor. Mi padre asoma por la puerta y la luz está encendida. Solo has tenido una pesadilla, me dice, a mí también me pasaba a menudo de pequeño. Pero claro, eran otros tiempos. Me estudia pensativo, creo que no le parece apropiado que una niña con una vida tan buena como la mía tenga pesadillas. Le sonrío con timidez a modo de disculpa, como si el grito solo hubiese sido una ocurrencia boba. Me tapo con el edredón hasta la barbilla, porque un hombre no debe ver a una señorita en camisón. Venga, venga, dice; luego apaga y se va, llevándose consigo el miedo de alguna forma, porque me duermo tranquila y la ropa que hay tras la puerta no es más que un montón de trapos viejos. En sueños, me alejo de la noche que pasa frente a la ventana con su séquito de horror, maldad y peligros. Más allá, en Istedgade, tan luminosa y animada durante el día, gimen los coches de policía y las ambulancias mientras yo descanso a salvo oculta bajo el edredón. Los borrachos yacen en el arroyo con la cabeza partida y ensangrentada, y si entras en el Café Charles, te matan. Eso dice mi hermano, y todo lo que él dice es cierto.

3

Ya casi tengo seis años y dentro de poco me apuntarán al colegio, porque ya sé leer y escribir. Mi madre se lo cuenta llena de orgullo a todo el que quiera oírla. Dice: A los hijos de los pobres también puede funcionarles la mollera. ¿Será que me quiere, después de todo? Mi relación con ella es estrecha, dolorosa y trémula, siempre debo andar buscando algún indicio de amor. Todo lo que hago lo hago para complacerla, para hacerle sonreír, para aplacar su furia. Es un trabajo agotador, porque a la vez tengo que ocultarle un montón de cosas. De algunas me entero espiando, otras las leo en los libros de mi padre y otras las sé por mi hermano. Hace poco, mi madre estuvo ingresada en el hospital y a los dos nos dejaron en casa de la tía Agnete y el tío Peter. Son la hermana de mi madre y su marido, el rico. Me dijeron que mi madre estaba mal de la tripa, pero Edvin se echó a reír y me explicó que madre había «ambortado». Tenía un nene en la tripa y se le había muerto dentro, por eso habían tenido que abrirla por el ombligo para sacar al niño. Era un misterio terrible. A su regreso del hospital, el cubo de fregar aparecía todos los días debajo de la pila lleno de sangre. Cada vez que lo pienso, veo una imagen. Sale en los cuentos de Zacharias Nielsen y representa a una mujer muy hermosa que lleva un largo vestido rojo. Tiene una mano blanca y delicada apoyada bajo el pecho y le dice a un caballero vestido con gran elegancia: Llevo un niño debajo del corazón. En los libros esas cosas son bonitas e incruentas, y eso me tranquiliza y me consuela. Edvin me advierte que en el colegio me van a dar para el pelo, porque soy muy rarita. Soy rarita porque leo libros, como mi padre, y porque no sé jugar. Aun así, el día que cruzo la puerta roja del colegio de Enghavevej de la mano de mi madre no tengo miedo, porque en los últimos tiempos ella me ha hecho sentir algo totalmente novedoso: que soy un ser excepcional. Se ha puesto el abrigo nuevo con cuello de piel y cinturón. Tiene las mejillas rojas del papel de seda, igual que los labios, y se ha pintado las cejas, que parecen dos pececillos apuntando con la cola hacia las sienes. Estoy segura de que ningún otro niño tiene una madre tan guapa. Yo llevo puesta la ropa de Edvin reformada, pero nadie lo nota porque el arreglo lo ha hecho la tía Rosalia. Es costurera y a mi hermano y a mí nos quiere como si fuésemos hijos suyos. Ella no tiene.

Al entrar en el edificio, que parece desierto, un olor acre me llena la nariz. Cuando lo reconozco se me encoge el corazón, porque es el olor del miedo, que tan familiar me resulta. Mi madre también lo nota, porque me suelta la mano al subir las escaleras. En el despacho de dirección nos recibe una señora que más parece una bruja. Lleva el pelo verdoso recogido como un nido en lo alto de la cabeza. Solo tiene gafas delante de un ojo, a lo mejor se le ha roto el otro cristal. Aprieta tanto los labios que da la sensación de no tener boca, y por encima de ellos sale disparada una nariz enorme y porosa con la punta de un rojo incandescente. Bueno, dice sin más preámbulos, ¿así que te llamas Tove? Sí, contesta mi madre —en quien no se digna a malgastar ni siquiera una mirada y mucho menos una silla—, y sabe leer y escribir sin faltas de ortografía. La señora me mira como si yo fuese algo que acaba de aparecer debajo de una piedra. Lástima, dice con frialdad, aquí tenemos nuestro propio método para enseñar a los niños. El rubor me salpica las mejillas como siempre que soy motivo de humillación para mi madre. Atrás queda mi orgullo, rota mi breve alegría por ser tan excepcional. Mi madre se aparta un poco y dice con desmayo: Ha aprendido ella sola, no es culpa nuestra. Yo levanto la vista hacia ella y percibo al mismo tiempo varias cosas: es más baja que otras señoras, más joven que otras madres, y existe un mundo más allá de nuestra calle que la asusta. Y cuando a las dos nos asusta juntas, ella me ataca a traición. Allí, delante de la bruja, me doy cuenta también de que a mi madre las manos le huelen a fregadero. Detesto ese olor, y cuando en total silencio salimos del colegio, el corazón se me llena de ese caos de ira, pena y compasión que despierta en mí mi madre a partir de ese momento y para siempre.

4

Existen, no obstante, ciertos hechos. Son rígidos e inamovibles como las farolas de la calle, aunque esas al menos se transforman por las noches cuando el farolero las toca con su varita mágica. Entonces relucen como grandes y tiernos girasoles en la estrecha frontera que separa noche y día, donde las gentes deambulan tan lentas y silenciosas como si caminaran por el fondo verde del mar. Los hechos, en cambio, no lucen nunca ni ablandan los corazones como *Ditte, hija del hombre*,* uno de los primeros libros que leo. Es una novela social, me alecciona mi padre, y, aunque es muy posible que sea un hecho, a mí no me dice nada y no me hace falta alguna. Bobadas, interviene mi madre, que tampoco es muy amiga de los hechos, aunque a ella obviarlos le cuesta menos que a mí. Las contadísimas veces que mi padre se enfada con ella, la acusa de mentirosa, pero yo sé que no es cierto. Yo sé que

* *Ditte Menneskebarn*, novela del danés Martin Andersen Nexø que describe las duras condiciones de vida de las clases más humildes a comienzos del siglo xx. Sus cinco volúmenes se publicaron en Dinamarca entre 1917 y 1925, y están inéditos en español.

cada persona tiene su verdad, igual que cada niño tiene su infancia. La verdad de mi madre es completamente distinta de la verdad de mi padre, pero eso es tan evidente como que él tiene los ojos castaños y los de ella son azules. Por fortuna, tal y como son las cosas, las verdades del corazón pueden callarse, mientras que los hechos, grises y rigurosos, aparecen en las notas del colegio, en la historia universal, en las leyes y registros parroquiales. Nadie los puede cambiar y nadie se atreve a hacerlo, ni siquiera el Señor, a quien tanto me cuesta distinguir del primer ministro Stauning; aunque mi padre me dice que no debo creer en Dios, porque los capitalistas siempre lo han usado en contra de los pobres.

Así pues:

Nací el 14 de diciembre de 1918 en un apartamento de un dormitorio del barrio de Vesterbro, en Copenhague. Vivíamos en el 30A de la Hedebygade, y esa A quiere decir que se trataba de la escalera interior. En las casas exteriores, como las ventanas daban a la calle, vivía gente más fina, aunque los apartamentos eran igualitos que el nuestro; pero ellos pagaban dos coronas más de alquiler al mes. Fue el año en que concluyó la Gran Guerra y se introdujo la jornada de ocho horas. Mi hermano Edvin nació al principio de la guerra y por entonces mi padre trabajaba doce horas diarias. Era fogonero y siempre tenía los ojos enrojecidos por culpa de las chispas de las llamas. Cuando yo nací, él tenía treinta y siete años y mi madre, diez menos. Mi padre había nacido en Nykøbing Mors. Era hijo ilegítimo y nunca conoció la identidad de su padre. Cuando tenía seis años lo mandaron de zagal y, más o menos al tiempo, su madre se casó con un alfarero llamado Floutrup. Con él tuvo nueve hijos, pero de todos esos medios hermanos yo no sé nada, porque nunca los he visto y mi padre jamás habla de ellos. Cortó la relación con su familia a los dieciséis años, cuando se fue a Copenhague. Tenía un sueño, ser escritor, y en el fondo nunca llegó a olvidarlo del todo. Consiguió entrar a trabajar de aprendiz en un diario cualquiera, pero por motivos que desconozco acabó renunciando. No sé nada de los diez años que pasó en Copenhague hasta que, a los veintiséis, conoció a mi madre en una panadería de Tordenskjoldsgade. Ella tenía dieciséis años y despachaba en la tienda, donde él trabajaba de mozo. El suyo fue un compromiso infinitamente largo que mi padre rompió varias veces por creer que ella le hacía demasiadas jugarretas. Yo creo que en su mayoría eran bastante inofensivas. El problema consistía en que eran dos seres tan distintos que parecían venir de planetas diferentes. Mi padre era melancólico, serio y moralista en extremo, mientras que mi madre, al menos de joven, era alegre y frívola, imprudente y vanidosa. Sirvió en varias casas y cada vez que algo dejaba de convenirle se marchaba sin más, de manera que mi padre tenía luego que ir a recoger sus referencias y su cómoda y llevárselo todo en un bicicarro a su nuevo puesto, donde ella no tardaba en encontrar algo que no le convenía. Un día me confesó que jamás había estado en ninguna casa lo suficiente como para hervir un huevo.

Yo tenía siete años cuando la desgracia se abatió sobre nosotros. Mi madre acababa de tejerme un suéter verde, me lo probé y me pareció precioso. Al llegar la hora, fuimos a buscar a mi padre a la salida de su trabajo en Riedel & Lindegaard, en Kingosgade. Yo siempre lo había hecho, es decir, durante toda mi vida. Llegamos un poco pronto y me puse a dar patadas a los montones de nieve medio derretida que se acumulaban a los lados de la calle, mientras mi madre esperaba apoyada en la verja verde. Cuando mi padre salió, se me aceleró el corazón. Traía una cara gris, rara y diferente. Mi madre corrió hacia él. Ditlev, dijo, ¿qué ha pasado? Me han puesto de patitas en la calle, contestó él sin apartar la vista del suelo. Yo no entendí la expresión en ese contexto, pero sí que encerraba una desgracia irreparable. Mi padre se había quedado sin empleo. Acababa de ocurrirnos eso que solo podía ocurrirles a los demás. Riedel & Lindegaard, hasta entonces origen de todos nuestros bienes, incluidos los intocables cinco céntimos que me daban los domingos, se había convertido en un dragón malvado y terrible que había escupido a mi padre desde sus fauces de fuego hasta la calle, sin importarle su suerte, la nuestra, la mía, ni la de mi suéter verde nuevo, que él no veía. Recorrimos en silencio todo el camino de vuelta.

Intenté deslizar la mano en la de mi madre, pero ella me apartó el brazo con un gesto brusco. Al llegar a la salita, mi padre la miró con aire culpable: Bueno, bueno, dijo frotándose el bigote negro con dos dedos, pero nos queda subsidio para rato. Tenía cuarenta y tres años, demasiados para volver a encontrar un trabajo estable. Aun así, recuerdo que un día se nos terminó la ayuda del sindicato y hubo que plantearse recurrir a la beneficencia. Lo hablaron entre susurros cuando mi hermano y yo ya estábamos acostados, porque era una vergüenza tan indeleble como los piojos o el hospicio. Quienes estaban a cargo de la beneficencia perdían el derecho al voto. No es que pasáramos hambre y no tuviésemos nada que llevarnos a la boca, pero sí conocí ese apetito permanente que despierta el aroma a comida que sale de los hogares acomodados después de varios días viviendo a base de café y bollos secos, de esos con los que a cambio de veinticinco céntimos te llenaban la cartera del colegio.

Yo era quien iba a comprarlos. Los domingos a las seis de la mañana mi madre me despertaba y, bien arrebujada en el edredón, me daba órdenes desde la cama de matrimonio, donde mi padre aún dormía. Con los dedos paralizados por el frío antes incluso de bajar al patio, cogía la cartera por las asas y bajaba corriendo por la escalera, que a esas horas de la mañana estaba oscura como boca de lobo. Abría la puerta del patio y miraba en todas direcciones, incluidas las ventanas de la escalera exterior, porque nadie debía verme en tan turbio cometido. No estaba bien visto comprar pan duro, como tampoco lo estaba asistir al comedor escolar de Carlsbergvej, la única institución de auxilio social que existía en el Vesterbro de los años treinta. A este último, Edvin y yo teníamos prohibido acercarnos. Por lo demás, tampoco estaba bien visto tener un padre desempleado, aunque en esa situación andaba medio mundo. Por eso ocultábamos ese oprobio con los embustes más demenciales, y el más habitual de todos era el del padre de baja por una caída desde un andamio. En la panadería de Tøndergade, los niños formaban una hilera que serpenteaba calle abajo. Todos llevaban carteras y todos se afanaban en pregonar a gritos lo bueno que era el pan de aquella panadería, sobre todo cuando estaba recién salido del horno. Cuando me llegaba el turno, plantaba la cartera encima del mostrador, hacía el pedido en un susurro y añadía en voz bien alta: A ser posible, de nata. Mi madre me había dado órdenes terminantes de pedir pan blanco. En el camino de vuelta devoraba cuatro o cinco pasteles de nata rancios y me limpiaba bien la boca con la manga del abrigo. Cuando mi madre registraba el fondo de la cartera, no me descubría jamás. Rara vez o nunca me castigaban por las faltas que cometía. Mi madre pegaba a menudo y con mucha fuerza, aunque por lo general de forma arbitraria e injusta, y en tanto el castigo se prolongaba, me embargaban una especie de vergüenza secreta y una pena enorme que me llenaban los ojos de lágrimas y aumentaban más aún la dolorosa distancia que nos separaba. Mi padre no me pegaba nunca. Al contrario, él era bueno conmigo. Suyos eran todos los libros de mi niñez, y por mi quinto cumpleaños me regaló una edición maravillosa de los cuentos de los hermanos Grimm sin la que mi infancia habría sido gris, triste y pobre. Aun así, no despertaba en mí ningún sentimiento intenso, cosa que yo a menudo me reprochaba cuando se me quedaba mirando desde el sofá con sus ojos tranquilos y escrutadores, como si hubiese querido decirme o hacerme algo, algo que, sin embargo, jamás llegó a materializarse. Yo era la niña de mamá, y Edvin el niño de papá, se trataba de una ley natural inmutable. En una ocasión le pregunté: ¿Qué es el pesar, padre? Había encontrado esa palabra en una obra de Gorki y me entusiasmaba. Él caviló largo rato sin dejar de retorcerse las guías en alto del bigote. Es un concepto ruso, dijo por fin. Significa dolor, desdicha, pena. Gorki fue un gran poeta. Repliqué alegremente: ¡Yo también quiero ser poeta! Él frunció el ceño de inmediato y exclamó con aire amenazante: ¡No te hagas ilusiones! Las chicas no pueden ser poetas. Ofendida y apenada, me encerré en mi concha mientras mi madre y Edvin se burlaban de mi insensata ocurrencia. Decidí que no volvería a revelarle a nadie mis sueños y lo cumplí a rajatabla durante toda mi infancia.

5

Es de noche y, como de costumbre, estoy sentada en el frío alféizar de la ventana de la alcoba, contemplando el patio. Es la hora más feliz de mi jornada. La primera oleada de miedo ya se ha calmado. Mi padre me ha dado las buenas noches y está de vuelta en la salita caldeada, y la ropa de detrás de la puerta ha dejado de asustarme. Levanto la vista hacia mi lucero de la tarde, que es como el ojo afable de Dios que me sigue vigilante y está más cerca de mí que durante el día. Algún día escribiré todas las palabras que fluyen por mi interior. Algún día otras personas las leerán en un libro y se quedarán asombradas al ver que, a pesar de todo, una niña sí puede ser poeta. Mi padre y mi madre se sentirán más orgullosos de mí que de Edvin, y una maestra muy perspicaz (una que aún no he tenido) dirá: Yo ya la veía venir cuando era solo una niña. ¡Tenía algo especial! Me encantaría anotar todas las palabras, pero ¿dónde diantres guardaría los papeles? Ni siquiera mis padres tienen un cajón que se cierre con llave. Voy a segundo curso y quiero escribir himnos, porque son lo más bonito que he oído en toda mi vida. El primer día de clase cantamos *Agradeced al Señor sueño tan repa-*

rador, y al llegar a «fresco ya otra vez, raudo como un pez, asoma por la ventana el sol de la mañana» me sentí tan llena de dicha y tan conmovida que rompí a llorar, y todos los niños se rieron igual que se ríen mi madre y Edvin cuando mis «rarezas» hacen que se me salten las lágrimas. Mis compañeros me encuentran de lo más cómica y yo ya me he acostumbrado al papel de payaso e incluso hallo un triste placer en él porque, unido a mi estupidez ya confirmada, me protege de su curiosa maldad para con todo lo diferente.

Una sombra se desliza bajo la bóveda del portal como una rata que sale de su escondrijo. A pesar de que está oscuro, yo sé que es el pervertido. Cuando está seguro de que tiene vía libre, se encasqueta el sombrero en la cabeza, corre hacia los urinarios y deja la puerta entornada a su espalda. No alcanzo a ver lo que hay dentro, aunque sé lo que está haciendo. Ya han quedado atrás los tiempos en que me asustaba, pero mi madre le sigue teniendo miedo. Hace no mucho me llevó con ella a la comisaría de Svend Gade y, temblando de disgusto y de indignación, le contó a un policía que ese hombre no dejaba tranquilos a las mujeres y los niños del edificio con sus porquerías. A mi hija pequeña le ha dado un susto de muerte, aseguró. El policía me preguntó si el pervertido se había descubierto y yo contesté que no con mucha convicción. Sabía a qué se refería por el verso: «Por eso nos descubrimos cuando izamos la bandera». Yo jamás le había visto quitarse el sombrero. Al llegar a casa, mi madre le dijo a mi padre: La policía no piensa mover un dedo; en este país ya no hay ley ni justicia que valgan. El portón se abre en medio del chirrido de sus goznes y unas risas, cánticos y maldiciones interrumpen el silencio solemne que reina en la habitación y en mi interior. Estiro el cuello para ver mejor quién viene. Son Rapunzel, su padre y Napiachapa, un compañero de borracheras de los padres. La chiquilla va entre los dos hombres, que le pasan un brazo por los hombros cada uno. Sus cabellos dorados relucen como si reflejaran el brillo de una farola invisible. Avanzan a trompicones por el patio y al cabo de unos instantes los oigo alborotar por la escalera. Rapunzel se llama Gerda y ya es casi una adulta, como poco tendrá sus trece años. El verano pasado se fue con el carromato de Hans el Sarna y Lili la Guapa a cuidar de los más pequeños y a su vuelta mi madre dijo: Se ve que Gerda ha pillado algo más que la sarna durante el viaje. Algo parecido comentaron las chicas mayores que solían reunirse en el patio, en el rincón de los cubos de basura, en cuyas inmediaciones a menudo rondaba también yo. Lo dijeron en voz baja y entre risas y yo lo único que entendí fue que entre Hans el Sarna y Rapunzel había pasado algo escandaloso, infame y obsceno. Entonces me armé de valor y le pregunté a mi madre qué sucedía con Gerda. Ella, malhumorada e impaciente, me contestó: ¡Serás lerda! Pues que ha perdido su inocencia, eso es todo. Y me quedé como estaba.

Levanto la vista hacia el cielo, sedoso y sin nubes, y abro la ventana para estar más cerca de él. Es como si Dios bajase muy despacio su dulce rostro hacia la Tierra y su enorme corazón latiese, quedo y tranquilo, muy próximo al mío. Me siento muy feliz y unos versos largos y melancólicos cruzan por mi mente. Me alejan, sin pretenderlo, de aquellos que debería tener más cerca. A mis padres no les gusta que crea en Dios y tampoco les gusta el lenguaje que empleo. A mí, en cambio, me horroriza la forma en que hablan ellos, que siempre utilizan las mismas palabras y las mismas expresiones groseras y toscas sin lograr que expresen cuanto querrían decir. Casi todas las órdenes que me da mi madre comienzan con un «que Dios se apiade de ti si no...». Mi padre maldice al Señor en jutlandés, cosa que quizá sea menos grave, pero que no por ello suena mejor. En Nochebuena entonamos himnos socialdemócratas mientras bailamos alrededor del árbol de Navidad, y el corazón se me encoge de miedo y de vergüenza al oír los bonitos villancicos que cantan por todo el edificio, hasta en las casas más impías y alcoholizadas. Hay que honrar al propio padre y a la madre, y yo intento convencerme de que lo hago, pero ahora me resulta más difícil que de niña.

Una lluvia fina y fría me salpica en la cara y cierro la ventana. Aun así, oigo el eco apagado de la puerta intermedia del patio, que se abre y se cierra. Después, un ser encantador corre por el patio a pasitos menudos como si flotara suspendido de un delicado paraguas transparente. Es Ketty, la espectralmente hermosa mujer que vive en el apartamento de al lado. Lleva unos zapatos de tacón plateados bajo un largo vestido de seda amarilla. Por encima se ha echado un abrigo de pieles blanco que me hace pensar en Blancanieves. También el cabello de Ketty es negro como el ébano. En apenas un instante, la bóveda del portal oculta esa bella visión que me regocija el alma noche tras noche. Ketty sale todas ellas a la misma hora, y mi padre dice que cuando se tienen hijos es un escándalo, y yo no entiendo a qué se refiere. Mi madre no dice nada, porque de día ella y yo solemos ir a casa de Ketty a tomar un café o un chocolate. Tiene una salita maravillosa con todos los muebles de terciopelo rojo. Las pantallas de las lámparas también son rojas y hasta Ketty es roja y blanca, como mi madre, aunque Ketty es más joven. Se ríen mucho las dos, y yo me río con ellas, pero rara vez entiendo qué les hace tanta gracia. Sin embargo, cuando Ketty empieza a conversar conmigo, mi madre me manda a casa porque no le hace gracia. Es como con la tía Rosalia, que también disfruta hablando conmigo. Las mujeres que no tienen hijos, dice mi madre, andan siempre enredando con los de las demás. Además, echa pestes de Ketty porque siempre tiene a su madre en un cuarto imposible de calentar que da al patio y no le deja pasar a la sala. A la madre la llama señora Andersen, lo que, según mi madre, es «la mentira más negra que hay en este mundo», porque jamás ha estado casada. Así es un pecado enorme tener hijos, yo lo sé, y cuando le pregunto a mi madre por qué Ketty trata tan mal a la suya me contesta que es porque la madre no quiere decirle quién es su padre. Cuando te topas con cosas así de horribles, no te queda más remedio que alegrarte de tener una familia tan cabal.

Cuando Ketty ya ha salido, la puerta de los urinarios se abre con mucho sigilo y el pervertido se aleja de lado como un cangrejo, bien pegadito al muro del edificio exterior, y sale por el portón. Me había olvidado de él.

6

La infancia es larga y estrecha como un ataúd, y no se puede escapar de ella sin ayuda. Está ahí todo el rato y todo el mundo la ve con la misma claridad que el labio leporino de Ludvig el Guapo. Ocurre con él lo mismo que con Lili la Guapa, que es tan fea que cuesta imaginar que tuvo madre algún día. De todo lo que es feo o desafortunado se dice que es bonito, y nadie sabe por qué. Nadie escapa de la infancia, que se te adhiere como un olor. La notas en otros niños y cada una tiene su propio aroma. El tuyo no lo conoces y a veces temes que sea peor que el de los demás. Estás hablando con otra niña con una infancia que huele a ceniza y carbón y, de pronto, retrocede al percibir el hedor de tu propia infancia. Estudias a hurtadillas a los mayores, que llevan su infancia dentro, andrajosa y agujereada como una manta vieja y apolillada que ya ni recuerdan ni necesitan. A simple vista no se les nota que han tenido una infancia y no te atreves a preguntarles cómo consiguieron superarla sin que les dejara el rostro marcado de hondas cicatrices. Sospechas que se han servido de un atajo secreto y han adoptado su forma adulta muchos años antes de que llegara su hora. Lo hicieron un día que estaban solos en casa y la infancia les oprimía el corazón como los tres aros de metal del Juan de Hierro de los hermanos Grimm, que no se rompen hasta que su señor es liberado. Pero cuando no conoces ese tipo de atajos, hay que soportar la infancia e ir desgastándola hora tras hora por espacio de un número de años incalculable. Morir es lo único que puede liberarte de ella, por eso piensas mucho en la muerte y la imaginas como un ángel complaciente vestido de blanco que una noche bajará a besarte en los párpados para que no se abran más. Siempre creo que mi madre no me querrá hasta que yo sea mayor, como ahora quiere a Edvin. Porque a ella mi infancia la exaspera tanto como a mí misma, y solo somos felices juntas cuando de pronto se olvida de su existencia. Cuando eso ocurre, me habla igual que habla con sus amigas o con la tía Rosalia, y yo procuro que mis respuestas sean tan cortas que no se acuerde de repente de que no soy más que una niña. Le suelto la mano y me mantengo un poco apartada para que tampoco pueda olerme la infancia. Casi siempre pasa cuando voy con ella de compras por Istedgade. Me cuenta lo mucho que se divertía de joven. No había tarde que no saliera a bailar, y siempre estaba en la pista. Me echaba un novio nuevo todos los días, confiesa entre risas, pero claro, eso se acabó cuando conocí a Ditlev. Ditlev es mi padre, y normalmente siempre le llama «papá», igual que él la llama «mamá» o «mamaíta». Me da la impresión de que hubo una época en la que fue una mujer distinta y feliz, pero todo terminó de forma brusca cuando conoció a Ditlev. Cuando habla de él, parece que habla de alguien que no es mi padre, de un espíritu tenebroso que aplasta y destruye todo lo que es bello, luminoso y alegre. Y siento el deseo de que ese Ditlev jamás hubiese llegado a su vida. Cuando pronuncia su nombre, por lo general se percata de mi infancia y le lanza una mirada furiosa y amenazadora, al tiempo que el ribete oscuro que orla sus pupilas azules se ensombrece más aún. Entonces, esa infancia que ha descubierto se estremece de miedo y, desesperada, intenta huir de puntillas, pero aún es muy pequeña y faltan siglos para poder desecharla.

Las personas que tienen una infancia visible, inaceptable tanto por dentro como por fuera, se llaman niños; se las puede tratar como a uno le venga en gana porque no hay nada que temer de ellas. No disponen de armas ni de careta a menos que sean muy ladinas. Yo soy una de esas niñas ladinas y mi careta es la estupidez; siempre llevo buen cuidado de que nadie me la quite. Dejo la boca entreabierta y la mirada perdida, como si mis ojos no vieran más que la nada. Cuando una voz empieza a cantar en mi interior, me esmero para que no se abran fisuras en mi careta. Ningún adulto soporta la canción de mi corazón y las guirnaldas de palabras de mi alma. Aun así, saben que existen porque algunos retazos se me escapan por un conducto secreto que no conozco y por eso no sé cerrar. Pero ¿tú quién te has creído?, preguntan con suspicacia, y yo les aseguro que no se me ocurre creerme nadie. En el colegio me dicen: ¿Dónde tienes la cabeza? ¿Qué es lo último que he dicho? Pero nunca terminan de calarme de verdad. Eso solo lo consiguen las niñas del patio o los niños de la calle. Te haces la tonta, me acusa una chica mayor que se acerca amenazante, pero de tonta no tienes un pelo. Luego me hace un tercer grado y un corro de chicas me rodea en silencio y no me deja salir hasta que les demuestro que soy tonta de verdad. Al final mi estupidez les parece manifiesta gracias a la imbecilidad de todas mis respuestas, y abren de mala gana un huequecito en el corro por el que a duras penas logro salir y ponerme a salvo. No hay que pretender pasar por algo que no se es, me advierte una de ellas en tono de moralina.

Oscura es la infancia, siempre gañendo como un animalillo encerrado en un sótano y olvidado. Te sale de la garganta en forma de vaho, unas veces muy pequeña, otras muy grande. Nunca del tamaño exacto. Solo cuando se desprende como una piel desechada puedes observarla con calma y hablar de ella como de una enfermedad superada. Casi todos los adultos dicen haber tenido una infancia feliz y puede que hasta lo crean, quien no lo cree soy yo. Yo lo que creo es que han logrado olvidarla. La infancia de mi madre no fue feliz, y ella no lo oculta tan bien como los demás. Me cuenta lo espantosos que eran los delirios de su padre, cuando todos tenían que colocarse contra la pared para evitar que se les cayera encima. Cuando le digo que me da pena, me grita: ¡Pena! Si la culpa era suya, borracho asqueroso. Se bebía una botella enterita de aguardiente todos los días, así que al final las cosas nos fueron mucho mejor cuando por fin tuvo el valor para ahorcarse. También dice: Mató a mis cinco hermanos pequeños. Los sacaba de la cuna y les estampaba la cabeza contra la pared. Un día le pregunto a la tía Rosalia, que es hermana de mi madre, si todo eso es verdad, y ella contesta: Por supuesto que no. Se murieron, eso es todo. Nuestro padre fue un hombre muy desgraciado, pero cuando murió, tu madre solo tenía cuatro años. Ha heredado el odio que le tenía la yaya. La yaya es su madre y, aunque ahora ya es vieja, no me cuesta imaginar todo el odio que puede llevar dentro. La yaya vive en Amager. Tiene todo el pelo blanco y siempre va de negro. Como a mi padre y mi madre, solamente puedo dirigirme a ella en tercera persona, cosa que hace las conversaciones muy complicadas y llena todo de repeticiones. Hace la señal de la cruz debajo del pan antes de partirlo, y cuando se corta las uñas, luego las quema en la estufa. Yo le pregunto por qué, pero ella me contesta que no lo sabe. Así lo hacía su madre. Como a todos los mayores, no le gustan las preguntas de los niños y da respuestas muy escuetas. Vayas donde vayas, acabas siempre dándote de bruces con tu infancia, y duele, porque es angulosa y dura, y no termina hasta haberte destrozado por completo. Por lo visto, cada uno tiene la suya y todas son muy distintas. La infancia de mi hermano, por ejemplo, es ruidosa; la mía, en cambio, es callada, sigilosa y atenta. A nadie le gusta y nadie la necesita. De pronto se vuelve demasiado alta y puedo mirar a mi madre a los ojos cuando las dos nos ponemos de pie. Se crece al dormir, me dice. Yo intento quedarme en vela toda la noche, pero me vence el sueño, y al llegar la mañana la distancia es tal que me mareo al mirarme los pies. «Jirafa», me gritan al pasar los niños por la calle, y si esto sigue así al final tendré que ir al país del Gran Mogol,* donde crecen los gigantes. Ahora la infancia duele; lo llaman dolores de crecimiento y duran hasta los veinte años. Lo dice Edvin, que lo sabe todo, también del mundo y de la sociedad, igual que mi padre, quien lo lleva a mítines que, en opinión de mi madre, cualquier día acabarán con los dos entre rejas. Cuando les dice esas cosas, ellos no le hacen caso, porque ella entiende de política tan poco como yo. También dice que mi padre no encuentra trabajo por ser socialista y miembro del sindicato, y que Stauning, cuya foto mi padre tiene puesta en la pared al lado de la mujer

* De *En lille nisse rejste*, una canción infantil danesa de 1845 muy popular.

del marinero, nos llevará a la desgracia algún día. A mí Stauning me gusta, le he visto y le he oído muchas veces en Fælledparken. Me gusta porque tiene unas barbas muy largas que ondean alegres al viento y porque llama «camaradas» a los obreros, aunque es primer ministro y podría permitirse ser mucho más estirado. En materia de política creo que mi madre no tiene razón, pero a nadie le interesa lo que una niña cree o deja de creer sobre esos asuntos.

Un buen día, la infancia me huele a sangre y no puedo evitar sentirlo ni ignorarlo. Ya puedes tener hijos, anuncia mi madre. Es demasiado pronto, no tienes ni trece años. Yo sé muy bien cómo se hacen los niños porque duermo con mis padres, y además es imposible no enterarse por otros conductos. Aun así, no termino de saberlo y me imagino que el día menos pensado despertaré con un bebé al lado. Maria, se llamará, porque será una niña. Los chicos no me gustan y no me dejan jugar con ellos. Edvin es el único al que quiero y admiro, y solo me veo casada con él, pero no puedes casarte con tu hermano, y aunque se pudiera, él no me querría. Lo dice siempre. Todo el mundo se encariña con mi hermano y yo muchas veces pienso que a él su infancia le cae mucho mejor que a mí la mía. Tiene una infancia hecha a medida que va ensanchando con armonía a la par que él crece, mientras que la mía la cosieron para otra niña a la que seguro que le habría sentado la mar de bien. Cuando pienso así, mi careta se vuelve aún más estúpida, porque no puedo hablar de estas cosas con nadie y siempre sueño con conocer a alguien extraordinario que me escuche y me comprenda. En los libros he leído que hay personas así, pero no existe ninguna en la calle de la infancia.

7

Istedgade es la calle de la infancia, y su ritmo latirá siempre en mi sangre y su voz siempre me llegará y seguirá siendo la misma de aquellos tiempos lejanos en que nos juramos fidelidad. Es siempre cálida y luminosa, animada y apasionante, y me envuelve por completo como si estuviera hecha para satisfacer mis necesidades íntimas de expansión vital. Por ella iba de niña, de la mano de mi madre, aprendiendo cosas tan trascendentes como que un huevo en el Irma costaba seis céntimos; una libra de margarina, cuarenta y tres; y una libra de carne de caballo, cincuenta y ocho. Salvo con la comida, mi madre regatea con todo, y los comerciantes se retuercen las manos de desesperación y aseguran que de seguir así las cosas, tendrán que echar el cierre. Además, su desvergüenza es tan prodigiosa que se atreve a cambiar camisas que ha utilizado mi padre diciendo que están nuevecitas. También es capaz de entrar por la puerta de una tienda, ponerse la última en la cola y gritar con voz chillona: ¡Eh, que me toca a mí! Pues anda que no llevo tiempo esperando. Con ella me divierto mucho y admiro su audacia y su desparpajo de Copenhague. A la puerta de los bares siempre hay desempleados pasando el rato. Le silban con los dedos cuando pasa, pero mi madre no siente por ellos ninguna simpatía. Por lo menos podían quedarse en casa, protesta, como tu padre. Pero es muy triste verlo en el sofá mano sobre mano cuando no sale a buscar trabajo. En un periódico he leído el siguiente verso: «Quedarse embobado mirando dos puños que el Señor ha plantado en tan buenos mangos».* Es un poema sobre los desempleados y me recuerda a mi padre.

Como zona de juegos y fondeadero después de clase y hasta la cena, no descubro Istedgade hasta que conozco a Ruth. Para entonces tengo nueve años y ella, siete. Nos vemos por vez primera una mañana de domingo en que los padres han mandado al patio a todos los niños del edificio para poder dormir hasta tarde las fatigas y el tedio de la semana. Las chicas mayores están, como siempre, chismorreando en el rincón de la basura, mientras las más pequeñas juegan al tejo, un juego en el que yo siempre meto la pata, porque o piso la raya o toco el suelo con la pierna levantada. Nunca le he visto la gracia y me parece un aburrimiento mortal. Alguien dice que estoy eliminada y, resignada, me quedo mirando apoyada en la pared. De repente retumban unos pasos presurosos por la escalera de servicio del exterior, que desemboca en el patio, y aparece una niñita de pelo rojo, ojos verdes y una nariz cubierta de pecas castañas. Hola, me saluda con una sonrisa de oreja a oreja, me llamo Ruth. Yo me presento con timidez y desmaña, porque no es costumbre que los niños nuevos irrumpan con tanta desenvoltura. Todos se quedan mirándola, pero ella parece no percatar-

* De *Arbejdsløs* («Sin trabajo»), un poema del poeta socialista Oskar Hansen publicado en 1929.

se. ¿Nos vamos corriendo a comprar golosinas?, me pregunta, y, tras echar una mirada vacilante en dirección a nuestra ventana, la sigo igual que la seguiré por muchos años, hasta que las dos acabemos el colegio y nuestra enorme disparidad salte a la vista.

Ahora tengo una amiga y eso me hace mucho menos dependiente de mi madre, a quien, por supuesto, Ruth no le gusta. Es adoptada, y esas cosas rara vez traen algo bueno, dice en tono lóbrego, pero no me prohíbe que juegue con ella. Los padres de Ruth son dos seres grandes y feos que jamás habrían podido traer al mundo una cosa tan bonita como Ruth. Él es camarero y bebe como una esponja. Ella es una gorda asmática que sacude a Ruth a la menor ocasión. A ella le da lo mismo. Se escapa de sus garras, baja a la carrera por la escalera de servicio, descubre sus dientes blancos y relucientes en una enorme sonrisa y exclama con alegría: Esa zorra asquerosa..., ¡al carajo con ella! Cuando Ruth dice palabrotas, no es feo ni malsonante, porque tiene una voz tan fina y tan delicada como la del cabritillo menor del cuento, una boca muy roja con forma de corazón y el labio de arriba más corto y con la curva hacia arriba, y la mirada tan intensa como la del hombre que no conocía el miedo. Es todo lo que yo no soy y hago todo lo que ella quiere que haga. Le gustan igual de poco que a mí los juegos de verdad. Jamás toca sus muñecas, y el cochecito solo lo usa como trampolín cuando le colocamos una tabla. No lo hacemos muy a menudo porque los porteros salen corriendo detrás de nosotras, o nuestras siempre atentas madres, que desde la ventana gozan de vistas privilegiadas, nos llaman al orden. Solo en Istedgade nos vemos libres de toda vigilancia y allí es donde comienza mi carrera delictiva. Ruth acepta con dulzura y buen humor mi incapacidad absoluta para robar. A cambio, debo distraer la atención de la dependienta de su veloz personita, que arrambla indiscriminadamente con cuanto está a su alcance mientras yo pregunto cuándo van a recibir bolas de chicle. Nos metemos en el portal más cercano a repartir el botín. A veces también entramos en las tiendas y nos eternizamos probándonos zapatos o vestidos. Elegimos los más caros y decimos con mucha educación que nuestra madre volverá a pagarlos si son tan amables de reservárnoslos mientras tanto. Aún no hemos salido por la puerta y ya comienzan nuestras risas de entusiasmo.

A lo largo de toda nuestra larga amistad me devora siempre el miedo a que Ruth me quite la careta. Me da miedo que descubra cómo soy en realidad. Me convierto en su eco porque la quiero y porque ella es la más fuerte de las dos, pero en mi interior sigo siendo yo. Sigo soñando con un futuro lejos de nuestra calle, mientras que Ruth forma parte intrínseca de ella y jamás la abandonará. Siento que la engaño al hacerle creer que estamos hechas de la misma pasta. Estoy en una misteriosa deuda con ella que, junto con el miedo y un vago sentimiento de culpa, me pesa en el corazón y tiñe nuestra amistad como todas las relaciones estrechas y duraderas que tendré en la vida.

Nuestras raterías tienen un final abrupto. Un día Ruth da un golpe maestro y birla un tarro enterito de mermelada de naranja que se guarda dentro del abrigo. Engullir su contenido nos cuesta una indigestión y, empachadas, tiramos lo que nos sobra a un cubo de basura tan lleno que no se cierra. Por eso subimos de un brinco y nos sentamos encima de la tapa. De repente, Ruth protesta: ¿Por qué carajo siempre tengo que ser yo? Tanto monta el caco como el que lo encubre, replico asustada. Sí, gruñe ella, pero tú también podías probar de vez en cuando. Reconozco que no le falta razón y prometo, acongojada, hacerlo yo la próxima vez. Insisto, eso sí, en que sea lo más lejos posible y elijo una lechería de Sønder Boulevard que parece convenientemente desierta. Ruth abre la puerta con mucha cautela y avanza unos pasos seguida de su larguísima sombra, que bien podría ser su conciencia adormecida. La tienda está vacía y en la puerta que conduce a la trastienda no hay ninguna ventanita. Encima del mostrador hay un cuenco repleto de barritas de chocolate envueltas en papel de plata rojo y verde. Las observo, pálida de emoción y miedo. Levanto la mano, pero fuerzas invisibles la retienen. Me tiemblan las piernas. Pero date prisa, susurra Ruth, que vigila la trastienda. Entonces la mano, incapaz de robar, hurga en el cuenco, agarra algo rojo y verde que danza ante mis ojos y vuelca el resto de los dulces por detrás del mostrador. Imbécil, murmura Ruth al tiempo que sale corriendo mientras la puerta del fondo se abre de golpe. Una señora de blanco aparece a toda prisa y se detiene asombrada al verme allí cual estatua de sal con una chocolatina en la mano levantada. ¿Qué está pasando aquí?, pregunta, ¿qué haces en mi tienda? ¡Fíjate, has roto el cuenco! Y se agacha a recoger los trozos mientras yo me quedo ahí sin saber qué hacer ahora que el cielo no ha caído sobre mi cabeza. Ojalá lo hiciera. Todo lo que siento es un bochorno infinito, ardiente. La emoción y la aventura han terminado, no soy más que una ladrona de medio pelo y me han pillado con las manos en la masa. Al menos podrías pedir perdón, dice la señora al salir con los pedazos, hace falta ser manazas.

Ruth está en la esquina de Enghavevej, riéndose tanto que se le saltan las lágrimas. Estás hecha una idiota de campeonato, consigue soltar al fin. ¿Te ha dicho algo?

¿Por qué no te has dado el bote? Ay, ¿aún tienes el chocolate? Vamos al parque a tomárnoslo. ¿De verdad piensas comértelo?, pregunto incrédula, yo preferiría tirarlo a los pies de un árbol. ¿Tú estás loca?, exclama, ¡un chocolate tan rico! Pero, Ruth, no vamos a volver a hacerlo nunca más, ¿verdad? Entonces, mi amiguita me pregunta si me he vuelto una santurrona y, una vez en el parque, se zampa la chocolatina delante de mis narices. Ahí terminan nuestras incursiones. A Ruth no le gusta ir sola, y cuando mi madre me manda a la compra siempre entro en las tiendas armando mucho más ruido del necesario. Si aun así la dependienta tarda en salir, espero lejos del mostrador con la mirada en el techo y me pongo más roja que un tomate cuando aparece, y tengo que dominarme para no enseñar los bolsillos como una desesperada para que vea que no están llenos de objetos robados. El episodio acrecienta mi sentimiento de culpa ante Ruth y a la vez hace que tema perder su valiosa amistad. Por eso me muestro aún más atrevida en nuestros otros juegos prohibidos, como por ejemplo ser la última en cruzar los raíles a la carrera cuando pasa el tren por debajo del viaducto de Enghavevej. A veces la presión del aire que arrastra la locomotora me tira al suelo y me quedo un buen rato tumbada en el talud de hierba recuperando el aliento. Para mí es suficiente recompensa que Ruth me diga: ¡La leche! Has estado a un pelo de palmarla.

8

Es otoño y la tormenta zarandea los letreros del carnicero. Los árboles de Enghavevej no tardarán en perder las hojas, que ya casi recubren por completo el suelo con su alfombra rojiza y amarilla, tan parecida a los cabellos de mi madre cuando el sol juega con ellos y de repente descubres que no son del todo negros. Los desempleados pasan frío, pero aun así están ahí, con las manos bien hundidas en los bolsillos y una pipa apagada entre los labios. Acaban de encender las farolas y de vez en cuando la luna asoma entre unas nubes apresuradas, airosas. Siempre me digo que entre la luna y nuestra calle existe una complicidad misteriosa, como entre dos hermanas que envejecen juntas y ya no necesitan lenguaje alguno para entenderse. Ruth y yo avanzamos por la penumbra fugaz; pronto tendremos que dejar la calle, lo que nos llena de ansia por que ocurra algo antes de que acabe el día. Al llegar a Gasværksvej, donde solemos darnos la media vuelta, me propone: Vamos a bajar a ver a las putas. Seguro que algunas ya han empezado. Una puta es quien lo hace por dinero, cosa que para mí resulta mucho más comprensible que hacerlo gratis. Me lo ha contado Ruth, y como me parece una palabra bastante fea, he encontrado en un libro otra forma de decirlo: chica de vida alegre. Suena mucho mejor, más romántico. Ruth me lo cuenta todo sobre esos temas, para ella los adultos no tienen ningún secreto. También me ha dicho lo de Hans el Sarna y Rapunzel, y no lo entiendo, porque él me parece un vejestorio. Además, ya tiene a Lili la Guapa. ¿Será que los hombres pueden querer a dos mujeres al mismo tiempo? Para mí el mundo de los adultos sigue siendo el mismo enigma de siempre. Acostumbro a pensar en Istedgade como una hermosa mujer tendida boca arriba con el pelo en la plaza de Enghaveplads. A la altura de Gasværksvej, que marca la frontera entre la gente de bien y la depravada, sus piernas se separan y, salpicados por ellas como pecas, están los hospitalarios hoteles y las tabernas brillantes y bulliciosas a las que entrada la noche va la policía en busca de sus víctimas, ebrias y pendencieras hasta el escándalo. Lo sé por Edvin, que me saca cuatro años y puede estar por ahí hasta las diez de la noche. Cuando vuelve a casa vestido con su camisa azul de DUI* y habla de política con mi padre, le admiro mucho. De un tiempo a esta parte andan los dos revolucionados con Sacco y Vanzetti, cuya imagen le sostiene la mirada a todo el mundo desde las carteleras y los periódicos. Son los dos muy atractivos, con esos rasgos oscuros y exóticos, y me parece una lástima que vayan a ejecutarlos por algo que no han hecho. Pero lo que no consigo es que me indigne tanto como a mi padre, que grita y da puñetazos en la mesa cada vez que habla del tema con el tío Peter. El tío es socialdemócrata, igual que Edvin y mi padre, pero él cree que Sacco y Vanzetti no merecen mejor suerte, por-

* De Unges Idræt, organización juvenil creada en 1905 como alternativa al movimiento de los exploradores. Aún existe hoy en día.

que son anarquistas. ¡Eso a mí me da lo mismo!, grita furioso mi padre dando otro golpe en la mesa. ¡Una sentencia injusta es una sentencia injusta, incluso si se la dictan a un conservador! Por lo que puedo entender, eso es lo peor que se puede ser, y cuando hace no mucho pregunté si podía hacerme socia del Club Ping* porque se habían apuntado todas las de mi clase, mi padre miró a mi madre con los ojos inyectados en sangre, como si yo fuese víctima de su influjo pernicioso en el terreno político, y dijo: Ya ves, mamaíta. Ahora la niña se nos ha vuelto una reaccionaria. ¡Al final tendré que ver el *Berlingske Tidende* en mi propia casa!

Abajo, en los alrededores de la estación de tren, la gente ha empezado a vivir la vida. Los borrachos van cantando y tambaleándose con el brazo por los hombros del de al lado, y del Café Charles sale rodando un gordo que golpea los adoquines con la calva un par de veces antes de detenerse y quedar derribado a nuestros pies. Dos agentes se le acercan y lo patean con energía en el costado, lo que le hace incorporarse con un gañido lastimero. Lo levantan sin muchos miramientos y, al ver que pretende volver a entrar en ese antro de perdición, lo apartan de allí a empujones. Cuando se alejan calle adelante, Ruth se mete los dedos en la boca y les lanza un largo silbido, una habilidad que le envidio. En otra bocacalle, Helgolandsgade, se arremolina un tropel de niños risueños y bulliciosos, y cuando llegamos veo que se debe a Charles el Rizos,** que está en medio de la calle llevándose a la boca

* Club infantil creado en 1927 por el grupo editorial conservador Det Berlingske Hus en la estela del éxito de una tira cómica protagonizada por Peter y Ping, dos personajes del dibujante Storm P. Llegó a tener más de ochenta mil socios.

** Personaje habitual en las calles de Copenhague durante las primeras décadas del siglo xx. Aparece en varias novelas de la época.

las boñigas humeantes de los caballos. Al mismo tiempo canta una canción soez a más no poder que hace reír a los niños a mandíbula batiente y gritar para animarle con la esperanza de que les procure más diversiones. Él gira los ojos como un loco. Yo lo encuentro trágico e inquietante, pero finjo entretenerme por Ruth, que ríe al mismo volumen que los demás. Putas, en cambio, solo vemos dos: un par de viejas gordas que se afanan en menear el trasero en un intento al parecer inútil de llamar la atención de un público que pasa en coche despacio. Para mí es un chasco enorme, porque creía que todas eran como Ketty, de cuyas saliditas nocturnas ya me ha hablado también Ruth. De camino a casa pasamos por Revalsgade, donde un día asesinaron a una estanquera vieja, y también nos detenemos frente a la casa de los horrores de Matthæusgade y estudiamos la ventana del tercero, donde el año pasado murió una niña a manos de Carl el Rojo, un fogonero que trabajó con mi padre en la central eléctrica de Ørstedværket. Ninguna de las dos nos atrevemos a pasar solas por delante de ese edificio por las noches. En el portal de casa están Gerda y Napiachapa, tan abrazados que en la oscuridad es imposible distinguir sus cuerpos. Contengo la respiración hasta que llego al patio, porque el portal siempre apesta a cerveza y orines. Al subir por la escalera, algo me oprime en el pecho. La cara oculta del sexo se abre ante mí más y más, y cada vez me resulta más difícil taparla con las trémulas palabras no escritas que siempre me susurra el corazón. La puerta contigua a la de Gerda se abre sin hacer ruido cuando paso y la señora Poulsen me invita a pasar por señas. Según mi madre es una «pobrefina», pero yo sé que no se puede ser pobre y fino al mismo tiempo. Tiene un inquilino al que mi madre llama con desdén «el apuesto duque», pero que trabaja de cartero y mantiene a la señora Poulsen como si estuviesen casados, aunque no tienen hijos. Sé por Ruth que viven juntos como marido y mujer. Acepto entre titubeos y paso a una sala de estar igualita que la nuestra, salvo por un piano al que le faltan buena parte de las teclas. Me siento en la esquinita de una silla y la señora Poulsen se acomoda en el sofá con una expresión curiosa en los ojos celestes. Dime una cosa, Tove, arranca lisonjera, ¿sabes si a casa de la señorita Andersen van muchos caballeros? Al instante pongo mi mejor mirada vacía de estúpida y dejo que me cuelgue un poco la mandíbula inferior. Nooo, contesto fingiendo asombro, no creo. Ah, pero si tú y tu madre vais mucho por allí. Piénsalo bien. ¿Nunca has visto a ningún hombre? ¿Ni siquiera por la noche? No, miento asustada. Me da miedo esta mujer que pretende hacerle algo malo a Ketty. Mi madre me ha prohibido volver a casa de Ketty y ella solo viene a la nuestra cuando sabe que mi padre está bien lejos. La señora Poulsen no logra sacarme más y me deja ir con cierta frialdad. Unos días después, circula por el edificio una lista que provoca una pelea entre mis padres cuando ya están acostados y creen que estoy dormida. Yo firmo, dice él, por los niños. Hay que ahorrarles por lo menos las porquerías más gordas. Son esas brujas, asegura mi madre con vehemencia, le tienen envidia porque es joven, guapa y alegre; y a mí tampoco me tragan. No te pongas a la altura de una puta, gruñe mi padre. Aunque no tengo un trabajo estable, tú nunca has tenido que salir a ganarte el pan, ¡que no se te olvide! Es espantoso escucharlos, dan la impresión de estar discutiendo por algo muy distinto, algo que no pueden expresar con palabras. No tarda en llegar el día en que Ketty y su madre se ven en la calle sentadas en lo alto de un montón de muebles de felpa custodiados por un policía que pasea. Ketty mira con desprecio a los viandantes, que pasan sin verla, y se protege de la lluvia con su bonito paraguas. A mí me sonríe y me dice: Adiós, Tove. Cuídate mucho. Al cabo de un rato se alejan con el carro de la mudanza y ya no las vuelvo a ver nunca más.

9

Ha ocurrido algo terrible en la familia. El Landmandsbank ha quebrado y mi yaya lo ha perdido todo. Quinientas coronas ahorradas durante toda una vida. Es un asunto sórdido que solo afecta a los pequeños ahorradores. Esos ricos cabrones, asegura mi padre, ya se encargarán de recuperar su dinero. La yaya llora tanto que da pena verla y se seca los ojos enrojecidos con un pañuelo blanco como la nieve. En ella todo es limpio, pulcro y esmerado, y siempre huele a tienda de lavado y planchado. El dinero lo guardaba para costear su entierro, algo que siempre parece llevar en el pensamiento. Está apuntada a una caja de enterramientos, que, no se le olvidará en la vida, yo antes creía que era lo mismo que un ataúd. Aún se ríe al recordarlo. Le tengo mucho cariño a la yaya, a ella sin el miedo que me da querer a mi madre. Además, me dejan ir a verla sola, que a ella le gusta, y mi madre no se atreve a oponerse a sus deseos. Me ha contado que la yaya se enfadó mucho con ella cuando iba a nacer yo, porque como ya tenía un chico no había necesidad de traer más hijos al mundo. Ahora la yaya no sabe cómo va a poder tener un entierro digno, porque nosotros no tenemos dinero; la tía Rosalia, con el borracho de su marido, tampoco, y el tío Peter es muy rico, sí, pero con esa racanería legendaria suya nadie aspira a que gaste un solo céntimo en enterrar a su madre. La yaya tiene setenta y tres años y está convencida de que ya no le queda mucho de vida. Es aún más bajita que mi madre, menuda como una niña, y siempre va de negro desde el cuello a los tobillos. Lleva el cabello, blanco y sedoso, recogido en un moño alto, y se mueve con el brío de una jovencita. Vive en un apartamento que consiste en una sola habitación, y no tiene más medio de vida que su pensión. Cuando voy a visitarla, me da café y pan negro con mantequilla de la de verdad, y yo la voy arrastrando hacia atrás con los dientes y así me la reservo para el último bocado, que sabe mil veces mejor que cualquiera de las cosas que me dan en casa. Como Edvin ha empezado de aprendiz, va a verla todos los domingos. Ella le da una corona, nada menos, porque es el único chico de la familia. Mis tres primas y yo nos quedamos sin nada. Cada vez que voy a casa de la yaya, me pide que le cante para comprobar si desafino ya un poco menos que la última vez. Ya casi afinas del todo, me dice para animarme, aunque hasta yo me doy cuenta de que las notas que emito no se parecen en nada a las que me gustaría hacer salir de mi garganta. No se le puede hablar si antes no te pregunta, pero le gusta contar historias y a mí me gusta escucharla. Me habla de su infancia, que fue terrible, porque tuvo una madrastra. A la menor ocasión, la molía a palos hasta dejarla medio muerta por las cosas más insignificantes. Luego entró a servir y se prometió con mi abuelo, que se llamaba Mundus y antes de darse a la bebida era carrocero. «El borracho aullador», lo llamaban los vecinos, y cuando se ahorcó, la yaya tuvo que ponerse a trabajar de lavandera para evitar que la miseria entrase por la puerta. Pero mis tres niñas salieron adelante, proclama con un orgullo más que comprensible. Un día se me escapa que me habría gustado conocer a mi abuelo y ella replica: Sí, guapo fue como el que más hasta el último momento, ¡pero también un canalla y un desalmado! Podría contarte cada cosa... Después aprieta muy bien los labios sobre las encías desdentadas y se niega a decir más. Al pensar en la palabra *desalmado*, me da miedo parecerme a mi horrible abuelo. A menudo me corroe la sensación de que no soy capaz de sentir nada auténtico por nadie, a excepción de Ruth, claro. Un día estoy en casa de la yaya y antes de cantar anuncio: Me han enseñado una canción nueva en el colegio. Y con voz desafinada y temblorosa me siento en su cama y le canto un poema que he escrito yo. Es muy largo y trata de «Hjalmar y Hulda», de «Jørgen y Hansigne» y de todos los romances de ciego de mi madre sobre parejas que no podían estar juntas, solo que mi versión acaba de forma menos trágica con los siguientes versos:

Un amor joven y rico
con mil lazos los unió.
¿Qué importa, pues, que su tálamo
sea un simple socavón?

Cuando llego a ese punto, la yaya frunce el ceño y se levanta a alisarse el vestido como para protegerse de una mala impresión. No es una canción bonita, Tove, dice con severidad, ¿de verdad que te la han enseñado en el colegio? Yo se lo confirmo apesadumbrada, porque esperaba que exclamase: ¡Qué hermosura! ¿Quién la ha escrito? Hay que casarse en la iglesia, me reconviene con suavidad, antes de tener relaciones. Pero eso tú no lo sabes, claro. ¡Ay, yaya! Sé más de lo que tú crees, pero de aquí en adelante me lo callaré. Pienso, por ejemplo, en cuando hace unos años descubrí con pasmo que mis padres se casaron en febrero del mismo año en que Edvin nació, en abril. Fui a preguntarle a mi madre cómo era posible y ella, rauda y veloz, contestó: Claro, es que con el primero siempre se tarda solo dos meses. Luego rompió a reír y Edvin y mi padre torcieron el gesto. Para mí, eso es lo peor de los mayores: que nunca están dispuestos a admitir que, por una vez en su vida, han obrado mal o a la ligera. Siempre se dan mucha prisa a la hora de juzgar a los demás, pero jamás se ponen en tela de juicio a sí mismos.

Al resto de la familia solo lo veo con mis padres, o por lo menos con mi madre. La tía Rosalia vive en Amager, igual que la yaya. No habré ido a su casa más de un par de veces porque el tío Carl, alias el Tablón, siempre está en el salón bebiendo cerveza y refunfuñando, y esas no son cosas para niños. El salón es como todos, con un aparador a un lado, un sofá al otro y entre ambos una mesa y cuatro sillas de respaldo alto. En el aparador hay, igual que en casa, una bandeja de latón con su cafetera, su azucarero y su jarrita para la leche, que nunca se usan, solo se les saca brillo en las grandes ocasiones. La tía Rosalia cose para el Magasin y al volver de trabajar suele venir a vernos. Lleva colgada del brazo la ropa que le dan para arreglar, envuelta en un paño grande de alpaca que no suelta ni un instante mientras está en nuestra casa. Nunca va a quedarse «más que un momento» y siempre se deja el sombrero puesto en un intento de negar que lleva aquí varias horas cuando al fin se marcha. Mi madre y ella siempre están hablando de hechos ocurridos en su juventud, y así me entero de muchas cosas que no debería saber. Por ejemplo, de que mi madre un día escondió a un barbero en el armario de su cuarto porque mi padre fue a visitarla sin avisar. Si mi madre no llega a echarlo de allí, se asfixia el barbero. Tienen montones de historias semejantes y todas las hacen desternillarse. La tía Rosalia solo le saca a mi madre dos años, mientras que la tía Agnete tiene ocho más y, en realidad, no compartió la juventud con ellas. Ella y el tío Peter vienen mucho a vernos y a jugar a las cartas con mis padres. La tía Agnete es un poco beata y sufre cuando alguien maldice en su presencia, cosa que su marido hace a menudo solo para molestarla. Es alta y corpulenta, y lleva la cruz de la reina Dagmar colgando en el pecho, al que el tío Peter llama la balconada. Según mis padres, el tío es la maldad y la astucia en persona, pero conmigo siempre es muy amable, así que no les creo del todo. Trabaja de carpintero y él nunca se queda desempleado. Viven en un piso de dos dormitorios del barrio de Østerbro y tienen un salón con piano frío como el hielo que solo pisan en Nochebuena. Cuentan que el tío Peter ha heredado una suma de dinero escandalosa que tiene ingresada en varias cuentas de ahorro para dar esquinazo al fisco. A veces a los empleados del lugar donde trabaja los invitan a visitar otras empresas, donde los agasajan. Cuando fueron a la Tuborg bebió tanto que al día siguiente hubo que llevarlo al hospital a que le hicieran un lavado de estómago, y cuando visitó la lechería Enigheden bebió tal cantidad de leche de una sentada que pasó enfermo ocho días. Por lo general, no bebe más que agua.

Mis tres primas son mayores que yo y bastante feas. Todas las tardes se sientan alrededor de la mesa del comedor y tejen como locas, pero no han inventado la pólvora precisamente, dice mi padre, y no hay un solo libro en toda su enorme casa. Mis padres no ocultan que nosotros hemos salido mucho mejor que esas niñas. El tío Peter estuvo casado antes y de ese matrimonio tiene otra hija que solo es siete u ocho años menor que mi madre. Se llama Ester y es una gigantona que anda encorvada y bamboleándose, los ojos parecen a punto de salírsele de las órbitas, y cuando viene a vernos me habla como a un bebé y me da besos en la boca, que es lo que más detesto en este mundo. A mi madre, con quien sale por las noches para enorme disgusto de mi padre, la llama ricura. Un día van al carnaval de la Casa del Pueblo y yo sostengo el espejo mientras se arreglan y pienso en lo guapísima que está mi madre disfrazada de Reina de la Noche. Ester va de cochero del siglo XVIII y los brazos se le salen de las mangas de farol como gruesos rizos. Tienen que darse prisa, porque mi padre ya no tardará en llegar. Mi madre aguanta el tipo aprisionada en un montón de tul negro guarnecido con cientos de lentejuelas brillantes. Las va perdiendo con tanta facilidad como su frágil alegría. En el preciso instante en que salen por la puerta aparece mi padre, que vuelve del trabajo. Al verla, exclama: Vaya, un espantapájaros. Ella no contesta y sale sin decir palabra, con Ester pegadita a los talones. Mi padre sabe que yo lo he oído y se sienta frente a mí con una expresión insegura en sus ojos afables y melancólicos. ¿Qué quieres ser de mayor?, me pregunta con desmaña. Reina de la Noche, contesto con mala sangre, porque le ha salido el «Ditlev» que siempre tiene que aguarle la fiesta a mi madre.

10

He comenzado la escuela media y con ello mi mundo ha empezado a ensancharse. Mis padres me han dejado porque han calculado que, de todas formas, no tendré mucho más de catorce años cuando termine el colegio, y si a Edvin van a pagarle unos estudios, yo no puedo ser menos. Al mismo tiempo, me han dado permiso al fin para ir a la biblioteca municipal de Valdemarsgade, donde hay una sección de libros infantiles. Mi madre piensa que leer libros para mayores terminará por volverme más rara de lo que soy, y mi padre, que tiene otras teorías, no dice nada porque yo soy territorio de mi madre y no se atreve a desafiar el orden establecido en asuntos vitales. Así pues, pongo un pie por vez primera en una biblioteca y me quedo sin habla de la impresión al ver reunidos en un solo sitio todos los libros del mundo. La bibliotecaria de la sección infantil se llama Helga Mollerup y muchos niños del barrio la conocen y la quieren, porque cuando en casa no hay ni calefacción ni luz, deja que se queden en la sala de lectura hasta que cierran, a las cinco de la tarde. Allí hacen los deberes u hojean los libros, y la señorita Mollerup solo los echa a la calle si empiezan a alborotar, porque el silencio tiene que ser absoluto, como en la iglesia. Me pregunta qué edad tengo y saca unos cuantos libros que considera adecuados para una niña de diez años. Es alta, delgada y agradable, y tiene unos ojos oscuros y llenos de vida. Contemplo sus manos, grandes y bonitas, con cierto respeto, porque dicen por ahí que abofetea con más fuerza que cualquier hombre. Viste igual que mi tutora, la señorita Klausen, con una falda lisa bastante larga y una blusa de cuello blanco bajo. Pero, al contrario que la señorita Klausen, ella no parece sentir una aversión invencible hacia los niños, al revés. Me deja en una mesa con un libro infantil delante cuyo título por suerte he olvidado, igual que el nombre de su autor. Leo: «Papá, Diana ha tenido cachorritos. Con estas palabras, una esbelta mujercita de quince años entró como un torbellino en la habitación, donde amén del gobernador se hallaban...», etcétera, etcétera. Y así una página detrás de otra. No soy capaz de leerlo. Me llena de tristeza y de un tedio insoportable. No me cabe en la cabeza que alguien pueda maltratar de esa forma un instrumento tan delicado y sensible como el lenguaje, ni que unas frases tan monstruosas logren abrirse camino hasta el interior de un libro de una biblioteca, donde una mujer tan lista y tan atractiva como la señorita Mollerup recomienda su lectura a unos niños inocentes. Por ahora, sin embargo, no soy capaz de expresar esos pensamientos, de manera que me limito a decir que los libros son aburridos y que prefiero algo de Zacharias Nielsen o de Vilhelm Bergsøe. Pero la señorita Mollerup insiste en que los libros infantiles resultan muy interesantes si se tiene la paciencia de continuar leyendo hasta que empiece la acción. Solo cuando me empecino en acceder a la sección de literatura para adultos, cede asombrada y se ofrece a traerme algunos libros si le indico cuáles, porque yo no puedo entrar. Alguno de Victor Hugo, contesto. Se pronuncia *Ügó*, dice sonriente al tiempo que me da unas palmaditas en la cabeza. No me avergüenza que me corrija, pero en cuanto llego a casa con *Los miserables* y mi padre exclama con tono de aprobación ¡Victor Hugo, ese es de los buenos!, me apresuro a aleccionarlo dándome aires: Padre lo dice mal, se pronuncia *Ügó*. Me importa un pepino cómo se pronuncie, asegura él con calma; todos esos nombres hay que decirlos tal como se escriben. Lo demás son cursiladas. Nunca sirve de nada contarles a mis padres lo que dice la gente más allá de nuestra calle. Un día, la dentista del colegio me encarga que le pida a mi madre que me compre un cepillo de dientes y yo soy tan tonta que voy y lo cuento en casa. Mi madre replica como un rayo: ¡Pues le dices de mi parte que, si lo quiere, lo compre ella! Cuando le duelen las muelas, primero padece durante una semana en la que en toda la casa no se oyen más que sus lamentos desesperados. Después le pide consejo a una vecina de la escalera que le recomienda empapar un algodón en aguardiente y colocarlo en la muela enferma, cosa que hace unos días sin mucho resultado. Solo entonces se pone sus mejores galas y se aventura hasta Vesterbrogade, donde vive nuestro médico de la caja de enfermedad. Cuando él, armado de unas tenazas, le saca la muela, mi madre queda tranquila por algún tiempo. Todo esto sin que entre en escena un solo dentista.

En la escuela media las niñas van mejor vestidas y con menos mocos que en la elemental. Tampoco tienen piojos ni labio leporino. Mi padre ha dicho que ahora iré a clase con «hijos de mejor gente», pero que eso no es motivo para que mire a los míos por encima del hombro. Tiene razón. La mayoría de los padres son obreros cualificados y yo convierto al mío en «mecánico», que me parece que suena mejor que fogonero. El padre de la chica más fina de la clase es propietario de una barbería en Gasværksvej. Ella se llama Edith Schnoor y se da tanta importancia que habla silbando las eses. Nuestra tutora, la señorita Matthiasen, es una mujer bajita y vivaracha que parece disfrutar con la enseñanza. Entre ella y la señorita Klausen, la señorita Mollerup y la directora del antiguo colegio, la que parecía una bruja, hacen que tenga la sensación de que las mujeres solo pueden llegar a algo en el terreno profesional si carecen de busto. Mi madre es una excepción, las demás amas de casa de nuestra calle tienen un pecho descomunal que proyectan hacia fuera conscientemente al andar. ¿Cómo es posible? La señorita Matthiasen es la única profesora que tenemos, el resto son hombres. Ha descubierto que me gusta la poesía y con ella no funciona eso de hacerse la tonta. Tengo que conformarme con serlo en las asignaturas que no me interesan, que, por otra parte, son muchas. Solo me gustan lengua e inglés. Nuestro profesor de inglés se apellida Damsgaard y a veces se pone como un energúmeno. Cuando eso ocurre, da un puñetazo en la mesa y exclama: ¡Que me aspen si no os enseño yo lo que es bueno! Tanto repite esta expresión que al poco todo el mundo lo conoce por «el Quemeaspen». Un día lee en voz alta un párrafo, en teoría dificilísimo, y me pide que lo repita. Dice así: *In reply to your inquiry I can particularly recommend you the boarding house at eleven Woburn Place. Some of my friends stayed there last winter and spoke highly about it.* Me felicita por lo correcto de mi pronunciación, lo que hace que ya nunca logre olvidar ese párrafo absurdo.

Todas las niñas de clase tienen cuaderno de poesía y yo, después de dar la tabarra a mi madre lo suficiente, me hago también con uno. Es marrón y en la cubierta pone «poesía» en letras doradas. Permito que algunas niñas escriban en él los clásicos versos, y de vez en cuando añado mis propios poemas con el año y el nombre debajo para que a la posteridad no le quepa duda alguna de que fui una niña prodigio. Lo escondo en uno de los cajones de la cómoda del dormitorio, debajo de una pila de toallas y trapos donde lo creo más o menos a salvo de miradas profanas. Sin embargo, una noche, Edvin y yo nos quedamos solos en casa porque mis padres han ido a jugar a las cartas con mis tíos. Por lo general, Edvin sale por las noches, pero desde que ha entrado a trabajar de aprendiz está siempre muy cansado. Es un sitio horrible, dice, y siempre anda rogando y suplicando a mi padre que le busque otro taller. Cuando ve que no sirve de nada, amenaza a gritos con hacerse a la mar, marcharse de casa y muchas cosas más; entonces mi padre también se pone a chillar, y si mi madre interviene en la discusión y se pone de parte de Edvin, el escándalo que se arma en nuestra sala de estar casi no deja que se oiga el jaleo que hay abajo, en casa de Rapunzel. Edvin tiene la culpa de que ya no haya paz en casa casi ninguna tarde, y a veces desearía que cumpliera sus amenazas y se marchase muy lejos. Ahora está muy callado y ensimismado hojeando el *Social-Demokraten* y lo único que rompe el silencio es el tictac del reloj de pared. Yo hago los deberes, pero me angustia este mutismo entre los dos. Se queda observándome con unos ojos oscuros y pensativos que, de repente, tienen una mirada tan triste como los de mi padre. Luego pregunta: ¿Y tú por qué no te acuestas de una puñetera vez? ¡No hay manera de estar solo en esta condenada casa! Pues vete a la alcoba tú, replico ofendida. Pues mira, eso pienso hacer, masculla mientras recoge el periódico y se va. Cierra de un portazo. Al cabo de un rato, para mi sorpresa e inquietud, oigo una carcajada que sale de la alcoba. ¿Qué tendrá tanta gracia? Cuando entro, me quedo petrificada de espanto. Edvin está sentado en la cama de mi madre con mi pobre cuaderno de poesía en la mano. Está doblado de risa. Roja como un tomate, avanzo un paso hacia él y extiendo la mano. Dame ahora mismo ese cuaderno, digo estampando un pie contra el suelo. ¡No tenías ningún derecho a cogerlo! Ay, Dios, gime desternillado de risa. ¡Esto es lo más divertido que he leído en mi vida! Menuda trolera eres. ¡Escucha! Entonces empieza a leer interrumpiéndose a causa de constantes ataques de risa:

¿Recuerdas cuando la luna
en las aguas se miraba?
Surcábamos la laguna
en un sueño que no acaba.

De pronto el remo soltaste.
La barca quedó varada.
Y a pesar de que no hablaste
vi el amor en tu mirada.

Me tomaste entre tus brazos.
Y me besaste en los labios.
Nunca ya podré olvidar
ese instante extraordinario.

¡Ay! ¡Ay! ¡Ja, ja, ja! Se deja caer de espaldas y continúa leyendo mientras de mis ojos brota un torrente de lágrimas. Te odio, grito pataleando de pura impotencia. ¡Te odio, te odio! ¡Ojalá que te caigas a un precipicio! Después de tan teatral escena, estoy a punto de salir corriendo por la puerta cuando, de pronto, la risa enloquecida de Edvin adquiere un tono inquietante. Al dar media vuelta, lo veo boca abajo sobre el edredón de rayas de nuestra madre con el rostro enterrado en un brazo. Mi precioso cuaderno está caído en el suelo. Edvin solloza desconsolado, incapaz de dominarse, y yo me quedo aterrada. Entre titubeos, me acerco a la cama, aunque no me atrevo a tocarlo. No tenemos costumbre. Me seco las lágrimas con la manga del vestido y digo: No lo decía en serio, Edvin, eso del precipicio. Ni... ni siquiera estoy segura de qué es. Él sigue sollozando sin contestar y de repente se vuelve y me lanza una mirada desahuciada: Odio al maestro y a los oficiales, confiesa. Me... me pegan... todo el rato, y no voy a aprender nunca a pintar coches. Lo único que hacen es mandarme a por cerveza para todos. Odio a padre porque no me deja cambiar de trabajo. Y luego llegas a casa y nunca puedes estar solo. Aquí no hay quien tenga un mínimo de privacidad. Bajo la vista hacia el cuaderno de poesía y digo: Yo tampoco tengo privacidad, y menos padre ni madre. Ni siquiera están solos cuando... cuando... Me mira sorprendido y de pronto deja de llorar. No, admite con aire triste, nunca lo había pensado, mierda. Cuando se pone de pie, le fastidia que su hermana lo haya visto en un instante de debilidad. Bueno, dice con voz ronca, ya mejorarán las cosas cuando me vaya de casa. En eso le doy la razón. Voy a la despensa a contar los huevos, saco dos y recoloco el resto para que parezcan más. ¡Voy a hacer ponche de huevo!, grito mirando hacia la salita antes de ponerme manos a la obra. En esos momentos le tengo más cariño a Edvin que en todos esos años en que solo era distante y maravilloso, guapo y divertido. No era del todo humano que jamás de los jamases se pusiera triste.

11

Gerda espera un pequeñín y Napiachapa ha puesto pies en polvorosa. Ruth dice que tenía mujer e hijos y que no debo enredarme con ningún hombre casado; nunca. Yo tampoco me veo enredada con uno soltero, pero eso me lo callo. Mi madre asegura que si un día llego a casa con un crío, me pondrá de patitas en la calle. A Gerda no la han puesto en la calle. Solo ha dejado la fábrica, donde ganaba veinticinco coronas a la semana, y ahora se pasa el día dando vueltas por la casa con una barriga enorme, cantando y tarareando a un volumen tal que se oye desde lejos que no ha perdido el ánimo, ni mucho menos. Hace ya mucho que se cortó la trenza dorada y he dejado de llamarla Rapunzel para mis adentros, aunque en realidad la niña del cuento había tenido gemelos cuando el príncipe ciego la encontró en el desierto. Suena todo tan bonito y tan remoto que resulta fácil pasarlo por alto, y de pequeña nunca me paré a pensar cómo había podido suceder. El año pasado Olga, la hija de la portera, tuvo un hijo de un soldado que también se esfumó sin dejar rastro, pero ella era mayor de dieciocho años y, además, después se casó con un policía que hizo la vista gorda con el niño.

Cuando veo mujeres con barriga, me esfuerzo por no mirarlas más que a la cara, donde me afano sin éxito en buscar señales de una dicha ultraterrena, como la del poema de Johannes V. Jensen: «Llevo en el seno tenso una primavera dulce y angustiada». No tienen en la mirada la expresión transfigurada que habrá en la mía el día que espere un hijo, estoy segura de ello. No me queda más remedio que buscarla en libros en prosa, porque a mi padre no le hace gracia que lleve a casa poemarios de la biblioteca. Sentimentalismos, dice con desdén, no tienen nada que ver con la realidad. A mí la realidad nunca me ha gustado y jamás hablo de ella en mis poemas. Cuando leo *A un lado del camino*, de Herman Bang, mi padre levanta el libro con solo dos dedos y, con evidente asco, me ordena: De este no leas nada. ¡No era normal! Yo sé muy bien que es terrible no ser normal, me cuesta un mundo aparentar que lo soy. Por eso me consuela que Herman Bang tampoco lo fuera y me termino el libro en la sala de lectura. Al llegar al final, rompo a llorar. «Bajo esta hierba vino al fin a reposar la pobre Mariana. Acercaos muchachas a la tumba a llorar por la pobre Mariana.»* Quiero escribir versos que se parezcan a esos, versos que entienda cualquiera. Mi padre tampoco quiere que lea nada de Agnes Henningsen porque es «una mujer pública», concepto que no se toma la molestia de explicar con más detalle. Si viese el cuaderno con mis poemas, probablemente lo quemaría. Desde que Edvin lo encontró y se burló de él, lo llevo siempre conmigo; de día, en la cartera, y si no, en los pantalones, que tienen un elástico que impide que se caiga. Por las noches lo guardo bajo el colchón. Por

* Ediciones de la Torre, Madrid, 1994 (trad. de María Pilar Lorenzo).

cierto que después Edvin dijo que, en realidad, los poemas le habrían parecido buenos de haber sido otra la autora. Sabiendo que todo es mentira, sostiene, son para troncharse. Me agrada su elogio, porque no me molesta lo de que sea mentira. Sé que a veces hace falta mentir para que salga a la luz la verdad.

Ahora que han echado a Ketty y a su madre, tenemos vecinos nuevos. Es un matrimonio anciano con una hija que se llama Jytte. Trabaja en una chocolatería y suele pasar mucho tiempo con nosotros cuando mi padre hace el turno de noche. Mi madre lo pasa en grande con Jytte porque se entiende mejor con mujeres más jóvenes que ella. Jytte siempre trae chocolate para Edvin y para mí, que damos cuenta de él con muchísimo apetito, aunque mi padre sostiene que seguro que es robado. Por culpa de la generosidad de Jytte me sucede algo espantoso. Un día, al volver de clase, mi madre me pregunta: ¿Qué, estaba bueno el almuerzo que te has llevado hoy? Me sonrojo y tartamudeo sin saber adónde quiere ir a parar. Siempre tiro intacto el paquete que ella me prepara porque se empeña en envolver la comida en papel de periódico. Los demás la llevan envuelta en papel encerado, algo a lo que mi madre no accedería en su vida. Sí, contesto así, a la desesperada, estaba muy rico. Me pregunto si será cierto que lo roba, continúa, parlanchina. Digo yo que el propietario estará ojo avizor. Entonces comprendo aliviada que ha metido chocolate en el almuerzo y me pongo muy contenta, porque es señal de su amor. Resulta extraño que mi madre nunca me haya pillado en una mentira. La verdad, en cambio, casi nunca se la cree. Yo diría que gran parte de la infancia se me va en investigar su carácter y, sin embargo, sigue pareciéndome igual de enigmática e inquietante. Lo peor es que puede guardarte rencor durante días y, en consecuencia, negarse a hablarte y a escucharte sin que llegues a saber en qué la has ofendido. Con mi padre hace lo mismo. Un día estaba burlándose de Edvin porque jugaba con niñas y mi padre dijo: ¿Y qué más da? Al fin y al cabo las niñas también son una especie de personas. Ah, ¿sí?, replicó mi madre, y después apretó los labios y no volvió a despegarlos hasta pasados ocho días, por lo menos. Yo, en realidad, estaba de su parte, porque los niños y las niñas no podían jugar juntos, eso saltaba a la vista. Tampoco dejan en el colegio, a no ser que sean hermanos. Pero a ningún chico en su sano juicio se le ocurriría mostrarse en público con su hermana pequeña, y cuando a Edvin y a mí no nos queda más remedio que ir por la misma acera, tengo que seguirle a tres pasos de distancia y sin que se note en nada que lo conozco de algo. Yo no soy un orgullo para nadie. Mi madre piensa lo mismo, porque el día que la acompaño a la inauguración de la Casa del Pueblo hace cuanto está en su mano para ponerme más o menos presentable. Me chamusca el pelo, tieso y amarillo, con unas tenacillas y me da órdenes terminantes de encoger los dedos de los pies para que quepan en los zapatos que nos ha prestado Jytte. La chica no va mal del todo, la consuela mi padre, que está peleando con el cuello de la camisa blanca comprada para la ocasión. Edvin ya es lo bastante mayorcito para andar de morros por tener que ir con su familia, así que por una vez nos ahorra sus adorables comentarios sobre lo fea que soy, tanto que nunca lograré casarme. Se trata de una velada muy especial porque, tras su discurso a los trabajadores, Stauning va a entregar personalmente un regalo a todos los propagandistas de Vesterbro, entre ellos mi padre. Domingo tras domingo se patea todas las escaleras del barrio para captar nuevos miembros del comité electoral, y todos los meses mi madre le saca de quicio porque se empeña en darle de baja cuando vienen a cobrar la cuota de cincuenta céntimos. Mascullando una retahíla de maldiciones, agarra él su sombrero viejo y sale disparado detrás del hombre para volver a afiliarse. A ella Stauning y el partido le inspiran un odio inarticulado, y de vez en cuando insinúa que mi padre en tiempos fue algo casi tan criminal como comunista. No pronuncia en voz alta esa palabra porque no se atreve, pero en ocasiones me acuerdo del libro prohibido que él me leía cuando era muy niña, el de la bandera roja que contempla la feliz familia obrera, así que igual hay algo de cierto en esas insinuaciones.

Cuando Stauning sube a la tribuna se me acelera el corazón, y estoy segura de que a mi padre le pasa lo mismo. Stauning habla como de costumbre y yo no entiendo ni la mitad, pero disfruto al oír esa voz pausada y grave que actúa sobre mi espíritu como un bálsamo y me asegura que, mientras él esté ahí, no va a sucedernos nada malo de verdad. Habla de la implantación de la jornada de ocho horas, aunque aún falta para eso. De los sindicatos y de esos delincuentes de esquiroles que no deberían tener cabida en ningún lugar de trabajo. Yo me apresuro a prometer —a mí misma, a Stauning y al Señor— que jamás seré una esquirola. Solo al hablar de los comunistas, que perjudican y dividen al partido, alza la voz como un trueno furioso que, sin embargo, no tarda en convertirse en una explicación en tono suave, casi quedo, del desempleo, del que mi madre no es la única en culparle. Pero no, se debe exclusivamente a la depresión mundial, asegura él, y la expresión me parece sonora y atractiva. Imagino un mundo entero, sumido en una honda pena, donde todos han bajado las persianas y han apagado la luz mientras la lluvia chorrea desde un cielo gris e inconsolable sin una sola estrella. ¡Y ahora, dice Stauning para concluir, tengo el placer de entregar un premio a todos y cada uno de nuestros competentes propagandistas, como recompensa por su trabajo en pro de nuestra causa! Me pongo roja como la grana de puro orgullo al pensar que mi padre es uno de ellos y le miro de soslayo. Él se enrosca, nervioso, las guías del bigote y me sonríe como si supiera que comparto su alegría. El conflicto por el puesto de aprendiz hace que aún haya cierta frialdad entre él y Edvin, que parece a punto de quedarse dormido. Entonces, Stauning va mencionando cada nombre en voz alta y clara, les estrecha por turno la mano a los hombres y les hace entrega de un libro. Cuando le toca a mi padre, los ojos me hacen chiribitas. El libro que le dan se llama *Versos y herramientas*, y Stauning ha escrito su nombre y unas palabras de reconocimiento en la portada. De camino a casa, mi padre, que sigue conmovido ante semejante honor, promete: Cuando seas mayor, te dejaré leerlo. A ti te gustan los versos. Mi madre y Edvin no vienen. Ellos se quedan al baile que hay después, que a mi serio padre no le dice nada, y yo no soy más que una niña. Más tarde mi madre coloca el libro tan al fondo de la estantería que con la puerta de cristal cerrada no se ve. Bonita recompensa por andar gastando escaleras todos los santos domingos de Dios, le dice burlona a mi padre, y él le habla de esquiroles y salarios de miseria. ¡Santo Dios! Tampoco mi padre puede gozar de sus alegrías en paz.

12

Pasó el tiempo, y la infancia se fue volviendo tenue y plana, como de papel. Estaba raída y fatigada, y en sus instantes de mayor decaimiento parecía incapaz de durar hasta que yo fuese adulta. No era yo la única en verlo. Cada vez que la tía Agnete venía a casa, exclamaba: ¡Jesús, cómo creces! Sí, contestaba mi madre al tiempo que me lanzaba una mirada de reproche, si al menos fuese ganando también en corpulencia... No le faltaba razón. Estaba plana como una tabla y la ropa me colgaba de los hombros como cuelga de una percha. La infancia tenía que durarme hasta los catorce años, pero ¿qué culpa tenía yo si la mía se gastaba antes de tiempo? Las preguntas importantes jamás obtenían respuesta. Llena de envidia, observaba la infancia de Ruth, firme, tersa y sin fisuras. Tenía todo el aspecto de poder sobrevivir a su dueña y pasar así a manos de alguna otra que la acabara. Ruth de todo esto no tenía ni idea. Cuando los chicos de la calle me gritaban ¿Qué tal aire se respira por ahí arriba, maja?, ella les contestaba con un torrente de maldiciones y palabrotas que de inmediato los espantaba. Sabía que yo era sensible y poco habladora, y siempre me defendía. Pero con Ruth ya no me bastaba. Tampoco con la señorita Mollerup, que tenía muchos niños de los que ocuparse y yo solo era una más. Siempre soñaba con encontrar una persona, tan solo una, a quien mostrar mis poemas y que los elogiara. A la yaya le parecerían indecentes y Edvin se reiría de ellos. Había empezado a pensar mucho en la muerte, a la que veía como una amiga. Me convencí hasta tal punto de que quería morir que, un día que mi madre había salido a comprar, aproveché para hacerme con el cuchillo del pan y la emprendí contra mi muñeca con la esperanza de dar con la arteria. Mientras tanto, lloraba a moco tendido solo de pensar en la desesperación de mi madre, que no tardaría en abalanzarse sobre mi cadáver entre sollozos. La cosa no pasó de unos cortecitos de los que aún conservo leves señales. Mi único consuelo en un mundo trémulo e inseguro era escribir poemas como este:

Ayer fui joven y hermosa,
fui dicha, fui regocijo,
fui ardiente como una rosa.
Hoy solo hay vejez y olvido.

Tenía entonces doce años. El resto de mis poemas no eran más que, como decía Edvin, «una sarta de trolas». En su mayoría hablaban de amor y, si se les daba crédito, yo llevaba una vida casquivana plagada de conquistas interesantes.

Estaba convencida de que mis padres me enviarían a un reformatorio si algún día descubrían un poema como este:

Con gozo, amigo, comprendí
al fundirnos en un beso
que esa es nuestra razón de ser,
nacemos para eso.

Mi vago sueño juvenil
se borró en ese instante.
Tuve, amigo, gracias a ti
mi bautismo de amante.

Escribía poemas de amor dedicados a la luna, a Ruth... o sencillamente a nadie. Tenía la sensación de que mis versos cubrían los descosidos de mi infancia como la piel fina y nueva que crece bajo una costra aún a medio caer. ¿Serían ellos los llamados a componer mi yo adulto? Por entonces, casi siempre estaba triste. El viento helado de nuestra calle azotaba mi cuerpo flaco y desgarbado, que el mundo contemplaba con desaprobación. En el colegio me quedaba embobada mirando a los profesores, como hacía con cualquier persona adulta, y un día una sustituta de música se acercó a mi sitio con mucha calma y me dijo con voz tranquila, pero clara: No me gusta tu cara. Al llegar a casa, la estudié en el espejo de la cómoda. Era una cara pálida de mejillas redondas y ojos asustados. Los incisivos de arriba tenían el esmalte dañado a consecuencia del raquitismo que había tenido de pequeña. Lo sabía por la dentista del colegio, que había dicho que era una enfermedad causada por una mala alimentación. Yo, por supuesto, me lo callé; esas cosas era mejor no contarlas en casa. Como no le encontraba explicación a mi creciente melancolía, creí que al fin era víctima de «la depresión mundial». También pensaba mucho en los primeros años de mi infancia, que ya nunca volverían, y me parecía que todo había sido entonces. Por las noches me subía al alféizar de la ventana y, allí sentada, escribía en mi libro de poesía:

La cuerda que se ha partido
ya no vuelve a estar entera

sin que pierda su tañido,
sin que una nota muera.

Mis modelos literarios eran en esos momentos los himnos, los romances populares y los poetas de los noventa.

Una mañana desperté con un malestar terrible. Me dolía la garganta y al levantarme me sentí helada. Le pregunté a mi madre si podía quedarme en casa y no ir a clase, pero ella frunció el ceño y me rogó que le ahorrase esas tonterías. No soportaba los imprevistos ni las visitas sin anunciar. Ardiendo de fiebre, fui a la escuela y me mandaron de vuelta en la primera hora. Para entonces mi madre ya se había repuesto de la impresión y había aceptado que estaba enferma. Tan pronto como me metí en la cama, me volví a quedar dormida y al despertar me encontré a mi madre en plena limpieza general. Estaba colgando unas cortinas limpias en la alcoba y se dio media vuelta cuando la llamé. Menos mal que estás despierta, dijo, el doctor no tardará en llegar, a ver si me da tiempo. A mí el médico de la caja de enfermedad me daba un miedo espantoso, y a mi madre también. Apenas terminó de hacer las camas con sábanas limpias y escarbarme en las orejas con una horquilla del pelo, llamaron a la puerta y salió corriendo a abrir muy aturdida. Buenos días, saludó con respeto, disculpe usted la molestia de... No alcanzó a decir más, porque la interrumpió un violento acceso de tos. Mientras el médico tosía y babeaba en su pañuelo, la hizo a un lado con el bastón: Sí, sí, rugió en cuanto recuperó el aliento. Todas esas escaleras... van a acabar conmigo. ¡Y qué estrecheces! Estas no son maneras de pasar consulta. Me acuerdo de usted, sí, la de las muelas. Pero por todos los santos, ¿quién está enfermo? Ah, su hija...

¿Y dónde demonios la tienen metida? Aquí dentro. Mi madre pasó delante y el médico la siguió encogiendo la barriga con grandes apuros al bordear las camas de mis padres para llegar hasta mí. ¡Bueno!, gritó inclinándose, ¿y qué te pasa? No querrás hacer novillos, ¿verdad? Su aspecto era tan repugnante que me tapé con el edredón hasta la barbilla. Clavó en mí unos ojos negros y saltones que me hicieron sentir el impulso de decir que podíamos ser pobres, pero no sordos. Tenía las manos cubiertas de vello, y de cada oreja le salía un mechón grueso y negro. Cuando pidió a gritos una cuchara, mi madre estuvo a punto de tropezar con sus propias piernas al salir disparada hacia la cocina para buscarla. El doctor me iluminó la garganta con una linternita, me palpó el cuello por los lados y por fin preguntó en tono amenazante: ¿Hay difteria en el colegio o qué? ¿Algún compañero? Yo asentí. Entonces hizo una mueca, como si saborease algo agrio, y gritó: ¡Tiene difteria! Al hospital de inmediato. ¡Me cago en todos los demonios! Mi madre me lanzó una mirada de reproche, como si lo último que hubiese esperado de mí fuese que molestara a un médico tan ocupado por algo tan indecente. El doctor agarró el bastón con furia y pasó como pudo hasta la salita a redactar el parte de ingreso. Yo estaba aterrorizada. ¡Al hospital! ¡Mis poemas! ¿Dónde esconderlos ahora? El sueño me venció una vez más y cuando desperté vi a mi madre sentada en mi cama. Me preguntó con ternura si me apetecía algo y yo, por contentarla, pedí un trocito de chocolate, aunque sabía que no podría tragármelo. Gracias a Jytte, en casa nunca faltaba. Mientras esperábamos a la ambulancia, le expliqué que quería llevarme mi cuaderno de poesía por si en el hospital alguien escribía en él. No le pareció mal. Fue a mi lado en la ambulancia acariciándome la frente y las manos todo el rato. Yo no recordaba que hubiese hecho algo así antes, y me sentía a un tiempo cohibida y contenta. Siempre que salía a la calle o iba de tiendas, contemplaba con una mezcla de alegría y envidia a las madres que llevaban a sus hijos en brazos o los mimaban. Tal vez mi madre lo hubiese hecho en su día, pero yo no me acordaba. En el hospital, me condujeron a una sala enorme donde había niños de todas las edades. Todos teníamos difteria y la mayoría de ellos estaban tan enfermos como yo. El cuaderno de poesía lo guardé en un cajón y a nadie le extrañó que lo tuviera conmigo. Aunque pasé allí tres meses, no recuerdo casi nada del tiempo en el hospital. A las horas de visita, mi madre se plantaba delante de la ventana y me hablaba a gritos. Poco antes de mi vuelta a casa habló con un médico, que dijo que yo tenía anemia y estaba demasiado flaca. A mi madre la ofendieron tanto ambas cosas que a mi regreso me hacía todos los días sopa de harina de centeno y otras comidas que me engordaran, a pesar de que mi padre volvía a estar sin trabajo. Durante mi larga ausencia, Ruth había hecho migas con Minna, la hija de la portera, una chiquilla gorda de trece años de pelo blanco con la que ahora siempre andaba en el rincón de la basura, aunque aún no tenía edad para tal ascenso. Yo me sentía sola y traicionada. La noche, la lluvia y mi mudo lucero de la tarde —y mi cuaderno de poesía— eran mi único y tenue consuelo en aquella época. No escribía nada más que poemas como este:

Noche azabache y tranquila
que me envuelves en tu amable oscuridad
y me llenas de calma y suavidad,
me sacias y me adormilas.

La lluvia fina y callada
los cristales despereza.
Siento al bajar la cabeza
fresco el lino de la almohada.

Me deja el sueño vencida,
bendigo la noche, mi amiga mejor.
Mañana regreso, rota de dolor,
una vez más a la vida.

Un día mi hermano me dijo que debería intentar vender alguno de mis poemas a un periódico, pero yo pensé que nadie estaría dispuesto a pagar por ellos. Eso, por otra parte, me daba lo mismo con tal de que alguien los publicara y no tuviese que verme cara a cara con ese «alguien». Algún día, cuando al fin fuese mayor, mis poemas figurarían, claro está, en un libro de verdad, pero no sabía muy bien cómo iba a suceder. Mi padre seguro que sí sabía qué había que hacer, pero como decía que las chicas no pueden ser poetas, mejor que no se enterase. A mí me bastaba con escribir los poemas, no tenía ninguna prisa por mostrárselos a un mundo que hasta entonces solo los había acogido con risas y con desdén.

13

El tío Peter ha matado a la yaya. Al menos eso dicen mis padres y la tía Rosalia. Él y la tía Agnete fueron a buscarla el día de Nochebuena en medio de una nevada tremenda. Se pasaron los tres al menos un cuarto de hora esperando al tranvía y, a pesar de su riqueza legendaria, por lo visto al tío Peter no se le pasó siquiera por la cabeza pagar un taxi para ir a casa. Por la noche, la yaya tenía una pulmonía y la acostaron en un diván que le habían preparado en el salón, donde, sí, encienden el fuego todas las Navidades, pero ya se sabe, dice mi madre, lo húmeda que resulta una habitación donde no se enciende la chimenea más que tres días al año. Allí se pasó la yaya todas las Navidades recibiendo visitas nuestras y sabiendo a ciencia cierta que iba a morirse. Los demás no la creíamos. Llevaba un camisón blanco de cuello alto y sus manos finas, tan parecidas a las de mi madre, escarabajeaban inquietas por el edredón como si se afanasen en vano en buscar algo crucial. Así, sin las gafas puestas, se veía que tenía la nariz larga y puntiaguda, la mirada limpia de un azul intenso y una expresión rígida y severa en la boca escuálida cuando no sonreía. Hablaba sin cesar de su entierro y de las quinientas coronas que había perdido con la escandalosa quiebra del Landmandsbank. Mi madre y mis tías reían de buena gana y le aseguraban: Tendrás un entierro estupendo cuando te llegue la hora, madre querida. Creo que yo era la única que la tomaba en serio. Tenía entonces setenta y seis años, así que en mi opinión ya no podía quedarle mucho. Elegimos los himnos que se cantarían: *Campana de iglesia, no para las capitales* y *Si la mano has puesto en el arado del Señor*. Este último no era un himno funerario, pero a la yaya y a mí nos gustaba mucho y solíamos cantarlo juntas cuando iba a verla. Por mi parte, la elección tenía también un tanto de desafío. Mi padre odiaba ese himno muy especialmente, porque a sus ojos el verso «si el llanto quiere ahogar tu voz, recuerda la cosecha» era una prueba palpable de la hostilidad de la Iglesia hacia los trabajadores.

Me habría encantado escribir un himno para mi yaya, pero no pude. Lo intenté en un sinfín de ocasiones, pero siempre me salían parecidos a alguno de los antiguos y al final, con gran pena, tuve que desistir. Dos días después del de Navidad sucedió algo terrible. Las tres hermanas estaban sentadas en la cama de la yaya y el tío Peter en la sala cuando, de repente, llamaron a la puerta y salió a abrir una de mis primas. Era el Tablón que, en un estado lamentable, consiguió a duras penas llegar hasta el lecho de la enferma. La tía Rosalia se tapó el rostro con las manos y rompió a llorar. El Tablón intentó agarrarla con torpeza sin dejar de gritarle que, o se volvía a su casa de una maldita vez, o no le dejaba un solo hueso sano en todo el cuerpo. Intervino el tío Peter para sujetar al borracho y a los niños nos echaron de la sala. Se oyó un jaleo espantoso, gritos de mujer y, en medio de todo, la voz tranquila y autoritaria de la yaya, que trataba de apelar a lo poco que quedaba del lado bueno de mi tío. Se hizo el silencio y luego nos enteramos de que el tío Peter le había echado haciendo uso de la fuerza. Jamás le habían aceptado en aquella casa. Lo mismo sucedía en nuestra calle. Los hombres o bien bebían —la mayoría— o bien alimentaban un odio feroz hacia quienes lo hacían. Cuando empeoró la yaya y el médico dijo que era poco probable que superase la crisis, ya no me dejaron verla. Mi madre pasaba día y noche con ella y volvía a casa con los ojos rojos y noticias descorazonadoras. Cuando murió la yaya tampoco me dieron permiso para entrar a verla, pero a Edvin sí. Me contó que estaba igual que en vida. Al funeral, en cambio, sí fui. Estaba en la iglesia de Sundby, al lado de mi madre y de la tía Rosalia, y en mitad del sermón me entró un ataque de risa histérica. Fue tan espantoso que me tapé la boca y la nariz con el pañuelo con la esperanza de que creyesen que estaba llorando como los demás. Por suerte me corrían lágrimas por las mejillas. Me horrorizaba pensar que no sentía nada ante aquella muerte. Había querido a la yaya con toda el alma y estaban cantando los himnos que habíamos elegido juntas. ¿Por qué no sentía pena? Mucho después del funeral me cambiaron mi edredón por el de la yaya, la única herencia de mi madre. Cuando por la noche me tapé con él, salió a mi encuentro el peculiar olor de mi abuela a sábanas limpias. Solo entonces pude llorar y comprendí lo que había ocurrido. Ay, yaya, ya nunca me oirás cantar. Ya nunca me untarás mantequilla auténtica en el pan, y lo que hayas olvidado contarme sobre tu vida ya nunca saldrá a la luz. Pasé muchas noches llorando hasta caer rendida, porque el olor no se iba del edredón.

14

Que Dios se apiade de ti si no vuelas ahora mismo a devolver esta escurridora, dice mi madre arrojándome el pesado aparato y obligándome con ello a dar un salto para que no me aplaste los pies. Está en el sótano, en el lavadero, inclinada sobre un caldero humeante, y me consta que en este día del mes es bastante impredecible. Pero me encuentro en un apuro espantoso. Me ha dado diez céntimos para que pague el alquiler del aparato, que cuesta quince céntimos la hora. Subió cinco la última vez y ya entonces me fiaron porque prometí pagarlos para la siguiente. Es decir, que hoy hay que darles veinte céntimos y yo solo tengo diez. Madre, protesto tímidamente, que yo no tengo la culpa de que haya subido. Ella levanta la cara y se aparta el pelo húmedo. Que te marches de una vez, ordena amenazadora, y yo salgo de ese cuarto vaporoso y subo al patio, donde alzo los ojos al cielo gris como si esperase de él alguna ayuda. Es por la tarde y en el rincón de la basura está la banda de siempre, conspirando. Quién fuera una de ellas. Quién fuera como Ruth, tan bajita que se pierde en medio del corrillo. Buenas, Tove, grita alegre, porque ella no tiene conciencia de haberme fallado. Buenas, contesto yo, que de pronto concibo una esperanza. Me acerco un poco y le indico por señas que venga. Cuando le explico el recado al que me han mandado, dice: No te preocupes, que te acompaño y ya la devuelvo yo. Dame los diez céntimos, es mejor que nada. Para Ruth todo es sencillo; ni siquiera la sorprende la conducta de los mayores. A mí tampoco me sorprende demasiado si se trata de mi madre, cuyo carácter imprevisible ya he aceptado. Al llegar a Sundevedsgade me quedo en la esquina, lista para huir, mientras Ruth se abre camino por la tienda, tira el aparato y los diez céntimos sobre el mostrador y regresa corriendo. Volvemos a la carrera hasta Amerikavej, donde reímos sin aliento como cuando en los viejos tiempos dejábamos atrás algún peligro. La muy bruja se ha puesto a gritarme, jadea Ruth. ¡Son quince céntimos!, chillaba, pero con esa barriga no ha podido salir de detrás del rodillo a tiempo. Dios, ¡qué divertido! Las lágrimas limpias surcan de líneas su graciosa carita y yo me siento feliz y agradecida. De camino a casa me pregunta por qué no quiero estar con ellas en el rincón de la basura. Las chicas mayores son muy divertidas, dice. Lo pasan en grande, y si Ruth ya tiene edad para ir con ellas, yo también. Cuando llegamos al patio ya solo están Minna y Grete. Yo no entiendo qué ve Ruth en Minna. Grete vive en uno de los pisos de la escalera exterior y es hija de una madre divorciada que cose, como mi tía. Va a séptimo curso y casi no la conozco. Lleva puesto un suéter de punto que insinúa dos bultitos minúsculos por delante, los que tan tristemente me faltan. Cuando se ríe, se nota que tiene la boca torcida. El rincón está en penumbra y hay un hedor espantoso a basura. Las dos chicas están sentadas encima de los cubos y Minna le hace sitio a Ruth con gesto acogedor. Eso me deja a mí allí de pie, tiesa como una farola y sin nada que decir. Es un ascenso por el que llevo años suspirando, pero ahora ya no sé si era para tanto. Gerda ya no tardará en tener el crío, anuncia Grete mientras da con los talones contra el cubo. Le va a salir subnormal, igual que Ludvig el Guapo, dice Minna, esperanzada. Eso pasa con los niños fabricados en mitad de una cogorza. Y una leche, protesta Ruth, que si no aquí casi todos seríamos subnormales. Hablan así siempre y siempre encuentran algo malo y soez que decir de todo el mundo. Me pregunto si también dirán esas cosas de nosotros cuando yo no estoy delante. Hablan entre risitas de borracheras, adulterios y relaciones secretas innombrables. Grete y Minna no quieren conservar su virginidad ni una hora más allá de su confirmación, aseguran, y ya se encargarán ellas de no tener críos antes de los dieciocho. Yo lo sé todo de antes, por Ruth, de manera que la charla en el rincón de la basura me resulta mortalmente triste y aburrida. Me oprime el pecho y me hace desear estar muy lejos del patio, de la calle y de los bloques de casas. No sé si habrá otras calles, otros patios, otras casas y otras gentes. Aún no he ido más allá de Vesterbrogade a comprarle tres libras de patatas viejas al frutero, que siempre me daba un caramelo y que al final resultó ser «el Taladro Misterioso». Durante el día atendía su tiendecita con discreción y por las noches dejaba en ridículo a la policía robando en las oficinas de correos de la ciudad. Tardaron años en atraparlo. Estoy perdida en mis reflexiones cuando de pronto Ruth exclama: ¡Tove tiene novio! Las dos chicas mayores se mondan de risa. Mentira cochina, replica Minna, ¡es demasiado mojigata! Una mierda que es mentira, salta Ruth, que me mira con una sonrisa de oreja a oreja y sin ninguna maldad. Sí, yo también sé quién es. ¡Charles el Rizos! ¡Ah, ja, ja, ja, ja! Ellas se doblan de risa y yo me río más alto que ninguna. Lo hago porque Ruth pretendía divertirnos, no porque le vea la gracia. En ese instante, Gerda atraviesa el patio con la espalda arqueada y el paso torpe, y las risas enmudecen. Lleva en la mano una red con botellas de cerveza que chocan unas con otras. Tiene el pelo corto más oscuro que antes y la cara llena de manchas marrones. De inmediato deseo que tenga un hijo precioso de inteligencia normal. Una niña, espero, con el cabello dorado recogido en una larga trenza que le baje por la espalda. Tal vez Gerda estuviese enamorada de Napiachapa, nadie sabe lo que oculta el corazón de una mujer. Tal vez llore por las noches hasta quedarse dormida, aunque se pase los días canturreando y riendo. Antes ella también era una habitual del rincón de la basura, donde un día proclamó lo que ocurriría cuando cumpliese catorce años. Yo no pienso seguir la tradición en ese punto. No pienso hacerlo hasta que encuentre a un hombre al que ame, aunque por el momento ni hombres ni chicos se dignan a mirarme. No quiero «un obrero cualificado con trabajo estable que venga derechito a casa con la paga semanal y que no beba». Para eso, mejor quedarme solterona, algo a lo que mis padres por lo visto se han ido resignando poquito a poco. Mi padre siempre anda hablando de «una colocación fija con derecho a pensión» cuando salga del colegio, pero a mí eso me parece igual de espantoso que lo del obrero. Cuando pienso en el futuro, me doy siempre de cabeza contra un muro, por eso desearía tanto alargar mi infancia. Pero no veo forma de hacerlo, y cuando mi madre me llama desde la ventana me alejo con alivio del querido rincón de la basura. ¿Qué?, pregunta muy cariñosa, ¿has podido devolver la escurridora? Sí, contesto sin más, y ella me sonríe como si hubiese resuelto una tarea muy difícil que me había encomendado.

15

La señorita Matthiasen me ha dicho que pregunte en casa si puedo ir al instituto, y eso que en el examen no supe contestar cuánto había durado la guerra de los Treinta Años. Nunca aprenderé a pillar ese tipo de gracias. La señorita Matthiasen dice que soy una niña muy inteligente y que debería seguir estudiando. A mí también me gustaría, aunque de sobra sé que no podemos permitírnoslo. Aun así, le pregunto sin muchas esperanzas a mi padre, que, presa de una extraña agitación, se lanza a despotricar de las medias azules y de las estudiantes, tan feas como engreídas. Un día quiso ayudarme a escribir una redacción acerca de Florence Nightingale, pero lo único que fue capaz de decir de ella es que tenía los pies grandes y mal aliento, de modo que preferí recurrir a la señorita Mollerup. Quitando eso, mi padre me ha escrito un montón de redacciones y la señorita Matthiasen le ha puesto muy buenas notas. La cosa no se fue al traste hasta el día en que escribió una sobre América y la terminó así: «Dicen que América es el país de la libertad. Antes quería decir libertad para ser uno mismo, para trabajar y poseer la tierra. Ahora en la práctica significa libertad para morirse de hambre si no se tiene dinero para comprar comida». ¿Qué diantres pretendes decir con semejante arenga?, me preguntó mi tutora. Como no supe explicárselo, sacamos solo un notable por el trabajo. No, no puedo seguir estudiando y tampoco puedo seguir siendo niña mucho más tiempo. Saldré de la escuela y me confirmaré y me colocaré en una casa donde haya mucho que hacer. El futuro es un coloso inmenso y arrollador que de un momento a otro se abatirá sobre mí y me aplastará. Mi infancia remendada revolotea a mi alrededor y tan pronto como zurzo uno de sus agujeros se abre otro un poquito más allá. Eso me vuelve irascible y vulnerable. Le contesto a mi madre, que replica triunfal: Sí, sí, ¡ya verás cuando andes por ahí entre desconocidos! La gran mortificación de mis padres es Edvin, a quien me siento muy unida desde que se ha enfrentado a ellos. Yo no tengo sentimientos profundos ni dolorosos hacia él, así que a mí puede confiarme lo que quiera sin ningún miedo. Pero mi padre siempre creyó que llegaría muy lejos porque de niño tenía mucho talento. Sabía cantar y tocar la guitarra, y en las funciones escolares hacía siempre de príncipe. Todas las niñas del cole y también las del patio estaban locas por él, y como íbamos al mismo colegio, los profesores siempre me preguntaban con pasmo: ¿Y tú eres hermana de ese chico tan guapo y tan listo? Además, a mi padre le encantaba que perteneciese al DUI y que fuese del partido en cuerpo y alma. Mi padre siempre decía que desconfiaba de los ministros que nunca habían cogido una pala, así que ¿quién sabe qué futuro había soñado para Edvin? Ahora todo eso no son más que sueños rotos. Edvin solo espera que llegue el bendito día en que al fin lo asciendan a oficial y pueda ser él quien maltrate a los pobres aprendices. También espera cumplir dieciocho años, porque el día que suceda se irá de casa y alquilará un cuarto donde hacer sus cosas en paz. Quiere vivir en un sitio donde pueda recibir chicas, porque en eso mi madre es inflexible. A sus ojos, todas las muchachas jóvenes son agentes enemigos que lo único que buscan es casarse y que las mantenga un obrero cuyos padres se han pasado toda la vida mirando el céntimo para poder costear su formación. Y ahora que por fin va a ganar dinero, le recuerda a mi padre llena de amargura, y podría devolverles una parte, se larga de casa, claro. Eso es que alguna golfa le ha sorbido el seso. Esas cosas las dice cuando se acuestan y creen que estoy dormida. Yo entiendo a Edvin, porque en esta casa no se puede estar, y en cuanto cumpla los dieciocho también me iré. Pero de igual modo entiendo la decepción de mi padre. Hace poco discutieron él y Edvin, y mi hermano dijo que Stauning empinaba el codo y tenía queridas. Mi padre se puso rojo como la grana de pura rabia y le soltó un bofetón tan tremendo que lo tiró al suelo. En mi vida le había visto pegar a Edvin, y a mí tampoco me ha pegado, nunca. Una noche que mis padres estaban en la cama hablando del problema, mi padre dijo que había que darle permiso para que invitara a su chica a casa. Si no tiene, al menos ninguna fija, zanjó la cuestión mi madre. Claro que sí, replicó él; si no, no andaría por ahí todas las noches. Eres tú la que le aleja de casa con tu actitud. Como siempre que mi padre insiste en algo, cosa que hace rara vez, mi madre se vio obligada a ceder, y le pidieron a Edvin que invitase a Solvejg la tarde siguiente a tomar café. Sé muchas cosas de Solvejg, pero no la he visto nunca. Sé que ella y mi hermano se quieren y que se van a casar cuando le hagan oficial. También sé que él va a su casa y que los padres de Solvejg están muy contentos con él. La conoció en un baile en la

Casa del Pueblo. Vive en Enghavevej y tiene diecisiete años, igual que él. Su padre arregla bicicletas y tiene un taller en Vesterbrogade. Ella ha estudiado para peluquera y gana mucho dinero.

Cuando llegó la gran noche, todos vigilábamos ansiosos el menor movimiento de mi madre. Yo la ayudé a poner nuestro único mantel blanco en la mesa y Edvin intentó en vano captar su mirada para sonreírle. Se había puesto el traje de la confirmación, que le quedaba corto por los puños y por los tobillos. Mi padre, con la ropa de los domingos, estaba sentado al borde del sofá toqueteándose nervioso el nudo de la corbata, como si la visita fuese él. Fui a buscar la fuente de pasteles de nata y la coloqué en el centro de la mesa. En ese momento sonó el timbre y mi hermano estuvo a punto de tropezar cuando salió disparado a abrir. Una risa clara resonó en el pasillo; mi madre apretó los labios, agarró el punto y se puso a tejer como una loca. Buenos días, saludó seca, y le tendió la mano a Solvejg sin levantar la vista. Tome asiento, por favor. Lo mismo podría haberle dicho váyase al infierno, pero se diría que Solvejg no había reparado en la tensión que se mascaba en el ambiente. Se sentó sonriente y a mí me pareció muy guapa. Llevaba el pelo rubio recogido en un rodete en lo alto de la cabeza y tenía unas mejillas rojas de hondos hoyuelos y unos ojos de color azul marino que parecían reír siempre. No reparó en lo callados que estábamos todos y empezó a charlar en tono alegre y con aplomo, como si estuviera habituada a dar órdenes. Habló de su trabajo, de sus padres, de Edvin y de lo mucho que la alegraba estar al fin en su casa. A mi madre se la notaba cada vez más tensa y movía las agujas como si cobrase a destajo. Solvejg al final acabó por darse cuenta, porque dijo: ¡Qué curioso! Cuando Edvin y yo nos casemos, será usted mi suegra. Se echó a reír de buena gana, pero sola, hasta que de pronto mi madre rompió a llorar. Era una situación de lo más embarazosa y ninguno sabíamos qué hacer. Ella lloraba y lloraba sin dejar de tejer con un llanto que ni conmovía ni enternecía. ¡Alfrida!, la conminó mi padre, que jamás la llamaba por su nombre de pila. Yo cogí la cafetera a la desesperada. ¿Le apetece otra tacita?, le pregunté a Solvejg, y le llené la taza hasta el borde sin aguardar su respuesta. Pensé que tal vez creyera que así era el día a día en nuestra casa. Gracias, me contestó con una sonrisa. Guardamos silencio por un instante. Mi hermano se obstinaba en mirar el mantel con aire sombrío. Solvejg se esmeró mucho en añadirle la leche y el azúcar al café. Los ojos que mi madre bajaba con encono eran un manantial inagotable de lágrimas. De repente, Edvin apartó su silla de un empujón y la estrelló contra el aparador. Venga, Solvejg, dijo, nos marchamos. Ya sabía yo que iba a estropearlo todo. Deje de lloriquear, madre. Pienso casarme con Solvejg tanto si les gusta como si no. Adiós. Y con Solvejg de la mano, salió al pasillo a toda prisa sin darle tiempo siquiera para despedirse. La puerta se cerró con un buen golpe cuando se fueron. Solo entonces se quitó mi madre las gafas y se enjugó las lágrimas. Ya ves, le dijo a mi padre en tono de reproche, eso es lo que se consigue con ese empeño en mandarlo de aprendiz. ¡Esa golfa no va a soltar una mina de oro así como así! Él se echó en el sofá con aire cansado, se deshizo el nudo de la corbata y se desabrochó el botón superior de la camisa. No es eso, dijo sin sombra de enfado, pero así vas a acabar echando de casa a tus propios hijos.

Edvin no volvió a llevar a ninguna chica a casa y cuando más adelante se casó, no vimos a su mujer hasta después de la boda. No era Solvejg.

16

La última primavera de mi infancia es fría y ventosa. Sabe a polvo y huele a rupturas penosas y a cambios. En la escuela, todos andan de cabeza haciendo preparativos para los exámenes y para la confirmación, pero yo no le veo sentido a ninguna de las dos cosas. El título de la escuela media no hace ninguna falta para fregar escaleras y hacerles la colada a unos desconocidos, y la confirmación no es sino la lápida que va a enterrar una infancia que ahora se me antoja luminosa, segura y feliz. Es una época en que todo me causa una impresión indeleble y tengo la sensación de que voy a recordar hasta los comentarios más intrascendentes por el resto de mis días. Cuando salgo con mi madre a comprar los zapatos con los que voy a confirmarme, dice delante de la dependienta: Bueno, estos son los últimos zapatos que te pagamos. Esa frase dibuja un panorama terrorífico para el futuro y no sé cómo podré ganarme la vida. Los zapatos son de brocado y cuestan nueve coronas. Son altos, y como no sé andar con ellos sin que se me doblen los tobillos y, además, según mi madre, con ellos puestos parezco una torre, mi padre les corta un trozo de tacón con el hacha. Eso hace que las puntas miren hacia arriba; pero solo voy a ponérmelos un día, me consuela mi madre. El día de su decimoctavo cumpleaños, Edvin se fue a vivir a una habitación de Bagerstræde, y ahora soy yo quien duerme en el sofá del cuarto de estar, lo que me parece una triste señal más de que mi infancia ha pasado. Aquí no puedo sentarme en el alféizar de la ventana, que está lleno de geranios, y lo único que se ve es la plaza, con el carromato verde de los gitanos, y la gasolinera, con su enorme farola grande y redonda que, según dicen, un día me hizo exclamar: ¡Madre, se ha caído la luna! Yo no me acuerdo; además, las cosas que los mayores recuerdan de uno no tienen nada que ver con las que uno recuerda. Hace mucho que lo sé. También los recuerdos de Edvin son distintos de los míos, y cuando le pregunto si se acuerda de algún acontecimiento que yo creo que tenemos en común, siempre contesta que no. Mi hermano y yo nos tenemos cariño, pero no se nos da bien eso de hablar. Cuando voy a visitarle a su cuarto alquilado, me abre su casera. Tiene unos mostachos negros y parece aquejada de las mismas sospechas que mi madre. ¡Su hermana!, dice asombrada; pues estamos buenos. En mi vida he conocido a un inquilino con tantas primas y hermanas como este. Aunque ahora tiene un cuarto entero para él solo, Edvin no está bien. Fuma cigarrillos, bebe cerveza y sale a bailar muchas noches con un compañero que se llama Thorvald. Fueron aprendices juntos y pretenden tener algún día taller propio. Nunca he visto a Thorvald porque ninguno de nosotros puede recibir visitas, sean del sexo que sean. Edvin se siente muy desgraciado porque Solvejg le ha dejado. Se presentó un día en la habitación donde al fin podían estar solos y dijo que no quería casarse con él. Edvin le echa la culpa a mi madre, pero para mí que Solvejg ha encontrado a otro. Y es que he leído en algún sitio que el amor verdadero se crece ante las contrariedades, pero prefiero callármelo, porque supongo que para Edvin será mejor creer que mi madre la ha espantado. Su cuartito es muy pequeño y tiene unos muebles más propios de un vertedero. Nunca me quedo demasiado tiempo porque nuestras conversaciones están salpicadas de largos silencios y porque cuando me marcho parece tan aliviado como contento cuando llego. Le cuento cosas de casa. Por ejemplo, que ahora uso unas botas bajas de cordones que, como de costumbre, he heredado de él. Mi padre les ha barnizado las suelas para que aguanten más tiempo, y también les ha dado unos brochazos en la punta, que ahora está respingona y completamente negra mientras lo demás es marrón. Un día mi madre me lanzó unas tiras de tela viejas. Frota con ellas las botas y échalas luego a la estufa, me ordenó. ¿Las botas?, pregunté entusiasmada. Ella se pasó un buen rato riéndose de mí con todas sus ganas. No, boba, ¡las tiras!, replicó. A Edvin esas cosas también le hacen reír, por eso se las cuento ahora que ya no forma parte de nuestra vida diaria. Ya nada es como antes. Solo Istedgade es la misma, y ahora también me dejan estar allí por las noches. Voy con Ruth y con Minna, y Ruth no parece darse cuenta de que entre Minna y yo hay algo muy parecido al odio. A veces vamos a Saxogade a visitar a Olga, la hermana mayor de Minna, que se casó con un policía y tiene la vida resuelta. Olga cambia a la pequeñina y me deja cogerla en brazos. Es una sensación increíblemente tierna. Minna también se quiere casar con un hombre de uniforme, porque están muy guapos, dice. Vivirán en los alrededores de Hedebygade, porque es lo que hacen todos los recién casados. Ruth asiente con aire de aprobación y se prepara para ese mismo destino que ambas encuentran tan apetecible. Yo sonrío con complicidad como si también estuviese deseando ese futuro, aunque, como de costumbre, temo que me descubran. Me siento extranjera en este mundo y no puedo hablar con nadie de los abrumadores problemas que me plantea la idea del futuro.

Gerda ha tenido un niño precioso y lo pasea, orgullosa, calle arriba y calle abajo cuando sus padres salen a trabajar. Solo tiene diecisiete años y no se puede tener hijos hasta los dieciocho. La miran mal porque con su actitud y su forma de comportarse se niega a reconocer que las cosas se han torcido y a aceptar la compasión que le ofrece la calle. Todos se indignaron cuando rechazó el cestito de ropa de bebé que había recogido la madre de Olga. Y ahí va, muy tiesa ella, mientras sus padres tienen que mantenerla a una edad que ya no entra dentro de lo razonable. Si fueras tú, ya verías lo poco que tardaba yo en darte la patada, asegura mi madre. ¡Ah, qué ganas tenía de estrechar a mi propio hijo entre mis brazos! Lo sacaría adelante y lo arreglaría todo de una u otra manera. Si llegara hasta ese punto. De noche, cuando me acuesto, imagino que conozco a un joven afable y encantador al que con mucho tacto le ruego que me haga un gran favor. Le explico cuánto deseo tener un hijo y le pregunto si él puede hacer algo al respecto. Accede, así que aprieto los dientes, cierro los ojos y juego a que todo le ocurre a otra, a una que no tiene nada que ver conmigo. Después no quiero volver a verlo. Pero ni en el patio ni en la calle hay un joven como ese, así que escribo un poema en mi cuaderno de poesía, que ahora está guardado al fondo del cajón del aparador:

Surcaba una mariposa
el aire azul de cristal,
desafiando los deberes,
la razón y la moral.

Ebria ya de primavera,
cabalgó un rayo de sol,
batió las trémulas alas
y hacia la tierra bajó.

En una flor de manzano
que acababa de brotar
se posó la mariposa
y el amor vino a encontrar.

Se cerró la flor rosada,
concluyó el vuelo infinito.
Gracias a vosotras dos
aprendí a querer bonito.

17

El cuerpo de la yaya aún no se había enfriado en la tumba cuando mi padre nos dio de baja de la Iglesia. La expresión es de mi madre. La yaya no tiene tumba. Sus cenizas están dentro de una urna en el crematorio de Bispebjerg, y yo no siento nada de nada cuando me quedo mirando ese estúpido jarrón. Aun así, lo hago a menudo por contentar a mi madre. Cada vez que vamos llora sin parar y siento remordimientos cuando me pregunta: ¿Y tú por qué no lloras? Pues bien que lloraste en el funeral. Ahora que Edvin se ha ido, me paso el día con mi madre cuando no estoy en la escuela o en la calle. También hemos ido juntas al baile de la Casa del Pueblo, pero no es divertido bailar con ella, porque le saco una cabeza y a su lado me siento grandullona y desmañada. Mientras ella bailaba con un señor, vino un joven y me hizo una reverencia. No me había ocurrido nunca y estuve a punto de decirle que no, porque los únicos pasos de baile que me sé son los que me ha enseñado mi madre en el cuarto de estar de casa los días que le tocaba estar de buenas. Pero el joven ya me había pasado el brazo por la cintura, y como él bailaba bien, yo también. Estaba tan callado que, por decir algo, le pregunté a qué se dedicaba. Trabajo en el servicio de valija diplomática, contestó sin más. Yo oí lo de diplomática y pensé que, como poco, sería embajador. Nada que ver con un «obrero cualificado con trabajo estable», no, señor. A lo mejor bailaba conmigo toda la noche y a lo mejor ya se estaba enamorando un poco de mí. El corazón se me aceleró y me arrimé un poco más a él. «Al anochecer, al anochecer, cuando salen los ladrones a ejercer», me cantaba al oído al compás de la música. La canción terminó con brusquedad y el joven me dejó al lado de mi madre, se inclinó con rigidez y desapareció para siempre. Qué chico tan guapo, comentó ella, espero que vuelva. Era embajador, presumí yo, y después le conté que estaba en el servicio de valija diplomática. Dios nos coja confesados, dijo mi madre riendo, ¡si no es más que un recadero!

Como nos hemos dado de baja en la Iglesia, ahora voy a hacer la confirmación civil. Eso me hace distinta de todas las chicas de la clase, que van a catequesis con el pastor, pero tampoco importa mucho, porque ya he renunciado a parecerme a ellas. Los sábados, cuando Victor Cornelius toca para el baile de la radio, se turnan para ir unas a casa de otras. También invitan a chicos y muchas de mis compañeras salen ya con uno. En casa no tenemos radio y ya hace mucho tiempo que no nos divierte ponernos los auriculares para oír crepitar el aparato de galena que fabricó mi hermano en el colegio. Además, aunque hubiésemos tenido, mis padres no habrían estado dispuestos a organizar bailes los sábados en mi honor. En estos días tengo que examinarme y me da lo mismo sacar notas buenas o malas. Puede que al final sí sea una decepción no poder ir al instituto. Solo va a ir una de la clase. Se llama Inger Nørgård y es tan alta y desgarbada como yo. No hace más que estudiar y saca matrícula en todas las asignaturas. Las demás dicen que se va a quedar soltera y que por eso tiene que seguir estudiando. Nunca he hablado en serio con ella, no más que con cualquier otra persona de la escuela. Tengo que guardarme todo y a veces siento que estoy asfixiándome. He dejado de salir por Istedgade de noche con Ruth y Minna porque sus conversaciones empiezan a reducirse a alusiones entre risitas a cosas burdas y soeces, que no siempre acceden a transformarse en líneas rítmicas y delicadas en el interior de mi alma, que cada vez es más sensible. Con mi madre solo hablo de pequeñeces, de qué comemos o de los vecinos de abajo. Desde que Edvin se ha ido, mi padre se ha vuelto muy callado; para él no soy más que alguien que tiene que abrirse camino y lograr «que la vida le sonría», con todos los horrores que imagina que eso implica. Un día voy a ver a mi hermano y me dice, para mi sorpresa, que a su amigo Thorvald le gustaría conocerme. Le ha contado que escribo poemas y quiere saber si su amigo puede leerlos. Me niego aterrada, pero entonces mi hermano dice que Thorvald conoce al editor del *Social-Demokraten* y que tal vez los publique si son buenos. Lo dice entre accesos de tos porque no soporta el barniz de celulosa con el que trabaja. Al fin cedo y prometo llevar mi cuaderno de poesía al día siguiente para que Thorvald vea los poemas. Él también es oficial de pintor; tiene dieciocho años, y está soltero y sin compromiso. De esto último me cercioro, porque ya he empezado a soñar que él es el joven amable que sin apenas palabras lo comprenderá todo.

Con el cuaderno de poesía metido en la cartera, me dirijo, pues, a Bagerstræde la noche siguiente. Miro con decisión a la gente que me sale al paso, porque no voy a tardar en ser famosa y, cuando eso ocurra, se sentirán orgullosos de haberse cruzado conmigo cuando iba de camino a las estrellas. Me da un miedo espantoso que el tal Thorvald se ría de mis versos como Edvin hace tiempo. Lo imagino parecido a mi hermano, pero con un bigotito negro. Cuando entro en el cuarto de Edvin, Thorvald está sentado en la cama al lado de mi hermano. Se levanta y me tiende la mano. Es bajo y fuerte. Tiene el pelo rubio y áspero y la cara llena de granos en todos los estadios de maduración. Es visiblemente tímido y no deja de pasarse la mano por el cabello, que se le queda de punta. Lo contemplo horrorizada, porque me siento incapaz de mostrarle mis poemas. Esta es mi hermana, me presenta Edvin sin demasiada necesidad. Carajo, qué guapa es, exclama Thorvald sin dejar de revolverse el pelo con los dedos. Yo lo encuentro muy amable y le sonrío mientras me siento en la única silla de la habitación. No hay que dejarse guiar por la apariencia de la gente, pienso, y a lo mejor habla en serio cuando dice que soy guapa. Al menos es la primera persona de la historia que lo dice. Saco el cuaderno de la cartera y lo sostengo en las manos. Me da muchísimo miedo que este ser tan influyente pueda pensar que mis poemas son malos. Yo no tengo ni idea de si son buenos. Dáselo de una vez, me apremia mi hermano con impaciencia. Se lo tiendo con muchas dudas. Mientras lo hojea y lo lee con el ceño fruncido y el gesto grave, es como si me encontrase en otro plano de la existencia. Estoy exaltada y conmovida y asustada, es como si el cuaderno fuese una parte de mí viva y temblorosa que pudiera quedar aniquilada con una sola palabra cruda o hiriente. Thorvald lee en silencio y sin un atisbo de sonrisa en los labios. Al acabar lo cierra, me lanza una mirada de admiración de sus ojos celestes y exclama con entusiasmo: ¡Son la leche! Su lenguaje me recuerda al de Ruth —a ella también le cuesta formular una frase sin adornarla con tacos no muy variados—, pero no hay que juzgar a nadie por eso y en estos momentos Thorvald me parece el más listo y el más guapo. ¿Lo dice usted en serio?, pregunto feliz. La hostia de en serio, asegura. Seguro que podrías venderlos. Su padre es cajista, me aclara Edvin, y conoce a todos los editores. Sí, corrobora su amigo con orgullo, déjamelo a mí. Tú dame el cuaderno que yo me lo llevo a casa y se lo enseño al viejo. No, replico veloz mientras recupero el cuaderno. Yo... prefiero ir en persona a mostrárselo al editor. Usted dígame dónde vive y listo. Hecho, accede Thorvald, yo se lo digo a Edvin y él te lo explica luego. Vuelvo a guardar el cuaderno dentro de la cartera y no veo la hora de irme a mi casa. Quiero estar a solas y soñar mi dicha. Ahora me da igual la confirmación, me da igual hacerme adulta e irme a trabajar para desconocidos, me da igual todo menos la maravillosa perspectiva de que me publiquen un poema, uno solo, en el periódico.

Thorvald y Edvin cumplen su palabra y al cabo de unos días tengo una nota en la mano que dice: «Sr. Brochmann, editor del *Hjemmets Søndag*, *Social-Demokraten*, Nørre Farimagsgade 49. Martes a las dos». Me pongo la ropa de los domingos, me paso por las mejillas el papel de seda rosa de mi madre, le hago creer que voy a cuidar a la hija de Olga y llego dando un paseo hasta Nørre Farimagsgade. Dentro ya del enorme edificio, localizo la puerta que tiene el nombre del editor y llamo con cautela. Adelante, dicen desde el otro lado. Entro en un despacho donde un anciano de barba blanca está sentado detrás de un escritorio grande y revuelto. Tome asiento, me invita con mucha amabilidad al tiempo que indica una silla con la mano. Nada más sentarme, se apodera de mí una timidez tremenda. Bueno, dice quitándose las gafas, ¿qué deseas? En vista de que no soy capaz de pronunciar una sola palabra, no se me ocurre otra cosa que tenderle el cuadernito, que a estas alturas ya está bastante deteriorado. ¿Y esto qué es? Lo hojea y lee entre dientes un par de poemas. Luego me mira por encima de las gafas: Son muy eróticos, ¿eh?, comenta perplejo. Me pongo como un tomate y me apresuro a replicar: No todos. Él sigue leyendo y dice: No, pero los eróticos son los mejores, caray. ¿Qué edad tienes? Catorce, contesto. Vaya. Se acaricia la barba con aire indeciso. Yo solo me encargo de la página infantil y ahí no podemos sacarlos. Vuelve por aquí dentro de un par de años. Cierra mi pobre cuaderno con un golpe seco y me lo tiende sonriente. Adiós, amiguita, me despide. No sé muy bien cómo, consigo salir por la puerta con todas mis esperanzas rotas. Despacio, paralizada, echo a andar hacia casa a través de la primavera de la ciudad, la primavera de los demás, la gozosa metamorfosis de los demás, la dicha de los demás. Jamás seré famosa, mis poemas no valen nada. Me casaré con un obrero cualificado con trabajo estable que no le dé a la botella o tendré un empleo fijo con derecho a pensión. Después de esta mortífera desilusión, tardo mucho en regresar a mi cuaderno de poesía. Aunque a nadie le gusten mis poemas, no me queda más remedio que escribirlos, porque mitiga la pena y la añoranza que encierra mi corazón.

18

Los preparativos de mi confirmación suscitan la gran pregunta: invitar al Tablón o no invitarlo. Nunca ha estado en nuestra casa, pero resulta que ahora ha dejado de beber, sin más ni más. Se pasa el día sentado, tomando tantos refrescos como cervezas trasegaba antes. Mi madre y mi padre dicen que es una dicha inmensa para la tía Rosalia, pero yo no la veo muy dichosa, que digamos, porque tiene al marido con toda la cara amarilla por culpa del hígado, ya no debe de quedarle mucho tiempo. Toda la familia piensa que eso también es estupendo para ella. Ahora me dejan ir a su casa y ya no es necesario protegerme para que no vea ni oiga cosas que no me convienen. Sin embargo, el tío Carl no ha cambiado lo más mínimo. Sigue mascullando con voz pastosa e incomprensible contra esta sociedad podrida y estos ministros inútiles, y de vez en cuando le da órdenes breves y telegráficas a la tía Rosalia, que, como siempre, le obedece al menor gesto. Tiene delante toda una hilera de botellas de refresco, tantas que cuesta entender que una sola persona sea capaz de ingerir tal cantidad de líquido. Mis padres me sorprenden. Cuando bajas al sótano a buscar carbón, por lo general tropiezas con un borracho andrajoso que duerme la mona envuelto en las ruinas de algo que fue un abrigo, y en la calle los beodos son un espectáculo tan cotidiano que la gente ni siquiera se vuelve a mirarlos. En nuestro portal casi todas las noches se reúne un corrillo de hombres a beber cerveza y aguardiente, y allí los únicos que les tienen miedo son los niños muy pequeños. En cambio, al tío Carl no nos han dejado ir a verlo en toda nuestra infancia, por más que la tía Rosalia seguramente se habría alegrado lo indecible. Tras largas discusiones entre mi madre y mi padre, por un lado, y mi madre y la tía Agnete, por otro, se decide permitirle venir a mi confirmación. Va a estar la familia al completo con excepción de mis primas, que simplemente no caben en la salita de estar. Mi madre está de muy buen humor porque al fin va a pasar algo, y me llama rarita e ingrata porque no puedo ocultar que tengo la sensación de que todos estos preparativos son en honor de otra persona.

He acabado los exámenes y en la escuela han celebrado una fiesta de despedida de nuestra promoción. Todo el mundo estaba loco de alegría ante la idea de dejar «la cárcel roja», y yo más que nadie. Me atormenta ver que con el tiempo me he vuelto incapaz de abrigar sentimientos sinceros y siempre debo fingirlos, imitando las reacciones de los demás. Es como si todo hubiese de dar un rodeo antes de afectarme. Puedo llorar cuando veo en el periódico la foto de una familia que ha tenido la desgracia de verse en la calle, pero esa misma escena, tan cotidiana, vista en la realidad no me conmueve. Los poemas y la prosa poética me emocionan como antes, pero las cosas que se describen me dejan fría por completo. No siento demasiado aprecio por la realidad. Cuando me despedí de la señorita Matthiasen, me preguntó si ya había podido colocarme. Contesté que sí y empecé a parlotear con falsa animación acerca de la escuela de economía doméstica que iba a comenzar un año más tarde y del puesto que ocuparía hasta entonces, en una casa cuidando del hijo de una señora. Todas las demás van a entrar en oficinas o en tiendas, y a mí me daba vergüenza no ser más que empleada del hogar. La señorita Matthiasen clavó pensativa en mí sus ojos inteligentes y amables. Vaya, suspiró, lástima que no entraras en el instituto. En cuanto pase el asunto de la confirmación empezaré a trabajar. Fui con mi madre a la casa a solicitar el puesto. La señora era divorciada y nos trató con frialdad y condescendencia. No parecía muy interesada en descubrir que escribo poemas y que solo necesito matar el tiempo hasta que dentro de un par de años pueda ir al *Social-Demokraten* a ver a Brochmann. El piso tampoco era nada del otro mundo, aunque, por supuesto, tenían piano de cola y alfombras por todas partes. La señora trabaja durante el día y yo, mientras tanto, tengo que limpiar la casa, hacer la comida y cuidar al niño. No he hecho ninguna de las tres cosas en toda mi vida y no sé si voy a poder ganarme las veinticinco coronas que piensan darme de salario al mes. Atrás quedan infancia y escuela, y por delante me aguarda una vida extraña y temible entre desconocidos. Estoy aprisionada entre ambos polos, igual que lo están mis pies en estos zapatos de brocado largos y puntiagudos. Sentada entre mis padres en el palacete OddFellow, oigo un discurso que sostiene que la juventud es el futuro que sustenta a toda Dinamarca y que no podemos fallarles a nuestros padres, que tanto han hecho por nosotros. Todas las niñas escuchan con un ramo de claveles en el regazo, igual que yo, y parecen aburrirse otro tanto. Mi padre se estira los picos del cuello de la camisa y Edvin padece con sus ataques de tos. El médico le ha sugerido que cambie de trabajo, pero ahora que ya lleva cuatro años de aprendiz de pintor y le falta tan poco para llegar a oficial es imposible. Mi madre lleva un traje nuevo de seda negra con tres rosas de tela en el escote y unos rizos recién hechos que le envuelven la cabeza como un casco. Le han costado lo suyo, porque mi padre no creía que pudiésemos permitírnoslo y además le parecen casquivanos y «a la moda». Yo prefería su pelo cuando era largo y liso. De vez en cuando se lleva el pañuelo a los ojos, pero no sé si de verdad está llorando. No veo motivo alguno. Me acuerdo de cuando saber si mi madre me quería me parecía la cosa más importante de este mundo, aunque la niña que tanto ansiaba ese amor y andaba siempre a la caza de algún indicio que lo probara ya no existe. Ahora sí creo que mi madre me quiere, pero eso no me hace feliz.

Cenamos cerdo asado y *mousse* cuajada de limón, y mi madre, que ante cualquier esfuerzo doméstico se pone furiosa e irritable, no se calma hasta los postres. Al tío Carl lo han colocado al lado de la estufa y suda tanto que no hace más que pasarse un pañuelo por la cabeza, calva y esférica. Del otro lado de la mesa está el tío Peter, que es carpintero, y junto a la tía Agnete, que de joven cantaba en el coro de la iglesia, representa la rama cultivada de la familia. Ella me ha escrito la letra de una canción, porque tiene «una vena» que siempre acaba fluyendo en estas ocasiones. Trata de distintos hechos de mi niñez sin el menor interés y todas las estrofas concluyen de la siguiente manera: «Si el Señor te acompaña en tu camino, tralalá, suerte y dicha por siempre irán contigo, tralalá». Cuando cantamos el estribillo, Edvin me mira con ojos maliciosos y yo me apresuro a bajar la vista hacia el texto para no sonreír sin querer. Luego el tío Peter da unos toquecitos en su copa y se pone en pie. Quiere pronunciar un discurso. Se parece tanto al del palacete OddFellow, que solo lo escucho a medias. Es algo de pasar a engrosar las filas de los adultos y ser tan trabajadora y tan lista como mis padres. Resulta demasiado largo. El tío Carl suelta un «sí, señor» a cada instante, como si hubiese estado dándole al vino, y Edvin tose. Mi madre tiene los ojos húmedos y yo quisiera que me tragase la tierra de puro enojo y aburrimiento. Cuando termina y todos gritan «hurra», la tía Rosalia me envuelve en su cálida mirada y dice con suavidad: ¡Dios mío, las filas de los adultos! Si la pobre no es ni lo uno ni lo otro. Siento que los labios me empiezan a temblar y me apresuro a bajar la vista hacia el plato. Es lo más cariñoso y quizá también lo más cierto que se oye en toda mi confirmación. Después de la cena al fin podemos estirar las piernas y todo el mundo se diría más animado que a la llegada, a lo mejor en parte a causa del vino. Admiran el relojito de pulsera que me han regalado mis padres. A mí también me gusta y creo que gracias a él mi escuálida muñeca no parece tan poca cosa. Los demás me han dado dinero, más de cincuenta coronas, pero tengo que ingresarlas en el banco para mi vejez, así que tampoco me entusiasman mucho.

Cuando ya se han marchado los invitados y he ayudado a mi madre a recogerlo todo, nos quedamos en la mesa a charlar un rato. Pasa de la medianoche, pero estoy muy espabilada y también muy aliviada porque mi fiesta ya ha terminado. Dios mío, cómo zampaba, dice mi madre en alusión al tío Peter, ¿te has fijado? Sí, coincide con ella mi padre, indignado, ¡y cómo bebía! Se ve que cuando es gratis no se priva. Y le ha hecho el vacío a Carl, continúa mi madre, a mí me daba pena por Rosalia. De repente me sonríe y dice: ¿A que ha sido un día estupendo, Tove? Pienso en todas las molestias que les he causado y todos los gastos que les he ocasionado. Claro que sí, miento, ha sido una buena confirmación. Mi madre asiente con aire de aprobación y bosteza. De pronto se le ocurre una idea. Ditlev, dice con alegría, ahora que Tove va a ganar dinero, ¿podremos permitirnos comprar una radio? La sangre se me sube a la cabeza de miedo y rabia. Aquí no se va a comprar ninguna radio con mi dinero, exclamo furiosa. Sé gastármelo yo sola. Ya veo, replica mi madre, glacial; luego se levanta, sale por la puerta dando taconazos y cierra de un portazo que desprende el revoco de la pared. Mi padre me mira con timidez. No has debido tomarlo al pie de la letra. Tenemos unos ahorrillos en el banco y con ellos podemos comprar la radio. Tú solo tienes que pagar por tu estancia en casa. Claro, contesto lamentando mi arranque. Ahora mi madre pasará varios días sin dirigirme la palabra, lo sé. Mi padre me da las buenas noches y entra en la alcoba, donde ya no volveré a sentarme en el alféizar de la ventana a soñar con toda esa felicidad que solo está al alcance de las personas adultas.

Me he quedado sola en la sala de estar de mi niñez, donde un día mi hermano clavaba clavos en una tabla mientras mi madre cantaba y mi padre leía el libro prohibido que hace años que no veo. Hace ya siglos de eso y ahora me parece que era muy feliz entonces, a pesar de la penosa sensación que me embargaba de que la infancia era infinita. Colgada de la pared, la mujer del marinero contempla el mar. El rostro serio de Stauning me observa, y hace ya mucho tiempo que mi Dios no está hecho a su imagen. Aunque voy a dormir en casa, siento que esta noche me despido de este cuarto. No me apetece acostarme y tampoco tengo sueño. Se ha apoderado de mí una tristeza inconmensurable. Aparto los geranios del alféizar y levanto los ojos hacia el cielo, donde una estrella recién nacida luce en la cuna de la luna nueva, que se mece con suavidad y lentitud entre nubes pasajeras. Recito para mis adentros unas líneas de *El glaciar*, de Johannes V. Jensen, que he leído tantas veces que recuerdo largos pasajes de memoria: «Y, unas veces convertida en estrella del alba, y otras en lucero de la tarde, brilla la estrella de la pequeña niña, que había sido muerta contra el pecho de su madre, blanca y velada como el alma de una niña que, solitaria, muda, jugando sola, avanza por los caminos infinitos...».* Las lágrimas me corren por las mejillas porque esas palabras siempre me hacen pensar en Ruth, a quien he perdido para siempre. Ruth, con su boquita en forma de corazón y sus intensos ojos claros. Mi amiga perdida de lengua ágil y corazón tierno. Lejos queda ya nuestra amistad, igual que la infancia. Sus últimos restos se desprenden de mi cuerpo como hilachas de piel quemada por el sol, y por debajo asoma otra adulta, equivocada, imposible. Leo mi cuaderno de poesía mientras la noche pasa de largo ante los cristales y, sin que me dé cuenta, mi infancia cae silenciosa al fondo de mi recuerdo, la biblioteca del alma de la que extraeré saber y experiencia por el resto de mis días.

* En *Obras completas*, Aguilar, 1964 (trad. de Javier Armada y José María Castro).

JUVENTUD

1

No duré más que un día en mi primer trabajo. Salí de casa a las siete y media para llegar con tiempo, porque al principio hay que esmerarse, decía mi madre, que jamás había pasado de ese principio en las colocaciones que tuvo en su juventud. Llevaba puesto el vestido que la tía Rosalia me había hecho para después de la confirmación. Era de lana celeste y con pequeños plisados por delante, de manera que con él se me veía menos plana que de costumbre. Al bajar por Vesterbrogade a la tenue y nítida luz del sol, la gente me parecía libre y feliz. Una vez que superaban esa puerta cercana a Pile Allé que a mí no tardaría en engullirme, sus andares se volvían ligeros y danzarines, y la dicha residía en algún punto más allá de Valby Bakke. Aquel portal tenebroso olía tanto a miedo que temí que la señora Olfertsen creyese que el olor era cosa mía. Con el cuerpo agarrotado y los ademanes tímidos, oí su voz inconstante que me explicaba un sinfín de cosas y que, entre explicación y explicación, se desbocaba como un carrete vacío, un cotorreo incesante a propósito de nada; del tiempo, del niño, de lo alta que yo estaba para mi edad. Me preguntó si había llevado delantal y yo saqué el de mi madre de mi cartera sin libros. Tenía un agujero cerca del dobladillo porque siempre ocurría algo con las cosas que eran responsabilidad de mi madre, y me emocioné al verlo. Mi madre estaba muy lejos y no volvería a verla en las siguientes ocho horas. Me encontraba entre extraños para quienes yo solo era alguien cuya fuerza física habían comprado cierto número de horas al día a cambio de cierto pago. El resto de mi persona les traía sin cuidado. Entrábamos en la cocina cuando llegó a la carrera el niño en pijama. Buenos días, mami, dijo con dulzura mientras se pegaba a las piernas de su madre y a mí me lanzaba una mirada hostil. La señora lo apartó con suavidad y anunció: Esta es Tove, salúdala con educación. El pequeño me tendió la mano entre titubeos y cuando se la estreché me advirtió, amenazante: Tienes que hacer todo lo que yo diga o disparo. Con una carcajada, la madre pasó a mostrarme una bandeja con tazas y una tetera, y me pidió que preparase el té y lo sirviese en la sala. Ella agarró al niño de la mano y se alejó taconeando. Herví agua y la vertí en la tetera, que al fondo tenía las hojas de té. No estaba muy segura de que fuese lo correcto, porque no había tomado ni hecho té en toda mi vida. Me dije que los ricos bebían té y los pobres, café. Accioné el picaporte con el codo, entré en la sala y me detuve asustada. La señora Olfertsen estaba sentada en las rodillas del tío William, cuya existencia yo había borrado de mi mente, y Toni estaba en el suelo jugando con un trenecito. La señora saltó como un resorte y empezó a pasear de un lado a otro por toda la habitación, haciendo que sus amplias mangas cortaran la luz del sol en destellos breves y furiosos. Haga el favor de llamar a la puerta antes de entrar, me bufó. Ignoro qué hábitos tendrá usted, pero en esta casa hacemos así las cosas y más le vale irse acostumbrando. ¡Salga de aquí! Al ver que señalaba hacia la puerta, dejé la bandeja y salí, algo confusa. Por alguna razón, aquel «usted» me pinchaba como una aguja. Jamás me había ocurrido nada semejante. Una vez estuve fuera, me gritó: ¡Pero llame de una vez! Obedecí. ¡Adelante!, oí, y esta vez los encontré a ella y al silencioso tío William sentaditos cada uno en una silla. Me ardía la cara de humillación y decidí a toda prisa que todos eran insoportables. Me alivió un poco. Cuando terminaron de tomar el té, fueron los dos a la alcoba a cambiarse de ropa. Después el tío William se marchó tras estrecharles la mano a madre e hijo. Yo, al parecer, no era algo de lo que hubiera que despedirse. La señora me entregó una larguísima lista, escrita a máquina, con tareas que debía realizar en los distintos momentos del día. Luego volvió a la alcoba y salió de nuevo con una expresión dura y definida. Descubrí que iba muy maquillada y que irradiaba una frescura antinatural, sin vida. Me parecía más bonita antes. Se arrodilló a dar un beso al niño, que aún seguía jugando, se incorporó, cabeceó levemente en dirección a mí y se esfumó. Al instante el pequeño se puso en pie, me agarró del vestido y clavó en mí una mirada lisonjera. Toni quiere anchoas, dijo. ¿Anchoas? Yo estaba atónita y poco familiarizada con los hábitos alimenticios infantiles. No puedes. Aquí pone —estudié el horario— que a las diez: gachas de cerveza para Toni; a las once: huevo pasado por agua y una píldora de vitaminas; a la una... No quiso escuchar el resto. Hanne siempre me daba anchoas, protestó con impaciencia, lo otro se lo comía ella; tú puedes hacer lo mismo. Hanne era, por lo visto, mi predecesora, y yo, la verdad, no me veía capaz de embucharle todo aquello a un niño que solo quería anchoas. Vale, vale, dije de mejor humor ahora que los adultos se habían marchado. ¿Dónde guardan las anchoas? Encaramado a una silla, el niño bajó unas latas y a continuación sacó de un cajón un abrelatas. Ábrela, me pidió al tiempo que me tendía una, goloso. Yo abrí la lata, lo senté en la encimera como él quería y dejé que las anchoas desaparecieran en su boca una detrás de otra; cuando ya no quedaron más, pidió bajar al patio a jugar. Podía vigilar sus juegos por la ventana. Había llegado la hora de hacer la limpieza. Uno de los puntos de mi lista decía: pasar el barredor mecánico por las alfombras. Empuñé aquel pesado armatoste y puse rumbo hacia la inmensa alfombra roja de la sala. A título de prueba, lo pasé por encima de unas hebras que, sin embargo, no desaparecieron. Luego lo sacudí un poco y empecé a toquetear el mecanismo, con el resultado de que la tapa saltó y una montaña enorme de porquería fue a aterrizar en la alfombra. No fui capaz de volver a componerlo, y como no sabía qué hacer con la porquería, la metí bajo la alfombra y después pisoteé aquí y allá con la esperanza de esparcir un poco la montaña. Entre unos y otros esfuerzos habían dado las diez y me había entrado hambre. Me tomé la primera comida de Toni y me robustecí con unas cuantas vitaminas antes de pasar al siguiente punto: cepillar con agua todos los muebles. Paseé una mirada estupefacta desde la lista a los muebles. Era raro, pero se veía que allí era la costumbre. Saqué un buen cepillo rígido, eché agua fría en un balde y comencé allí, por la sala. Restregué sin descanso y a conciencia algo más de medio piano. Entonces caí en la cuenta de que algo andaba peor que mal. El cepillo había dejado sobre aquella superficie delicada y reluciente centenares de sutiles arañazos que yo no tenía ni idea de cómo quitar antes de que volviera a casa la señora. El terror me corría por la piel como serpientes frías. Cogí la lista y volví a leer: cepillar con agua todos los muebles. Interpretara la orden como la interpretara, no podía ser más clara y no excluía el piano. ¿Sería que no era un mueble? Era la una y la señora volvía a las cinco. Me consumía tal deseo de ver a mi madre, que pensé que no había tiempo que perder. Me quité el delantal con rapidez, llamé a Toni por la ventana y le expliqué que íbamos a salir a ver jugueterías. El niño subió a que lo vistiera y, con él de la mano, salí disparada por Vesterbrogade a tal velocidad que el pobre apenas podía seguirme. Vamos a casa de mi madre, le expliqué sin resuello, a comer anchoas. Mi madre se quedó muy sorprendida al verme a aquellas horas, pero cuando pasamos y le conté lo del piano arañado se desternilló de risa. Ay, Dios mío, gimoteó, ¿de verdad que has cepillado con agua un piano? Ay, no, pero ¡cómo se puede ser tan tonta! De pronto se puso seria. Mira, me dijo, no tiene ningún sentido que vuelvas a esa casa. Ya te encontraremos otra. Yo quedé muy agradecida, aunque no me asombró mucho. Así era ella. De haber estado en su mano, también habría cambiado a Edvin de puesto. Ya, repliqué yo, pero ¿y padre? Bueno, dijo ella, a él solo le contaremos la parte del tío William; tu padre no soporta esas cosas. Se apoderó de nosotras el buen humor de los viejos tiempos, y, como Toni lloraba por sus anchoas, lo bajamos a Istedgade y le compramos dos latas. Poco antes de las cuatro, mi madre volvió con el niño a casa de la señora Olfertsen a recoger el delantal y mi cartera. Jamás supe qué le dijo sobre el piano estropeado.

2

Me han contratado en una pensión de Vesterbrogade, no muy lejos de la Columna de la Libertad. Para mi madre, colocarme en otro barrio sería tan impensable como mandarme a América. Entro a las ocho todas las mañanas y trabajo doce horas en una cocina grasienta y llena de hollín donde nunca tengo paz ni un minuto de descanso. Por las noches, cuando llego a casa, estoy tan agotada que no puedo hacer otra cosa que irme a la cama. Esta vez, me advierte mi padre, más te vale conservar tu puesto. Mi madre también cree que me viene bien tener algo que hacer; además, no podemos repetir el feliz hallazgo del tío William. Solo pienso en cómo librarme de esta existencia desoladora. Ya no escribo poemas porque no hay nada en mi vida que me los inspire. Tampoco voy a la biblioteca. Es verdad que libro los miércoles a partir de las dos, pero me voy derechita a casa y me meto en la cama. Las propietarias de la pensión son la señora y la señorita Petersen. Son madre e hija, pero a mí me parecen más o menos igual de viejas. No estoy yo sola, también hay otra chica de dieciséis años que se llama Yrsa. Está muy por encima de mí, porque cuando comen los huéspedes se pone un vestido negro y un delantal y una cofia blancos y corre de acá para allá con las pesadas fuentes. Es camarera y sirve a los huéspedes. Dentro de dos años, me prometen las señoras, me darán permiso a mí para servir y me pagarán cuarenta coronas al mes, como a Yrsa. Ahora gano treinta. Mis deberes son cuidar de que siempre haya fuego en la cocina y limpiar las habitaciones de los tres huéspedes fijos, el aseo y la cocina. Aunque lo hago todo a la carrera, lo llevo todo atrasado día sí y día también. La señorita Petersen me reprende: Pero ¿es que su madre no le ha enseñado a escurrir una bayeta? ¿Es que es la primera vez que friega un retrete? ¿Por qué hace muecas? ¡Espero por su propio bien que esto sea lo peor que le toque hacer en esta vida! Yrsa es bajita y delgada y tiene la cara fina y pálida y la nariz respingona. Cuando las señoras duermen la siesta y nos tomamos un café en la cocina, me dice: Si no llevaras siempre las uñas negras, te dejarían servir. Se lo he oído decir a la señora Petersen. O: Si te lavases el pelo de vez en cuando, te dejarían tratar con los huéspedes, estoy segura. Para Yrsa no hay un mundo más allá de la pensión ni mayor aspiración que correr en torno a la mesa en las comidas. Yo no contesto a sus comentarios ni a los de las señoras, que son como disparos de un tirachinas y nunca acaban de dar en el blanco. Mientras Yrsa y yo fregamos, las señoras cocinan detrás de nosotras en enormes pucheros que ponen al fuego y hablan de sus muchos males, que las llevan de médico en médico porque nunca dan con uno que sea de su agrado. Tienen cálculos biliares, arteriosclerosis, la tensión alta, dolores por todas partes, las más misteriosas dolencias internas y oscuros presagios que vienen del estómago cada vez que comen. Los domingos desfilan por delante del asilo para inválidos de Grønningen y al ver a los tullidos les mejora el humor. En general, obtienen un placer malsano al despellejar a todo bicho viviente, y tienen algo en contra de sus huéspedes en particular; no se pierden un detalle de su vida privada, cuyos secretos más íntimos ventilan mientras llenan de comida las fuentes de Yrsa y se lamentan de lo mucho que come esa gente. A veces tengo la sensación de que sus ideas bajas y mezquinas me penetran en la piel y me cortan el aliento. Pero la mayor parte del tiempo encuentro esta vida de un tedio insoportable y recuerdo con pena mi infancia variada y repleta de aventuras. Durante la estrecha franja del día en que me mantengo lo bastante despierta como para hablar un poco con mi madre, la interrogo a propósito de todo lo que ocurre en el portal y en nuestra familia, y absorbo con avidez sus balsámicas noticias. Gerda ahora trabaja en la Carlsberg mientras su madre se queda en casa a cuidar del niño. Ruth ha comenzado a salir con chicos; era de esperar, sostiene mi madre, a quién se le ocurre ir por ahí adoptando hijos ajenos. Edvin ha perdido el trabajo y ha empezado a ir mucho por casa. Pero tú no te preocupes, dice mi madre, porque ya no tose tanto. Aun así, me da no sé qué, porque mi padre siempre decía que los obreros cualificados no podían quedarse sin empleo. Pero ¡Dios mío!, exclama mi madre exaltada. Si casi se me olvida contarte que al tío Carl lo han ingresado en el hospital. Está malísimo, como era de esperar, con la vida que ha llevado. La tía Rosalia va a verlo todos los días, pero en realidad para ella sería mejor que se muriera. Ah, y en el Irma han subido dos céntimos la margarina, ¿no es un disparate? Entonces, ahora cuesta cuarenta y nueve céntimos, digo, porque yo, que iba a la compra con ella o sola, siempre he estado muy al tanto de los precios. Esperemos que tu padre pueda quedarse en la central, dice, lleva allí ya tres meses, aunque no tiene gracia que trabaje por las noches. Su parloteo ronronea con suavidad a mi alrededor en la creciente oscuridad hasta que caigo rendida con los brazos en la mesa.

Una noche, como tantas, el tintineo de las tazas y el aroma del café me despiertan en esta postura. Al levantar adormilada la cabeza, un nombre del periódico capta mi atención: el del editor Brochmann. Lo miro, ya espabilada, y poco a poco voy comprendiendo que es una esquela. Me golpea como un látigo. Jamás había pensado que se pudiera morir antes de que transcurrieran esos dos años. Siento que me ha traicionado, que me ha dejado sola en el mundo sin la menor esperanza para el futuro. Mi madre sirve el café y deja la cafetera sobre su nombre. Bébetelo ya, dice, y se sienta al otro lado de la mesa. Luego anuncia: A Ludvig el Guapo lo han metido en un hospicio. Como su madre se ha muerto, han venido a llevárselo. Sí, contesto yo, de nuevo con la sensación de que nos separa una distancia insondable. Dice: Qué agradable va a ser para ti cuando tengas esa bici. Ya solo faltan dos meses. Sí, respondo. Doy diez coronas al mes en casa, otras diez se van al banco para mi vejez, y las diez que me quedan son para mis cosas. En este momento me da lo mismo la bici, todo. Me bebo el café y mi madre comenta: Qué callada estás, no pasará nada malo, ¿verdad? Lo dice en tono cortante, porque ella solo me quiere cuando pienso como ella y no le oculto nada. Si te empeñas en hacerte la rarita, me advierte, nunca te casarás. Es que no quiero casarme, replico, aunque en este preciso instante estoy considerando esa salida desesperada. Estoy pensando en el fantasma de mi infancia: el obrero cualificado con trabajo estable. No tengo nada contra los obreros, es por la palabra *estable*, que bloquea cualquier sueño de futuro. Es gris como un cielo lluvioso que ni el rayo de sol más alegre puede atravesar. Mi madre se levanta. Bueno, dice, hay que acostarse. Mañana hay que madrugar. Buenas noches, se despide desde la puerta con la mirada algo suspicaz y un poco ofendida. Cuando se marcha, aparto la cafetera y vuelvo a leer la esquela. Hay una cruz negra por encima del nombre. Aún veo su cara amable y oigo su voz: Vuelve por aquí dentro de un par de años, amiguita. Mis lágrimas caen encima de las letras y me parece estar viviendo el día más oscuro de mi vida.

3

Caí en un estado de embotamiento de larga duración que me dejó desprovista de cualquier tipo de iniciativa. Va usted dormida, me decían las señoras, cuyos reproches me causaban menos efecto que nunca. Había perdido las ganas de conversar con mi madre, y una noche que Edvin me trajo una invitación de Thorvald, la decliné. No me apetecía salir a bailar con aquel joven a quien tanto habían gustado mis poemas. A lo mejor su padre conocía a otro editor que también se moriría antes de que yo alcanzase la edad suficiente para escribir poemas auténticos, adultos. Me había vuelto muy vulnerable y no me atrevía a exponerme a más decepciones. Había llegado el verano. Al regresar a casa por las noches, el aire fresco aliviaba el sofoco del fogón en mis mejillas como un pañuelo de seda, y todo estaba repleto de muchachas con vestidos claros que paseaban de la mano de sus novios. Me sentía muy sola. La única de las chicas del rincón de la basura que conocía ya era Ruth, que siempre me saludaba a gritos al verme cruzar el patio. Yo levantaba la vista hacia el muro de la escalera exterior, inundado de vida y de recuerdos, el muro de las lamentaciones de mi infancia tras el cual la gente comía, dormía, discutía y peleaba. Luego subía por la escalera con mi vestido rojo de topos azules y mangas de farol, el único de verano que tenía. A veces encontraba a Jytte sentada en el salón, fumando cigarrillos que le ofrecía a mi madre. Mi madre fumaba con desmaña y poca práctica, y siempre se le metía el humo en los ojos. Ahora Jytte trabajaba en una fábrica de tabaco. Mi padre decía que los cigarrillos eran robados, pero eso a mi madre la traía sin cuidado. Siempre necesitaba una amiga mucho más joven que ella, que era tan juvenil. Pero sus cabellos negros estaban salpicados de mechones grises y poco a poco se le habían llenado las caderas. Por eso iba a menudo a tomar baños turcos en la casa de baños de Lyrskovgade y siempre volvía muy exaltada, contando lo gordísimas que estaban las demás.

Una noche llamaron a la puerta de servicio de la pensión y cuando salí a abrir me encontré allí con Ruth. Buenas, me saludó con una sonrisa, ¿vas para casa ya? Tengo que contarte una cosa. Sí, contesté, espérame fuera un segundo. Tiré lo que quedaba del agua de fregar, me quité el delantal y me escabullí a hurtadillas, como si Ruth fuese una relación secreta que no pudiese descubrir nadie. ¿A qué vendría? Hacía ya tanto tiempo que nadie quería nada de mí... Llevaba un vestido blanco de lino de manga corta con un cinturón muy ancho de charol negro. Se había pintado los labios y tenía las cejas depiladas, como mi madre. Si bien seguía siendo baja de estatura, me pareció que tenía un aire muy adulto. No cruzamos una palabra hasta llegar a la calle, pero entonces empezó a hablar como una descosida, como si nunca nada nos hubiera separado. Me contó que Minna había terminado el colegio y ahora vivía en Østerbro, de interna en una casa. ¿En Østerbro?, repetí perpleja. Sí, respondió ella, pero ya sabes que siempre le ha faltado un tornillo. La noticia no me alegró tanto como era de esperar. Lo único que pensé fue que Ruth nunca echaba en falta a nadie. Había despachado a Minna encogiéndose de hombros como seguramente había hecho al despacharme a mí un año atrás. En su corazón no había espacio para sentimientos profundos y duraderos. Al llegar a Sundevedsgade, donde yo solía desviarme, nos detuvimos. Pero no era eso lo que he venido a contarte, dijo. Sin acabar de tenerlas todas conmigo, eché a andar a su lado; si hacía esperar a mi madre demasiado, se plantaría en la pensión preguntando por mí, y cuando le dijeran que me había marchado, creería que había tenido un accidente. Aun así, Ruth transmitía débilmente parte de su antiguo encanto, de aquella capacidad de impulsarme a hacer cosas que a mí jamás se me habrían pasado por la cabeza. Me contó que se había echado un novio, un chico de dieciséis años que se llamaba Ejvind y vivía en Amerikavej. Era aprendiz de mecánico y tenían intenciones de casarse algún día. Con él había perdido la virginidad, y daba «un gusto de mil demonios». Además, había conocido a un hombre muy rico que era librero de lance y vivía en Gammel Kongevej. A él era a quien quería llevarme a visitar. Y es que había ido a verle sola, pero él había tratado de seducirla, y eso, aseguró virtuosa, no se lo hacía ella a Ejvind. El hombre rico en cuestión se llamaba Krogh y era el mejor amigo de Holger Bjerre, a quien podía convencer para que metiese a Ruth de corista. Y a ti también, dijo, lo ha prometido. ¿A mí? Un destello de esperanza cruza por mi mente. Una corista sale al escenario a bailar todas las noches y de día puede hacer lo que se le antoje. Sé que en casa nunca lo permitirán, pero cuando estoy con Ruth, el mundo nunca es real del todo. ¿Y sabes una cosa?, añade emocionada. Es muy viejo y encima está enfermo: cuando subí a su casa creí que le iba a dar un infarto, de tanto como tosía, resoplaba y jadeaba. Vive más solo que la una y, si nos portamos muy bien con él, a lo mejor nos deja en su testamento todo lo que tiene, así Ejvind podría abrir su propio taller. Me mira tan entusiasmada con esos ojos suyos tan claros y tan intensos que su plan insensato me pone de buen humor. Como sé qué es lo que pretende de mí, le digo: Yo eso no, pero sí me gustaría conocerle. Ruth se echa a reír tapándose la boca con la mano al tiempo que se limpia la nariz con el pulgar. Asegura que el hombre tiene un aspecto espantoso, pero tengo que pensar en el dinero y en nuestro futuro como coristas. El señor Krogh vive en el último piso de una casa que no parece llena de millonarios, precisamente. Cuando llamamos, oímos una tos horrible al otro lado de la puerta. Ahí tienes, susurra Ruth, no puede quedarle mucho. Después de unos cuantos tintineos con la cadena y las llaves, la puerta se entorna un poco y deja entrever el rostro del señor Krogh. Nos observa unos instantes con aire desconfiado antes de quitar la cadena y permitirnos pasar. ¡Oh, cuantísimos libros!, me admiro. La sala está casi tapizada con libros y grandes cuadros como los que solo he visto en los museos. El señor Krogh permanece en silencio hasta que nos sentamos. Luego me mira con atención y pregunta amablemente: ¿Te gustan los libros? Sí, contesto estudiándolo más de cerca. No es tan viejo como Ruth decía, pero tampoco es joven. Tiene la cabeza monda y lironda y las mejillas grandes y rojas, como si saliese mucho a tomar el aire fresco. Sus ojos son castaños y un poquito melancólicos, como los de mi padre. Me agrada y siento que a él también le agrado yo. Nos prepara café y Ruth le pregunta si ha hablado con Holger Bjerre. No, por desgracia en estos momentos está de vacaciones. Cuando se dirige a Ruth, su mirada la recorre de arriba abajo buscando algo por su cuerpo, pero el mío por fortuna no parece interesarle. Nos ofrece unas pastas y nos habla del buen tiempo y de las muchachas de la ciudad, que salpican los adoquines como flores. Es, afirma, un espectáculo reconfortante. Ruth se aburre y me da pataditas en las piernas por debajo de la mesa. Pregunto: ¿Y yo también podré ser corista, señor Krogh? ¡Tú!, replica asombrado; no, tú no sirves para eso. Claro que sí, con una permanente, maquillaje y esas cosas, protesta Ruth. Sin ropa está muy bien. Yo me sonrojo y por primera vez en mi vida me enfado con ella. El señor Krogh deja de mirarla para fijarse en mí y exclama: Pero ¿dónde demonios os habéis conocido vosotras dos? Le pregunto si me deja curiosear entre sus libros, y al saber que lo que más me gusta son los poemas me indica dónde están. Saco un volumen así, al azar, y lo abro. Leo embelesada y feliz:

– – – con los jarros de vino,
de noche, en la espesura.

Baudelaire. *Las flores del mal*, leo en la portada, y me acerco al señor Krogh y le pregunto cómo se pronuncia el nombre. Él me lo dice y asegura que puedo llevarme prestado el libro si prometo devolvérselo. Se lo prometo y vuelvo a sentarme a la mesa. Solo ahora me doy cuenta de que va en batín. Sufre otro acceso de tos y, con la cara escarlata y corto de aire, le pide a Ruth que le dé unas palmadas en la espalda. Ella lo hace y me mira con una risa callada, pero a mí no me hace gracia. Entre el señor Krogh y yo hay una armonía muda que no recuerdo haber sentido con ninguna otra persona. Desearía con toda el alma que fuese mi padre o mi tío. Ruth lo percibe y tuerce el gesto, molesta. Tengo que irme, anuncia malhumorada, he quedado con Ejvind. Cuando estamos a punto de marcharnos, él intenta besarla, pero ella aparta su dulce rostro y yo siento lástima. Yo no tendría nada en contra de besarlo, pero a mí solamente me tiende la mano y me dice: Puedes llevarte todos los libros que quieras siempre que me los devuelvas.

A estas horas de la noche siempre estoy en casa. Al llegar, encuentro a mi madre sentada a la mesa con la cara hinchada y los ojos llorosos. Me pregunta dónde demonios he estado y de dónde he sacado el libro. Yo contesto que he ido a ver a Edvin y que, en efecto, está mejor de la tos. El libro me lo ha prestado uno de los huéspedes de la pensión. Cuando me acuesto, se me ocurre con horror que el señor Krogh podría morirse igual que mi editor. Me parece que ese mundo que anhelo con todo mi corazón se compone solo de viejos enfermos que pueden caer fulminados de un momento a otro antes de que yo tenga edad suficiente para que se me tome en serio.

4

Se ha muerto el tío Carl. Se fue apagando despacio, dice la tía Rosalia, y murió sosteniendo su mano entre las de él. Está sentada, como siempre, en la esquinita de la silla con el sombrero puesto y su labor de costura echada al brazo, aunque ya nada requiere su presencia en casa. Tiene los ojos hinchados a fuerza de llorar, y mi madre ya no sabe cómo consolarla. Mi madre siempre ha pensado que para la tía Rosalia sería mucho mejor que el tío Carl se muriera, pero ella no parece compartir esa opinión. El día del funeral asistimos todos, incluidos el tío Peter y la tía Agnete, que en vida del tío Carl no querían tratos con él. También están mis tres primas. Son bajas y regordetas, y tienen la cara blanca como la harina, y mi madre se regodea diciendo que nunca se casarán y que sus padres no tienen por qué darse tantos aires. Mi padre y ella siempre andan echando pestes de la tía Agnete y el tío Peter, y aun así juegan con ellos a las cartas un par de noches por semana. Me fastidia cuando vuelvo del trabajo, porque no puedo acostarme hasta que se marchan. Mientras el pastor habla del tío Carl, no me da la risa floja como en el funeral de la yaya, pero pienso que la tía Rosalia es la única que lo conocía y sabía cómo era en realidad. Primero fue húsar, luego se hizo herrero, luego se dio a la bebida y luego, para terminar, a los refrescos. Eso es cuanto sabemos los demás. Vamos a tomar café a un restaurante no lejos del cementerio y el ambiente es muy triste, porque la tía Rosalia se resiste a permitir que nada la anime. Sus lágrimas van cayendo en la taza de café y cada vez que quiere enjugárselas tiene que levantar el velo negro de su sombrero de luto. Era guapo de joven, le dice a mi madre, ¿verdad, Alfrida? Sí, conviene mi madre, entonces era guapo. De pronto, la tía Rosalia dice: Ya sé que vosotros no le queríais porque bebía. No sabes cómo le hacía sufrir. Tampoco su familia le quería. Resulta muy violento y nadie contesta; al fin y al cabo, tiene razón. Bueno, dice Edvin levantándose. Tengo que irme ya. He quedado en verme con un compañero. Cuando se marcha, echo un vistazo a mi alrededor, hacia mi familia, estos rostros que han rodeado toda mi infancia, y los encuentro cansados y envejecidos, como si los años que yo he dedicado a hacerme adulta a ellos los hubieran consumido por completo. Hasta mis primas, que no son mucho mayores que yo, tienen un aire raído y desgastado. Mi padre está muy callado y muy serio, como siempre que se pone el traje de los domingos. Es como si el traje tuviera un forro de pensamientos sombríos y pesarosos que siempre se pone junto con él. Habla en murmullos con el tío Peter; ni siquiera en el funeral pueden dejar la política, aunque no se encienden tanto como de costumbre. Mi padre sigue trabajando en la central Ørsted y mi madre por fin ha conseguido la radio que pretendía que yo pagase. La tiene puesta el día entero y solo la apaga si en la salita hay alguien con quien le apetezca hablar. Cuando mi padre está en casa, siempre se echa a dormir en el diván. Y entonces, cuando mi madre apaga la radio, él se despierta dando un respingo y suelta: No hay condenado que duerma con esta barahúnda de todos los demonios. A nosotras nos hace mucha gracia. Pero las cosas de casa ya no me interesan, no tanto como antes. Solo estoy viva de veras en casa del señor Krogh. Voy a verle siempre que me atrevo a engañar a mi madre. A ella le digo que voy a ver a Yrsa, pero mi madre no entiende que de repente seamos tan amigas cuando yo siempre he dicho que no la soportaba. Me llevo libros del señor Krogh y se los devuelvo después de leerlos. Me recibe con su batín de seda y unas pantuflas rojas, y sirve café para ambos en cafetera de plata. Cuando no tiene pan, me da cincuenta céntimos para que baje a comprar. Nos tomamos el café en una mesita baja con un tablero de latón cincelado. El señor Krogh tiene unas manos blancas de dedos largos que tiemblan un poco y una voz baja y agradable que me gusta mucho oír. Suele hablar él cuando voy a verlo, porque no le agrada que muestre curiosidad. Una noche quise saber por qué no estaba casado y me contestó: No conviene saberlo todo de una persona, recuérdalo. Cuando eso ocurre, pierde el encanto. Tampoco sé si Ruth sigue viniendo, si llegará a ser corista, ni si el señor Krogh de veras conoce a Holger Bjerre. Ruth cree que no. Cuando me cruzo con ella en el patio o por la calle, me dice: Ese Krogh es un embustero y un viejo verde. ¿Aún no te ha molestado? No, contesto, y me parece que habla de un hombre completamente distinto del señor Krogh que yo conozco. Pues yo no me atrevo a subir a verlo sola, insiste ella. Otro día me dice que es un roñoso porque jamás me regala nada. ¿Y por qué debería hacerlo?, pregunto yo. Ruth me lanza una mirada que indica que estoy a punto de colmarle la paciencia. Porque él es viejo y tú eres joven, me explica. Le vuelven loco las jovencitas y eso tiene un precio, ¿o no? Una noche que el señor Krogh ha encendido unas velas en un candelabro de plata que hay encima de la mesa entre los dos, me armo de valor y digo: Señor Krogh, yo de niña escribía poesías. Él sonríe y dice: Sí, ¿y te gustaría enseñármelas? Me sonrojo al comprender que ha adivinado lo que pretendo de él, y le pregunto cómo lo sabe. Ah, responde, eso o alguna otra cosa. Las personas siempre quieren algo unas de otras, y yo siempre he sabido que tú pretendías utilizarme para algo. Al ver mi ademán de protesta, añade: No tiene nada de malo, es lo más natural. Yo también quiero algo de ti. ¿El qué?, pregunto. Nada concreto, contesta mientras se saca la larga pipa de la boca. Simplemente colecciono gente original, personas diferentes, casos especiales. Me gustaría mucho ver tus poemas. Dame en la espalda. Esto último lo dice a trompicones y con la cara morada. A cada golpe que doy, tose, y se encorva hacia delante con los brazos hasta el suelo. ¿Cuál será su enfermedad? No me atrevo a preguntarle si es mortal, pero a la noche siguiente corro escaleras arriba con mi cuaderno de poesía, medio convencida de que ya no se cuenta entre los vivos. Me equivoco, y apenas nos sentamos a tomar el café le tiendo el cuaderno con mucho miedo a decepcionarlo, habituado como está a leer los versos más excelsos. Deja la pipa y pasa las hojas mientras yo observo su rostro, expectante. Sí, dice por fin asintiendo, ¡versos infantiles! Lee en voz alta:

Un himno deseo cantarte, muchacha durmiente,
pues jamás visión alguna fue mayor deleite:
tu sueño, intocable y fino,
y tu sonrisa entre el blanco lino
cubriendo apenas tu pecho tierno,
oh, qué gran gozo fue verlo,
sin tú saberlo.

Son cuatro o cinco versos que repite en un murmullo para sí. Me mira con ojos serios y amables y dice: Es interesante. ¿En quién pensabas al escribirlo? En nadie, contesto yo; bueno, en Ruth tal vez. Se ríe de corazón. La vida es muy divertida, dice luego, uno no se da cuenta hasta que está a punto de perderla. ¡Pero, señor Krogh!, exclamo asustada. Usted no es tan viejo, no es mayor que mi padre. Ah, no, replica, pero aun así, ya he vivido mucho tiempo. Cierra el cuaderno y lo deja sobre la mesa. Estos poemas no sirven, añade, pero todo parece indicar que un día serás poeta. Esas palabras provocan que una oleada de dicha me recorra el cuerpo. Le cuento que Brochmann me pidió que volviera al cabo de un par de años y dice que lo conocía. Dice también que el día que escriba algo que valga, algo que a otras personas les guste leer, tengo que llevárselo y él se encargará de que lo publiquen. Las velas oscilan en el candelabro y el azul oscuro del cielo está repleto de estrellas. Siento que quiero muchísimo al señor Krogh, pero no me atrevo a decírselo. Pasamos un rato largo en silencio. Los estantes desprenden un reconfortante olor a cuero, papel y polvo, y el señor Krogh me mira apesadumbrado como si lo que desea decirme no debiera pronunciarse, como siempre me mira mi padre. Luego se levanta. Bueno, es mejor que te marches. Tengo que terminar unas cosas antes de acostarme. Afuera, en el recibidor, me coge de la barbilla y pregunta: ¿Le darías a un viejo un beso en la mejilla? Yo lo beso con cautela, como si mis labios pudiesen provocarle esa muerte que tanto temo. Tiene una mejilla blanda de anciano que me recuerda a mi yaya.

5

Hitler ha subido al poder en Alemania. Mi padre dice que es el triunfo de los reaccionarios y que los alemanes tienen lo que se merecen, porque ellos mismos le han votado. El señor Krogh asegura que es una catástrofe mundial y está sombrío y cabizbajo, como si le afectara un drama personal. Las señoras de la pensión están como locas de contento y repiten que si Stauning fuese como Hitler, no tendríamos desempleo, pero que él es un débil, un corrupto y un borracho, y todo lo que hace en el Gobierno está mal. En vez de dormir la siesta, escuchan el noticiario y vuelven con los ojos brillantes diciendo que el incendio del Reichstag es obra de los comunistas, y que ahora en el juicio se demostrará. Mi padre y el señor Krogh sostienen que el incendio es obra del propio Hitler, y yo, si tengo alguna opinión, es esa misma. Pero lo que tengo sobre todo es miedo, como si el oleaje del gran océano del mundo fuese a hacer naufragar mi frágil barquichuela de un momento a otro. Ya no me gusta leer los periódicos, aunque tampoco puedo evitarlo del todo. Las lúgubres viñetas satíricas de Anton Hansen que mi padre me muestra en el *Social-Demokraten* no hacen sino aumentar mi angustia. Aparece un viejo judío con un letrero en la espalda rodeado de hombres de las SS que ríen a carcajadas. En el letrero se lee: *Ich bin Jude, aber ich will mich nicht über die Nazis beschweren.* Tengo que explicarle a mi padre qué significa. El señor Krogh está abonado al *Politiken.* Él me muestra un dibujo de Van der Lubbe y el siguiente texto al pie:

> *Háblame de amor,*
> *habla de Torgler y el incendio.*
> – – –
> *Ya sabes qué es lo que queremos.*
> *Di que Dimitrov*
> *y Popov te esperaban de lejos,*
> *salva el pellejo.*

Ah, sí, exclama, ahora va a saber la *intelligentsia* alemana lo que es el amor. Le pregunto qué es eso de la *intelligentsia* y él me lo explica. Son, entre otros, los artistas. Un poeta es un artista y el señor Krogh me ha dicho que algún día seré poeta. Las señoras leen el *Berlingske Tidende* y ahí, dicen, sí que cuentan la verdad sobre Hitler, que tal vez salve a toda Europa y cree una especie de paraíso para todos nosotros. Ahora más que nunca desearía estar muy lejos de la cocina cochambrosa y asfixiante de la pensión y de la gente que trato allí a diario. Mi padre siempre está durmiendo cuando llego a casa y un par de horas más tarde se va a trabajar. Una noche, cuando se despierta, le pregunto si me deja buscarme otro trabajo. Le cuento que odio fregar, limpiar y los quehaceres domésticos en general. Yo preferiría estar en una oficina y aprender a escribir a máquina. Aún no, contesta. Primero has de aprender a llevar una casa en condiciones y a cocinar para tu marido cuando vuelva del trabajo. Pero eso ya irá aprendiéndolo el día que le haga falta, acude en mi auxilio mi madre. También dice: Hablas como si fuese a casarse mañana. Si acaba de cumplir quince años. Mi padre aprieta los labios y hace una mueca enojada. ¿Quién manda aquí, tú o yo?, pregunta. Mi madre guarda silencio, pero está ofendida, y en el aire se masca la tensión. Cuando mi padre se marcha, deja la labor a un lado con una sonrisa: Vamos a hacerle creer que uno de los huéspedes se ha propasado. Así te dejará buscar otra colocación. Sí, respondo aliviada, y asombrada de que no se me haya ocurrido antes. Al cabo de un par de días, mi padre está en el sofá cuando llego a casa. Bueno, comienza, tu madre me ha contado lo que ha ocurrido. Ya estás en una edad en la que conviene que te andes con cuidado. No vas a volver a la pensión. Tu madre puede ir a recoger tu paga y tú ya estás buscándote otro sitio. De modo que paso una temporada en casa. Compramos el *Berlingske Tidende* y contesto a un sinfín de anuncios de puestos de oficinista, aunque sin ningún resultado. También recorro Vesterbro probando suerte en los sitios que requieren entrevista. Hablo con caballeros muy elegantes en despachos enormes y luminosos, y todos quieren saber a qué se dedica mi padre. En cuanto lo oyen, suponen que necesito vivir de mi empleo, y el sueldo no lo permite. Sin embargo, al fin consigo un puesto en un sitio donde el gerente se limita a preguntar si estoy en el sindicato. Al saber que no es así, me contrata en el acto por cuarenta coronas al mes. Es una firma de suministros farmacéuticos situada en Valdemarsgade y voy a ser ayudante de almacén. Una firma de esquiroles, protesta mi padre al enterarse de lo del sindicato, pero pasa por el aro, porque encontrar un trabajo es difícil incluso para una chica.

Mientras ocurre todo esto no tengo ocasión de ir a ver al señor Krogh. Él nunca me ha preguntado dónde vivo; en general, no parece un hombre curioso y no le gusta que otros lo sean. Una noche voy a su casa a hacerle una visita. Es invierno y llevo puesto un abrigo arreglado de Edvin más caliente que bonito. Estoy deseando volver a ver a mi amigo y hablarle de mi nuevo trabajo, con el que por el momento estoy muy contenta. Cojo el atajo habitual por el pasaje de Vesterbrogade y una vez en Gammel Kongevej me quedo de piedra sin comprender nada. El edificio amarillo ya no está. En el lugar donde antes se alzaba solo queda un solar lleno de cascotes, yeso y cañerías retorcidas y oxidadas. Me acerco y apoyo la mano en lo que queda de un muro porque creo que las piernas no me van a sostener mucho más tiempo. La gente pasa frente a mí con el rostro hermético, enfrascada en sus quehaceres vespertinos. Siento deseos de aferrarme al brazo de algún viandante y preguntarle: Ayer aquí había una casa, ¿no sabe usted dónde está? ¿Adónde ha ido el señor Krogh? En algún sitio tiene que vivir, pero ¿cómo encontrar a alguien que ha desaparecido? No me cabe en la cabeza cómo ha podido hacerme esto, aunque es posible que conociese a muchas jovencitas y que yo solo fuese una de tantas. Él mismo dijo que hacía colección de seres originales, ¿y si yo no resultaba lo bastante original? Echo a andar de vuelta a casa muy despacio, aún medio anestesiada por la desgracia, diciéndome que todo esto no habría ocurrido si escribiese buenos poemas. Creo que tampoco habría ocurrido si él hubiese deseado mi cuerpo como saltaba a la vista que deseaba el de Ruth, pero aún no ha habido nadie que haya demostrado el más mínimo interés por mí en ese aspecto, y la advertencia de mi padre resulta completamente superflua. Abajo, en la calle,

Ruth está junto a la entrada de la escalera exterior con su aprendiz de mecánico. Me detengo a abotonarme el abrigo hasta el cuello porque sopla un viento gélido, cosa que no he advertido hasta este instante. Han derribado la casa del señor Krogh, anuncio. ¿Sabes dónde vive ahora? No, me contesta por encima del hombro del chico, y, además, me trae al fresco. Desaparecen de nuevo el uno en brazos del otro, y yo entro y cruzo el patio. Mientras subo por la escalera del interior, se apodera de mí el miedo a no poder escapar nunca de este lugar que me ha visto nacer. De repente no me gusta y cada uno de sus recuerdos me parece oscuro y triste. Mientras continúe viviendo aquí, estaré condenada al anonimato y la soledad. Para el mundo no soy más que un cero a la izquierda, y cada vez que consigo aferrarlo de un extremo, se me escapa entre los dedos. La gente muere y las casas se derrumban sobre ellos. El mundo cambia sin cesar, el único que perdura es el mundo de mi infancia. Arriba, la salita tiene el aspecto de siempre. Mi padre duerme y mi madre, sentada a la mesa, teje. Sus canas han desaparecido porque se las tiñe en el mayor de los secretos, quién sabe con qué dinero. De vez en cuando mi padre comenta: Es extraño que sigas teniendo el pelo tan negro, el mío está todo gris. Como él no miente nunca, es un ingenuo y se traga todo lo que le contamos. ¿De dónde vienes?, pregunta mi madre con aire suspicaz. De casa de Yrsa, respondo, y me da lo mismo que me crea o no. Dice: Aquí hace frío, carga un poco más la estufa. Pone a calentar el agua para el café y yo decido que me iré de casa en cuanto cumpla los dieciocho, igual que Edvin. Antes no me dejarán. Cuando viva en otro sitio —bien lejos de Vesterbro—, me costará menos tratar con gente como el señor Krogh. Mientras tomamos café, hojeo el periódico. Pone que Van der Lubbe ha sido ejecutado y que Dimitrov dejó a Göring completamente en ridículo durante el juicio. Paso unas cuantas páginas hasta las esquelas, pero no veo el nombre del señor Krogh entre los muertos. De pronto se me ocurre que cuando Hitler subió al poder fue como si perdiese el interés por mí, y de nuevo se estremece mi barquita, sacudida por un miedo misterioso a zozobrar.

6

Entro a trabajar a las siete de la mañana y, en compañía del señor Jensen, tengo que dejar los locales limpios y ordenados antes de que lleguen el personal de la oficina y el gerente. El señor Jensen es un muchacho de dieciséis años, alto, flaco y guasón. Infla los preservativos y me los lanza a la cabeza cuando estoy fregando el suelo, y trata de besarme hasta que yo, entre risas, me parapeto detrás del trapo de fregar. No es más que un chiquillo y no me molestan sus groserías. En el despacho del gerente, se sienta en el sillón con los pies encima del escritorio y un cigarrillo entre los labios. ¿A que me parezco a él?, pregunta mientras se enrosca el largo flequillo en los dedos. Me llama mojigata porque soy virgen y porque no quiero besarle. Si usted estuviera enamorado de mí, lo haría, replico. Él asegura que sí lo está, pero yo no me lo creo. Una mañana, cuando estoy fregando el suelo de su despacho, el gerente entra de pronto por la puerta y, mientras yo, febril, me afano en recoger el cubo y el trapo, él me agarra por detrás y me palpa los pechos con ambas manos. Lo hace más o menos como mi madre cuando toquetea el género del carnicero, y yo, roja como un tomate por la vergüenza y el ultraje, salgo corriendo con el cubo y el trapo a cuestas sin decir una palabra. Se lo cuento al señor Jensen, que dice que debería haberle pegado en los dedos, porque siempre se acuesta con las empleadas y no debo tolerarlo. Está casado y tiene muchos hijos porque es católico. Pero la verdad es que luego no me aflige demasiado, que digamos. Ha sido el primer hombre que se ha interesado por mi cuerpo, y yo me he hecho a la idea de que sin eso no se llega muy lejos en la vida. Una vez que están aquí las dos secretarias y el guardalmacén, hay que enviar los pedidos. Mi labor consiste en embalar los artículos en el largo mostrador del almacén. Se trata de termómetros, algodón hidrófilo, irrigadores uterinos, bolsas de agua caliente, preservativos y suspensorios. El señor Jensen me ha explicado con todo lujo de detalles para qué sirve cada cosa y encuentro que la vida sexual es extraordinariamente compleja y poco atractiva. Unas cosas se usan antes y otras después y, en medio de todas las explicaciones del señor Jensen, que no pintan el asunto muy sencillo, que digamos, yo no me siento a la altura. El guardalmacén es el señor Ottosen, y salta a la vista que las guapas secretarias están locas por él. Cuando se quedan con sus papeles de pie junto al mostrador para explicarle algo, él les desliza un brazo por el talle y ellas se le arriman con mirada turbia. Son dos jovencitas muy guapas y muy chics con la cabeza llena de ricitos, zapatos de tacón alto y anchos cinturones de charol que les ciñen la cintura. El día que trabaje en una oficina intentaré parecerme a ellas. Intentaré interesarme por los vestidos que lleve y por mi peinado. Por ahora, pospongo esos esfuerzos porque me aburren. Llevo una bata marrón que proporciona la empresa. Cuando salgo en busca de empleo, me froto las mejillas con el papel de seda de mi madre, eso es lo máximo que he hecho en esta vida por arreglarme. Tengo el pelo largo, liso y claro y, cuando lo veo necesario, me lo lavo con jabón blando. El señor Krogh me decía que tenía el cabello muy bonito, pero tal vez no encontrase en mí otra cosa digna de elogio. El caso es que paso mucho tiempo en compañía del señor Ottosen y una vez yo también intenté arrimarme un poco a él, pero a mí no me pasó el brazo por el talle y no pareció percatarse de mi tímido acercamiento. Cuanto más lo pienso, más me convenzo de que la mayoría de las mujeres ejercen una atracción irresistible sobre los hombres, yo soy la única que no. Es algo triste y curioso a la vez, pero siempre me protege de ser madre antes de tiempo, como lo son casi todas las chicas de nuestra calle. Un día el señor Jensen me invita a ir con él al cine por la tarde. Acepto porque desde niña siempre he querido ir a ver una película y mis padres no me dejaban. Por una vez en la vida digo la verdad en casa y mi madre parece emocionada. Quiere saberlo todo del señor Jensen y ya me ve casada con él. Sin embargo, yo no sé a qué se dedica su padre ni qué planes de futuro tiene él, así que no puedo satisfacer su curiosidad. A mi padre le entusiasma que sea miembro de las Juventudes Socialdemócratas, a las que le atormenta que Edvin se niegue a afiliarse. Un joven muy sensato, sin duda alguna, dice retorciéndose las guías del bigote. De modo que aquí estoy, por vez primera en un cine y al lado de un acicaladísimo señor Jensen, que se ha puesto el traje de la confirmación, tan corto por las mangas que deja a la vista unas muñecas no del todo limpias. Hemos colgado los abrigos del respaldo del asiento. Primero sale un tipo que toca el piano. Después se apaga la luz y unos anuncios radiantes centellean por la pantalla. Cuando terminan y se vuelven a encender las luces, intento levantarme porque creo que eso era todo, pero el señor Jensen tira de mí y me devuelve a mi asiento. Ahora es cuando empieza, anuncia con paciencia. La película se llama *El botones*, y ese botones es el guapo y conmovedor Jackie Coogan. Estoy tan embelesada que se me olvida dónde me encuentro y con quién. Lloro como una Magdalena y acepto como un autómata el pañuelo que me ofrece el señor Jensen. Cuando me pone una mano en la rodilla, la aparto de un empujón, como si fuese una cosa muerta. El botones se va a pique con el barco y su capitán tras sacrificar su vida por una bella dama, que se deshace en sollozos, y su hijita. Yo berreo a voz en cuello y no logro contenerme cuando se encienden las luces. Shhh, me dice el señor Jensen abochornado mientras me saca del cine agarrada por el brazo. ¿Y usted por qué no llora?, le pregunto, ¿es que no le ha dado pena? Sí, claro, se defiende él, ¡pero ponerse a llorar así, en medio de un cine! Al bajar por Sønder Boulevard, los dedos del señor Jensen se entrelazan con los míos. Al verlo así, de perfil, descubro que tiene unas pestañas muy largas. A lo mejor se ha enamorado de mí de verdad. La nieve cruje bajo nuestros pies y hay un cielo estrellado. Le tiembla un poco el brazo, pero podría deberse al frío. En casa, en el portal a oscuras, me abraza y me besa. Yo no opongo resistencia, pero no siento nada. Tiene los labios fríos y duros como el cuero. ¿Qué tal si nos tuteamos?, me propone con voz ronca. Muy bien, contesto. ¿Cómo te llamas? Él se llama Erling y acordamos que en el trabajo seguiremos tratándonos de usted y llamándonos por el apellido.

Cuando no hay nada que hacer en el almacén por las tardes, me mandan al desván a ordenar latas en largas hileras. Me agrada esa tarea, porque puedo estar yo sola en ese espacio oscuro y polvoriento. Me tumbo en el suelo y dispongo las latas en filas rectas según lo que pone en ellas: ungüento de óxido de zinc, lanolina. Eso me sume en una dulce melancolía y me recorren oleadas rítmicas de palabras. Las anoto en papel de estraza marrón y compruebo con pesar que los poemas siguen sin ser buenos. Versos infantiles, los llamó el señor Krogh. También dijo: Para escribir un buen poema hay que haber vivido mucho, muchísimo. A mí me parece que ya he vivido lo mío, pero a lo mejor tengo que vivir aún más. Un día, sin embargo, escribo algo distinto a todo lo que he escrito hasta entonces, aunque no sé con exactitud en qué consiste la diferencia. Escribo lo siguiente:

Arde una vela en la noche,
arde solo para mí,
si doy un soplido
flamea cual sol,
flamea solo para mí.
Mas si alientas suave
y si alientas tú,
la vela luce más que la luz
y arde en mi pecho con plenitud,
solo para ti.

Creo que es un poema auténtico y eso reabre la herida de haber perdido al señor Krogh, porque me habría encantado mostrárselo. Me habría encantado contarle que al fin entiendo a qué se refería. Pero para mí está tan muerto como el viejo editor y no logro dar con una nueva llave que me abra la puerta del mundo que mueven los poemas y —espero— quienes los escriben. Has tardado mucho, protesta Erling cuando bajo. Ahora se comporta en todo como si estuviésemos comprometidos. Está embalando un irrigador —eso se usa después, según me ha explicado— y, mientras enrosca los tubos rojos debajo del engendro, me pregunta: ¿Qué tal si nos acostamos en un hotel este sábado? He estado ahorrando. No, contesto, porque ahora que sé escribir poemas de verdad no importa que sea virgen. Al revés, puede hacerme falta serlo cuando conozca al hombre adecuado. ¡Válgame Dios!, exclama Erling molesto, ¿es que piensas reservarte para el que te haga la autopsia? Claro, respondo sin parar de reír. Si no sé ni yo misma qué tendrá que ver la virginidad con la poesía, ¿cómo explicarle a Erling tan extraña conexión?

7

Los sábados por la tarde, Erling y yo vamos al cine. Me espera apoyado en el muro de la casa con las manos enterradas en los bolsillos del abrigo que ha heredado de su padre, igual que yo he heredado el mío de mi hermano. Si le hago esperar mucho, masca cerillas y se hace caracoles con los dedos en el pelo. Cuando salimos al patio, mi madre abre la ventana y grita: Adiós, Tove. Eso quiere decir que aprueba la relación y Edvin también lo ve así. Me pregunta cuándo podrá subir a saludar a mis padres. Aún no, contesto yo. Mi madre me pregunta si Erling tiene un pie zambo o labio leporino y por eso no les dejo verlo. Tampoco voy yo a visitar a sus padres, porque no quiero que piensen que estamos prometidos. Para mí sería más sencillo y más divertido tener una amiga, pero ya no la tengo, así que Erling mejor que nada. Me gusta, porque él también es un poco rarito y se parece a mí en muchas cosas. Su padre es obrero y suele estar sin trabajo. Tiene una hermana mayor que ya está casada. Él quiere ser maestro, pero no podrá entrar en la escuela normal hasta que cumpla los dieciocho. Está ahorrando para eso. Dice que es una cochinada que nuestra empresa solo contrate mano de obra no organizada, pero si se afilia al sindicato lo despedirán. Gana veinticinco coronas a la semana. Cuando vamos al cine, me pago yo mi entrada, en parte porque él no puede permitirse pagar el precio de dos entradas y en parte porque me parece que eso me hace más libre. Todas nuestras tardes transcurren del mismo modo. Cuando acaba la película, me acompaña a casa, y una vez en la oscuridad del portal me abraza y me besa. Yo, mientras tanto, le observo con una curiosidad algo fría para ver hasta qué punto soy capaz de encender su pasión. Si estuviese enamorada, yo también me encendería, pero no lo estoy, y él lo sabe. Al llegar a cierto punto, retiro sus manos frías de mi nuca y le advierto: No, eso no. Ah, venga, me susurra sin aliento, si no hace nada de daño. No, replico, pero no me apetece. Como le tengo lástima, le doy un beso en los labios acartonados antes de irme. Él me pregunta cuándo accederé y yo, por decir algo, le prometo que cuando cumpla los dieciocho, porque, total, para eso aún falta una eternidad. También siento un poco de lástima de mí misma, porque sus abrazos no me hacen vibrar lo más mínimo. ¿Seré también anormal en ese terreno? Un gusto de mil demonios, había dicho Ruth, y entonces no tenía más que trece años. Lo mismo aseguraban todas las chicas del rincón de la basura, aunque tal vez mintiesen. A lo mejor lo decían solamente por decir. ¿Cuándo nos vas a enseñar a tu novio?, pregunta mi madre arriba, en la salita. Cuando conocí a tu padre, enseguida corrí a llevarlo a casa. También dice que seguro que solo busca una cosa, y que si dejo que se salga con la suya, ya no querrá saber nada más de mí. Y aquí no nos vengas con un crío, añade. Una noche le contesto que no se la veía tan ansiosa cuando Edvin iba a traer a su novia a casa y ella contesta cortante que tratándose de chicos la cosa es muy diferente. En su caso no hay prisa, un hombre siempre tiene tiempo para casarse, pero a una chica hay que mantenerla, y eso no puede perderlo de vista. Mi padre le pide que deje de atosigarme. Dice que es muy inteligente por parte de Erling querer hacerse maestro, porque tienen un buen sueldo y no se quedan sin empleo. Esos son proletarios de guante blanco —asegura mi hermano, que por suerte vuelve a tener trabajo—, lo peor de lo peor. A mi hermano le fastidia que me haya echado un amigo, porque siempre me ha estado tomando el pelo y diciendo que nunca me casaría. Está escuchando en la radio noticias sobre la boda del príncipe Federico, que despierta en mi madre un interés extraordinario. Apaga de una vez toda esa coba monárquica, protesta mi padre desde el sofá, ahora tendremos una boca más que alimentar, eso es todo. En el trabajo, las secretarias están locas de entusiasmo con la encantadora princesa Ingrid. Han puesto en marcha una de sus colectas y corretean por todo el almacén con una lista larguísima donde anotan lo que aporta cada uno para comprar un ramo de flores para la Casa Real. Yo he puesto una corona y hace unos días puse otra para la confirmación de la hija del gerente. Tiene tantos hijos que hay colectas sin cesar para sus bautizos y sus cumpleaños. Cuando te quieres dar cuenta, comenta Erling, se te ha ido todo el sueldo en esas sandeces. Erling es socialdemócrata, como mi padre y mi hermano, y sueña con una revolución que alce a las masas. A mí me gusta oírle desarrollar ese plan, porque si los pobres se hiciesen con el poder, favorecería a los míos. Erling pretende cambiar la socialdemocracia para que sea más roja. En realidad, asegura, soy sindicalista. No le pregunto qué es eso, si no soltará un discurso muy largo e incomprensible sobre política. Un día me lleva a un mitin en Blågårds Plads, pero se arma un jaleo terrible y la policía tira de las porras para separar a las partes en contienda. ¡Abajo la bofia!, grita Erling, que viste su uniforme de las Juventudes; de inmediato se lleva un cachiporrazo en la cabeza que le hace soltar un aullido. Asustada, lo agarro del brazo y cogidos de la mano corremos por la calle, que retumba con los pasos de muchos más fugitivos. No sirvo para esas cosas y no repito nunca más. En la empresa, aparte de nosotros, hay dos obreros y un chófer. Almorzamos todos juntos en un pequeño local que hay detrás del almacén. No hay forma de caldearlo y, según Erling, eso también es una cochinada. Solemos comer todos con el abrigo puesto.

Nos sentamos en cajones de cerveza boca abajo, me entiendo bien con la gente de nuestro grupito. Con ellos no me cohíbo, ni siquiera si me preguntan, por ejemplo, si de veras sé para qué sirven un suspensorio o un irrigador uterino. Pero les digo que deberían afiliarse al sindicato, y un día que estoy de muy buen humor me subo a uno de los cajones e imito a Stauning en pleno discurso: ¡Camaradas! Me froto unas barbas invisibles y pongo una voz muy grave ante un público entregado. Ellos se ríen y aplauden y no pienso más en ello. Al cabo de cierto tiempo aparece el señor Ottosen y me anuncia que el gerente quiere hablar conmigo. No he vuelto a quedarme a solas con él desde el día que me manoseó los pechos, y temo que pretenda hacer algo parecido. Tome asiento, me ordena con frialdad señalando hacia una silla. Yo me siento justo al borde y veo, para mi espanto, que está rojo de ira. Ya no la necesitamos, dice con rabia, yo no quiero bolcheviques en mi empresa. No, contesto sin saber qué es un bolchevique. Da tal puñetazo en la mesa que el corazón me pega un brinco. Luego se levanta, se acerca a mi silla y aproxima su cara enrojecida a la mía. Yo me aparto un poco porque le huele el aliento. Ha estado incitando a mi personal a afiliarse al sindicato, me grita, pero ¿es usted consciente de lo que sucedería si lo hicieran? No, susurro, aunque en el fondo lo sé. Perderían el empleo, aúlla volviendo a estrellar la mano contra el escritorio, igual que ahora mismo lo pierde usted... ¡y sin referencias! Puede pasar por caja a retirar su salario. Se incorpora y regresa a su sitio. Tengo la sensación de que debería echarme a llorar, pero siento que me invade una alegría oscura a la que no sé dar nombre. Este hombre me considera peligrosa, importante en un terreno que ni siquiera es el mío. Esto no tiene ninguna gracia, me grita, debo de haber sonreído sin darme cuenta. ¡Largo! Señala hacia la puerta y me apresuro a salir. No quiero volver a verla, me chilla antes de cerrar de un portazo. En el almacén me aguardan el señor Ottosen y Erling petrificados. Me preguntan qué diantres es lo que ha pasado y yo se lo cuento llena de orgullo. El señor Ottosen se encoge de hombros. Es usted joven, dice, y le pagan mal, no le costará encontrar alguna otra cosa. Al fin y al cabo, es usted sola. Yo, que tengo mujer y cuatro hijos, mejor que no abra la boca. Erling dice que debería haberme guardado mis opiniones y yo me pongo furiosa con él. Desde luego, en Dinamarca no habrá una revolución mientras haya mucha gente como tú, que no se atreve a jugarse el pellejo, aseguro acalorada, y me voy muy ofendida a pedirles mi sueldo a las secretarias, que ya lo tienen listo. Cuando vuelvo a casa, las calles están cubiertas por una gruesa capa de nieve y un viento gélido me atraviesa el abrigo. He sufrido por mi fe y no veo la hora de contárselo a mi padre. Me siento como una Juana de Arco, una Charlotte Corday, una mujer joven llamada a inscribir su nombre en las páginas de la Historia. Al fin y al cabo, lo de la poesía va muy despacio. Con la frente muy alta y la espalda bien derecha, subo por la escalera y, revestida de una dolorosa dignidad, entro en el cuarto de estar, donde mi padre duerme con el trasero en pompa vuelto hacia el mundo. Mi madre me pregunta qué hago en casa tan pronto y, cuando se lo explico, dice que no he debido inmiscuirme en cosas que ni me van ni me vienen. Añade enojada que era una buena colocación y que ningún hombre querrá casarse con una chica que cambia de empleo cada dos por tres. Esta vez no se pone de mi parte y yo empiezo a carraspear y a armar barullo en la mesa para despertar a mi padre. Lo consigo, y cuando se sienta, frotándose los ojos, mi madre anuncia: A Tove la han despedido. Le has metido en la cabeza todos esos disparates de tus sindicatos. Cuando escucha los detalles, mi padre tuerce el gesto. Quién te has creído que eres, grita dando un puñetazo en la mesa que hace bailotear la lámpara del techo. Ahora que por fin tenías un buen empleo, te echan por semejante estupidez. Si tú no entiendes nada de política. Corren malos tiempos y hay tantos esquiroles que podrían echárselos de comer a los cerdos. Pero en el próximo trabajo que tengas, o te quedas o acabas como tu madre. Intercambian una mirada llena de rabia, como siempre que hay jaleo con Edvin o conmigo. Yo guardo silencio, no sé muy bien qué esperaba. En unos pocos minutos he perdido mi repentino interés por la política, los estandartes rojos y las revoluciones. Erling y yo vamos al cine un par de sábados más y después deja de esperarme apoyado en el muro. Le echo un poco de menos, porque me hacía sentir menos sola, pero lo que más echo en falta es el desván de las latas donde escribí mi primer poema de verdad. ¿Qué fue de ese joven tuyo?, pregunta mi madre, que ya soñaba con ser suegra de un maestro. Se echó otra novia, contesto. Mi madre necesita razones contundentes para todo. Dice: Es que tendrías que sacarte un poco más de partido. Deberías comprarte un vestido de primavera en vez de esa bicicleta. Cuando la naturaleza no te ha hecho guapa, añade, hay que echarle una manita. Mi madre no dice esas cosas para herirme. Es solo que ignora por completo qué ocurre dentro de otras personas.

8

¿No ve usted a quién me parezco? La señorita Løngren se me queda mirando con sus ojos saltones y yo, la verdad, no, no veo a quién se parece. Sonríe mientras sube y baja las cejas. Puede que se parezca un poquito a Chaplin, pero cualquiera se lo dice, porque enseguida se ofende. Esta vez frunce el ceño, impaciente. Pero es que nunca va al cine, mujer, protesta. Claro que sí, respondo abatida sin dejar de estrujarme el cerebro. Entonces de perfil, propone girando la cabeza. Ahí lo tiene. Me lo dice todo el mundo. A mí lo único que me dice su perfil es que tiene la nariz ganchuda y la barbilla huidiza. En mitad de mis esfuerzos, suena el teléfono. Ella contesta «I. P. Jensen». Lo suelta siempre en un tono tan fuerte y amenazante que no entiendo cómo la persona que está al otro lado de la línea se atreve a decir qué quiere. Es un pedido que anota mientras se pega el auricular al oído derecho con la mano izquierda. Nada más colgar dice: Greta Garbo, ahora lo ve, ¿verdad? Claro, contesto lamentando no tener a nadie con quien reírme. No tengo a nadie. Aquí estoy extrañamente sola. Me han contratado en la oficina de un taller de litografía. En el local situado al fondo se encuentra el dueño, al que llamamos Maestro. Cuando está, tiene siempre la puerta cerrada. En el antedespacho hay dos escritorios. Uno de ellos lo ocupa uno de los hijos, Carl Jensen, de espaldas a la silla de la señorita Løngren. Ella se sienta justo enfrente de mí y se ocupa del teléfono y de la centralita, y en un extremo de nuestro escritorio hay una mesita con una máquina de escribir que se supone que yo debo aprender a usar. Pero no tengo casi nada que hacer en todo el día y nadie parece saber por qué me han contratado. Encima de las oficinas hay una vivienda, la del otro hijo, Svend Åge, que es litógrafo y trabaja enfrente, en la imprenta. Carl Jensen es delgado y de gestos veloces, como una ardilla. Tiene los ojos castaños muy juntos y un poco bizcos, lo que le da aire de ser poco de fiar. Jamás se dirige a mí, y cuando están él y la señorita Løngren, se comportan como si yo fuese transparente. No paran de flirtear y a veces él le da la vuelta a su silla, que gira trescientos sesenta grados, e intenta besar a la señorita. Ella le da golpecitos y ríe muy alto, halagada. Yo lo encuentro ridículo, porque ya son muy mayores. Cuando el Maestro recorre las oficinas, ellos se enfrascan en su trabajo y yo me apresuro a escribir números y palabras que después borro de nuevo con mucha calma y esmero. Como Carl Jensen no pasa demasiado tiempo con nosotras, siempre siento la mirada atenta y acechante de la señorita Løngren clavada en mí. Comenta cada uno de mis movimientos. ¿Por qué está usted siempre mirando el reloj?, me pregunta, eso no va a hacer que el tiempo pase más deprisa. También dice: ¿Es que no tiene un pañuelo? Tanto sorberse los mocos me pone de los nervios. O: ¿Por qué siempre tengo que ser yo la que se levanta a cerrar la puerta? Usted también es joven. Ese «también» me deja pasmada. Un día me pregunta qué edad creo que tiene. Cuarenta, aventuro con cautela, porque estoy convencida de que ha cumplido como poco los cincuenta. Tengo treinta y cinco años, replica indignada, y todo el mundo me dice que aparento aún menos. Cuando me esfuerzo por quedarme callada y buscar un punto neutro donde descansar la vista, me dice: ¿Se ha quedado usted dormida? Algo tendrá que hacer para ganarse las cincuenta coronas que le pagan al mes. Bostezo y me pregunta con su voz hombruna si no duermo por las noches. Tengo que oír sus comentarios todo el santo día y cuando llego a casa estoy tan agotada como cuando trabajaba en la pensión. Pero yo misma me he empeñado en trabajar en una oficina y ahora tendré que quedarme aquí hasta cumplir los dieciocho, por muy escalofriante que me parezca la idea. Registro en un libro órdenes de trabajo, cosa que me lleva apenas una hora. A la señorita Løngren no le hace ninguna gracia que practique escribiendo a máquina porque armo mucho escándalo. Un día el Maestro le pregunta cuidadoso qué le parecería que yo me encargase de la centralita, pero ella contesta hecha una furia que no quiere estar sentada de espaldas a los clientes. Detrás de mí se alza el mostrador donde se despachan los pedidos de palabra. El Maestro parece tenerle tanto miedo como yo. Es un hombrecillo grueso con una nariz amoratada y bulbosa que, según la señorita Løngren, se ha ganado a pulso. Cuando necesita localizarle, llama siempre al Grøften, el restaurante del Tivoli, su paradero habitual cuando no está en su despacho. De vez en cuando, el Maestro me llama y me da algunos papeles que quiere que pase a limpio. Son cartas, y empiezan todas con un «Querido hermano» y acaban con «Fraternales saludos». A veces habla en ellas de un hermano que pasó a mejor vida, y cuando enumero el plantel de sus magníficas cualidades, sobre todo entre los hermanos, me dejo llevar por la melancolía y pienso que esa familia está muy unida, algo muy hermoso y poco habitual. Pero el día que me aventuro a preguntarle a la señorita Løngren cuántos hermanos tiene el Maestro, ella suelta una carcajada y exclama: ¡Si son hermanos de logia! Es miembro de la Orden de San Jorge. Después se lo cuenta al hijo, que da la vuelta a la silla para ver qué aspecto tiene semejante mentecata. Los domingos por la tarde cruzo a la imprenta a repartir los sobres con la paga. Es todo un suplicio, porque los empleados siempre me dicen cosas chistosas y subidas de tono y a mí no se me ocurren respuestas inmediatas. Yo no soy uno de ellos, como en la firma de suministros farmacéuticos. Según mi padre, esta colocación es la mejor que he tenido y no hay excusa que valga para que no la conserve. Todos están afiliados al sindicato, incluso yo, el Maestro paga la cuota, y van a mandarme a clases de taquigrafía que también va a pagar él. No sé por qué tengo que aprender taquigrafía si lo único que me dejan escribir son cartas para los hermanos. Las facturas y las cartas comerciales las redacta la señorita Løngren. Tengo la impresión de que se opuso a que me contrataran y ahora pretende impedirme que aprenda algo. No hago más que mirarla de ocho de la mañana a cinco de la tarde, y eso es un trabajo ingente y agotador. En mi vida he conocido a nadie como ella. A veces es amable y me ofrece, por ejemplo, una manzana. Me la da, pero al oír que me cruje entre los dientes frunce el ceño y dice: ¿Es que no puede comerse ni siquiera una manzana sin armar un alboroto? Y si voy al lavabo demasiado, me pregunta si estoy mal del estómago. Un día anuncia que su sobrina va a confirmarse y me pregunta si conozco a alguien que pueda escribirle una canción de confirmación. Solo por sorprenderla, le contesto que puedo hacerlo yo; me mira con aire escéptico. Tiene que ser buena, insiste, como las que colocan en los escaparates de las tiendas. Le prometo que será buena y ella, vacilante, me deja hacer la prueba. Escribo un texto que encaja con una conocida melodía, *El alegre calderero*, y la señorita Løngren queda impresionada. Es cierto, asegura, es igual de buena que las que se pagan de encargo. Se la muestra al hijo, que suelta una palabrota, quién lo iba a decir de la señorita Ditlevsen. Le da la vuelta a la silla y se me queda mirando con aire curioso y ojos marrulleros. A mí, como de costumbre, no me dice nada. Sí, contesta la señorita Løngren, esto sí que es un regalo. Me parecen los dos unos idiotas. Ella ni siquiera sabe hablar correctamente. Dice, por ejemplo, en cualquier acaso, y lo repite a menudo. Cuando quiere hacer hincapié en algo, suelta: Digo y sigo diciendo que, etcétera. Pero, por supuesto, no sigue diciéndolo. De este infructuoso modo tengo que pasar dos años más, y la idea me resulta casi insoportable. Por las noches, cuando llego a casa, casi siempre está allí Jytte, y me agota oír cómo cotorrean ella y mi madre. Jytte es grande, rubia y bonita, pero ella misma dice que nunca se casará porque enseguida se cansa de los hombres. Ha tenido una larga serie de novios y siempre anda entreteniendo a mi madre con historias del de turno. Les hacen una gracia loca y ellas también me hacen sentir excluida. Mi padre ronca a todo volumen y yo no puedo acostarme hasta que él se ha ido a trabajar y Jytte ha vuelto a su casa. Yo ya no entiendo por qué no soporto a la gente ni cómo tienen que hablar para que quiera escucharlos. Tendrían que hablar como hablaba el señor Krogh, y cada vez que salgo me parece verlo doblar la esquina o cruzar la calle. Cuando echo a correr para alcanzarlo, nunca resulta ser él. Donde antes estaba su casa están levantando una nueva, y me quedo mirándola cuando atravieso el pasaje al volver a casa. Sé que podría buscarlo en el listín telefónico, pero el orgullo me lo impide. No signifiqué nada para él. Le divertí unos instantes y luego se encogió de hombros y me dio la espalda. Pero esta existencia me marchita, no me queda más remedio que hacer algo. De repente me viene a la cabeza una sección del *Politiken* titulada: «Teatro y música – Ofertas». Lo más probable es que sean cosas que se hacen a última hora, y ya me dejan salir hasta las diez. La música es territorio prohibido para mí, pero no me importaría ser actriz. En el mayor de los secretos, contesto a un anuncio en el que buscan actores para un teatro aficionado. Recibo una carta de una compañía, Teaterselskabet Succes, que tiene su sede en un establecimiento de Amager donde me piden que me presente cierta tarde. Me pongo el traje sastre marrón que, a instancias de mi madre, compré en lugar de la bici y tomo el tranvía hasta el restaurante. Allí saludo a tres jóvenes muy serios y a una jovencita que, como yo, viene por primera vez. Nos sentamos a la mesa y el director explica que tiene en mente montar una comedia de aficionados llamada *La tía Agnes*. Trae la parte de cada personaje y, tras sopesarnos con una ojeada, decide que sea yo la tía Agnes. Se trata, aclara, de un papel cómico que me irá como anillo al dedo. La señora en cuestión ronda los setenta años, pero eso se resuelve fácilmente con un poquito de maquillaje. En la obra sale también una pareja joven, y él será el hombre y la señorita Karstensen será la chica. La miro y me doy cuenta de que es muy guapa. Tiene el cabello rubio platino, los ojos azul oscuro y unos dientes blancos y sin un solo defecto. Comprendo que era imposible que yo hiciese su papel. Aun así, no había imaginado mi debut como anciana cómica de setenta años. Repartidos los papeles y convocados para un nuevo encuentro una vez los hayamos aprendido, nos tomamos un café y nos despedimos. La señorita Karstensen y yo vamos juntas al tranvía. Propone que nos tuteemos. Se llama Nina y vive en Nørrebro. Yo le pregunto por qué contestó al anuncio. Porque me estaba muriendo de aburrimiento, contesta ella. Al andar contonea levemente las caderas, y yo me siento dichosa con su sola compañía. Tiene dieciocho años y estoy segura de que seremos buenas amigas.

9

Al director de nuestra compañía lo llaman Gammeltorv. Tiene veintidós años y también mujer e hijo. Ensayamos en su casa y su mujer se enfada porque el bebé se despierta a causa del ruido. Gammeltorv se disculpa: No tiene sensibilidad para el arte. Él sí. Cuando nos dirige mueve la cabeza, los brazos y las piernas, como los directores de orquesta famosos. Se enfurece y nos regaña y nos suplica casi con lágrimas en los ojos que pongamos más alma en los diálogos y nos metamos a fondo en nuestro papel. La tía Agnes es una persona crédula y bobalicona a quien la pareja joven embauca una y otra vez; ahí reside lo cómico, porque en sí los diálogos no tienen ninguna gracia. Son escasos y breves. El clímax llega en el momento en que la señora entra en la sala con la bandeja del té. Al ver que la pareja está sentada en un silloncito doble fundida en un abrazo, deja caer la bandeja, junta las manos y exclama: ¡Dios nos coja confesados! Entonces, toda la sala tiene que estallar en una carcajada, dice Gammeltorv, ¡y yo recito las palabras como si leyera un libro! ¡Otra vez!, grita, ¡otra vez! Al final logro que mi réplica suene lo bastante atónita, y el director cree que con la bandeja llena de tazas auténticas funcionará. Su mujer se ha negado a proporcionármelas. En el cuarto de estar de casa, hago el papel de tía Agnes delante de mi madre, que está entusiasmada. A lo mejor te conviertes en una actriz de verdad. Lástima que no sepas cantar. Nina, en cambio, sí que sabe, y hará sus trinos en el dueto de amor con Gammeltorv, y con mucha gracia, en mi opinión. Vamos a representar la obra en el Stjernekroen de Amager, y el director cree que llenaremos, porque después hay baile. Nina y yo estamos deseando que llegue ese día. Nina es de Korsør, donde vive su prometido, que es guarda forestal y va a venir al estreno. Ella es empleada de la sección de anuncios del *Berlingske Tidende* y vive en Nørrebro, en un cuartito alquilado. Es una habitación triste y sin calefacción donde, sentadas al borde de la cama con el abrigo puesto, pasamos las horas muertas confiándonos nuestros planes de futuro mientras oímos crepitar el fuego en la estufa de la familia que vive al otro lado del fino tabique. Algún día se casará con su guarda forestal, porque a ella le gustaría vivir en el campo, pero hasta que llegue ese día pretende divertirse y disfrutar su juventud en Copenhague. Contestó al anuncio porque quiere conocer gente interesante. Sobre todo, quiere conocer hombres. Los hombres pueden cortejarla e invitarla a salir. Dice que cuando ya no estemos tan ocupadas con la obra, tenemos que salir a buscar con quién bailar. Una chica no puede ir sola a un restaurante, pero si van dos ya no pasa nada. Me acuerdo del comentario del señor Krogh a propósito de que las personas quieren algo unas de otras y me alegro de servirle de algo a Nina. Desde que la conozco, ya casi no pienso en Ruth. Que, por cierto, se ha ido a vivir con sus padres, así que ya no la veo al volver por las noches. Nina se crio con su abuela, que es propietaria de un hotel en Korsør. Su madre vive en Copenhague con un hombre con el que no está casada. Es pobre y limpia casas, y una noche, dice Nina, tengo que ir a la suya a conocerla. Mi madre no siente ninguna necesidad de conocer a Nina. ¿Por qué vive en Copenhague si su prometido vive en Korsør?, me pregunta. Siempre has tenido malas amigas. En la oficina, la señorita Løngren dice en tono amenazante: Se la ve a usted muy contenta de un tiempo a esta parte. ¿Algún acontecimiento feliz en casa? Yo lo niego asustada e intento parecer menos alegre. Estoy aprendiendo taquigrafía en un curso en Vester Voldgade, y es muy divertido. A veces solo pienso en signos taquigráficos. Un día, al salir del trabajo, me encuentro con Edvin, que me espera a la puerta con aire feliz. Mientras vamos hacia casa, me cuenta que va a casarse muy pronto con una chica que se llama Grete y es de Vordingborg. Van a casarse en secreto y ya tienen un pisito en Sydhavnen. Se apoderan de mí unos celos oscuros que impiden que comparta su entusiasmo. A mi madre y a mi padre no les dirá nada hasta que haya pasado la boda. Se van a poner como locos, digo con cierta pena por ellos. Ya conoces a madre, dice él, siempre les hace el vacío a mis novias. Le cuento que en ese aspecto yo lo tendré más fácil, porque, a pesar de que no llegó a verlo, mi madre estaba encantada con Erling. Él asegura que así es en casi todas partes, no tiene nada de raro. Me pregunta cómo va con mis poemas y si no voy a intentarlo con otro editor. No todos se morirán, ¿no? Le explico que poco a poco he empezado a mejorar y que no quiero hacer otra intentona hasta que mis versos valgan lo bastante. Pero Edvin cree que las poesías infantiles son igual de buenas que las que salen en los libros del colegio y los periódicos, y yo no soy capaz de explicarle la indefinible diferencia entre un poema bueno y uno malo, porque no hace mucho tiempo que yo misma he llegado a comprenderla. Nos quedamos un rato a charlar delante del portal de casa mientras damos pataditas en el suelo para entrar en calor. Edvin no quiere subir conmigo para que mi madre no sospeche que hemos venido juntos, no le hace ninguna gracia que compartamos cosas de las que ella está al margen. Además, aún le guarda rencor a mi padre por sus cuatro duros años de aprendiz. Mi tos es mérito suyo, dice con amargura y algo de injusticia. Edvin ya tiene veinte años y la piel de la mandíbula se le ha oscurecido a fuerza de afeitarse. Los rizos negros le caen por la frente y sus ojos castaños recuerdan a los de mi padre y a los del señor Krogh. Algún día me casaré con un hombre de ojos castaños. Así puede que mis hijos también los tengan de ese color, y creo que tendré el primero a los dieciocho. A Nina le horroriza que aún sea virgen y piensa que es un defecto que hay que corregir lo antes posible. A ella también le daba miedo, asegura, se oyen tantas cosas, pero en realidad fue todo una maravilla. Se ha comprado un vestido largo y ceñido para el baile del Stjernekroen. Es muy escotado por la espalda y lo ha adquirido a plazos. Costaba doscientas coronas y no acierto a comprender cómo piensa pagarlo. Ella se echa a reír y dice que no ha sido tan estúpida como para dar su verdadero nombre. Me impresiona, como siempre que alguien se atreve a hacer cosas a las que yo no me atrevo. Ya en el Stjernekroen, nos faltan manos para cambiarnos y maquillarnos. Yo llevo un vestido negro de la abuela de Gammeltorv. Llega hasta el suelo y me he atado por debajo un cojín como barriga. En la cabeza me he puesto una peluca de lana gris y el director me ha pintado líneas negras por la cara. Representan arrugas. Debo de andar doblada como una navaja porque tengo reúma por todas partes. Espiamos por un agujerito que hay en el telón. Buscamos a nuestras familias y contamos para ver si ya han llegado todos. No ocupan más que las primeras tres o cuatro filas, el resto de la sala está vacío salvo por un puñado de jóvenes que bostezan sin el menor interés porque solo han venido por el baile. Nina me enseña a su guarda forestal, que está sentado justo detrás de la tía Rosalia. Parece desaprobarlo todo, pero es que sé por Nina que se opone a que ella viva en Copenhague. ¿Por qué está tan enfadado?, pregunta Gammeltorv, que se ha acercado a curiosear con nosotras. Entonces, la orquesta arranca a tocar y sube el telón. El corazón me late a toda prisa de emoción y no estoy muy segura de que mi tía Agnes vaya a hacer reír a nadie. Pero el público no podía estar mejor predispuesto. Aplaude y lo pasa en grande, y al final de cada acto Gammeltorv dice que va a ser todo un éxito, y nos pregunta si hemos visto al hombre que toma notas en una libreta. Es un periodista del *Amager Bladet*, y si nos lo han enviado, es porque la obra es todo un acontecimiento. Al fin llega el momento en que, bandeja en mano, sorprendo a la pareja en el sillón. Dejo caer la bandeja, junto las manos y exclamo: ¡Dios nos coja confesados! En ese instante se abre una puerta detrás de escena y mi peluca sale volando. Horrorizada, intento cogerla, pero desde el sillón, Gammeltorv me hace señas de que no con la cabeza, porque de la sala asciende una estruendosa carcajada que me envuelve. Risas, aplausos y patadas en el suelo. Solo Nina me lanza una mirada ofendida, ¿acaso no es ella la *prima donna*? Cuando baja el telón, Gammeltorv me estrecha ambas manos con fuerza. Has salvado la representación, me asegura, en la próxima obra serás la protagonista. También recibo elogios de mi familia, y Edvin asegura que tengo talento. Él también, sostiene, aunque jamás le han dado una oportunidad. Después del espectáculo baila mucho conmigo, cosa que le agradezco. Baila muy bien, y Nina le lanza miraditas de reojo cada vez que pasa a nuestro lado con su guarda forestal. Es más bajito que ella y así, en general, no parece gran cosa. Edvin también baila con mi madre y con nuestras dos tías, y a las doce mi madre dice que es hora de volver a casa, así que debo despedirme de mis compañeros. Cuando nos reunimos otra vez en el local de Strandlodsvej, Gammeltorv me muestra un recorte del *Amager Bladet* donde, entre otras cosas, dice: «Una jovencísima Tove Ditlefsen cosechó un gran éxito en el papel de tía Agnes». Aunque mi nombre está mal escrito, me causa una sensación extraña verlo impreso por primera vez. Y aquí, anuncia el emprendedor Gammeltorv, están los diálogos de la nueva obra: *Trilby*. Trilby es una pobre muchachita que cae en las garras de un viejo hechicero que la obliga a cantar, y ella canta como los ángeles. ¿Y quién va a interpretar a Trilby?, pregunta Nina con frialdad. Tove, contesta él, que, como no sabe cantar, solo tendrá que abrir y cerrar la boca mientras tú te quedas cantando entre bastidores. Nina se pone roja de ira. Recoge el bolso y se pone en pie. Me niego, dice; canta tú si quieres mientras ella abre y cierra la boca. Yo ya me he hartado. La miro espantada. Yo también me niego, digo. Nina es más guapa que yo. ¿Por qué tengo que ser Trilby? De pronto estamos todos levantados. Gammeltorv da un puñetazo en la mesa. ¿De quién es la compañía, mía o vuestra?, grita. Ja, ríe Nina, ¡la Teaterselskabet Succes! Ahora cualquier imbécil puede publicar un anuncio en el periódico y creerse alguien. ¡Yo me largo! Yo también, grito, y salgo a toda prisa pisándole los talones. Tengo que correr para alcanzarla. De repente nos detenemos como si nos hubiésemos puesto de acuerdo. Estamos entre dos farolas en una calle desierta. La primavera se intuye en el aire. El fino rostro de Nina con su bonita aureola de pelo sigue ensombrecido de ira, pero de pronto estalla en una carcajada, igual que yo. Conque ibas a ser una *prima donna*, ríe, ay, qué gracioso. Las dos nos imaginamos cómo abro y cierro la boca sin que salga un sonido de mis labios mientras Nina canta a grito limpio oculta para el público. Nos reímos tanto que no podemos parar, y ambas estamos de acuerdo en que no tenemos talento para el mundo del teatro. Lo que queremos es divertirnos, no divertir a los demás. Lo nuestro es desmelenarnos en las muchas emociones que ofrece la gran ciudad y buscarnos unos chicos de los que enamorarnos. Unos chicos guapos y con dinerito fresco. Ahora que ya no tenemos que dedicar las noches a los estúpidos ensayos de *La tía Agnes*, hay tiempo más que de sobra. La única pega es que tenemos que estar en casa a las diez, pero en eso, por ahora, no se puede hacer gran cosa.

10

Han llevado al hospital a la tía Rosalia. Un día, cuando mi madre fue a verla, la tía le anunció entre risas: He vuelto a ser joven, Alfrida. Mi madre le recomendó que fuese a ver al médico, pero mi tía no quiso. Al igual que mi madre, ella solo va al médico en caso de extrema necesidad. Mi madre me lo contó por la noche, cuando volví de la oficina. Yo no entendí el significado de aquella enigmática frase, pero ella me explicó que mi tía había vuelto a menstruar tras varios años sin hacerlo. Aunque mi madre jamás me ha informado de nada a ese respecto, siempre da por hecho que yo lo sé todo. Aun así, es evidente que la educación sexual del rincón de la basura tenía algunas lagunas. A mi madre le llevó bastante tiempo convencer a mi tía de que consultase a un médico y, cuando al fin se decidió, la ingresaron de inmediato. Ahora van a operarla y ella lo cuenta como si se tratase de una excursión. Es cáncer, dice mi madre en tono lóbrego, primero el marido y ahora ella. Justo cuando le quedaban unos cuantos años buenos por delante y por fin se había librado de ese bestia. Mi madre está sinceramente preocupada y muy triste, porque a la tía Rosalia le tiene mucho más cariño que a la tía Agnete. La víspera de la operación voy a verla con mi madre. Está en la cama, comiendo naranjas y la mar de entretenida con el resto de los pacientes de la sala. No me creo que mi madre tenga razón, porque ni parece enferma ni tiene dolores. Sin embargo, después de despedirnos salimos al pasillo y una enfermera se acerca a preguntarle a mi madre por los parientes más cercanos de mi tía. Al saber que somos nosotras, le pide que pase a hablar con el médico. Yo mientras tanto la espero en un banco. Mi madre regresa con los ojos enrojecidos, se suena con fuerza y se apoya en mi brazo para salir. Es lo que me temía, solloza, estaba en lo cierto. No saben si sobrevivirá a la operación. De camino a la oficina llamo a Nina para avisarla de que esa noche no iré a su casa. No me parece adecuado dejar sola a mi madre, y Jytte no sirve para consolar tristezas. En la oficina, la señorita Løngren pregunta con suspicacia: Bueno, ¿y cómo estaba su tía? Tiene cáncer, respondo con gesto serio, y puede que se muera. Claro, claro, dice ella insensible, como haremos todos. Bueno, póngase en marcha. Aquí tiene unas cartas. Escribo unas cartas para los hermanos que yo misma he taquigrafiado al dictado del Maestro. Carl Jensen viene de la imprenta y se sienta en su silla giratoria. Lleva una bata gris y un lapicero amarillo detrás de la oreja. Que yo vea, nunca hace nada útil, aunque delante de la señorita Løngren tampoco necesita fingir lo contrario. Me doy cuenta de que ha venido a contarle algo y mi presencia le incomoda, pero yo sigo tecleando en mi máquina con parsimonia, cada día soy más rápida. Løngren, dice echándose hacia atrás para acercar su cara a la de ella, Svend Åge celebra sus bodas de plata dentro de quince días. ¿Cree usted que habría alguien capaz de escribir una canción para él? Su mirada me atraviesa por un instante, pero yo no levanto la vista del papel. Cielos, pues claro, contesta ella; la señorita Ditlevsen podría hacerlo, ¿verdad? Esto último lo dice en un tono tan alto y penetrante que no puedo fingir no haberlo oído. Sí, digo dirigiéndome a la señorita Løngren, claro que podría. Claro que podría, le retransmite ella a Carl Jensen, le basta con unos datos, ya sabe. Las cosas que han ido ocurriendo en estos años. Los tendrá, responde Carl Jensen con alivio, se los traeré mañana. Yo lo miro de reojo y de repente me doy cuenta de que lo que le impide hablarme de forma directa es un extraño tipo de timidez. Eso le resta incomodidad al asunto y sitúa el defecto en su campo. Al día siguiente escribo la canción mientras afuera la gente pasea al sol, seres libres para quienes el mundo está abierto de nueve a cinco y que tienen ante sí una meta personal que han elegido ellos mismos. Escribo esa boba canción mientras operan a mi tía y nadie sabe si sobrevivirá. Suena el teléfono y la señorita Løngren me tiende el auricular con cara de que le está quemando los dedos: Es para usted, anuncia cortante, es una joven. Como un tomate, rodeo el escritorio y atiendo la llamada muy cerca de Carl Jensen y de la señorita Løngren, que se han quedado mudos. Es Nina, y eso que le he prohibido llamarme. Muy buenas, saluda. Oye, ayer conocí a un chico simpatiquísimo en el Heidelberg. Tiene un amigo que también es lo más. Alto, moreno y todo eso. Te va a gustar. Les prometí que iríamos esta noche. Van a ir los dos. No, contesto en voz baja, esta noche no puedo, tengo que quedarme en casa. ¿Por qué?, pregunta, y yo susurro angustiada que ya se lo explicaré. Ahora estoy ocupada. Nina se ofende y me llama rara. Ahora que por fin me ha encontrado a un chico, no quiero conocerlo. Tengo que dejarte, le digo, estoy muy ocupada. Adiós. Cuelgo con torpeza. Gracias, murmuro, y vuelvo a mi sitio. ¿Una amiga suya?, se interesa la señorita Løngren tras un silencio largo y opresivo. Cuando se lo confirmo, replica: Sonaba algo ligerita. A su edad es importante tener mucho cuidadito con las malas amistades. Muy cierto, corrobora Carl Jensen, que añade filosófico: Es mejor tener un novio, con ese al menos se sabe ya a qué atenerse. Continúo trabajando en la canción, desesperada por no encontrar casi nada que rime con Svend Åge. Aloe, azoe, benzoe, oboe... Termino por inventarme la suave música de un oboe la noche en que la pareja se conoció. Svend Åge es tan callado como locuaz es su hermano. Es grueso como su padre y va con la cabeza siempre un poco ladeada, como si tuviese un tendón del cuello más corto de lo normal. Eso le confiere un aire entrañable. Los dos hermanos casi no se hablan, porque Svend Åge vive gratis en el piso superior y Carl Jensen, en cambio, tiene que gastar dinero en un alquiler. Además, Svend Åge, que es el mayor, se hará cargo de la imprenta a la muerte del Maestro. Es muy triste que los lazos de sangre no sean más fuertes, comenta la señorita Løngren en tono patético. Cuando acabo la canción y la estoy pasando a limpio con la máquina, aparece el Maestro de repente y yo tiro de la hoja y la escondo como puedo en el cajón, porque no me pagan un sueldo para que escriba poemas por encargo. Cuando el producto está listo, se lo entrego a la señorita Løngren, que se muestra casi más entusiasmada que la última vez. Me mira boquiabierta como si yo fuese un nuevo Shakespeare y exclama: ¡Es maravilloso! Mire esto, Carl Jensen. Él coge la canción, la lee por encima, le da la razón y me mira fijamente sin despegar los labios. Luego le dice a la señorita Løngren: ¿De dónde le vendrá? Es hereditario, decide ella, un don innato. Yo tuve un tío que hacía lo mismo. Pero le afectaba. Cada vez que acababa una canción, era como si las fuerzas lo abandonaran. Es igual que con los médiums, a ellos también los deja destrozados. ¿No está usted fatigada, señorita Ditlevsen? No, no estoy fatigada, y las fuerzas no me han abandonado. Pero me encantaría tener un sitio donde poder practicar y escribir poemas de verdad. Me encantaría tener un cuarto con cuatro paredes y una puerta cerrada. Un cuarto con una cama, una mesa y una silla, con una máquina de escribir o un cuaderno y un lápiz, nada más. Bueno, sí, una puerta con pestillo. No tendré nada de eso hasta que cumpla dieciocho años y pueda irme de casa. El desván de las latas fue el único lugar donde encontré algo de paz. Ese y el alféizar de la ventana de mi infancia. Vuelvo a casa acariciada por el suave aire de mayo. Ahora anochece muy tarde y no tengo frío con el traje marrón. La chaqueta llega solo a la cintura y la falda está plisada. Con él puesto, me embarga una agradable sensación de ir bien vestida. Nina dice que necesito más ropa para cambiarme, pero no tengo dinero. Ahora que como en casa a diario, aporto veinte coronas al mes, otras diez se van al banco y me quedan veinte, un poco menos después de pagar la caja de enfermedad. La mayor parte la gasto en golosinas, porque es una auténtica lucha interior pasar de largo por delante de los escaparates de las chocolaterías. También tengo que guardar para el refresco que consumo cuando voy con Nina a bailar al restaurante. Por desgracia, los chicos que se supone que podrían invitarme no aparecen hasta pasadas las diez, cuando yo he de despedirme de los placeres de la vida nocturna. Me pregunto quién sería el chico que Nina había elegido para mí y lamento no haberlo visto. Pero si mi tía ha muerto, no puedo dejar a mi madre sola. Cuando vuelvo a casa siempre voy mirando los cochecitos, porque me encanta ver a los niños dormidos con las palmas de las manos hacia arriba en cojincitos de volantes. También me gusta fijarme en la gente que, de una u otra manera, expresa sus sentimientos. Me gusta ver a las madres acariciar a sus hijos, y no me importa caminar un poco más de la cuenta para seguir a una pareja joven que pasea de la mano y cuyo amor salta a la vista. Me llena de una dicha melancólica y de una esperanza indefinida en el futuro. Ella está muy pálida y hace poco que ha llorado. También me gusta mi madre cuando se deja llevar por un sentimiento sencillo y auténtico. No se ha muerto, explica muy seria, pero el médico ha dicho que es solo cuestión de tiempo. Ahora lo importante es que ella no averigüe lo que tiene. No se lo digas nunca. No, contesto. Mi madre va a hacer café y yo contemplo la espalda de mi padre dormido. De repente me doy cuenta de que es un hombre cansado y envejecido. No por nada en concreto, solo es una impresión. Mi padre tiene cincuenta y cinco años y no lo he conocido joven. Mi madre primero fue joven y luego juvenil, y aún continúa en ese trémulo estadio. Le gusta quitarse un par de años, incluso con nosotros, que sabemos muy bien la edad que tiene. Sigue tiñéndose el pelo y yendo a darse sus baños de vapor una vez a la semana, y todos esos desvelos suyos despiertan en mí una especie de compasión, porque revelan un miedo en ella que no comprendo. Solo lo observo. Cuando deja las tazas en la mesa se despierta mi padre, que se frota los ojos y se incorpora. ¿Se lo has contado?, pregunta hosco. No, contesta mi madre con calma, ya lo harás tú. Tenemos un piso nuevo, anuncia con amargura, en Westend. Cuesta sesenta coronas al mes y no sé de dónde vamos a sacar ese dinero ahora que vuelvo a estar sin trabajo. Bobadas, dice mi madre cortante. Si Tove ya nos da veinte. Me asusto, porque no quiero que acomoden su futuro a mi aportación. No quiero que cuenten conmigo en nada, que vayan haciendo planes a mis espaldas. Les pregunto por qué no me lo han contado antes y mi madre contesta que era una sorpresa. Tiene dos dormitorios y uno es para mí. Y da a la calle, se puede ver lo que pasa. La verdad es que un poquito sí me alegra, porque siempre he soñado con tener mi propia habitación. ¿Y qué coño va a hacer ella en ese cuarto?, gruñe mi padre. ¿Morderse las uñas o sacarse los mocos? ¿Eh? Me enfado porque no conoce a sus propios hijos. Y cuando me enfado, acabo siempre diciendo algo que después lamento. Voy a leer, respondo, y a escribir. Me pregunta qué carajo pretendo escribir. Poemas, grito. He escrito muchos poemas, y un día un editor dijo que eran excelentes. Ahí tienes, dice mi padre frotándose el rostro con su enorme manaza. ¿Tú sabías que se dedicaba a esas cosas? No, contesta mi madre sin más explicaciones, pero es asunto suyo. Si va a escribir, está claro que necesita una habitación propia. En un silencio ofendido, mi padre coge su comida y se enfunda en la chaqueta para ir a trabajar. Cuando se pone la gorra, permanece un rato inmóvil con aire incómodo. Tove, dice con dulzura, ¿me dejarás algún día ver tus... eh... poemas? Yo entiendo un poco de esas cosas. Mi furia se desvanece por completo. Claro, respondo, y él asiente con desmaña antes de irse. Mi padre sabe recular y desdecirse, una cualidad de la que mi madre carece. Cuando se marcha, ella me entretiene hablándome de la casa nueva, donde nos instalaremos con el nuevo mes. Una sala de estar y dos magníficos dormitorios, casi tres salones. Qué agradable va a ser irse de este barrio obrero. Cuando entra en el dormitorio, recorro con la mirada nuestra pequeña sala de estar. Miro el teatrito de marionetas, viejo y polvoriento, que tan felices nos hizo cuando mi padre lo construyó. No sobrevivirá a una mudanza. Miro el papel pintado con sus diferentes manchas; aún recuerdo el origen de muchas de ellas. Miro a la mujer del marinero en la pared, el centro de mesa de latón sobre el aparador, el pomo de la puerta que se rompió un día que mi madre salió dando un portazo y que jamás arreglamos. Miro por la ventana y veo la plaza con la gasolinera y el carromato de los gitanos. Miro todo este orden inalterable y me doy cuenta de que, en realidad, detesto los cambios. Es complicado seguir de una pieza cuando las cosas que te rodean cambian de cara.

11

El verano ha pasado y ya es otoño. Una hojarasca de un color frenético revolotea por las calles, y hace demasiado frío para llevar el traje marrón. Como ya no me vale el abrigo reformado de Edvin, me compro uno nuevo a plazos. Contra todos los consejos de mi padre. Él sostiene que cada uno ha de responder de lo suyo y procurar no deberle nada a nadie si no quiere acabar en Sundholm. Ahora vivimos en Westend, en el bajo del número 32. A mi habitación, cuando no la ocupo, la llamamos sala de estar, y lo único que la separa del comedor es una cortina de cretona floreada. Hay una mesa de patas curvas, dos sillones de piel y un sofá, todo ello comprado de segunda mano y bastante raído. Por las noches duermo en el sofá y, como tiene el respaldo abombado, no me puedo estirar del todo. Confiemos en que no crezcas mucho más, dice mi madre llena de esperanza. Yo también suelo preguntarme hasta cuándo puede seguir creciendo una persona, porque conmigo la cosa parece no tener fin. Ya voy a cumplir diecisiete años y gano sesenta coronas al mes. Mi salario se ajusta a la tarifa del sindicato. No estoy muy entusiasmada con mi cuarto, porque cuando estoy en él mi madre me grita a través de la cortina: ¿En qué andas? Estás muy callada. Por lo general, no hago otra cosa que leer los libros de mi padre, que ya me sé de memoria. También podías leer aquí, grita mi madre a tal volumen que se diría que nos separan gruesas puertas de acero. Cuando está de buenas, asoma la cabeza por la cortina y me dice: ¿Estás escribiendo, Tove? Pero lo normal es que yo ya no pase las tardes en casa. Voy al Lodberg, al Olympia o al Heidelberg con Nina y nos sentamos con nuestros refrescos a observar a las parejas que bailan en la pista como si nosotras no hubiésemos ido hasta allí a bailar. Lo normal es que a Nina la saquen antes. Yo sonrío al joven que quiere bailar con ella como si fuese hija mía y con él estuviese segura de dejarla en buenas manos. Cada vez que pasan bailando frente a mí, insisto en seguir sonriéndoles, y también miro con interés a otros clientes del local. Imagino que la gente creerá que estudio mi entorno con intención de escribir un libro sobre el tema algún día. Por mí que crean lo que quieran, con tal de que no piensen que soy una chica que pasa inadvertida y lo único que pretende es pescar novio. Un día estoy bailando con un chico que se ha apiadado de mí, cuando en la mesa de al lado un señor comenta en voz alta: Hasta la gallina ciega consigue encontrar un grano. Me arruina toda la noche. Nina insiste en que esto no se anima hasta después de las diez y me pregunta si no podrían darme permiso para quedarme hasta las doce, pero mi madre no quiere ni oír hablar del tema. Nina también pretende arreglarme un poco. Vamos juntas a comprar un sostén con relleno de algodón y un vestido tres cuartos rojo y negro que pago a plazos. Como no me atrevo a contarlo en casa, digo que es un regalo de Nina. Y ambas prendas ayudan lo suyo, para mi asombro, porque yo sigo siendo la misma con relleno o sin él. Al mundo le gusta que le engañen, asegura satisfecha Nina, que está deseando que yo tenga tanto éxito como ella. Una noche, un joven serio y atractivo se inclina frente a mí. Va mal vestido y mientras bailamos me cuenta que al día siguiente sale rumbo a España para combatir en la guerra civil. Pega su mejilla a la mía y, aunque araña un poco, me agradan sus caricias. Yo me arrimo un tanto a él y el calor de su mano penetra en la piel de mi espalda. Me tiemblan ligeramente las rodillas y siento algo que nunca había sentido antes con el contacto humano. Tal vez él sienta lo mismo, porque se queda de pie con el brazo alrededor de mi cintura hasta que la música comienza de nuevo. Se llama Kurt y pregunta si puede acompañarme a casa. Vas a ser la última chica con quien esté antes de marcharme. Kurt lleva tres años sin empleo y prefiere dar la vida al servicio de una gran causa que pudrirse en Dinamarca. Vive de ayudas sociales. Cuando trabajaba, conducía para un transportista, es lo único que sabe hacer. Se sienta a nuestra mesa y Nina sonríe contenta porque al fin he encontrado un chico que a lo mejor me dura. Habíamos acordado no acercarnos a desempleados, pero resulta complicado dar con uno que no lo esté. A las diez, Kurt me acompaña. La luna brilla y mi corazón se estremece. Voy por las calles con un hombre que no tardará en tener una muerte heroica. Eso para mí lo hace diferente a todos. Tiene los ojos de color azul oscuro y con forma almendrada, el pelo negro y los labios rojos, como los niños pequeños. En el portal de casa me sujeta la cabeza y me besa con mucha suavidad. Me pregunta si vivo sola y yo contesto que no. Él vive en un cuarto alquilado y tiene una casera muy estricta que no permite recibir visitas femeninas. En medio de nuestro abrazo, mi madre abre la ventana y grita: ¡Tove, ve subiendo de una vez! Nos separamos sobresaltados y Kurt pregunta: ¿Era tu madre? No lo puedo negar y no queda más remedio que despedirse. Además, Kurt tiene que irse a Trommesalen a recoger la comida que reparten en una tienda de *smørrebrød*; no empiezan a darla hasta medianoche, pero hay que estar en la cola un par de horas antes. Me quedo viendo cómo se aleja por la calle casi desierta. Como no lleva abrigo, hunde las manos en los bolsillos de la chaqueta. No tardará en morir y ya no volveré a verlo. Una vez en casa, protesto enérgicamente por la intromisión de mi madre, que replica que basta con que invite a esos jóvenes a subir para que ella compruebe que no andan metidos en nada turbio. No quiere que tenga trato con nadie que no soporte la luz del día. Por lo demás, ahora tiene otras cosas en que pensar, porque la tía Rosalia no tardará en salir del hospital, donde ha estado ingresada varias veces. Va a venir a morir en nuestra casa. Se lo han dicho los médicos a mi madre. Ellos ya no pueden hacer más y en el hospital no hay sitio para la gente por quien los médicos no pueden hacer nada. La tía Rosalia va a dormir en la cama de mi padre, al lado de mi madre. Y mi padre dormirá en el sofá del comedor. Todo esto, dice mi madre, habría sido imposible en la casa vieja, así que es como si hubiese oído una voz interior cuando insistía a mi padre para que nos mudásemos. Una noche que vuelvo sin acompañante me encuentro con mi padre en el portal. Él sale y yo entro. Está furioso y lleno de amargura. Edvin está arriba, anuncia. Se ha casado sin decirle a nadie una palabra. Tiene una mujer y un piso, y supongo que también un crío en camino. Ja, y aquí uno sacrificando la vida por él. Adiós. Antes de abrir la puerta —porque ahora tengo mi propia llave— pongo mi mejor cara de asombro. ¡Anda!, exclamo, ¿qué haces aquí? Están en mi habitación, porque ahora Edvin es un invitado y en esos casos se usa la sala de estar. Mi madre llora a moco tendido y Edvin parece muy incómodo. Es posible que lamente su terquedad, que a mí también me resulta un poco exagerada. Quería daros una sorpresa, dice con timidez, y evitaros los gastos de una boda. Eso no hace más que empeorar las cosas. Mi madre pregunta indignada si cree que no pueden permitirse un mísero regalo de boda, pero claro, nosotros no estamos a la altura. Después Edvin nos enseña un retrato de su mujer. Se llama Grete y tiene la cara redonda con dos hoyuelos. Mi madre la estudia frunciendo el ceño. ¿Sabe cocinar?, pregunta ya sin llorar. Edvin no lo sabe. No tiene pinta, dice ella. Mi madre tampoco es que sea un hacha en la cocina, todo lo que prepara tiene una consistencia cementosa porque siempre se le va la mano con la harina. Mientras tomamos café y comemos pastel, se interesa por cuánto paga Edvin de alquiler y por si su mujer piensa trabajar ahora que aún no tienen niños. Pues no, y mi madre se pregunta a qué va a dedicar el tiempo. Es evidente que ya se ha formado una mala opinión de Grete, que no va a mejorar cuando la conozca en persona. Dan las once en el reloj del comedor y Edvin se dispone a irse. Venimos el domingo, entonces, se despide abatido. Cuando se marcha, mi madre se muere de ganas de hablar y yo me muero de ganas de quedarme sola. Quiero estar sola y pensar en Kurt, y quiero escribir unos versos que se me ocurrieron al verlo alejarse por la calle sin darse la vuelta ni una sola vez. En la esquina de Westend y Matthæusgade hay un bar donde una orquesta llamada Bing y Bang alborota hasta las dos de la madrugada. Por su culpa casi tenemos que hablarnos a gritos, la otra casa era mucho más tranquila. Mi madre me pregunta quién era el joven al que estaba besando. Uno que me sacó a bailar, eso es todo lo que sé. Dice que siempre hay que procurar concertar otra cita antes de que ellos se vayan. La acecha el miedo a que jamás me prometa y está dispuesta a dispensar una acogida principesca al primer muchacho que muestre el menor interés por mí. Eres demasiado crítica, me dice sin rodeos, y no puedes permitírtelo. Por fin se marcha y yo me siento a la mesa de las patas curvas provista de papel y lápiz. Pienso en el guapo joven que va a morir en España y escribo un poema bueno. Se llama «A mi hijo muerto» y no guarda relación directa con Kurt. Aun así, jamás lo habría escrito de no haberlo conocido. Cuando lo termino, ya no me entristece no volver a verlo. Me siento alegre, apaciguada y, sin embargo, melancólica. Es muy triste no tener a nadie en este mundo a quien mostrar mi poema y que todo deba esperar hasta que conozca a alguien parecido al señor Krogh. Le he enseñado mis versos a Nina y a ella todos le parecen buenos. A mi padre le enseñé el poema que escribí en el desván de las latas y dijo que era un trabajo de aficionado, una ocupación buena para mí, igual que cuando él resolvía crucigramas. Con esas cosas se entrena el cerebro, aseguró. No consigo explicarme ni siquiera a mí misma por qué tengo tantas ganas de publicar mis obras y hacer disfrutar con ellas a quienes tienen sensibilidad para la poesía. Pero las tengo. Eso es lo que pretendo alcanzar un día a través de caminos oscuros y tortuosos. Eso es lo que me da fuerzas para levantarme todas las mañanas, ir a la oficina y enfrentarme a los ojos de Argos de la señorita Løngren durante ocho horas. Por eso quiero marcharme de casa el mismo día que cumpla dieciocho años. Bing y Bang aúllan en la noche, los borrachos salen volando por la puerta trasera del local y aterrizan en nuestro patio. Aquí chillan, blasfeman y se pelean, y solo ya de mañana reina el silencio en el patio y en la calle.

12

La fama de mis dotes poéticas ha llegado hasta la imprenta y ahora recibo encargos todos los días. Carl Jensen toma nota de todos ellos y se los transmite a la señorita Løngren, que sigue siendo la única con la que tengo contacto directo. Escribo letras de canciones para todo tipo de fechas señaladas, y cuando voy a la imprenta con los sobres de la paga, los trabajadores me dan las gracias con timidez y yo, igual de tímida, contesto que no hay de qué. Escribo canciones y sigo taquigrafiando mensajes importantes para los hermanos o necrológicas de hermanos muertos. Las publican en el boletín interno de la Orden de San Jorge. No es que guarde demasiada relación con el trabajo de la oficina, pero la señorita Løngren se niega a instruirme en eso y durante sus vacaciones todo estuvo a punto de irse al garete, porque yo no tenía ni idea de cómo se hacía nada. Cuando cumpla los dieciocho, me buscaré un puesto de oficinista de los de verdad y ya no seré aprendiza. Así me pagarán más. Cuando cumpla los dieciocho, el mundo será diferente en todos los aspectos, y Nina y yo tendremos la noche entera por delante. También llegará la hora de ir pensando en perder mi virtud, que Nina está empeñadísima. Ella solo tenía quince años cuando el guarda forestal se la quitó. Cuando salimos por las noches, oculta el anillo de compromiso. Solo se acuesta con chicos que no están desempleados, y yo no le he contado nada de Kurt. Es una experiencia que quiero guardarme para mí sola. De haber vivido en un cuarto alquilado, lo habría llevado allí, pero no sé si habría hecho lo mismo con otros chicos que me han acompañado a casa y me han besado en el portal. Un día, cuando Nina vuelve a la carga con el asunto de mi escandalosa virginidad, le digo que yo primero quiero un anillo. Nunca se me había ocurrido, pero una vez tomada esa decisión respiro aliviada. En realidad, solo ha habido un aspirante a mi virtud y me da algo de vergüenza, porque Nina habla del tema como si todos anduviesen detrás de ella. Ahora que la tía Rosalia está tan enferma y vive en casa con nosotros, a mi madre le preocupa mucho menos lo que hago o dejo de hacer. Se pasa el día sentada a la cabecera de la tía, charlando y riendo, y por las noches se acuesta temprano y siguen con la cháchara hasta que a una de las dos la vence el sueño. En su mundo ahora mi padre resulta superfluo, y yo creo que sería una mujer completamente feliz si mi tía no estuviese a punto de morir. A mi tía se le ha puesto la cara macilenta y tiene la piel tan tensa por encima de los huesos que al verla es imposible olvidar la existencia del cráneo. Tiene la piel tan tirante que no puede cerrar la boca del todo. Si cuando llego a casa aún está despierta, me llama y me siento un rato junto a su cama. Intento no respirar, porque está envuelta en un hedor espantoso; espero que ella no se dé cuenta. Cuando tiene dolores, mi madre baja al café de la esquina a llamar a una enfermera para que venga a ponerle una inyección de morfina. Las inyecciones la aturden y suele confundirnos a mi madre y a mí. Alfrida, me estoy muriendo, me dice una noche. Lo sé, no hace falta que me lo ocultéis. No, replico con tristeza, solo estás enferma. El médico dice que pronto te curarás. Pasó lo mismo con Carl, dice ella. El médico me recomendó que no se lo dijera. En lugar de contestar, arropo sus manos descarnadas con el edredón, apago la luz y voy a mi habitación, desde donde oigo los ronquidos de mi padre a través de la cortina de cretona. Me habría gustado decirle la verdad a mi tía, porque estoy segura de que es lo que ella desearía, pero no me atrevo por culpa de mi madre, que representa su triste comedia mientras mi tía interpreta el papel de la que no sabe nada. Creo que el día que esté al borde de la muerte querré saber la verdad. También creo que si ahora conozco a un chico que me guste, no podré invitarlo a casa como pretende siempre mi madre, porque el olor de mi tía lo invade todo. Hemos ido a Sydhavnen a ver a mi hermano y a su mujer. Tienen un apartamento de un dormitorio con muy poquitos muebles que han comprado a plazos, lo que ha ensombrecido el semblante de mi padre. Grete es baja, regordeta y risueña, y se ha pasado todo el rato en las rodillas de Edvin mientras mi madre la miraba como si fuese un vampiro dispuesto a chuparle la sangre y sorberle las energías. Apenas se dirigió a ella y la conversación resultó aún más complicada a causa del esmero con que mi madre evitó emplear la palabra *tú*. Estoy hasta la coronilla de mi familia, cada vez que intento moverme con libertad es como si chocara con ellos. Tal vez no pueda ser libre hasta el día que me case y funde mi propia familia. Una noche que estamos en el Lodberg con nuestros refrescos, un chico se inclina frente a Nina y la saca a bailar y yo, como siempre, me quedo viendo divertirse a la juventud con mi sonrisa maternal. De pronto, un joven se inclina delante de mí y salimos juntos a bailar a la pista cuadrada, que está de bote en bote. Me canturrea la letra al oído: «El jovencito de Roma por todas partes asoma». Es Mussolini, le explico. Lo sé por casualidad, porque a mi hermano le indigna esa canción, que suele cantar Liva Weel. ¿Y ese quién es?, pregunta él, y yo respondo que no lo sé. Solo sé que es un hombre que hay en Italia y que es como Hitler, y que no se deberían escribir canciones danesas en su honor. Su amiga está bailando con mi compañero, dice. Se llama Egon. Y yo me llamo Aksel. ¿Cómo se llama usted? Tove, contesto. Aksel baila muy bien y no se propasa como muchos otros. Qué bien baila, me dice, mejor que la mayoría. Le cuento que nunca me han enseñado y dice que da lo mismo, que llevo el ritmo en el cuerpo. Los chicos rara vez hablan mientras se baila con ellos, así que me gusta Aksel, aunque aún no sé muy bien qué aspecto tiene. Al pasar al lado de Nina y Egon le sonrío a mi amiga y los dos chicos se saludan. Cuando termina la música, Aksel pregunta si se pueden sentar en nuestra mesa y yo accedo. Nina regresa con sus preciosos ojos radiantes de alegría. Me pregunta si Egon me parece guapo y yo le digo que claro. Es carpintero, me explica, y vive en un chalé de Amager con sus padres. Enfrente vive Aksel con los suyos. En otro chalé. Luego llegan ellos y se sientan, y yo aprovecho para estudiar a Aksel más a fondo. Su rostro es redondo y afable, y todo en él recuerda al niño que fue una vez. Tiene rizos rubios algo humedecidos a la altura de la frente, unos ojos azules que miran con aire cándido y un hoyuelo en la barbilla que solo se desdibuja cuando se ríe. Lo envuelve un suave aroma a leche. Egon es más bajo que él, moreno y, probablemente, algo mayor. Nina le pregunta cuántas habitaciones tiene el chalé; me doy cuenta de que está ya muy lejos, perdida en un sueño donde los hijos de dos millonarios están a punto de elevar a dos chicas pobres a su mundo regalado y exento de preocupaciones. Puede que hasta esté pensando en dar pasaporte al guarda forestal: tengo la impresión de que es un tipo triste y serio, y de que la imagen que Nina tiene de ese futuro en el campo que él pretende brindarle es demasiado romántica. Cuando se pasa de rosca, lo llama Matojo, pero no permite que nadie más lo haga. Pasa con él todos los fines de semana y no deja que yo lo vea. Él tampoco puede verme a mí, porque Nina está convencida de que va a pensar que soy una amistad que no le conviene, igual que mi madre piensa que Nina no me conviene a mí. ¿Y a qué se dedica usted?, pregunta mi amiga a Aksel mientras damos cuenta de las cervezas que hemos pedido. Soy agente de cobro, contesta con una sonrisa encantadora. Yo no sé en qué consiste exactamente, pero Nina parece algo desencantada. Ah, dice. ¿Va por la ciudad a patita llevando facturas y cosas así? En furgoneta, añade él en un arranque de amor propio. Las llevo en furgoneta. A ella se le ilumina un poco el semblante y de repente propone que todos nos tuteemos. Brindamos por ello. Yo habría preferido hacerlo con refresco, no me gusta la cerveza. Cuando pasan de las diez, confieso acongojada que no tengo más remedio que marcharme. Aksel, galante, se levanta como un resorte y se abotona la chaqueta, que a la altura de los hombros es muy ancha. Es alto y muy patizambo. Me lleva del brazo con delicadeza a través del local y, ya en el guardarropa, me ayuda a ponerme el abrigo. Mientras recorremos las frías calles de la ciudad, cuyas luces eclipsan el brillo de las estrellas, me cuenta que es adoptado y que sus padres son bastante mayores, pero muy agradables. Y, para mi asombro, me pregunta si me apetecería pasar a saludarlos algún día. Claro, contesto yo. A mí me encantaría tener una chica fija, dice con candidez y franqueza. Y a mis viejos les encantaría verme prometido. En el portal de casa me besa de acuerdo con el programa, pero noto que no siente nada especial, ni siquiera cuando, mimosa, me arrimo a él. Dice: Los cuatro juntos podemos pasarlo en grande. Sí, replico, y prometo ir a hacerle una visita el domingo siguiente. Cuando me pregunta con curiosidad si soy virgen, confieso. Me agarra de la mano y me la estrecha con fuerza. Lo respeto, asegura con fervor. Decepcionada y confusa, me voy a la cama. Me pregunto si es posible prometerse con un agente de cobro. Tengo la sospecha de que no es más que una forma más bonita de decir repartidor, aunque sea en furgoneta.

13

Aksel y yo nos hemos prometido a las dos semanas de conocernos y tratarnos con una castidad de hermanos. Nina le ha contado a Egon que solo me acostaré con Aksel cuando lleve un anillo, y Egon, a su vez, se lo ha contado a Aksel, que me ha presentado la proposición como si hubiese sido una ocurrencia espontánea suya. Ya soy una chica comprometida y mi madre está en el séptimo cielo. Aksel le parece un muchacho estable, e igual que era capaz de ver solo con mirarla que la mujer de Edvin no sabía cocinar, ve que Aksel no bebe. Él es todo un caballero con mi madre y salta a la vista, le dice ella a mi padre —que no la contradice—, que tiene estudios. Después de verlo unas cuantas tardes, mi padre comenta: Ese lo más que ha estudiado es para el permiso de conducir. Vaya, exclama mi madre indignada, ¿y no te parece bastante? ¿Acaso conduces tú? Aksel ha prometido llevarla a dar un paseo en la furgoneta algún día, pero yo no le concedo más importancia. Sin embargo, un día estoy ensimismada en la oficina cuando se oye una bocina enloquecida abajo, en la calle, y la señorita Løngren se asoma por la ventana. ¿Quién diantres serán esos que saludan en esta dirección?, se pregunta estupefacta. ¿Los conoce usted? Yo lo niego con la cara más roja que un tomate, porque Aksel y mi madre agitan la mano como posesos con medio cuerpo asomando por la ventanilla mientras él hace sonar la bocina con toques largos y rítmicos. Será para los de arriba, contesto atribulada. Habrase visto, qué desfachatez, protesta la señorita Løngren mientras cierra las cortinas más si cabe. De vuelta en casa y furiosa, pido que en adelante me ahorren sus estúpidos saludos, y mi madre me cuenta lo mucho que se han divertido ella y Aksel todo el día. Han ido a una pastelería y él la ha invitado. Le brillan los ojos como si la prometida fuese ella. Sus padres son menuditos, mayores y de lo más agradables. Viven en Kastrup, en un chalé de una planta. El padre es capataz en una fábrica y en su casa se respira la opulencia. El cuarto de Aksel está abajo, en el sótano. Tiene una radio y un tocadiscos, y más de trescientos discos alineados como libros en largos anaqueles. En la habitación contigua hay una mesa de billar donde jugamos los cuatro cuando vienen Nina y Egon. Los padres de Aksel lo llaman Akselín y lo tratan como a un niño. Él se muestra muy cariñoso con ellos, igual que conmigo. Transmite una calidez que hace que la gente se sienta segura y a gusto con él. Un día Nina propone hacer una fiestecita en casa de Aksel. Beberemos el vino casero que hace el padre, nos han dado permiso. También bailaremos y jugaremos al billar, y después le daré a Aksel la alegría de irme a la cama con él. Si bebes, me dice Nina para animarme, no duele nada. A Egon también le parece que ya va siendo hora, confiesa Nina; en el fondo, es como si a Aksel y a mí nadie se hubiese molestado en consultarnos. No mencionamos el tema y él me sigue respetando, tanto que ya da vergüenza. Nina y yo vamos juntas y Aksel se comporta como un anfitrión solícito. Descorcha botellas y pone discos, y a todos nos achispa el vino, que no sabe ni de lejos tan mal como la cerveza. Egon besa a Nina entre baile y baile. Ella se ríe y le dice que debería verlos Matojo, y es que ya le ha confesado su secreto y él se divierte mucho a costa del novio de Nina, al que imagina sentado a la puerta de una casa, chupando su pipa y contemplando la puesta de sol. Todos nos carcajeamos ante esa estampa de género. Egon prosigue, espoleado por el éxito: Nina sale con tres críos llenos de mocos agarrados a las faldas, se seca las manos en el delantal y anuncia: Es la hora del café, papaíto. A mí Aksel no me besa, y a medida que el tiempo va pasando lo veo cada vez más serio. Casi me da lástima, porque en muchos aspectos parece un niño. Se me ha subido el vino y estoy realmente empeñada en que sea ahora. No lo pasaré peor que tantas otras antes que yo. Pasada la medianoche, Nina y Egon se escabullen a la sala de billar y cierran la puerta. ¿Qué hacéis ahí?, pregunta Aksel a gritos sin demasiada necesidad. Luego se vuelve hacia mí, inseguro y asustado. Bueno, dice, mejor preparo la cama. Lo hace con movimientos lentos y cuidadosos. Quítate la ropa, me indica acongojado, por lo menos parte. Es como estar en el médico. ¿Y si charlamos un poco antes?, propongo yo. Claro, contesta, y nos sentamos cada uno en una silla. Llena nuestras copas y las vaciamos con avidez. Deberías ir a que te empastaran esos dientes, dice con dulzura. Sí, replico asombrada. A diferencia de otras operaciones, ir al dentista cuesta dinero. No puedo permitírmelo, añado. Entonces, él se ofrece a costearlo y, como no me parece apropiado aceptarlo, me dice que, al fin y al cabo, un día me mantendrá. Yo le doy las gracias y accedo a que pague el empaste. Es que es una lástima, aclara, porque aparte de eso eres muy bonita. De repente se oye un extraño bramido procedente de la sala de billar y ambos damos un respingo. Es Egon, me explica Aksel, es muy fogoso. ¿Tú también?, pregunto con cautela, porque no quiero que me pille desprevenida si de pronto empieza a berrear. No, responde con franqueza, yo no soy muy fogoso, que digamos. Creo que yo tampoco, confieso. A sus ojos asoma un destello de esperanza. También podríamos dejarlo para otro día, propone lleno de optimismo. Pero esos dos nos van a tomar por locos, protesto haciendo una seña hacia la sala de billar. Es verdad. Bueno, pues vamos a apagar la luz. Aksel apaga la luz. Yo aprieto los dientes, me tumbo y escucho sus palabras cálidas, amables y reconfortantes. La cosa no es tan terrible; además, no hace ruidos de animal. Después vuelve a encender la luz y los dos nos echamos a reír de puro alivio al ver que ha pasado todo y que no era para tanto. Debo decirte, confiesa, que es la primera vez que me acuesto con una virgen. Nina y Egon aparecen por la puerta con las mejillas encendidas y los ojos brillantes. Pasean la mirada de la cama hasta nosotros y se miran el uno al otro como si todo esto fuese obra suya y nada más que suya, pero nadie comenta nada al respecto. Continuamos bailando, porque cuando estoy con Aksel me dejan volver a casa más tarde. Con él me dejan hacerlo todo, así que si mi madre se enterase, tampoco iba a asustarse. Luego Nina me pregunta si me ha gustado y yo, por supuesto, contesto que sí. Me asegura que mejora con la práctica, pero no tengo intención de repetir el proceso. En realidad, lo encuentro un episodio sin la menor trascendencia en mi vida, mucho menos importante que mi breve encuentro con Kurt y todo lo que podría haber nacido de él. Aun así, en el diario que llevo desde que tengo habitación propia he escrito: «Mientras Nina le entregaba a Egon su cuerpo cálido y apasionado en la sala de billar, yo contestaba a la pregunta de Aksel sobre mi inocencia con un *sí* casto e inocente», etcétera. El diario es puro romanticismo. Lo guardo en el dormitorio, en el cajón superior de la cómoda. He mandado hacer una llave extra. Ahí están también mis dos poemas «de verdad» junto con tres termómetros y cinco o seis preservativos. Estos últimos los robé en la empresa de suministros farmacéuticos porque durante una temporada me planteé abrir un negocio de ese tipo de artículos. Solo que me echaron a la calle antes de contar con un almacén bien provisto. Para mi alivio, Aksel continúa tratándome exactamente igual que antes y jamás alude a aquel penoso entreacto. Creo que hace todo lo que quiere Egon igual que yo tiendo a hacer todo lo que quiere Nina. Cuando la veo a solas, finjo que Aksel y yo estamos juntos a menudo, y es muy posible que él haga lo mismo cuando ve a Egon. Durante el día, Aksel pasea de acá para allá a mi madre, que espera en la furgoneta mientras él sube a tratar con los clientes. Está empleado en un negocio de muebles y siempre cuenta que entre sus clientes hay muchas putas. Mi suspicaz madre sostiene que en ese tipo de casas se entretiene más tiempo de la cuenta, pero él asegura que a ellas les cuesta más soltar el dinero. Mi madre no me aconseja que confíe en él, pero a mí la verdad es que me da igual si se acuesta con las putas. Creo que no es asunto mío ni de mi madre. Peor es la frialdad que noto en sus padres cuando voy a verlos. Yo no sé qué les he hecho. A veces sorprendo a la señora mirándome con dureza cuando cree que no me doy cuenta. Es muy pequeña y siempre va de negro, como mi abuela. Tiene los ojos castaños e inteligentes y el pelo blanco. Nunca la he visto sin delantal. ¿Te ha prometido Aksel que pagaría la factura de tu dentista?, me pregunta una tarde. Sí, respondo con desagrado. No gana mucho dinero, dice ella. Mucho me temo que vas a tener que pagarla tú. Hay algo que no comprendo. Una noche que me invitan a cenar llego un poco antes que Aksel. Sus padres están muy serios. La madre dice que Aksel no es hombre para mí. Él nunca será capaz de mantener a una esposa y yo soy demasiado buena para él. Déjame a mí, interviene el padre apartándola con la mano. El caso es, explica, que ya hemos tenido que darle dinero a su empresa varias veces porque ha habido desfalcos. Lo que quiero decir es que Aksel se ha apropiado de dinero que no era suyo. En cuestiones económicas no es más que un niño. Creíamos que se enmendaría al comprometerse con una buena chica, pero no ha servido de nada. Es nuestro único hijo y nuestro mayor dolor. Ya ha dejado once puestos de aprendiz y no tiene otra cosa en la cabeza que coches y tocadiscos. Es un buen chico, lo defiende la madre secándose las lágrimas, pero imprudente e irresponsable. A mí me gusta, aseguro yo. Y no hace ninguna falta que me mantengan. Puedo vivir de escribir poemas. Eso último se me escapa y miro asustada a los padres de mi novio. No parecen muy asombrados. Ya sabía yo que no eras una muchacha corriente, dice la madre. Salta a la vista. Entonces llega Aksel y aparca afuera frenando con un chirrido. No es raro que vuelva a casa en la furgoneta de la empresa. En el instante en que llama al timbre, dice su madre: Luego no vengas diciendo que no te hemos advertido. Le doy vueltas y más vueltas, y me siento encantada de que salte a la vista que no soy corriente. Hace no muchos años era algo que me amargaba la vida. Tras mucho pensar en mi prometido, llego a la conclusión de que no es digno de ser la media naranja de una chica que aspira a ascender un día a las más altas esferas, pero no me decido a romper el compromiso. Siento lástima de Aksel, que sigue siendo igual de amable y de galante, y respetándome. Aun así, a mi madre también empieza a extrañarle que siempre ande con dinero en el bolsillo y que pase tanto tiempo en casas de putas. Deja de salir con él y me recomienda que vaya buscando otro, uno parecido a Erling, que quería ser maestro y al que yo despaché como si tuviese una larga fila de jovencitos haciendo cola a mi puerta. Nina atraviesa una grave crisis, porque está considerando romper con Matojo para casarse con Egon. Cuando le cuento lo que sé de Aksel, me aconseja que rompa con él tan pronto como termine mi tratamiento dental. Los empastes apenas se me notan y Nina asegura que con ellos podré conseguir a quien yo quiera. Por fin me han salido formas, dice, y los hombres se fijan en esas cosas. Pero yo me siento muy bien cuando estoy con Aksel porque lo aprecio. Me siento bien y segura en su compañía. Dejo de ir a casa de sus padres y él deja de venir a casa de los míos. Mi madre ahora lo trata con frialdad y mi padre le hace preguntas que solo tienen por objeto hacer patente su ignorancia. ¿A ti qué te parece lo de las Olimpiadas?, le pregunta. ¿No es un escándalo? Se refiere a los Juegos Olímpicos de Berlín, a los que han acudido nuestras nadadoras, pero Aksel de eso no sabe nada. Apenas sabe nada acerca de Hitler y la situación mundial, y no ha leído *El último civil*, de Ernst Glaeser. Yo sí, por eso sé mucho acerca de persecuciones de judíos y campos de concentración, y todo ello me llena de angustia. Estar con Aksel es muy agradable porque él no sabe nada de las cosas que hoy en día pueden asustar a una persona. Eso no lo convierte en un imbécil, pero los interrogatorios cruzados de mi padre tienen como única meta demostrar que sí. Por eso, cuando estamos juntos somos vagabundos que solo tienen los locales y las calles. Un día me está esperando al salir de la oficina y echamos a andar en silencio por H. C. Ørstedsvej. Es evidente que quiere decirme algo. Por fin lo suelta: He estado pensando si no deberíamos quitarnos el anillo; la verdad es que nunca he estado enamorado de ti. Y yo tampoco he estado nunca enamorada de ti, digo. No, confiesa, ya lo sé. Avanza a toda prisa de puro embarazo y tengo que correr un poco para darle alcance. Además, ya pronto voy a cumplir los dieciocho, digo sin saber muy bien qué tiene que ver con esto. Sí, contesta él, y serás mayor de edad. Caminamos un rato sin decir nada. Además, me explica, mi madre dice que eres demasiado buena para mí. Debes casarte con alguien que tenga mucho dinero y lea libros y cosas así. Sí, esa es mi intención. En el portal de casa, me besa con la suavidad de siempre y se quita el anillo del dedo. Se lo guarda en el bolsillo y el mío tampoco tarda en ir a hacerle compañía. A lo mejor volvemos a vernos, dice. Sus pestañas cortas y duras me arañan la mejilla por última vez. Luego echa a andar por Westend con sus piernas en forma de tijera y su flexible espalda de chiquillo. Da media vuelta y se despide con la mano. Adiós, grita. Adiós, le devuelvo yo el saludo. Subo a casa y respiro hondo antes de meter la llave en la cerradura, porque dentro el olor es cada vez más insufrible. Paso a ver a mi madre y a la tía Rosalia. Ya no estoy prometida, anuncio. Menos mal, dice mi madre. Ese chico no valía gran cosa. No es cierto, replico y guardo silencio. No soy capaz de explicarle que Aksel sí valía. Todo el mundo vale algo, Alfrida, dice mi tía con dulzura desde la cama. Y ambas sabemos que piensa en el tío Carl.

14

Una mañana, al doblar la esquina de la tranquila calle de Frederiksberg donde está la imprenta, observo que la bandera que ondea en el jardincito de nuestras oficinas está a media asta. Lo primero que pienso es que tal vez haya muerto la señorita Løngren, cosa que me llena de un oscuro regocijo. Así podré hacerme cargo de la centralita y hablar por teléfono. Y podré llamar a Nina todas las veces que quiera. De un humor excelente subo las escaleras, pero al entrar por la puerta me encuentro con la señorita Løngren sentada en su puesto y sonándose con estrépito. Tiene la nariz encarnada, como si se hubiese quemado con el sol. Ha fallecido el Maestro, anuncia sin previo aviso con la voz rota. Se desplomó encima de la mesa en mitad de un discurso. Un ataque al corazón, no hubo nada que hacer. Me siento en mi sitio sin decir nada. El Maestro era un hombre taciturno que asustaba a todo el mundo, incluidos sus hijos. Le costaba expresarse por escrito y yo siempre adornaba un poco el lenguaje de las cartas que dirigía a los hermanos y sus necrológicas, porque él no recordaba lo que me había dictado. Más allá de esos dictados jamás me habló. La señorita Løngren me lanza una mirada llena de reproche cuando me pongo a pasar a limpio los protocolos. Por lo menos, podía usted dar sus condolencias, me recrimina. ¿Y eso qué es?, pregunto. Ella no se digna a darme una explicación y continúa leyendo la prensa. ¿Oyó el discurso de abdicación del rey Eduardo?, quiere saber. Conmovedor. ¡Renunciar al trono por una mujer! Y lo apuesto que es. A ese, Ingrid no consiguió echarle el guante. Yo me aventuro a decir que se parece a Leslie Howard y esta vez es ella la que pregunta quién es. Me muestra una fotografía de la señora Simpson y comenta: Lo que es raro es que se haya enamorado de una así, ya mayorcita. Si hubiese sido una chica, lo entendería mejor. Se ahueca un poco el peinado de solterona, como si acabara de pasarle por la cabeza la idea fugaz de que el mundo lo comprendería mejor si hubiese sido por ella. De joven era un hombre muy guapo, continúa con aire soñador; de pronto se refiere al Maestro. Carl Jensen se parece a él, ¿no cree? Voy a comprarme un vestido negro para el funeral, se lo debo. ¿Qué piensa ponerse usted? Bueno, usted puede ir con su traje, como es primavera. El óbito y la abdicación la han vuelto parlanchina. Dice que lo más seguro es que vengan grandes cambios y que lo más probable es que esos cambios provoquen mi despido. Al fin y al cabo, la idea de contratarme fue del Maestro de cabo a rabo. Tan luminoso panorama me llena de consuelo y alegría. Me falta poco más de medio año para cumplir los dieciocho y ya va siendo hora de que me marche de casa. El aire allí es poco respirable en todos los sentidos. A la tía Rosalia no le queda mucho tiempo de vida y ya no hay rastro de sus animadas charlas con mi madre. No come y tiene muchos dolores. Mi padre va por la casa sin hacer ruido, como un ladrón, porque mi madre le gruñe apenas le pone el ojo encima. Edvin y Grete aún no han venido a vernos porque a mi madre no le apetece hacer esfuerzos domésticos en su estado de aflicción. Casi no duerme por las noches, de modo que me he agenciado un despertador y soy yo quien se levanta a hacer café por las mañanas. Todas las tardes salgo con Nina, que tras un duro combate consigo misma ha roto con Egon, porque prefiere irse a vivir al campo con su Matojo. Y casi todas las noches, cuando cierran los locales, me quedo en el portal besando a algún chico que, por lo general, está desempleado y al que, por lo general, nunca vuelvo a ver. Al final no los distingo a unos de otros, pero he empezado a echar en falta esa íntima complicidad con otra persona a la que llaman amor. Echo en falta el amor sin conocerlo. Creo que lo encontraré cuando ya no viva en casa. Y el hombre al que ame ha de ser diferente a todos. Si pienso en el señor Krogh, me doy cuenta de que ni siquiera es necesario que sea joven y tampoco es necesario que sea especialmente guapo, pero tiene que gustarle la poesía y saber aconsejarme qué debo hacer con la mía. Cuando me despido del joven de turno de cada noche, subo a casa a escribir poemas de amor en mi diario, que ha reemplazado al cuaderno de poesía de mi infancia. Algunos son buenos y otros son menos buenos. Ya he aprendido a distinguirlos. Sin embargo, ya no leo tanta poesía como antes, porque si no, acabaría escribiendo cosas parecidas. El funeral del Maestro es una prueba espantosa para mí. Carl Jensen dice unas palabras en el cementerio a los empleados y la familia. El viento arrastra sus palabras hacia el otro lado y no oigo nada. Al ser el miembro más joven y más insignificante del personal, estoy en la última fila, al lado de una charcutera con un embarazo ya muy avanzado. Empieza a llover y, como solo llevo el traje, me quedo helada. De pronto me asalta la idea de que yo también podría estar embarazada, y lo más curioso es que nunca se me había ocurrido. Se ve que Aksel tampoco pensó en ese detalle. ¿Cómo puede una saber si está encinta? De repente, todo son señales que me lo confirman y, de ser cierto, no tengo ni idea de qué voy a hacer. Nina me ha confesado que no puede tener hijos; si no, ya habría tenido alguno hace mucho tiempo. Dice que los chicos nunca toman precauciones, a ellos les da lo mismo. Pienso en mi madre, que siempre dice que ni se me ocurra llegar con un crío a casa, pero sobre todo pienso en que eso será un obstáculo en mi incierto camino hacia una meta igual de incierta. Me encantaría tener un hijo, pero no aún. Cada cosa ha de llegar en su momento. Cuando termina el discurso y todos se disponen a tomar un café o una cerveza, aviso a la señorita Løngren de que debo volver a casa porque mi tía se está muriendo. Pone cara de no creérselo, pero me trae al fresco. Corro a casa y me miro en el espejo de la entrada. Me parece que no tengo buen aspecto. Me palpo el pecho y me parece que me duele. Pienso en pasteles de nata y me parece sentir náuseas. Me acaricio el vientre plano y me parece más grande. A las cinco estoy en Pilestræde, a las puertas del *Berlingske Tidende*, esperando a Nina. Le confío mis temores y ella dice que no queda más remedio que ir al médico. Al día siguiente falto al trabajo y subo a ver al viejo y malvado doctor Bonnesen, a quien, tras muchos apuros, logro explicar entre tartamudeos el propósito de mi visita. Usted lo sabía de sobra antes de embarcarse en esas diabluras, refunfuña con fastidio y me da un frasquito para la orina que a la mañana siguiente le entrego lleno. En los días posteriores, la señorita Løngren no para de preguntarme dónde tengo la cabeza, que no oigo lo que me dicen. La de ella sigue brincando del Maestro al duque de Windsor y vuelta otra vez. Siento su mirada escudriñadora como un dolor físico y espero de corazón que llegue el despido prometido. Al cabo de unos días me entero al fin de que no estoy embarazada y me invade un tremendo alivio. Yo soy muy romántica, confiesa la señorita Løngren mientras hojea una revista llena de fotos de la pareja más célebre del mundo. Estas cosas me hacen llorar. ¿A usted no? ¿No es usted romántica? Como en sus preguntas siempre acecha algún reproche, me apresuro a asegurarle que soy romantiquísima. Esa palabra me hace pensar en beduinos atezados provistos de alfanjes, en atardeceres de luna llena a la vera de un río, en noches azul oscuro cuajadas de estrellas. Pienso en la soledad, en la ausencia total de familia y de parientes, en una buhardilla con el cabo de una vela y el arañar de una pluma sobre el papel, y en un hombre cuyo rostro y cuyo nombre por ahora están ocultos para mí. Sí, afirma la señorita Løngren con aire pensativo, creo que tiene razón. De lo contrario no escribiría unas canciones tan bonitas. También pregunta: ¿Por qué no se dedica usted a escribir por encargo? Ganaría mucho dinero. Por un instante me veo colocando un cartelito en la ventana de casa. «Se escriben canciones para todo tipo de ocasiones.» Y mi nombre al pie. Pero mi madre se negaría a poner algo así en su ventana. Una noche, al poco del funeral del Maestro, mi madre me despierta. Ven, dice, creo que ha llegado la hora. Está irreconocible a causa de las lágrimas. Mi tía ha tensado el cuerpo en forma de arco y ha echado la cabeza tan hacia atrás que los tendones de su cuello parecen gruesas maromas bajo la piel macilenta. Respira entre inquietantes estertores y mi madre me susurra que no está consciente. Aun así, tiene los ojos abiertos y giran en sus órbitas como si quisieran abandonarlas. Mi madre me pide que baje a llamar al médico. Me visto a la carrera y llamo desde el teléfono del café de la esquina, donde Bing y Bang alborotan de fondo. El médico es un hombre muy amable que se queda mucho rato observando a mi tía con aire triste. ¿Le ponemos la última?, dice hablando más bien consigo mismo mientras saca la jeringa. Sí, suplica mi madre, es terrible verla sufrir así. Sí, sí. Le da un pinchazo en la pierna, esquelética, y al instante se relajan todos los músculos. Caen los párpados y la enferma se sume en el sueño entre ronquidos. Gracias, le dice mi madre al médico, y lo acompaña sin reparar en su camisón arrugado. Luego nos quedamos juntas al pie de este lecho de muerte y a ninguna de las dos se nos ocurre ir a despertar a mi padre. La tía Rosalia es nuestra, en su vida solo es un personaje secundario. Ya de madrugada, mi tía deja de roncar y mi madre acerca el oído a sus labios para comprobar si respira. Se acabó, anuncia, gracias a Dios ya descansa en paz. Vuelve a sentarse en la silla y me lanza una mirada desvalida. Me da una pena terrible y siento que debería acariciarla y darle un beso, algo completamente imposible. Ni siquiera puedo llorar delante de ella, por más que sé que algún día irá por ahí diciendo que ni siquiera lloré cuando se murió mi tía. Lo exhibirá como prueba de mi insensibilidad, tal vez dentro de no mucho, cuando me vaya de casa. No le he hablado de mis planes. Estamos las dos muy juntas, pero hay kilómetros de distancia que separan nuestras manos. Y justo ahora, dice, que iba a disfrutar de la vida. Sí, admito yo, pero ya no sufre más. A pesar de que es muy tarde, mi madre hace café y lo tomamos en mi cuarto. Mañana tendré que ir a contárselo a la tía Agnete, dice mi madre. Solo ha venido a verla tres veces en todo el tiempo que ha estado aquí. Cuando mi madre empieza a indignarse por el comportamiento de los demás, por el momento está a salvo de caer en la desesperación. Habla de todas las veces que la tía Agnete les ha fallado a la hora de la verdad, incluso cuando eran niñas. Siempre iba con el cuento de lo que hacían sus dos hermanas y siempre tenía que ser un poco mejor que ellas. Yo la dejo hablar y no necesito intervenir demasiado. Me apena muchísimo la muerte de la tía Rosalia, pero no tanto como me habría apenado de haber tenido lugar cuando era una niña. Esa noche, a pesar del barullo de Bing y Bang, duermo con la ventana abierta, esperando que el hedor pútrido y asfixiante abandone la casa poco a poco. La muerte no es un dulce adormecerse, como creí un día. Es brutal, asquerosa y maloliente. Me envuelvo a mí misma en un abrazo, feliz de ser tan joven y estar sana. Por lo demás, mi juventud no es más que un impedimento, una carencia de la que no veo la hora de librarme.

15

¡Si nos mudamos solo por ti!, protesta mi madre con amargura. Para que tuvieses un cuarto propio donde escribir tus poemas. Pero a ti te da lo mismo. Y justo ahora que tu padre está otra vez sin trabajo. No podemos prescindir de lo que aportas en casa. Mi padre se incorpora y se restriega los ojos. Claro que sí, contesta con aspereza, podemos sin ningún problema. Mal asunto, si uno no puede vivir sin sus hijos. Tú lo das todo por ellos y cuando al fin pueden devolverte alguna alegría, se esfuman. Con Edvin pasó lo mismo. Con Edvin fue diferente, protesta mi madre, él es un chico. Lo dice por puras ganas de llevar la contraria y eso me hace respirar aliviada, porque ahora la cosa se ha convertido en una discusión entre ellos dos. Estamos almorzando en el comedor. A causa de los horarios cambiantes de mi padre, ahora tenemos la costumbre de comer caliente a mediodía, aunque ya lo mismo da. Yo también me he quedado sin trabajo —me han despedido de la oficina dos semanas antes de mi cumpleaños—, pero tengo un nuevo empleo donde empiezo pasado mañana y también he encontrado habitación. Mañana me mudo y se lo he dicho a mis padres.

Mientras retiro los platos, ellos discuten por mi culpa. No tiene corazón, llora mi madre, igual que mi padre. La noche que murió Rosalia se quedó más derecha que una vela sin derramar una sola lágrima. Daba miedo, Ditlev. No, gruñe él, en el fondo es buena chica. Lo que pasa es que has educado mal a tus hijos. ¿Y tú? ¿Es que tú no los has educado? Para que sean socialistas y se limpien los mocos con las barbas de Stauning. No, ahora que Rosalia ha muerto y Tove también nos deja, ya no me quedan razones para vivir. Tú siempre estás ahí roncando, con trabajo o sin él. Me matas de aburrimiento. Y tú, contraataca mi padre rabioso, lo único que tienes en la cabeza es a tu familia y a la familia real. Mientras puedas pasarte media vida en la peluquería, te da igual que tu marido se muera de hambre. Ahora mi madre por suerte llora de puro enojo y no de pena porque me marcho. Mi marido, aúlla, ¡valiente mierda de marido tengo! Si ni siquiera me tocas ya; pero no tengo cien años y hay más hombres en el mundo. ¡Bum! Se encierra en el dormitorio dando un portazo y se tira en la cama a llorar a tal volumen que debe de oírse en todo el edificio. Yo retiro el mantel y lo doblo. Desde que vivimos en mejor barrio, no usamos el *Social-Demokraten* como mantel y ya no tengo que ver los lúgubres dibujos de la Alemania nazi que hace Anton Hansen. Mi padre se restriega la cara con fuerza como si pretendiese cambiar de sitio todos sus rasgos y dice con aire cansado: Tu madre está en una edad difícil. No anda bien de los nervios. Deberías tenerlo en cuenta. Sí, contesto de mal talante, pero yo quiero vivir mi propia vida, padre. Yo lo único que quiero es ser yo misma. Para eso tienes tu cuarto, replica él. Ahí puedes ser tú misma y escribir todos los poemas que quieras. Me pone mala que mencionen mis poemas, no sé por qué. No es solo eso, digo de camino hacia el otro lado de la cortina. Quiero un sitio al que invitar a mis amigos. Ya, eso, dice él frotándose la cara de nuevo, eso tu madre no quiere. En fin, pues cuídate. Sí, le prometo, y por fin entro en mi cuarto. Una vez en él, recojo mis contadas pertenencias, pero para vaciar el cajón de la cómoda del dormitorio tengo que esperar a que mi madre vuelva a la sala de estar. He alquilado una habitación en Østerbro porque tengo la impresión de que la mudanza no será completa si me quedo en Vesterbro. No me cae bien mi casera, pero aun así me he quedado la habitación porque solo cuesta cuarenta coronas al mes. Estoy pagando a plazos mi abrigo de invierno y la factura del dentista, aunque voy a conseguir llegar a fin de mes, porque en la Oficina de Cambios voy a ganar cien coronas todos los meses. Mi casera es grande y gruesa. Lleva unos pelos de loca muy oxigenados y tiene un aire dramático, como si en cualquier momento fuese a ocurrir alguna catástrofe. En la salita de estar tiene un retrato enorme de Hitler. Mira, me dijo el día que fui a alquilar el cuarto, ¿a que es guapo? Algún día gobernará el mundo entero. Está afiliada al Partido Nacionalsocialista Obrero Danés y me preguntó si me gustaría sacarme el carné yo también, porque querían implicar a la juventud danesa. Le dije que no, que yo no entendía nada de política. Al fin y al cabo, lo que ella haga no es asunto mío. El caso es que la habitación es barata. Me instalo al día siguiente. Voy en el tranvía con mi maleta y mi despertador, que no cabe dentro de ella. Entre dos paradas empieza a sonar y dejo escapar una risita boba mientras lo apago. Es un despertador muy particular que solo quiere que lo use yo. Es gruñón y asmático como un viejo, y cuando atrasa y suelta demasiados chasquidos lo estampo contra el suelo. Eso logra que el tictac se vuelva más suave y más amable. La casera me recibe con el mismo kimono suelto del primer día y el mismo aire dramático. No estará usted prometida, ¿verdad?, me pregunta llevándose una mano al corazón. No, contesto. Gracias a Dios, suspira aliviada como si acabase de superar algún peligro. ¡Hombres! Yo he estado casada, querida. Me molía a palos cuando bebía y encima me tocaba mantenerlo. Esas cosas no pasan en Alemania, Hitler no lo permitiría. A la gente que no quiere trabajar la mandan a un campo de concentración. ¿Suena muy fuerte ese despertador? Me cuesta mucho dormir y aquí se oye todo. Suena tanto que se oye por todo el barrio, pero yo le aseguro que es poco menos que mudo. Al fin me deja sola y puedo examinar con calma mi nuevo hogar. El cuarto es mínimo. Hay un diván con una funda de flores, un sillón del mismo estilo, una mesa y una cómoda vieja con los agarradores torcidos colgando de los cajones. Uno de ellos tiene llave, de modo que ahora sí que puedo guardarme algo solo para mí. En un rincón hay una cortina con una barra detrás, que hace las veces de ropero. También hay un palanganero desportillado. Además, hace tanto frío como en el cuarto de Nina, y no hay estufa. Una vez que he colgado mi ropa tras la cortina, salgo a comprar cien hojas de papel de mecanografía y empleo mi último billete de diez coronas en alquilar una máquina de escribir que al volver coloco sobre la mesa coja. Acerco el sillón, pero apenas me acomodo en él, se desfonda. Todo lo que deseaba a cambio de mis cuarenta coronas eran una mesa y una silla, aunque es posible que para disponer de ellas haya que moverse en otra franja de precios. Salgo y llamo a la puerta de la salita, donde la casera está oyendo la radio: Señora Suhr, se ha roto el sillón. ¿No podría usted prestarme una silla corriente? Me mira como si acabase de notificarle una auténtica desgracia. ¿Roto?, pregunta. Pues era un sillón excelente. Fue un regalo de bodas. Corre a inspeccionar los daños. Tiene usted que pagarme cinco coronas como compensación, exige con la mano tendida. Le explico que no tendré dinero hasta primeros de mes y me responde furiosa que, en ese caso, lo sumará al alquiler. Cuando sale voy tras ella y le suplico que me deje una silla corriente. Te despluman, gime mientras vuelve a masajearse el corazón, no sale a cuenta alquilar cuartos. Al final, seguro que acaba metiendo hombres en mi casa. Le lanza a Hitler una mirada implorante, como si él mismo en persona los fuese a echar. Después pasa a la otra sala, donde hay una hilera de sillas rígidas alineadas contra la pared. Ahí tiene, dice furiosa mientras elige la más cascada de todas, llévesela. Le doy las gracias con educación y llevo la silla a mi cuarto. Queda bien con la altura de la mesa. Empiezo a pasar a limpio mis poemas y eso parece mejorarlos un poco. Esa labor me llena de paz, y el sueño de que esas páginas lleguen un día a convertirse en un libro se despliega ante mí con colores más vívidos y más intensos que antes. De repente aparece en la puerta mi casera. Eso de ahí, dice señalando hacia la máquina de escribir, arma un escándalo atroz. Parece una metralleta. Enseguida termino, le aseguro. Normalmente solo escribo por las tardes. Ya veo. Menea a un lado y a otro su oxigenada cabeza. Que no sea más tarde de las once. Aquí se oye todo, todo. Oiga, ¿le apetece escuchar a Hitler esta noche? Sigo todos sus discursos, son maravillosos. ¡Varoniles, categóricos, sonoros! Abre los brazos, entusiasmada, dejando a la vista sus más que generosos senos. No, respondo asustada, yo... creo que esta noche voy a salir. Pero no salgo, porque Nina ha recibido la visita de su guarda forestal y no tengo adónde ir. Estoy helada, aunque llevo el abrigo puesto, y no puedo concentrarme y escribir porque los gritos de Hitler atraviesan las paredes y retumban como si él estuviese aquí, pegadito a mí. Su discurso es amenazador y vociferante, y me llena de terror. Habla de Austria, y yo me abotono el abrigo hasta el cuello y se me encogen los dedos de los pies. Unos *Heil!* rítmicos lo interrumpen sin cesar y no hay rincón en el cuarto donde me pueda ocultar. Cuando termina el discurso, la señora Suhr entra en mi cuarto con los ojos brillantes y las mejillas encendidas de puro éxtasis. ¿Lo ha oído?, grita embelesada, ¿ha entendido lo que ha dicho? No hace falta entenderlo. Se te mete por los poros como un baño de vapor. Me he bebido cada una de sus palabras. ¿Le apetece una tacita de café? Declino su ofrecimiento con mucha educación, aunque llevo todo el día sin probar bocado. Lo declino porque me niego a sentarme bajo el retrato de Hitler. Tengo la impresión de que si lo hago, me descubrirá y hallará la manera de aplastarme. Lo que yo hago es *entartete Kunst*, y aún recuerdo lo que dijo el señor Krogh de la *intelligentsia* alemana. Al día siguiente, yo empiezo a trabajar en los despachos de la Oficina de Cambios y Hitler invade Austria.

16

¿Sabe usted bailar la carioca? Levanto la vista de mis signos taquigráficos y respondo que no. Miro al secretario para el que trabajo; es bastante guapo, pero no se toma su trabajo en serio. Está recostado en la silla con indolencia y de cuando en cuando le pega un trago a una cervecita que tiene al lado. Suelta sonoros bostezos sin taparse la boca con la mano. Bueno, dice con aire cansado, ¿por dónde íbamos? Ocupamos un local grande del desván. Todo está lleno de mesas y de secretarios. Cuando necesitan dictar algún documento, llaman al piso de abajo, a la sala de mecanógrafas, para que la directora envíe a alguna de nosotras. El trabajo me agrada, pero los secretarios me desesperan. Ellos lo que quieren es pegar la hebra, y mientras tanto el expediente espera en una carpeta azul con letras rojas que dicen «¡urgente!». Hay solicitudes de todo tipo, cada una de ellas acompañada por una carta desgarradora donde se asegura que un no desembocará en un suicidio. Todos los solicitantes aducen acuciantes motivos personales para que a ellos, y precisamente a ellos, se les permita importar sus artículos. Por supuesto que sé bailar la carioca, pero estoy en horas de trabajo y ahora percibo un salario alto, más de lo que he cobrado jamás. No frunza el ceño, replica mi secretario con una sonrisa, al final se le van a quedar las arrugas. Bajo las escaleras a la carrera y vuelvo a la sala de mecanógrafas para pasar a limpio la carta. Es un no, de modo que intento suavizar el tono y hacerlo más cordial y menos comercial, como hacía al corregir las cartas para los hermanos; pero aquí no cuela. Debo reescribirlo todo y se me invita a ceñirme a lo dictado. En la sala de mecanógrafas, que parece un aula, somos cerca de una veintena de chicas; una en cada mesa y las mesas colocadas en tres largas filas. En lo más alto se encuentra la directora, de frente a nosotras como una maestra, y cuando alborotamos demasiado nos manda callar con mucha severidad. Las otras chicas son muy elegantes, con vestidos ajustados, zapatos de tacón alto y la cara muy pintada. Un día una tiene la ocurrencia de maquillarme los labios, las mejillas y los ojos, y todas opinan que así estoy mucho mejor. Dicen que debo hacerlo todos los días, de manera que empiezo a tomar prestados los cosméticos de Nina cuando salimos. Una vez pasados a limpio todos mis poemas, no aguanto estar en mi cuarto pelándome de frío, así que retomo mi vida nocturna con Nina y, aunque resulta monótona, los días y las noches de esta época pasan volando, como un redoble de tambor justo antes de que algo ocurra en escena. Atrás quedaron los terribles años en I. P. Jensen, he cumplido los dieciocho, me he emancipado de mi familia. Una noche en el Heidelberg, bailo con un joven alto y rubio que ni se parece a los chicos de siempre ni habla como ellos. Me pregunta si puede invitarme a comer *smørrebrød*. Yo contesto que estoy con una amiga. Él replica que no importa, así comeremos los tres. Cuando se presenta, Nina le lanza una mirada de aprobación y cierta sorpresa. Se llama Albert y va mejor vestido que los demás. Puede que hasta tenga estudios de bachillerato. Comemos algo y bebemos cerveza, y yo me peleo con el cuchillo y el tenedor mientras espío cómo los manejan los demás. En casa partimos la comida con el cuchillo y después la pinchamos con el tenedor. Albert se interesa por dónde vivo y a qué me dedico. Me pregunta lo que gano y si me da para vivir. No es nada del otro mundo, pero los demás chicos solo hablan de sí mismos. Ardo en deseos de hablarle de mí y de mi vida. Es posible que dentro de no mucho gane un poco más, le digo, porque escribo poemas. No me gusta mencionarlo, y menos en un lugar como este, entre tanto ruido, risas y música, pero siento que no puedo esperar más y, además, no sé si volveré a verle. Vaya, exclama sorprendido, eso no me lo esperaba. ¿Y son buenos? Me sonríe de medio lado, como si se divirtiera a mi costa en silencio. Eso me ofende y siento que me sonrojo. Sí, contesto. Algunos. ¿No te sabes ninguno de memoria?, me pregunta masticando. Claro, respondo, pero no voy a recitarlo aquí. Pues escríbemelo, propone con calma al tiempo que le da un empujoncito a una servilleta en dirección a mí. Se saca un lapicero del bolsillo y me lo tiende. ¿Qué escribir? ¿Qué es lo mejor que tengo? Siento que lo que escriba es de una trascendencia sin igual, así que, tras mordisquear un poco el lapicero, anoto:

Jamás oí tu voz, tan tierna.
Jamás me sonrieron tus pálidos labios.
Pero el pataleo de tus piececitos
jamás lo podré olvidar.

Después de un buen rato mirando el poema con aire pensativo, me pregunta de qué trata. De un niño nacido muerto, contesto. Me pregunta si he tenido un hijo muerto y yo respondo que no. La leche, suelta, y me empieza a mirar con gran curiosidad. Nina está bailando con un chico y al pasar junto a la mesa me lanza un guiño para animarme. Cree que ya va siendo hora de que haga algo, y yo, a mi modo, también. Albert sigue mi mirada. Su amiga es muy bonita, dice. Sí, coincido, pensando que él preferiría haberla elegido a ella en lugar de a mí. Pero ahora esa cuestión me da lo mismo. Pregunto obstinada: ¿Sabe usted adónde podría mandar un poema como ese para que lo publicaran? Ah, bueno, contesta como si acabase de preguntarle algo de lo más cotidiano. ¿Conoce una revista que se llama *Vild Hvede*?* No la conozco, y me explica que es un sitio donde los jóvenes desconocidos pueden publicar sus poemas y sus dibujos. La dirige un tipo llamado Viggo F. Møller, y me apunta su nombre y su dirección en otra servilleta. Fui a verle el otro día, comenta tan de pasada que salta a la vista que es un orgullo para él. Es un hombre muy agradable y sabe entender muy bien el arte más joven. Me aventuro a preguntarle con cautela si él también es escritor y dice, tan de pasada como antes, que en su tiempo libre ha escrito algunos versos, parte de ellos publicados en *Vild Hvede*. El dato me deja muda. Estoy sentada al lado de un poeta. Es más de lo que jamás me había atrevido a soñar. Aún estoy en silencio cuando vuelve Nina. Levanta sus finas cejas al comprobar que, a su modo de ver, Albert y yo no hemos hecho grandes progresos. «En Heidelberg perdí la cabeza por la magia de unos ojos...» Todos cantan en pie mecien-

* *Vild Hvede* («Trigo salvaje» o «silvestre»), revista literaria publicada en Dinamarca desde 1920, hoy en día con el nombre de *Hvedekorn* («Grano de trigo»). Viggo F. Møller fue su director hasta 1952.

do de un lado a otro las jarras de cerveza. Albert también se ha levantado y de pronto su actitud parece algo impaciente. Cuando sigo su mirada, veo que al otro lado de la pista de baile hay una jovencita menuda sentada sola con gesto serio. Cuando comienza la música, Albert paga la cuenta, se inclina con torpeza ante nosotras y luego ante la chica seria. La culpa es tuya, se lamenta Nina, era guapísimo. La verdad es que me da igual. He conseguido aferrar una esquinita de ese mundo al que aspiro y no tengo intención alguna de dejarla escapar. Me guardo la servilleta en el bolso y miro a mi amiga con una sonrisa enigmática. Tengo que ir a casa a escribir a máquina, digo. Espero que no se despierte la bruja. Has ido de Guatemala a Guatepeor, asegura Nina. No es ni un poquito mejor que tu madre. Me abro camino hasta el guardarropa y recupero mi abrigo. Recorro todo el trayecto a pie, a pesar de que está helando, y me siento muy feliz. Un nombre y una dirección, cuántos años no tardan otros en conseguirlos. Y aun así, puede que eso no baste. A lo mejor ese hombre no quiere mis poemas. A lo mejor se muere antes de recibirlos. A lo mejor ya está muerto. Debería haberle preguntado a Albert qué edad tiene Viggo F. Møller. Le doy vueltas y más vueltas a ese nombre sin saber a qué corresponderá esa F. ¿A Frants? ¿Frederik? ¿Finn? ¿Y si mi carta no llega por un error de correos? ¿Y si Albert me ha dado un nombre falso y me ha hecho tragar un cuento chino? Algunas personas encuentran divertidísimas esas cosas. Y, sin embargo..., en lo más hondo de mi ser creo que voy a lograrlo. Son las dos de la madrugada cuando entro sin hacer ruido en mi habitación. Doblo bien doblada la manta del diván, la coloco debajo de la máquina de escribir para amortiguar el ruido y elijo tres poemas que envío, junto con una breve carta formal, para que el hombre no crea que para mí es muy importante. «Sr. editor Viggo F. Møller —escribo—: Le adjunto tres poemas con la esperanza de que los publique usted en su revista *Vild Hvede*. Suya afectísima y con todo mi respeto, T. D.» Corro al buzón más cercano con la carta y compruebo a qué hora lo vacían. Quiero calcular cuándo va a recibirla el editor y cuándo puede llegarme su respuesta. Acto seguido vuelvo a casa y me voy a la cama no sin antes dar cuerda al despertador. Echo toda mi ropa encima del edredón y aun así paso mucho tiempo tiritando de frío antes de conciliar el sueño.

17

Todas las tardes vuelvo a casa del trabajo a la carrera y le pregunto a la señora Suhr si ha llegado alguna carta para mí. Pero no, y la señora Suhr siente gran curiosidad. Me pregunta si alguien de mi familia está enfermo. Me pregunta si estoy esperando algún dinero y, de paso, me recuerda que le debo cinco coronas por el asiento roto. De vez en cuando también me pregunta si tengo hambre, pero yo no tengo nunca, a pesar de que rara vez almuerzo. A veces como con Nina en la cafetería del *Berlingske Tidende*. Es un sitio muy barato, aunque está reservado al personal. Mi casera también dice que cada día estoy más flaca y que si fuese hija suya, ya se encargaría ella de cebarme bien. Cuando huelo los platos que cocina, al final termina por entrarme hambre, pero ya es tarde. Por lo general, me tomo un café en la estación de Østerport antes de volver a casa y lo acompaño con un trozo de pastel. Es un exceso que, en realidad, no puedo permitirme, porque vivo con un presupuesto muy ajustado; lo mismo que todas las chicas de la sala de mecanógrafas, aunque casi todas ellas viven con sus padres. A fin de mes se hacen préstamos unas a otras y querrían que también se los hiciera yo si tuviese algo que prestar. No se disgustan si se les dice que no. Su pobreza no es triste ni agobiante porque todas abrigan una esperanza, todas sueñan con una vida mejor. También yo. La pobreza es pasajera y soportable. No es un problema auténtico. Nina puede pedirles dinero a su madre y a Matojo. La madre de Nina es una señora gruesa y afable que no se toma nada muy a pecho. Se gana la vida limpiando casas y vive con un hombre que es padre del medio hermano de Nina, de doce o trece años. Se nota con claridad que Nina no se ha criado en esa casa y solo está de visita. También está de visita en Copenhague y me resulta inconcebible que de verdad quiera irse a vivir al campo. Mientras espero la carta, no salgo por las noches y me quedo helada en mi cuarto, atenta a los ruidos de la entrada. Sé que las cartas urgentes pueden llegar fuera del horario de entrega habitual. No hay un solo motivo para pensar que vaya a recibir una carta urgente, pero aun así espero oír el timbre de la puerta. Una noche se celebra una reunión política en casa de la señora Suhr y una tromba de hombres calzados con botas se mete en la sala de estar, donde no tarda en armarse un alboroto terrible. Entrechocan los tacones y le gritan *Heil!* a la imagen de Hitler. También hay mujeres, con la voz chillona como la señora Suhr, y, como de costumbre, espero que ninguna de ellas me vea. Cantan la *Canción de Horst Wessel* y dan zapatazos que hacen temblar las paredes. La señora Suhr entra en mi habitación, las mejillas encendidas y los cabellos disparados en todas direcciones. Aún lleva puesto el kimono y parece recién salida de una casa en llamas. Oh, jadea, ¿no se anima a hacer un brindis a la salud del Führer con nosotros? Pase a saludar a todos estos muchachos tan estupendos. Luche con nosotros por nuestra gran causa. No, contesto asustada, tengo que terminar una cosa: horas extra de la oficina. Me siento frente a la máquina y empiezo a teclear para que crean que trabajo mientras pienso con pena e inquietud en la oscuridad que se cierne sobre el mundo. Aun así, no se me olvida tener un oído puesto en la entrada. Carta urgente, telegrama, nunca se sabe. Al cabo de unos días, al entrar por la puerta me encuentro a la señora Suhr con una carta en la mano. Vaya, dice con mirada sensacionalista, ha llegado la carta que estaba usted esperando. Se la arranco de las manos e intento encerrarme en mi cuarto, pero ella me corta el paso. Ábrala ya, dice sin aliento, estoy tan intrigada como usted. No, respondo con el corazón palpitante, es privada, estrictamente confidencial. Es un mensaje secreto, se lo aseguro. ¡Cielo santo! Se lleva la mano al corazón y pregunta en un susurro: ¿Un asunto político? Sí, contesto a la desesperada, un asunto político. Déjeme pasar. Me mira como si fuese la Mata Hari de nuestro tiempo y se aparta por fin, muy impresionada. Al fin estoy a solas con mi carta. Es demasiado gruesa y me tiemblan las rodillas al pensar que tal vez el editor me mande todo de vuelta. Me siento junto a la ventana a contemplar el pequeño patio. El atardecer se ciñe a los cubos de basura y en el edificio de enfrente empiezan a encenderse luces. Abro el sobre haciendo un supremo esfuerzo, saco la carta y leo: «Estimada Tove Ditlevsen: Dos de sus poemas, por decirlo con suavidad, no son buenos, pero el tercero me sirve: "A mi hijo muerto". Atentamente, Viggo F. Møller». Me apresuro a romper en mil pedazos los dos poemas que, por decirlo con suavidad, no son buenos y leo la carta una vez más. Quiere publicar mi poema en la revista. Él es el hombre que llevo esperando toda mi vida. Tengo un ejemplar de *Vild Hvede* que he comprado con dinero que me ha prestado Nina.

Incluye un poema de una mujer, Hulda Lütken, que he leído muchas veces, porque no se me olvida que mi padre dijo un día que las chicas no pueden ser poetas. Aunque yo no le creí, sus palabras me causaron una honda impresión. Necesito compartir con alguien mi alegría. En casa no me apetece contarlo y Nina no comprendería lo que esto significa para mí. El único, tal vez, sería Edvin. Él fue el primero en decir que mis versos eran buenos, aunque al principio se burló de ellos. Pero eso ya no importa, no éramos más que unos niños. Tomo el tranvía a Sydhavnen. Grete me abre la puerta y al verme sonríe sorprendida. Pasa, dice en tono hospitalario, y luego echa a correr y se sienta en las rodillas de Edvin, cosa que al parecer es su principal ocupación como recién casados. A él se le ve indefenso, hundido en el sillón. Buenas, me saluda alegre, ¿qué tal? Para poder verme, tiene que apartar la cabeza de Grete. ¿Cómo están mi suegrito y mi suegrita?, me pregunta Grete entre beso y beso. Mi madre no soporta ese diminutivo cariñoso, pero Grete es insensible a la frialdad que transmite. A mí ahora tampoco me cae bien, porque siempre pensé que Edvin se casaría con una mujer bonita, elegante y lista, y no con un ama de casa risueña de estilo románico. Pero no importa, porque mis sentimientos no son tan fuertes ni apasionados como los de mi madre, ni mucho menos. Le cuento a Edvin lo que ha ocurrido y le muestro la carta. Él le pide a Grete que prepare café mientras la lee. Caray, suelta impresionado, por una cosa así tendrá que pagarte. Y el tío no dice una sola palabra. Ojito, que no te engañe. A mí ni se me había pasado por la cabeza. Al fin y al cabo, él se gana su dinero vendiendo esa revista, me explica, no puede dejar sin paga a sus colaboradores. No, coincido con él. Mi hermano tampoco entiende el milagro que ha ocurrido, nadie lo entiende. Escucha, dice. Vas a llamarle y le vas a preguntar cuánto te piensa dar por ese poema. Sí, contesto, porque tengo muchas ganas de llamarle. Tengo ganas de oír su voz y es una ocasión fantástica. Grete pone la mesa y parlotea sin descanso y Edvin le habla de la carta. Caramba, exclama contenta, entonces tengo una poeta en la familia. Pienso escribir a mis padres para contárselo. ¿Te apetece un poquito de pan blanco? Sí, gracias, digo. Luego me intereso por la tos de Edvin. El médico le ha dicho que mientras no deje de trabajar con esmalte de celulosa, seguirá tosiendo. Seguirá tosiendo hasta que encuentre otro oficio. El médico también dice que no es tan terrible como parece. Solo tiene los pulmones negros e irritados. Mientras tomamos café, observo a mi hermano. No se le ve contento, puede que el matrimonio no haya sido lo que él esperaba. Puede que soñase con una mujer con quien pudiera hablar de algo más que del amor y la comida. Puede que creyese que por las noches harían algo más que sentarse uno en brazos del otro y contarse cuánto se quieren. A mí al menos me parece de lo más aburrido. ¿Cuándo vas a comprarte otro vestido?, pregunta Grete. Nunca te he visto con otro, solo con ese tres cuartos. Deberías rizarte el pelo, como yo. Grete lleva todo el pelo encima de la cabeza en un sinfín de ricitos y dos enormes aretes en las orejas que tintinean cuando mueve la cabeza. ¿No es extraño tener un hermano tan guapo?, pregunta, debe de ser muy raro para ti. Edvin se cansa de su cháchara y se apresura a sentarse de nuevo en el sillón. Ya retiradas las tazas, Grete vuelve a colocarse en su regazo y le ensortija los negros rizos con los dedos. Creo que mi hermano se ha casado con ella para no tener que seguir en el cuarto de alquiler de su estricta casera, porque ¿qué otra salida le quedaba? Yo tampoco tengo intención de pasar el resto de mi vida en casa de la señora Suhr. Hasta esto de ser joven es temporal, frágil y perecedero. Hay que superarlo, no tiene otro sentido. Edvin me pregunta si en casa ya están al tanto de la noticia y yo contesto que prefiero esperar a que el poema salga en la revista. Entonces se lo enseñaré, no antes. Edvin lo lee y queda impresionado. Pero sigues siendo una trolera, dice con admiración, tú nunca has tenido un hijo muerto. Me cuenta que Thorvald se ha prometido con una chica muy fea y eso me molesta un poco. Podría haber sido mío, pero no quise. Aun así, me gustaba la idea de que él tampoco tuviese lazos con nadie. Antes de marcharme, le pido prestados diez céntimos a mi hermano para llamar por teléfono. Tengo que abrir la puerta yo misma, porque Grete está enfrascada en un largo cuchicheo al oído de Edvin. En una cabina de Enghavevej busco el número de Viggo F. Møller y, con el corazón en la garganta de pura emoción, pido que me pongan con él. Buenos días, saludo. Soy Tove Ditlevsen. Él repite mi nombre en tono interrogante y recuerda al fin. Su poema saldrá en algo menos de un mes, anuncia, es fabuloso. ¿No me va a pagar por él?, pregunto con gran timidez. Pero él no se molesta. Se limita a explicarme que nadie percibe honorarios, porque la revista pierde dinero y él lo está poniendo de su propio bolsillo. Me apresuro a asegurarle que no tiene importancia, que solo ha sido una ocurrencia de mi hermano. Luego se interesa por mi edad. Dieciocho años, respondo. Caramba, tan joven, exclama con una risita. Después me pregunta si me gustaría conocerle y yo le digo que sí. Quiere que nos veamos pasado mañana a las seis en la cafetería de la Gliptoteca, así cenaremos juntos. Le doy las gracias, abrumada, y él se despide. Voy a verle. Voy a hablar con él. No tengo la menor duda de que hará algo por mí. El señor

Krogh decía que las personas siempre quieren algo unas de otras y que no había nada malo en ello. Qué quiero del editor está más claro que el agua, pero ¿qué querrá él de mí? Al final, al día siguiente voy a casa a contarlo. Solo está mi madre. Se alegra tanto de verme que me entran remordimientos por venir tan poco. Tras la muerte de la tía Rosalia, se ha quedado muy sola. Este edificio es un poco más chic, lo justo para que la gente no ande todo el día metiendo las narices en casa de los demás, de manera que mi madre no tiene una sola amiga con quien charlar y reírse. Solo nos tiene a nosotros, que la hemos abandonado tan pronto como ella y la ley nos han dejado. Nos tomamos un café y veo que su imaginación trabaja a toda máquina. ¿Sabes una cosa?, me pregunta. Lo más probable es que ese editor quiera casarse contigo. Me río y digo que solo piensa en casarme. Me río, pero cuando llego a casa y me meto en la cama me pregunto si estará casado o no. Si es soltero, no me importaría casarme con él. Sin verlo siquiera.

18

Lleva traje verde y corbata verde. Tiene el pelo gris, espeso y rizado, y un bigote también gris cuyas guías retuerce a menudo entre los dedos. Se ha puesto una pajarita algo anticuada que le queda medio oculta por detrás de la papada. Sus ojos son de un azul intenso, como los ojos de los bebés, y su tez es roja y blanca, y transparente como la de un niño. Es un hombre de gestos amplios y redondos y de manos pequeñas y finas con hoyuelos en los nudillos. Sus maneras son tan cálidas y afables que en su compañía no tardo en olvidar mi timidez. No se parece en nada al señor Krogh, pero aun así me recuerda un poquito a él. Estudia el menú largo rato antes de elegir un plato y yo, sin saber qué es, pido lo mismo que él. Comenta que es un hombre de buen comer, cosa que salta a la vista. Yo, muy educada, digo que no. Le confieso que no suelo fijarme mucho en lo que como y él asegura entre risas que, desde luego, eso también salta a la vista. Estoy demasiado flaca, dice. Acompañamos la cena con vino tinto y se me escapa una mueca, porque lo encuentro muy ácido. Él dice que eso es porque soy muy joven. Con la edad aprenderé a apreciar los buenos vinos. Me pide que le hable un poco de mí, de cómo llegué hasta él. Yo me siento nerviosa y animada e intento decir montones de cosas al mismo tiempo. También le hablo de Albert, y él se encoge de hombros, como si no fuese nada del otro mundo. Con estos jóvenes nunca se sabe, reconoce retorciéndose el bigote, crees en unos y luego no llegan a nada. No crees en otros y luego resulta que sí valían. Le pregunto si cree que yo valgo y contesta que es difícil saberlo. Me explica que los que no valen suelen ser los que aparecen con un poema diciendo: Lo he escrito en diez minutos. En cuanto lo oye, sabe que no sirven. ¿Y qué ocurre entonces?, quiero saber. Entonces les aconsejo que se hagan conductores de tranvía o alguna otra cosa de provecho, responde mientras se limpia los labios con la servilleta. Me alegro de no haber escrito cuántos minutos tardé en escribir el niño muerto. Ni siquiera lo sé. Yo creo que el editor es un hombre formidable y me parece muy guapo. A otras, seguramente, no se lo parecerá, y Nina lo encontraría demasiado viejo y gordo, pero a mí me da lo mismo. Me pasa el menú para que escoja un postre y yo pido un helado, porque todo lo demás me suena muy complicado. El editor pide fruta con nata. Soy un goloso, confiesa, porque no fumo. El camarero lo trata con mucho respeto y siempre se dirige a él como «el señor editor». A mí me llama «la señorita». ¿Le sirvo un poco más de vino a la señorita? Me bebo como una valiente ese vino ácido, que me llena de una sensación cálida y agradable. En las calles anochece y el viento sopla con suavidad entre los árboles del bulevar. Ya han brotado las hojas y el Tivoli no tardará en abrir. Viggo F. Møller me cuenta lo mucho que le agradan la primavera y el verano en la ciudad. Florecen los árboles y las flores, y florecen también las jovencitas como hermosas florecillas entre los adoquines. El señor

Krogh decía algo similar, y no estaba casado. Yo creo que los hombres casados no entienden de esas cosas. Por fin me armo de valor y me decido a preguntarle si tiene esposa. Él contesta que no con una risita. Nadie me ha querido nunca, dice con un gesto de disculpa. Yo he estado comprometida, pero rompió conmigo. ¿Y ahora?, pregunta, ¿ya no está comprometida? No, contesto, estoy esperando a que llegue el hombre adecuado. Le miro a los ojos con insistencia, pero él prefiere no entender lo que trato de decirle. La verdad es que me he habituado a que las cosas ocurran tan deprisa que ya casi espero que se me declare en el acto. Nunca se sabe dónde acabará una persona al día siguiente. Podría recibir una carta de otra chica joven que escribe poemas, Hulda Lütken, por ejemplo, invitarla a salir y olvidarse de mí por completo. Debe de ser un hombre acostumbrado a conseguir a quien se proponga. Con un conato de celos, le pregunto cómo es Hulda Lütken y él suelta una carcajada solo de pensar en ella. No le gustaría usted, asegura. Les tiene unos celos locos a las demás poetisas, sobre todo a las que son más jóvenes que ella. Tiene un temperamento que vale por diez. De vez en cuando me llama y me dice: Møller, ¿soy un genio? Sí, sí, le contesto yo; eres un genio, Hulda. Con eso se queda contenta por algún tiempo. Luego Viggo me pregunta si me gustaría acompañarle a la Fiesta del Trigo del mes que viene. Se trata de la fiesta donde se entregan la Espiga y el Panecillo de Oro al poeta y al dibujante que han publicado más colaboraciones en la revista durante el año. Cuando le pregunto cómo hay que ir vestida dice que de largo. Al saber que no tengo ningún vestido de noche, dice que puedo pedírselo prestado a alguna amiga. Eso me recuerda a Nina, que se hizo con uno con la espalda muy escotada para el baile del Stjernekroen. Acepto encantada su invitación. Tomamos café en unas tazas muy finas y el editor consulta el reloj como si ya fuese hora de concluir la velada. De buena gana me habría quedado aquí mucho más. Afuera me aguarda el día a día con los asuntos urgentes de la oficina, las noches en los locales, los chicos que me acompañan hasta casa, mi gélida habitación y mi casera nazi. Mi único consuelo en este mundo es un puñado de poemas que aún no bastan para un libro. Ni siquiera sé qué hay que hacer para publicar un poemario. Pagada ya la cuenta, el señor Møller deja de pronto su mano sobre la mía en el colorido mantel. Tiene usted unas manos muy bonitas, me dice, largas y finas. Me da un par de palmaditas, como si supiera bien lo mucho que me entristece acabar tan pronto y quisiera asegurarme que no tiene intención alguna de esfumarse de mi vida de inmediato. Estoy a punto de llorar y no sé por qué. Tengo ganas de echarle los brazos en torno al cuello, como si después de un viaje largo, muy largo, estuviese agotada y acabase de encontrar al fin mi hogar. Es una sensación absurda y parpadeo varias veces para disimular que tengo los ojos húmedos. Nos quedamos en la calle contemplando el tráfico. Es más bajo que yo, algo que me asombra, porque no se le notaba cuando estábamos sentados. Bueno, dice, me parece que tomamos caminos separados. Pase a hacerme una visita un día de estos, ya tiene mi dirección. Describe un arco elegante con su sombrero verde de ala ancha, se lo pone y se aleja con premura por el bulevar. Lo sigo con la mirada hasta perderlo de vista. Siempre tengo la impresión de que debo despedirme de todos los hombres y quedarme con los ojos clavados en su espalda mientras oigo sus pasos perderse en la oscuridad. Y ellos rara vez se vuelven a decirme adiós.

19

Me han trasladado a la Oficina Estatal del Grano, al otro lado de la calle, donde me encuentro mucho más a gusto. En el despacho solo somos dos chicas. Yo estoy a cargo de la centralita y escribo las cartas del señor Hjelm, el jefe de negociado. Es un hombre alto y flaco con una cara larga y ceñuda que jamás esboza nada parecido a una sonrisa. Cada vez que hace una pausa en el dictado, se me queda mirando fijamente como si sospechara que dentro de mi cabeza a veces hay algo más que cereales. La otra chica se llama Kate. Es infantil y risueña, y cuando nos quedamos solas lo pasamos muy bien juntas. Estoy esperando a que publiquen mi poema en la revista para ir a ver a Viggo F. Møller, no antes. Pronto tendré vacaciones y eso siempre ha supuesto un problema para mí. Nina pretende que nos apuntemos a la Sociedad Nacional de Excursionistas para salir al campo y dormir en refugios, pero a mí no me gusta la gente que va en grupo y no me apetece nada. Aunque, si mi poema no tarda mucho en publicarse, tal vez pueda pasar las vacaciones con mi editor. Mientras espero, sigo observando a los niños pequeños y a las parejas de enamorados que el calor hace salir de las casas. También me fijo en los perros, en los perros y en sus amos. Algunos perros llevan una correa corta de la que una mano tira con impaciencia cada vez que se detienen. Otros llevan una correa larga y sus amos aguardan pacientemente cuando un olor interesante entretiene al perro. Ese es el amo que yo deseo. Esa es la vida que me iría a mí. También hay perros sin dueño que corretean confusos entre las piernas de la gente y no parecen gozar de su libertad. Yo me parezco a esos perros, desgreñada, confusa y sola. Ya no salgo tanto de noche como antes y Nina dice que me estoy volviendo un rollo. Ahora que el frío no me echa, me quedo en mi habitación. Leo mis poemas una y otra vez, y a veces escribo uno nuevo. Los dos que, por decirlo con suavidad, no eran buenos los retiré de mi producción hace ya mucho. A mí me parecían horrorosos, pero si el editor llega a decir que eran buenos, me lo habría creído. A veces voy a casa de mis padres dando un paseo. Mi padre vuelve a estar sin trabajo y las cosas entre él y mi madre no pueden estar más frías. Suelo encontrarlo echado en mi diván, durmiendo o dormitando, mientras mi madre hace punto con aire de desaprobación. Ella cree que ya es hora de que le haga una visita al editor, porque cada vez está más convencida de que se quiere casar conmigo. Las personas gruesas, asegura, son alegres y bonachonas. Los flacos son los avinagrados. Se interesa por su edad y yo le digo que rondará los cincuenta. Eso también lo encuentra excelente, porque así ya se habrá desfogado y será un marido fiel. Dice que dentro de poco dejaré el trabajo y me mantendrán. Yo no digo nada porque para todo eso habrá que esperar. Nosotros organizaremos la boda, anuncia, y yo me pregunto qué pensará mi editor de su suegra. Es mayor que ella, creo, aunque eso para mi madre no es ningún impedimento. Vuelvo a acelerarme porque mi madre pretende algo de mí. Mi padre dice que no hay ninguna prisa y que ya decidiré con quién quiero casarme. A ti siempre te ha traído al fresco, pero ya ves cómo ha acabado Edvin, le acusa ella. Eso es lo que consigues con tu indiferencia. La pelea me ha esquivado y ya puedo dejarlos solos e irme sin más ni más. Un día, al volver de su casa, me encuentro con un aviso de desahucio de la señora Suhr: «Tras haberme llegado noticia —escribe para mi asombro— de que ha tomado usted parte en actividades conspiratorias, ya no deseo tenerla viviendo bajo mi techo». Lo único que me viene en mente es la carta política que recibí y mi desgana a la hora de asistir a sus reuniones nazis. Así pues, busco otro cuarto en Amager, no muy lejos de donde vive el editor, y voy hasta allí con mi maleta y mi despertador en la mano. Es una habitación en casa de una familia con hijos ya mayores. Una hija se ha casado y yo ocupo su dormitorio. Es más bonito y más grande que el anterior y solo cuesta diez coronas más. Incluso tiene una estufa. Enseguida llamo a Viggo F. Møller para darle mi nueva dirección y comenta que es una suerte, porque ha salido ya la revista y estaba a punto de enviármela. Lo dice como si fuese algo corriente y moliente, como si yo tuviese montones de poemas publicados y este no fuese sino uno más. Lo dice en un tono amable y cotidiano, como si el mundo estuviese plagado de revistas y libros con creaciones mías y diese lo mismo que se perdiera un poema suelto, una bagatela. Pero claro, él está habituado a tratar con gente como Hulda Lütken, a llamarla por su nombre y a tutearla. Cada vez que pienso en ella, siento en el corazón la punzada de los celos. ¿Irá Viggo F. Møller por ahí contando cosas graciosas de mí? A lo mejor dice: Por cierto, que Tove me llamó el otro día y dijo esto y lo otro. Ja, ja. Y se retorcerá el bigote con una sonrisa. Al día siguiente el cartero me trae dos ejemplares de *Vild Hvede*, y mi poema está en ambos. Lo leo muchas veces con un extraño vértigo en el estómago. Impreso es muy distinto a cuando está escrito a máquina o a mano. Ya no puedo corregirlo y ya no es solo mío. Ahora existe en muchos cientos o muchos miles de números de la revista, y lo leerán desconocidos que tal vez lo encuentren bueno. Está diseminado por todo el país y es posible que la gente que me cruzo por la calle lo haya leído. Es posible que lleven un ejemplar en el bolsillo interior o en el bolso. Si tomo el tranvía, es posible que tenga un hombre enfrente leyéndolo. Resulta abrumador, pero no tengo con quién compartir tan asombrosa experiencia. Corro a casa y se lo muestro a mi padre y a mi madre. A mí me parece muy bueno, dice mi madre, pero te hace falta un nombre artístico, el tuyo no vale. Deberías usar mi apellido de soltera: Tove Mundus, suena mucho mejor. Al nombre no le pasa nada, sentencia mi padre, pero el poema es demasiado moderno. No rima como debe ser. Deberías aprender de Johannes Jørgensen. Las críticas de mi padre no me preocupan demasiado, él siempre ha procurado ahorrarnos decepciones. La experiencia le ha enseñado a no esperar nada de la vida para evitarse desilusiones. Aun así, me pregunta si puede quedarse con la revista y la sostiene con el mismo cuidado con el que mima sus libros. De camino a casa, entro en una librería y pido el último número de *Vild Hvede*. No lo tienen, pero pueden conseguirlo. No los vendemos sueltos, me explica el encargado, es sobre todo para abonados. Qué lata, protesto, porque me han comentado que trae un poema extraordinario. Toma nota de mi nombre para que vuelva a buscarla al cabo de un par de días. Es que es una revista muy pequeña, añade locuaz, no creo que publiquen más de quinientos ejemplares, es raro que salga a cuenta. Ofendida, salgo de la tienda. Pero no soy la misma de antes. Mi nombre ha aparecido en letra impresa. Ya no soy anónima. Y dentro de no mucho iré a ver a mi editor, aunque por teléfono no volvió a mencionar su invitación. Tendrá cosas mejores que hacer que charlar con poetas jóvenes, claro. Una semana después de la publicación, el señor Hjelm me llama a su despacho. Su cara larga está aún más avinagrada que de costumbre, si eso es posible, y en la mesa, frente a él, está el *Vild Hvede*, abierto por la página donde aparece mi poema. Como un destello, me pasa por la cabeza la idea de que va a elogiarlo. He comprado esta revista creyendo que tendría algo que ver con los cereales, me dice. Y de repente me encuentro —y golpea mi poema con su regla— con que usted, al parecer, tiene otros intereses aparte de la Oficina Estatal del Grano. Lo lamento, pero sintiéndolo mucho ya no la necesitamos. Se me queda mirando con sus ojos de pescado y yo no sé qué decir. Lo siento, porque me gustaba trabajar aquí, pero el asunto tiene un lado cómico que va a hacer reír a Kate y a Nina cuando se lo cuente. Bueno, contesto, qué se le va a hacer. Me retiro del despacho y paso a contarle a Kate que me han despedido. Le hace mucha gracia que el señor Hjelm haya confundido *Vild Hvede* con una revista agrícola, y a mí también, pero eso no evita que ahora sea una chica que ha perdido su empleo y tiene por delante el engorro de buscar otro. Kate sugiere que me apunte al sindicato y deje que ellos me encuentren algo, y me parece una idea espléndida. Esa misma tarde llamo a Viggo F. Møller, que dice que le encantaría verme la noche siguiente. Ya no me importa tanto que me hayan echado de la Oficina Estatal del Grano. Tal vez el editor dé con una solución mejor que la de Kate. Ahora tengo tantos gastos que no puedo permitirme estar sin trabajo.

20

¿Y no le gustaría publicar un poemario?, pregunta Viggo F. Møller. Lo dice como si no fuese nada del otro mundo. Lo dice como si publicar poemarios fuese para mí de lo más trivial; como si no fuera lo que más he anhelado en esta vida desde que tengo memoria. Y yo contesto con una voz tenue y ramplona que no me importaría. Es que nunca lo había pensado. Pero, ahora que él lo menciona, podría tener su gracia. Espero que no advierta la alegría y las ansias con que me late el corazón. Como si estuviese enamorada. Observo con atención al hombre que ha despertado en mí tanto gozo. Está sentado al otro lado de la mesa, que está cubierta por un mantel de color verde botella. Tomamos el té en tazas verdes. Las cortinas son verdes, los jarrones y floreros son verdes, y el editor va de verde igual que la última vez. Las estanterías de libros llegan casi hasta el techo y la pared queda oculta por un sinfín de pinturas y dibujos. Me recuerda todo mucho a la sala de estar del señor Krogh, aunque Viggo F. Møller no se parece demasiado a él. Es mucho menos misterioso y le puedo preguntar todo lo que me intriga. Se está poniendo el sol y en la sala hay una suave penumbra que invita a la confianza. Ayudo a mi nuevo amigo a llevar las tazas sucias a la cocina y él me ofrece una copa de vino. Acepto y lo sirve en unas copas verdes, alza la suya y brinda: Salud. Luego le pregunto qué hay que hacer para publicar un poemario y él me explica que hay que mandarlo a una editorial y que ellos se encargan de lo demás si aceptan los poemas. Es muy sencillo. Debo mostrarle todos los poemas que tengo para que vea si hay suficientes y si son buenos. No me gusta el vino, pero sí sus efectos. Me fascinan los gestos amplios y redondos del editor, sus cabellos plateados y su voz, que, lenitiva y balsámica, me va envolviendo el ánimo. Yo ya le quiero, pero ignoro cuáles son sus sentimientos hacia mí. No me toca y no trata de besarme. A lo mejor le parezco demasiado joven. Le pregunto por qué no se ha casado y contesta con aire grave que nadie le ha querido. Una pena, asegura, pero ahora ya calcula que es demasiado tarde. Me lo dice con una sonrisa en la mirada y yo frunzo el ceño, porque no me toma en serio. Le hablo de mi vida, de mis padres, de Edvin, de que acabo de perder mi empleo a causa del poema del *Vild Hvede*. Esto último le hace mucha gracia y dice que también se la hará a sus amigos cuando se lo cuente. Sus amigos son famosos y algunos de ellos le han preguntado quién es esa desdichada jovencita que ha dedicado unos versos tan hermosos a su hijo muerto. Conque no es solo en mi casa donde creen que todo lo que se escribe es cierto. Caramba, dice dándose un manotazo en la frente, casi se me olvida. ¿Vio usted la reseña de la revista que hizo Valdemar Koppel en el *Politiken* el otro día? Dice cosas estupendas de su poema. Saca el recorte y me lo muestra. Pone: «Uno solo de sus poemas, "A mi hijo muerto", de Tove Ditlevsen, basta para justificar la existencia de esta pequeña publicación». Oh, exclamo abrumada, no sabe lo feliz que me hace. ¿Puedo quedármelo? Me lo da y sirve más vino en las copas verdes antes de decir: Para una persona joven es una impresión muy fuerte ver su nombre impreso por primera vez. No sabe cómo me alegro de haberle conocido, le digo yo. Es como si nada malo pudiera ocurrir estando con usted. Cuando estoy aquí, me parece imposible que vaya a estallar una guerra mundial. A Viggo F. Møller le cambia el semblante de pronto. Pues la situación es grave. Por usted es muy probable que pueda hacer algo, querida, pero la guerra no la podré parar. Es el vino el que me hace decir esas cosas. Todos los adultos se alejan de mí al acordarse de la situación mundial. A su lado, mis poemas y yo no somos más que motas de polvo que el menor soplo de viento puede arrastrar. No, replico, pero usted no se morirá así, de repente, ni derribarán su casa. Le hablo de Brochmann y del señor Krogh. Al primero llegó a conocerlo, pero a este último no. No, contesta con seriedad, en ese aspecto puede usted confiar en mí. ¿Qué tal si nos tuteamos? Brindamos para celebrarlo y enciende la luz de las lámparas de pantalla verde. Puedes llamarme Viggo F., dice. Todo el mundo me llama Viggo F. o Møller, solo mi familia me llama Viggo. Sus padres, me cuenta, murieron, pero tiene un hermano y una hermana con los que apenas se trata. La familia nunca comprende a los artistas, dice, que solamente se tienen unos a otros. Me pregunta si quiero sentarme con él en el diván y yo tomo asiento a su lado. Me siento tan cerca que nuestras piernas se rozan, pero eso al parecer no le causa mucha impresión. A lo mejor no soy lo bastante guapa, a lo mejor no soy lo bastante mayor. Me cuenta que tiene cincuenta y tres años y yo contesto, lisonjera, que no se le nota. Y es cierto, solo porque está gordo. Tiene la piel roja y blanca y sin una sola arruga. Yo diría que mi padre parece mucho mayor. Aunque, por lo demás, no podría importarme menos la edad de la gente. El padre de Viggo F. era director de un banco y también su hermano lo es. Él está empleado en una compañía de seguros contra incendios que no le hace mucha gracia, pero de algo hay que vivir. También ha escrito libros, y me avergüenza no haberlos leído. Ni siquiera he tropezado con su nombre en la biblioteca. Me enfurece mi ignorancia y le cuento a mi amigo que estuve a punto de ir al instituto, pero al final no fue así. No podíamos permitírnoslo. Muy despacio, me rodea la cintura con el brazo y yo me siento recorrida por una oleada ardiente. ¿Será amor? Estoy tan agotada tras mi larga búsqueda de esta persona, que ahora que estoy tan cerca de mi objetivo siento ganas de llorar de alivio. Estoy tan agotada que soy incapaz de corresponder a sus caricias suaves y delicadas, y permanezco pasiva mientras dejo que me pase la mano por el cabello y me toque las mejillas. Pareces una niña, dice con ternura, una niña que no puede con el mundo adulto. Le digo: Una vez conocí a alguien que decía que todo el mundo quiere algo de los demás; yo quiero que publiques mis poemas. Sí, dice él sin dejar de acariciarme, pero no soy tan influyente como tú crees. Si las editoriales no los quieren, yo no podré hacer nada. Pero ahora los veremos. Lo que sí puedo hacer es aconsejarte y apoyarte. Al ir al cuarto de baño y ver que Viggo F. tiene una ducha, me quedo atónita. Le pido permiso para usarla y él me lo da entre risas. Voy de vez en cuando a la casa de baños que hay en Lyrskovgade, pero como hay que pagar no es que me prodigue mucho. Extasiada, doy vueltas y más vueltas debajo de la alcachofa mientras pienso que si de veras nos casamos, podré repetirlo a diario. Al verme salir del cuarto de baño, Viggo F. me dice: Tienes las piernas bonitas. Levántate el vestido y déjame verlas bien. No, contesto sonrojándome porque llevo una carrera en una media. No, solo son bonitas de rodilla para abajo. Han dado las doce y es hora de volver a mi mísero cuartito. Viggo F. se ofrece a pagarme un taxi para que vaya a casa, pero puedo recorrer a pie un trecho tan corto. Y añado: Además, no sabría cuánto darle al tasista de propina. Recuerda, se dice taxista, no tasista. Si no, suena chabacano. Su comentario me hiere y hiervo de furia contra mi escasa educación, mi ignorancia, mi lenguaje, mi total falta de formación y cultura, palabras que apenas si conozco. Él me besa en la boca al despedirse y atravieso la tibia noche de verano rememorando cada una de sus palabras y de sus gestos. Ya no estoy sola.

21

He estado con muchas celebridades. Las he visto, he hablado con ellas, me he sentado a su lado, hemos bailado. Desde el momento en que entré en la sala, empecé a moverme en un plano radicalmente distinto al ordinario, avanzando a través de una luz cegadora y reflejando el resplandor de aquellos personajes tan conocidos como un espejo. Yo reproducía su imagen y eso les agradaba. Me sonreían halagados y me hacían muchos cumplidos. Hasta el vestido elogiaron, aunque es de Nina y me queda grande. Pero ocultaba mis zapatos, que están viejos y gastados y piden a gritos un cambio. Las celebridades no dejaban de arremolinarse en torno a la verde figura de Viggo F., que aparecía y se esfumaba como el verdín de un estanque barrido por el viento. Fluctuaba adelante y atrás ante mis ojos mientras yo la buscaba siempre con la mirada, pues era mi único amparo y seguridad en medio de todas aquellas personalidades. Viggo F. me presentaba lleno de orgullo, como si yo fuese un descubrimiento suyo. Mi colaboradora más joven, les decía a los fotógrafos retorciéndose el bigote con gesto risueño. Me hicieron fotos con él y con algunos famosos y la imagen apareció al día siguiente en el *Aftenbladet*. No era demasiado buena, pero Viggo F. me explicó que era importante ser amable con la prensa. Y fui muy amable. Pasé toda la velada sonriendo a tantos tipos célebres que querían saludarme que al final me dolían las mejillas. También me dolían los pies de tanto bailar, y cuando por fin salí, todo me parecía tan irreal como un sueño. No lograba recordar a quién habían elegido Espiga y Panecillo de Oro, pero un joven con quien había estado bailando me aseguró que todos lo serían tarde o temprano. Yo también llegaría a Espiga de Oro algún día, solo era cuestión de escribir mucho en la revista, daba igual que fuera bueno. El joven también me preguntó si querría ir con él al cine alguna tarde, pero yo lo rechacé con frialdad. Tenía planes de futuro bien distintos. A través del sindicato he conseguido un trabajo de sustituta y ahora gano diez coronas al día. Nunca había manejado tanto dinero. He pagado la factura del dentista y me he comprado un traje de chaqueta larga de color gris perla porque el marrón estaba pasado de moda. Ya casi no veo a Nina porque no tengo interés en conocer a un chico que tal vez quiera casarse conmigo. Ahora que Viggo F. ha leído mis poemas y hecho una selección, los he mandado a la editorial Gyldendal y espero su respuesta. Si ellos no los quieren, dice Viggo F., no tienes más que enviarlos a otra. No será por editoriales. Sin embargo, yo estoy segura de que sí van a quererlos cuando Viggo F. les diga que son buenos. Conoce a la directora. Se llama Ingeborg Andersen y se viste como un hombre. Pero ella no es quien decide, según Viggo F., sino los asesores. Se llaman Paul la Cour y Aase Hansen, y no los conozco. No conozco a nadie famoso porque casi nunca leo los periódicos y solamente he leído obras de escritores que llevan ya mucho tiempo muertos. Nunca he sido tan consciente de mi ignorancia y mi estupidez. Viggo F. asegura que él va a ocuparse de instruirme un poco y me presta *La Revolución francesa*, de Carlyle. Lo encuentro muy interesante, pero preferiría empezar por el tiempo presente. Una noche, en casa de Viggo F., llaman a la puerta y al poco se oye una voz de mujer muy grave en el recibidor. Viggo F. entra acompañado de una mujer baja, rolliza y morenísima que me estrecha la mano como si quisiera arrancármela y se presenta: Hulda Lütken. Vaya, conque esta es. Si sigue usted recibiendo tantos elogios, pronto no habrá quien la aguante. Dicho esto toma asiento y solo le dirige la palabra a Viggo F., que termina por pedirme que me marche porque debe hablar de algo con Hulda. Más tarde me explica lo que ya me había insinuado, que Hulda Lütken no soporta a las demás poetisas. Para entretener la espera, a veces voy a casa de mis padres. Mi padre dice que sí, que sería muy divertido que publicase un poemario, pero que la poesía no da para vivir. Es que no tiene que darle, replica mi madre con ganas de bronca, ya la mantendrá el tal Viggo F. Møller. Les cuento lo de la ducha y mi madre ya se ve metida en el cuarto de baño de Viggo F. Les cuento lo de las copas verdes de vino y mi madre ya las siente entre los labios. Han recortado la foto del *Aftenbladet* y la han metido en el marco de la mujer del marinero. Menos mal, comenta mi madre, cómo se nota que te has arreglado los dientes. Y luego añade llena de orgullo: El médico dice que tengo la tensión alta. También tengo arteriosclerosis y estoy mal del hígado. Ahora va a un médico nuevo porque el de antes no valía gran cosa. Fueses con el problema que fueses, siempre te soltaba el mismo diagnóstico. El nuevo le da la razón a mi madre en todas sus suposiciones y ella lo visita con asiduidad. Ahora que la tía Rosalia ha muerto y Edvin y yo nos hemos ido de casa, le concede mucha importancia a la salud, cuando antes no podía traerle más sin cuidado. Está pasando la menopausia, ha dicho el médico, y su entorno debe hacerle mucho caso. Ella se lo ha contado a mi padre, que ya no se atreve a echarse en el diván, algo que ella siempre ha llevado muy mal. Ahora lee sentado y a veces se queda dormido con el libro entre las manos. Yo nunca me quedo en casa demasiado rato porque me canso de oír los alarmantes síntomas de los órganos internos de mi madre, pero me da lástima, porque no tenía gran cosa en este mundo y ese poco que tenía lo ha perdido. Un día, al volver del trabajo, me encuentro un gran sobre amarillo en la mesa de mi cuarto. Se me doblan las rodillas de pura desilusión, porque sé lo que contiene. Al fin lo abro. Me han devuelto el libro junto con un par de líneas donde, a modo de disculpa, explican que solo editan cinco poemarios al año y ya los han contratado. Cojo la carta y se la llevo a Viggo F. Bueno, dice, era de esperar. Vamos a intentarlo con la editorial Reitzel. No dejes que estas cosas te desanimen. Confía en ti; si no, no conseguirás que lo hagan los demás. Enviamos los poemas a Reitzel y un mes más tarde nos los devuelven. Me parece que la cosa empieza a ponerse interesante, porque yo sé que son buenos. Viggo F. me cuenta que casi todos los autores célebres han tenido que pasar por el mismo trance, sí, casi resulta raro cuando las cosas salen a pedir de boca. Al final ya hemos llamado a prácticamente todas las puertas y es difícil mantener la moral alta. Entonces, Viggo F. dice que es una cuestión de dinero. Las editoriales no ganan casi nada con la poesía, por eso se resisten a publicarla. Sin embargo, *Vild Hvede* dispone de un capital de quinientas coronas para casos como el mío. Va a dárselo a una editorial para que publique mis poemas. Hablará del asunto con su amigo Rasmus Naven. El señor Naven accede a publicarme en su editorial y yo me siento feliz. Viene a ver a Viggo F. y lo discuten. Es un señor agradable de pelo cano que habla con acento fionio, y yo no dejo de mirarle con mi sonrisa más adorable para que no encuentre nada en mí que le haga cambiar de idea. Dice que lo más probable es que Arne Ungermann acepte ilustrar la cubierta sin cobrar nada y le parece bien el título: *Alma de muchacha*. Al fin lo hemos logrado y no sé cómo mostrarle a Viggo F. mi gratitud. Le beso y le revuelvo los rizos, pero de un tiempo a esta parte lo encuentro ausente. Es como si pretendiese algo conmigo, sí, pero en estos momentos tuviese cosas más importantes en la cabeza. Una noche me habla de los campos de concentración de Alemania y afirma que Europa entera no tardará en quedar reducida a uno gigantesco. También me muestra un periódico donde ha escrito un artículo en contra del nazismo y asegura que si un día los alemanes entran en Dinamarca, él estará en peligro. Pienso en mi poemario, que va a salir en octubre, y tengo la extraña sensación de que si estalla una guerra mundial, mis poemas nunca verán la luz. Si invaden Polonia, sostiene Viggo F., los ingleses no lo tolerarán. Yo replico que ya han tolerado muchas cosas. Le hablo del tiempo que pasé en casa de la señora Suhr. Le cuento que cada vez que oía a Hitler al otro lado de la pared un sábado, el domingo atacaban algún país inocente. Viggo F. asegura que no entiende por qué no me fui de allí mucho antes, y yo pienso que no sabe lo que es ser pobre. Pero no se lo digo. Arne Ungermann viene una noche y me enseña el dibujo de la portada. Representa a una joven desnuda con la cabeza gacha y es muy bonito. Es una figura casta y desprovista de toda sensualidad. Viggo F. y él comentan la situación mundial con aire grave. Ahora estoy casi siempre en casa de Viggo F. y mi madre opina que para esto podría irme a vivir allí. Me pregunta llena de impaciencia: ¿Cuándo piensas casarte con él?

22

Edvin ha dejado a su mujer. Ahora vive en casa, en mi antigua habitación, al otro lado de la cortina de cretona, y mi madre está feliz, aunque mi hermano tiene intención de volver a marcharse tan pronto encuentre otro cuarto. Mi madre dice que entiende que haya abandonado a Grete, que lo único que tenía en la cabeza eran trapos y bobadas, y eso no hay hombre que lo soporte, pero él no está dispuesto a tolerar que hable mal de ella. Sostiene que el error ha sido suyo. No la quería y eso no es culpa de Grete. Por eso ha permitido que ella se quede la casa. También va a quedarse con los muebles y Edvin piensa seguir pagando las letras. Ahora que está allí mi hermano, me gusta pasar por casa. Hablamos de mi poemario y Edvin no entiende que no se gane dinero con esas cosas. Es un trabajo, asegura, y es una cochinada que no lo paguen. También hablamos de su tos y de todas las nuevas enfermedades de mi madre. Hablamos de mi trabajo en el despacho de un abogado en el edificio de Shell, donde me entero de muchas desavenencias entre distintas personas. Y hablamos a menudo de Viggo F. Møller y de ese mundo cuyas puertas me ha abierto. He de describirle a mi familia su casa al completo: cómo ha puesto los muebles, cuántas habitaciones tiene y qué libros hay en las estanterías. Cuando le cuento a mi padre que Viggo F. escribe libros, dice que cree haber leído uno de ellos hace tiempo, pero que no era gran cosa. También me pregunta: ¿Y no es mayor para ti? Mi madre protesta y dice que lo importante no es la edad, y que a ella nunca le ha molestado que mi padre le saque diez años. Insiste en que lo principal es que él pueda mantenerme y yo pueda dejar de trabajar. Hablan todos como si ya se me hubiese declarado, y cuando objeto que no sé si querrá casarse conmigo, ellos obvian la cuestión como si no fuese más que algo secundario. Por supuesto que quiere casarse contigo. ¿Por qué si no iba a tomarse tantas molestias por ti? Después de reflexionar un poco, llego a la misma conclusión. Lo que me hace diferente es que escribo poemas, pero, al mismo tiempo, soy bastante ramplona. Como todas las jóvenes, quiero casarme y tener hijos y un hogar que sea mío. Hay algo frágil y doloroso en ser una chica joven que se gana el pan. Al mirar hacia delante no se divisa ninguna luz. Además, no veo la hora de ser dueña de mi tiempo y no andar siempre vendiéndolo. Mi madre quiere saber cuánto gana Viggo F. en la aseguradora y le parece raro que yo no esté al tanto. No es más que un proletario de guante blanco, replica mi padre con ganas de llevar la contraria, lo que desencadena una avalancha de reproches por parte de Edvin y de mi madre. Si yo fuese proletario de guante blanco, escupe Edvin con furia, ahora no tendría esta maldita tos. Mi madre lo secunda: Él al menos no corre el riesgo de quedarse sin empleo cada dos por tres y pasarse el día tirado leyendo libros mientras la gente de bien va a trabajar. Tócame el cuello, me dice de repente, noto una especie de bulto justo aquí, tengo que ir a enseñárselo al médico. Contrataremos a una cocinera para la boda, seguro que está habituado a la buena mesa: sopa, asado y postre, aún me acuerdo de cómo hacían las cosas en las casas donde serví. ¿Por qué no le invitas a subir un día? No sé por qué no lo hago. Mi familia es cosa mía. La conozco y estoy acostumbrada a ella. No me gusta la idea de exhibirla ante alguien de una clase superior. El propio Viggo F. me ha preguntado si no podía saludar a mis padres. Asegura que le gustaría conocer a quienes han engendrado a una criatura tan singular como yo. A mí, en cambio, me parece que eso bien puede esperar hasta la boda. También mi padre y Edvin hablan de la guerra mundial en ciernes. Cuando eso ocurre, mi madre empieza a aburrirse y yo pierdo el buen humor. De pronto, es un hecho. Inglaterra le declara la guerra a Alemania y yo me quedo plantada delante del luminoso que hay en la fachada del *Politiken*, leyendo las noticias en compañía de miles de seres enmudecidos. Mi padre y mi hermano se encuentran a mi lado, pero no sé dónde estará Viggo F. en esta hora funesta. En el camino de vuelta siento un doloroso vacío en el estómago, como si tuviese hambre. ¿Publicarán ahora mi poemario? ¿Continuará adelante el día a día? ¿Se casará conmigo Viggo F. ahora que el mundo entero está en llamas? ¿Caerá sobre Dinamarca la malvada sombra de Hitler? En lugar de volver con mi familia, tomo el tranvía y voy a ver a mi amigo. Su casa está atestada de gente famosa y no parece reparar en mi presencia. Están bebiendo vino en las copas verdes y comentando la situación con gestos graves. Ungermann me pregunta qué me ha parecido su dibujo y yo le doy las gracias. De modo que lo del libro sigue adelante. Regreso a casa sin haber podido hablar a gusto con Viggo F. y paso la noche inquieta, soñando con la guerra y con *Alma de muchacha*, como si entre ambas existiese una relación fatal. Sin embargo, al día siguiente comprobamos que la vida continúa como si nada ocurriera. En la oficina se amontonan los casos de divorcio, los pleitos de lindes y demás discordias violentas entre la gente. Personas enfurecidas se acercan al mostrador a preguntar por el abogado, que rara vez está, y yo tengo que oírlos exponer sus casos únicos y de vital importancia; nadie parece acordarse de que ayer estalló una guerra mundial. La casera me cuenta que el tocino ha subido cincuenta céntimos el kilo y Nina viene a confesarme que ha conocido a un chico maravilloso y otra vez está pensando en dejar a su Matojo por él. Aquí no ha cambiado nada de nada, y cuando voy a casa de Viggo F. lo encuentro de nuevo de buen humor y transmitiendo grandes oleadas de calma y calidez. Anuncia que dentro de tres semanas sale mi libro: Pronto tendrás que leer las pruebas, pero no puedes venirte abajo. En las pruebas todo parece siempre malo, le pasa a todo el mundo. A Viggo F. no le interesa la gente corriente. A él solo le gustan los artistas y solo trata con artistas. Yo intento ocultarle todo lo que hay en mí de normal. Le oculto que me encanta el vestido nuevo que me he comprado. Le oculto que uso carmín y colorete y que me agrada contemplarme en el espejo y casi descoyuntarme el cuello para ver qué tal estoy de perfil. Le oculto todo aquello que podría disuadirlo de casarse conmigo. Tenía razón en lo de las pruebas. En cuanto llegan, mis poemas dejan de gustarme y encuentro un sinfín de palabras y expresiones que podrían mejorarse, pero no corrijo mucho porque Viggo F. insiste en que eso encarecería mucho la impresión. Los días previos a la aparición del libro los paso en casa, en mi cuarto, al salir de la oficina. Quiero estar allí cuando llegue el envío. Una tarde, al entrar, descubro un paquete enorme sobre la mesa y lo abro con las manos temblorosas. ¡Mi libro! Al tenerlo entre mis manos me invade una dicha solemne que no se parece a nada que haya sentido antes. Tove Ditlevsen. *Alma de muchacha*. Ya no tiene vuelta atrás. Es irreversible. El libro existirá por siempre más allá de cuál sea ya mi suerte. Abro un ejemplar y leo unas líneas. Ahora que las veo impresas, me resultan inexplicablemente lejanas y extrañas. Abro otro porque no acabo de creer que ponga lo mismo en todos. Pero así es. Tal vez mi libro llegue a las bibliotecas. Tal vez una niña que ame en secreto la poesía lo encuentre en una algún día, lea los poemas y al hacerlo sienta algo, algo que quienes la rodean no entenderán. Y esa niña especial no me conoce de nada. No se le ocurrirá que yo soy una chica que trabaja, come y duerme igual que todo el mundo. A mí tampoco se me ocurría cuando de niña leía libros; rara vez recordaba el nombre de quien los había escrito. Mi libro llegará a las bibliotecas y puede que también a los escaparates de las librerías. Han impreso quinientos ejemplares y a mí me han entregado diez. Cuatrocientas noventa personas lo comprarán y lo leerán. Puede que también lo lea su familia y puede que lo presten, igual que el señor Krogh prestaba los suyos. Esperaré hasta mañana para mostrárselo a Viggo F. Esta noche quiero pasarla a solas con mi libro, porque no hay nadie en el mundo que termine de entender el milagro que supone para mí.

DEPENDENCIA

PRIMERA PARTE

1

Todo en el salón es verde: las paredes, las alfombras, las cortinas, y yo siempre estoy en él como en un cuadro. Cada mañana me despierto a eso de las cinco y escribo sentada al borde de la cama con los dedos de los pies entumecidos de frío, porque estamos a mediados de mayo y ya no hay calefacción. Duermo sola en el salón porque Viggo F. ha vivido solo tantos años que le cuesta acostumbrarse de repente a dormir con otra persona. Lo comprendo y me conviene, así dispongo de estas primeras horas de la mañana para mí sola. Estoy escribiendo mi primera novela y Viggo F. no sabe nada al respecto. Tengo la sensación de que, si se enterase, intentaría corregirla y darme consejos, como hace con los demás jóvenes que escriben para *Vild Hvede*, y eso frenaría en seco las frases que todo el día me rondan por la cabeza. Escribo a mano en papel de sucio amarillo, porque si usara su escandalosa máquina de escribir, tan vetusta que su sitio es el Museo Nacional, le despertaría. Él duerme en la habitación que da al patio y no debo despertarle hasta las ocho. A esa hora se levanta enfundado en su camisón blanco con ribetes rojos y se mete en el baño con cara de pocos amigos. Mientras tanto, yo preparo café para los dos y unto de mantequilla cuatro rebanadas de pan blanco. A dos de ellas les pongo mucha, porque a Viggo F. le encanta todo lo que lleve grasa. Hago cuanto está en mi mano para agradarle porque nunca me canso de agradecerle que se casara conmigo. Aunque algo no marcha bien, me esfuerzo por no pensarlo. Por insondables motivos, Viggo F. jamás me toma entre sus brazos, y eso me molesta un poco, más o menos como una china en el zapato. Me molesta un poco porque a veces creo que me pasa algo y que, en cierto modo, no he estado a la altura de sus expectativas. Cuando nos sentamos uno frente a otro a bebernos el café, él lee el periódico y yo no debo dirigirle la palabra. En esos momentos, mi ánimo va decayendo como arena de un reloj. Observo la papada que le rebosa por encima del cuello de pajarita y siempre le vibra con suavidad. Observo sus manos, pequeñas, menudas, que se mueven con breves sacudidas nerviosas, y su espesa mata de cabello gris, que parece una peluca y no acaba de encajar con ese rostro suyo, sonrosado, sin arrugas y más propio de un calvo. Cuando al fin decimos algo, suelen ser cosas intrascendentes, qué quiere para cenar o cómo tapar la grieta de la cortina opaca. Me alegro cuando se topa con algo alentador en la prensa, como el día que leyó que de nuevo estaba permitido comprar bebidas después de que las fuerzas de ocupación lo hubiesen prohibido durante una semana. Me alegro cuando me sonríe con su único diente, me da unas palmaditas en la mano, me dice adiós y se va. No quiere hacerse una dentadura postiza porque sostiene que en su familia los hombres no pasan de los cincuenta y seis, y como para eso ya falta poco, total, para qué gastar. No puede ocultar que es un rácano y que el asunto de la manutención, tan trillado por mi madre, va así así. Jamás me ha regalado un solo vestido, y si salimos de noche a visitar a algún personaje célebre, él se monta en el tranvía y yo tengo que ir al lado, con la bici y sin resuello, para poder saludarle con la manita cada vez que se le antoja. Llevo la contabilidad de los gastos de la casa, pero siempre que la revisa se queja de lo caro que está todo. Cuando no me salen las cuentas, anoto «Varios», pero como pone el grito en el cielo, me ando con cien ojos para que no se me escape ni un solo gasto. También pone el grito en el cielo porque pagamos una asistenta cuando yo, al fin y al cabo, me dedico a mis labores y me paso todo el día mano sobre mano. Pero yo ni puedo ni quiero limpiar la casa, así que en ese punto ha tenido que claudicar. Me alegro cuando le veo cruzar el césped en dirección al tranvía, que para justo delante de la comisaría. Le digo adiós con la mano y al apartarme de la ventana me olvido de él por completo hasta la hora en que vuelve a aparecer. Me doy una ducha, me miro al espejo y me digo que solo tengo veinte años, aunque ya me parece que llevo casada toda una vida. Tengo solo veinte años, pero siento que, más allá de estas habitaciones verdes, para otras gentes la vida pasa volando como un redoble de timbales y tambores, mientras que para mí los días van cayendo imperceptibles como el polvo, cada uno idéntico al anterior.

Una vez arreglada, hablo de la cena con la señora Jensen y hago una lista de cosas que hay que comprar. La señora Jensen es una mujer lacónica e introvertida que se siente algo ofendida porque ya no tiene la casa para ella sola como acostumbraba. Qué disparate, masculla, un hombre de su edad casado con una jovencita. Lo dice en una voz lo bastante baja como para que no tenga que contestarle; además, no me apetece oír sus comentarios. Lo único que tengo en la cabeza es mi novela, a la que ya he puesto un título, aunque aún no sé muy bien de qué va a tratar. Yo escribo y ya; puede que salga bien, puede que no. Lo principal es que cuando escribo me siento feliz, como me ha ocurrido siempre. Me siento feliz y me olvido de cuanto me rodea hasta que llega la hora de echarme al hombro mi bolso marrón e ir a la compra. En ese momento, vuelvo a ser presa del sombrío malhumor matinal, porque lo único que veo por las calles son parejas de enamorados que van de la mano mirándose a los ojos. Para mí es un espectáculo casi insoportable. Me recuerda que aún no me he enamorado nunca, aparte del breve instante de hace dos años en que me fui del Olympia con Kurt, que al día siguiente partía rumbo a España para luchar en la guerra civil. A lo mejor ya está muerto, a lo mejor ha regresado a casa y ha encontrado a otra chica. A lo mejor no era necesario que me casara con Viggo F. para abrirme camino en la vida. A lo mejor lo hice solo porque a mi madre le hacía mucha ilusión. Hundo un dedo en la carne para comprobar si está tierna. Me lo ha enseñado mi madre. Y anoto el precio en mi lista para acordarme una vez en casa. Cuando ya están hechas las compras y la señora Jensen se ha ido, vuelvo a olvidarme de todo para aporrear la máquina ahora que ya no molesta a nadie.

Mi madre viene a verme muy a menudo y siempre hacemos el bobo. Pasados pocos días de la boda, abrió el ropero y se puso a investigar la ropa de Viggo F. Le llama «don Viggo» porque es tan incapaz de llamarlo Viggo a secas como todos los demás. Incluida yo, que encuentro que ese nombre suena un poco ridículo cuando no lo lleva un niño. Sostuvo a contraluz uno tras otro todos sus trajes verdes hasta que dio con uno tan apolillado que, en su opinión, era inservible. La señora Brun puede hacerme un vestido con él, aseguró. Cuando mi madre tiene esas ocurrencias sirve de poco oponer resistencia, de modo que la dejé llevarse el traje con la esperanza de que Viggo F. no preguntase por él. Al cabo de algún tiempo fuimos a casa de mi familia. No lo hacemos muy a menudo porque hay algo en su modo de dirigirse a mis padres que no soporto. Les habla alto y despacio, como a niños subnormales, y se esmera en sacar temas que supone que deben interesarles. Estábamos en su casa cuando, de repente, me dio un codazo cómplice en el costado. Qué gracioso, dijo retorciéndose el bigote entre el pulgar y el índice, ¿te has fijado en que la tela del vestido de tu madre es igualita que la de un traje que tengo yo en el armario? En ese momento, mi madre y yo salimos disparadas hacia la cocina y allí nos quedamos hasta que se nos pasó la risa.

Siento un enorme aprecio por mi madre en estos días, porque los sentimientos que despierta en mí ya no son profundos ni dolorosos. Es dos años más joven que su yerno y nunca hablan de nada que no sea mi infancia. Cuando le cuenta cosas sobre mí, no me reconozco, es como si le hablase de cualquier otra niña. Cuando mi madre viene a casa, me apresuro a esconder la novela en el cajón con llave del escritorio de Viggo F., hago café y lo tomo con ella mientras charlamos con calma. Hablamos de lo estupendo que es que mi padre al fin tenga un empleo fijo en la central, de la tos de Edvin y de los alarmantes síntomas que devastan los órganos internos de mi madre desde que murió la tía Rosalia. Aún la veo guapa y juvenil. Es bajita y esbelta, y, como Viggo F., apenas tiene arrugas. Se riza el pelo y lo tiene lanoso, como el de las muñecas, y siempre se sienta en la puntita de la silla con la espalda muy derecha y las dos manos agarradas al asa del bolso. Igual que tía Rosalia cuando solo pensaba quedarse «un momentito» y luego pasaba en casa varias horas. Mi madre se marcha antes de que Viggo F. vuelva de la aseguradora, porque suele entrar por la puerta de mal humor y no le gusta que haya invitados. Detesta el trabajo que hace y a la gente que le rodea a diario. Yo diría que tiene algo en contra de cualquiera que no sea un artista y nada más que un artista.

Después de cenar y repasar las cuentas, suele preguntarme si he avanzado mucho con *La Revolución francesa*, que va a ser el punto de partida de mi educación, así que siempre procuro haber leído algunas páginas más. Cuando lleva los platos a la cocina, se recuesta en el diván a echar una cabezada y yo me quedo mirando la esfera azul que hay a la puerta de la comisaría, que ilumina la plaza desierta con un resplandor vidrioso. Luego cierro las cortinas y me siento a leer a Carlyle hasta que Viggo F. se despierta para el café. Mientras lo tomamos, y si no tenemos que ir de visita a casa de nadie famoso, se cierne sobre nosotros un silencio extraño. Es como si antes de casarnos ya nos hubiésemos dicho todo lo que teníamos que decirnos y hubiésemos agotado a velocidad de vértigo las palabras llamadas a durarnos los próximos veinticinco años, porque no me trago eso de que vaya a morirse dentro de poco. Lo único que me llena es mi novela, pero como no puedo hablarle de ella, no sé qué decir. Hace un mes, justo después de la ocupación, Viggo F. estaba espantado y creía que los alemanes iban a venir a arrestarlo, porque había escrito una crónica en el *Social-Demokraten* sobre los campos de concentración. Por aquel entonces hablábamos a menudo de esa posibilidad y por las noches venían sus amigos, tan espantados como él, porque ellos también tenían cargos de conciencia similares. Ahora todos parecen haber olvidado ese peligro y siguen adelante con sus vidas casi como si nada hubiera ocurrido. Todos los días temo que me pregunte si ya he leído el manuscrito de su nueva novela, que quiere enviar a Gyldendal. Lo tiene en el escritorio y yo he intentado leerlo, pero resulta tan aburrido, tan prolijo, y está tan lleno de frases enrevesadas y mal escritas, que no creo que consiga acabarlo en toda mi vida. Eso contribuye a enrarecer el ambiente, porque no me gustan sus libros. Yo nunca he dicho eso, pero tampoco los he elogiado. Lo único que he dicho es que no entiendo de literatura.

Aunque nuestras veladas en casa son monótonas y tristes, las prefiero a las veladas con los famosos. Con ellos me siento cohibida y torpe, y tanto me cuesta encontrar réplicas ingeniosas a sus alegres comentarios que cualquiera pensaría que tengo la boca llena de serrín. Hablan de sus cuadros, de sus exposiciones o de sus libros, y leen en voz alta los poemas que acaban de escribir. Para mí escribir es, como en mi infancia, algo secreto y prohibido, lleno de vergüenza, algo que requiere que uno se escabulla a un rincón cuando nadie mira. Me preguntan en qué proyecto estoy trabajando y contesto: En ninguno. Viggo F. acude en mi auxilio. De momento está leyendo, dice. Hay que leer mucho para escribir prosa, y eso va a ser lo próximo. Habla de mí como si yo no estuviera presente, y cuando al fin nos marchamos me siento feliz. Cuando está con los famosos, Viggo F. se convierte en otro hombre, alegre, seguro de sí mismo, chistoso, como era también conmigo en los primeros tiempos.

Una noche, en casa del dibujante Arne Ungermann, surge en la conversación la idea de reunir a todos los jóvenes desconocidos que escriben para *Vild Hvede*, porque es probable que anden por ahí, sintiéndose solos en la gran ciudad. Seguro que les vendría bien conocerse. Tove podría ser la presidenta de la asociación, propone Viggo F. mientras me mira con una sonrisa. El plan me seduce, porque por lo general solo tengo contacto con otros jóvenes cuando alguno de ellos se aventura a venir a casa con sus escritos y no osa mirarme porque estoy casada con el gran hombre. El regocijo me lleva a atreverme a decir algo de repente. Podría llamarse Club de Jóvenes Artistas, sugiero, y mi propuesta da pie al aplauso general.

Al día siguiente, localizo todas las direcciones en la agenda de Viggo F. y redacto una carta muy formal en la que, sin más preámbulos, les propongo una reunión en nuestra casa una noche concreta no muy lejana. Cuando echo las cartas al buzón que hay al lado de la comisaría, imagino la alegría que se van a llevar, porque los creo pobres y solitarios como era yo hasta hace poco, desperdigados por cuartos de alquiler gélidos. Me digo que, en realidad, Viggo F. sabe muchas cosas de mí. Sabe que estoy cansada de verme solo con viejos. Sabe que la vida en sus habitaciones verdes me ahoga y que no puedo pasar lo que me queda de juventud leyendo libros sobre la Revolución francesa.

2

El Club de Jóvenes Artistas ya es una realidad y la vida ha recobrado el color y la sustancia. Somos entre diez y doce, y nos reunimos los jueves por la tarde en un local del Kvindernes Bygning* del que podemos disponer siempre y cuando consumamos un café por barba. Sin pan cuesta una corona, y los que tienen dinero les prestan a los que no. La reunión siempre comienza con la charla de un pez gordo, alguien famoso y ya entrado en años que le debe algún favor a Viggo F. Yo nunca oigo una sola palabra de las charlas porque me abruma la perspectiva de tener que levantarme a dar las gracias cuando termine. Siempre repito lo mismo: Deseamos agradecerle tan brillantes palabras; ha sido muy amable de su parte venir a conocernos. Por lo general, y para alivio nuestro, el pez gordo suele declinar nuestra amable invitación y no se queda al café, de modo que a su marcha parloteamos a gusto y con soltura de todo lo divino y lo humano, aun-

* El Edificio de las Mujeres, creado en 1895, fue una institución gestionada por mujeres que también alquilaba locales a estudiantes y artistas.

que rara vez mencionamos lo que nos ha reunido. Como mucho alguno me pregunta, así, como de pasada: ¿Sabes qué le parecieron a Møller los dos poemas que le envié el otro día? Todos le llaman Møller y se refieren a él con veneración. Gracias a mi marido no son anónimos, gracias a él tienen la suerte de ver su nombre de vez en cuando en una reseña de *Vild Hvede*, que siempre ha gozado del favor de la prensa. Solo somos tres chicas en el club, Sonja Hauberg,* Ester Nagel** y yo. Las dos son guapas y serias, morenas de ojos negros, y proceden de hogares acomodados. Sonja estudia Literatura y Ester trabaja en una farmacia. Todos tenemos alrededor de veinte años excepto Piet Hein,*** que es el único que no parece sentir demasiado respeto por Viggo F. Piet Hein pone el grito en el cielo porque tengo que estar en casa antes de las once y nunca puedo ir con él al Ungarsk Vinhus.**** Pero yo siempre cumplo mi parte del trato, porque Viggo F. me espera levantado para que le cuente cómo ha ido la velada. Me aguarda con un café o con una copa de vino y yo, que entonces lo veo a través de los ojos de mis compañeros, a veces siento la tentación de enseñarle mi novela a medias, pero no me decido. Piet Hein tiene la cara redon-

* Sonja Hauberg (1918-1947) fue una escritora danesa autora, entre otras novelas, del clásico *Syv år for Lea* («Siete años por Lea»), inédito en español. Estuvo casada con el pintor Richard Mortensen y murió de tifus a los veintinueve años, dejando truncada una prometedora carrera.

** Ester Nagel (1918-2005), escritora danesa nacida en Suecia, casada con el también escritor Halfdan Rasmussen.

*** Piet Hein (1905-1996), escritor, artista, filósofo, ingeniero, diseñador e inventor danés. Es célebre sobre todo por sus *gruks*, breves aforismos en verso.

**** Las Bodegas Húngaras, restaurante donde los poetas más jóvenes se reunían para recitar sus obras.

da como una bola y una lengua afilada que me atemoriza un poco. Cuando me acompaña a casa a la luz de la luna por la ciudad, oscurecida como precaución contra los bombardeos, se detiene a la orilla del canal o delante de la Bolsa, con su tejado cardenillo fosforescente, me abre las manos como si fuesen un libro y me las besa larga y apasionadamente. Me pregunta por qué me he casado con ese excéntrico, yo, tan guapa que podría haber tenido a quien hubiese querido con tan solo señalarlo. Respondo con evasivas, porque no me hace gracia que nadie intente ridiculizar a Viggo F. Creo que Piet Hein no sabe lo que es ser pobre y tener que vender casi todo tu tiempo para sobrevivir. Me resulta mucho más simpático Halfdan Rasmussen,* que es bajito, flaco, va mal vestido y vive de ayudas sociales. Venimos del mismo entorno y hablamos el mismo idioma. Pero Halfdan se ha enamorado de Ester; Morten Nielsen,** de Sonja, y Piet Hein, de mí. Ha quedado decidido en pocos jueves. Yo no sé si estaré enamorada de Piet Hein. Siento montones de cosas cuando me besa, pero me confunde cuando pretende tanto de mí al mismo tiempo, casarse, tener hijos y presentarme a una chica muy interesante que conoce porque piensa que me hace falta una amiga. Animalita mía, me llama cuando me abraza.

Una tarde trae a la chica al club. Se llama Nadja y salta a la vista que está enamorada de él. Es más alta que yo, delgada, camina algo encorvada y tiene unas facciones

* Halfdan Rasmussen (1915-2002), escritor danés. Autor de numerosos libros de rimas absurdas para niños, ensayos sociales y poemas.

** Morten Nielsen (1922-1944), poeta danés que perdió la vida cuando apenas comenzaba su carrera; para algunos, un autor de culto.

irregulares, descuidadas, como si viviera tanto para los demás que nunca llegase a tiempo para sí misma. Me cae mejor que bien. Es jardinera, hija de un ruso. El padre está separado y ella vive con él. Me invita a su casa y yo voy a verla un día después de hablarle de ella a Viggo F. La casa es grande y muy señorial, y Nadja me entretiene hablándome de Piet Hein mientras tomamos el té. Dice que a él, a ser posible, le gusta tener dos chicas a la vez. Cuando lo conoció, estaba casado y se encargó de que ella se hiciera amiga de su mujer antes de abandonarla. Ya no se ven. Es una especie de idea fija, me explica con calma. Se interesa por mi vida y me propone que me separe de Viggo F. Es una posibilidad que apenas se me ha pasado por la cabeza. Le hablo de nuestra falta de vida marital y ella afirma que no hay derecho a que me haya condenado a no tener hijos de esa manera. Pídele consejo a Piet, mientras le intereses hará por ti cualquier cosa.

Se lo pido una noche que estamos junto al canal, donde el agua chapotea contra el muro de contención con un sonido muelle y perezoso. Le pregunto qué hay que hacer para divorciarse y Piet me contesta que él se ocupará de las cuestiones prácticas si yo se lo digo a Viggo F. Asegura que correrá con los gastos para que me instale en una casa de huéspedes y que él me mantendrá mucho mejor que Viggo F. A lo mejor, apunto, puedo mantenerme sola. Estoy escribiendo una novela. Lo digo así, como si tal cosa, como si ya hubiese escrito otras veinte y esta no fuese más que la número veintiuno. Piet me pregunta si puede leerla y yo contesto que nadie la puede ver hasta que esté acabada. Luego pregunta si quiero ir a cenar a su casa una noche. Vive en Store Kongensgade, en un pequeño apartamento donde se instaló después del divorcio. Acepto y a Viggo F. le hago creer que voy a casa de mis padres. Es la primera vez que le miento y me avergüenza que me crea. Está en su escritorio, maquetando el nuevo número de *Vild Hvede*. Recorta dibujos, relatos y poemas de los pliegos de pruebas, y pega todo en las páginas de un número antiguo. Lo hace con tanto mimo que su figura —la gran cabeza inclinada bajo la lámpara verde— irradia algo parecido a felicidad, porque ama esa revista como otros aman a su familia. Le doy un beso en los labios, suaves y húmedos, y de improviso se me llenan los ojos de lágrimas. Hemos compartido algo los dos aquí, no mucho, pero algo, y yo acabo de empezar a destruirlo. Me apena ver que mi vida se vuelve compleja como nunca antes. Sin embargo, también pienso que es extraño que jamás me haya enfrentado a la voluntad de nadie, no de veras. Igual vuelvo un poco tarde, digo, mi madre no se encuentra demasiado bien. No me esperes levantado.

¿Qué?, pregunta Piet animado. ¿Bien?

Sí, respondo. Me siento feliz. Desde el asunto con Aksel, he tenido la sospecha de que algo me ocurría en ese aspecto, pero ya veo que no. Hemos comido, hemos bebido y estoy un poco borracha. Estamos acostados en una cama muy ancha con dosel que Piet ha heredado de su madre, que es oftalmóloga. El salón de su casa está lleno de lámparas divertidas y muebles modernos, y hay una alfombra de piel de oso polar. Junto a la cama, en un jarrón, hay una rosa que está perdiendo los pétalos. Piet me la ha dado. También me ha regalado un vestido de pana azul que por ahora tendrá que quedarse en su armario. No puedo llevarlo a casa, así como así. Cojo la rosa y la huelo. Mucho me temo que esta ya no cree en la gemación, observo entre risas. ¡Eso me sirve!, exclama Piet, que sale disparado de la cama en cueros. Se sienta a la mesa, se hace con pluma y papel y garabatea algo. Cuando termina me deja verlo. Es un *gruk* para el *Politiken*, donde a diario publica estos poemitas suyos de cuatro versos con un toque mordaz o chistoso. Dice así:

Le puse a mi amada en el lecho una flor,
anoche era intensa en fragancia y color.
Hoy yace sin pétalos, no es más que un botón,
esa ya no cree en la gemación.

Le aplaudo y replica que debería quedarme con la mitad de sus honorarios. Para Piet, escribir no es nada secreto ni vergonzoso. Lo encuentra tan natural como respirar.

Va a ser un duro golpe para Møller, dice con satisfacción. Cuando os casasteis, todos sus amigos hicieron apuestas sobre cuánto duraríais, si más o menos de un año. Nadie os daba más de un año. Y Robert Mikkelsen se encargó de que firmaseis las capitulaciones matrimoniales, porque todos pensaban que te largarías con la mitad de sus bienes.

Qué malo eres, observo asombrada, qué retorcido.

No, dice Piet, lo que pasa es que no me cae simpático. Vive a costa del arte sin ser artista. Ni siquiera sabe escribir.

Pero él no tiene la culpa, lo defiendo disgustada. No me hace gracia que hables así de él, me pone de mal humor. Pregunto qué hora es y mi fugaz felicidad tintinea hasta desvanecerse poco a poco. Un silencio húmedo y plateado llena la habitación como si estuviese a punto de suceder algo funesto. No oigo lo que dice Piet. Pienso en Viggo F. inclinado bajo la lámpara del escritorio mientras maqueta su revista. Pienso en las apuestas de sus amigos y en la imposibilidad de decirle que quiero el divorcio. A veces, dice Piet con suavidad, estás muy lejos y es imposible traerte de vuelta. Eres una chica muy interesante y creo que te quiero. ¿Puedo escribirte?, pregunta. ¿Te llevan el correo cuando él ya se ha marchado? Sí, contesto, puedes escribirme. Al día siguiente recibo una carta de amor suya: Querida animalita mía, eres la única chica con la que podría casarme. Me asusto y llamo a Viggo F. ¿Qué quieres?, me pregunta en un tono un poco brusco. No sé, respondo, es que me siento muy sola. Bueno, bueno, me consuela bonachón, esta noche estoy en casa.

Luego saco mi novela y escribo sin parar hasta olvidarme de todo. Pronto estará terminada. Se va a llamar *Han hecho daño a una niña*. En cierto modo trata de mí, aunque yo nunca he vivido las cosas que les ocurren a los personajes.

3

¿Y me lo has ocultado todo este tiempo? Viggo F. lo pregunta mientras se retuerce el bigote, señal de que está de buen humor.

Tiene en la mano mi manuscrito y me mira con sus intensos ojos azules, tan claros como recién salidos del tinte. En él todo es limpio y aseado, y huele a jabón y a loción de afeitar. Tiene un aliento tan fresco como el de un niño porque no fuma.

Sí, contesto, quería darte una sorpresa. ¿De verdad es buena?

Asombrosamente buena, asegura, no hay que cambiar ni una coma. Será un auténtico éxito.

Siento que me sonrojo de pura felicidad. En estos momentos me dan lo mismo Piet Hein y mis planes de divorcio. Viggo F. vuelve a ser el hombre que he soñado conocer toda mi vida. Descorcha una botella de vino y lo sirve en las copas verdes. Chinchín, brinda risueño, y enhorabuena. Decidimos que es mejor intentar de nuevo con Gyldendal primero, aunque la última vez rechazaran mis poemas. Acaban de contratar la novela de Viggo F. que no fui capaz de leer. Él se limitó a observar que soy demasiado joven para apreciar sus cosas y santas pascuas. Por una vez lo pasamos bien, como antes de casarnos, y pensar en las palabras que dentro de no mucho tendré que decirle se me antoja tan remoto e irreal como lo que ocurra de aquí a diez años. Es esta última noche la que nos acerca de veras el uno al otro. Solos tras las cortinas opacas del salón verde, compartimos algo que el mundo todavía no ha visto y nos quedamos hablando de mi primera novela hasta que pasa con mucho la hora de irse a la cama y ambos bostezamos entre sorbo y sorbo. Viggo F. nunca se emborracha y no soporta que los demás lo hagan. En incontables ocasiones ha echado de casa a Johannes Weltzer* por ir de acá para allá, achispado, apasionado y sudoroso, dándoles la lata a todos con la novela que está escribiendo. A fuerza de hablar de ella la matará, asegura Viggo F., que cree que Johannes solo ha escrito una línea buena en toda su vida. Esta: «Caros me son la inquietud y los largos viajes». Dejando aparte esos episodios, todos los que vienen entienden que deben beber con moderación y saber despedirse a tiempo. A menudo tenemos invitados. Cuando eso ocurre, le compro los platos hechos a un fiambrero de Amagerbrogade, porque al igual que mi madre no sé cocinar más que lo indispensable.

Un día le hablo a mi madre de mis planes de divorcio. De Piet Hein le digo que me hace muchos regalos y que quiere ocuparse de mi futuro. Ella frunce el ceño y reflexiona largo rato. En nuestra calle la gente nunca se divorcia. Discuten y se pelean, viven como perro y gato, pero el di-

* Johannes Weltzer (1900-1951), escritor danés que experimentó con el dadaísmo.

vorcio ni se menciona. Debe de ser algo que solo se estila en círculos más elegantes, vaya usted a saber por qué.

Bueno, pero entonces, ¿no va a casarse contigo?, pregunta al fin frotándose la nariz con el dedo índice, como siempre que algo le da quebraderos de cabeza. Yo le digo que no hemos hablado de eso, aunque supongo que sí. Le digo que no soporto seguir casada con Viggo F. y que todos los días, cuando se acerca la hora de su vuelta a casa, me da un vuelco el corazón. Le digo que este matrimonio ha sido un error por ambas partes. Sí, contesta, en cierto modo te entiendo. Además, queda tan tonto veros por la calle siendo él mucho más bajo que tú... Mi madre no tiene el don de saber ponerse en la piel de los demás y eso le impide herirme, cosa que a mí me conviene.

Ahora todos los jueves, después de nuestras reuniones, voy a casa de Piet Hein. A Viggo F. le digo que el debate que sigue a la charla se alarga mucho y que, como presidenta, no puedo ser la primera en marcharse. Le pido que no me espere y que se vaya a la cama. Una vez dormido, no hay nada que lo despierte y nunca se entera si llego tarde. Pero ¿por qué no se lo dices de una vez?, protesta Piet Hein lleno de impaciencia. Yo siempre prometo contárselo al día siguiente, pero al final tengo la horrible sensación de que jamás me decidiré. Me preocupa su reacción. Me dan miedo las peleas y las escenas, y aún recuerdo con espanto los tiempos en que mi padre y mi hermano discutían todas las noches y jamás reinaba la paz en nuestra salita. Si no te animas a decírselo, propone Piet una noche, siempre puedes irte y listo. A fin de cuentas, solo tienes derecho a llevarte tu ropa. Pero no puedo hacer eso, sería demasiado mezquino, demasiado brutal, demasiado ingrato. Piet también dice que debería hacerle más caso a Nadja, que lo está pasando mal porque él la ha abandonado. Yo, de hecho, voy a verla a menudo. Suele estar sentada en una silla de metal, estirando las largas piernas hacia delante y restregándose la cara con fastidio, como si pretendiera reubicar todos sus rasgos. Asegura que Piet es un tipo peligroso creado para hacer desgraciadas a las mujeres. Ahora que la ha dejado, pretende cambiar de vida. Quiere ir a la universidad y estudiar Psicología, porque siempre ha sentido más interés por los demás que por ella misma. Esa será su salvación. Dice afligida: También te fallará a ti. El día menos pensado aparecerá diciendo: He conocido a otra, estoy seguro de que sabrás tomártelo con filosofía. «Con filosofía» es su expresión favorita. Nadja también dice que debo divorciarme de todas formas y que Piet es la excusa perfecta. Yo no le hago mucho caso; al fin y al cabo, es una chica traicionada y llena de amargura.

A veces me harto un poco de Piet Hein cuando estoy entre sus brazos y le oigo hacer planes de futuro para mí. Me harto de que siempre pretenda alborotarlo todo y hacer y deshacer en mi existencia como si yo no fuese capaz de manejarme sola. En esos casos, desearía que me dejase tranquila. Desearía que la vida continuase de este modo por toda la eternidad. Desearía deambular siempre entre él y Viggo F. sin perderlos a ninguno de los dos, sin grandes transformaciones. Siempre he odiado los cambios y me he sentido segura cuando todo sigue siendo como siempre ha sido. Pero las cosas no pueden continuar así. Ahora ya puedo mirar a las parejas de enamorados que van por la calle, pero aparto la vista al paso de las madres con hijos pequeños. Evito asomarme a ver el interior de los cochecitos y pensar en las chicas de mi calle, que se enorgullecían cuando esperaban a cumplir los dieciocho para tener hijos. Entierro todos mis pensamientos a ese respecto, porque Piet se cuida mucho de no dejarme embarazada. Dice que las poetisas no deben tener hijos, eso ya puede hacerlo mucha gente. En cambio, no son tantos los que saben escribir libros.

Alrededor de las cinco de la tarde, mi sensación de desdicha empeora de manera repentina. Estoy en la cocina poniendo al fuego unas patatas cuando el corazón empieza a galoparme desbocado y la pared de azulejos que se alza tras los fogones comienza a hacer chiribitas, como si los azulejos se estuviesen cayendo. Cuando Viggo F. entra por la puerta con cara sombría y de pocos amigos, me lanzo a hablar febrilmente como para conjurar algo terrible, qué sé yo. Continúo hablando durante la cena a pesar de que él responde solo con monosílabos. Me aterroriza la idea de que diga o haga algo increíble, irremediable, algo que jamás ha dicho y jamás ha hecho. Si logro captar su atención, las pulsaciones me bajan un poquito y consigo respirar con más calma hasta que vuelve a producirse una pausa en nuestra conversación. Le hablo de cualquier cosa, de la señora Jensen, que al ver un retrato mío hecho por Ernst Hansen ha preguntado: ¿Y es un dibujo hecho a mano? De mi madre hablo también, de su tensión arterial, ahora demasiado alta cuando toda la vida la ha tenido baja. Le hablo de mi libro, que ha vuelto de Gyldendal acompañado de un extraño dictamen: leo demasiado a Freud. Yo no sé ni quién es Freud. Ahora se la he enviado a una editorial nueva llamada Athenæum y todos los días aguardo con ansia su respuesta. Una noche percibe mi inquietud y dice que me he vuelto una auténtica cotorra. Le explico que no estoy bien. Creo que tengo problemas de corazón. Bobadas, ríe él, ¿a tu edad? Será una cuestión nerviosa. Me observa preocupado y me pregunta si hay algo que me atormente. Yo le aseguro que no, que vivo como una reina. Voy a llamar a Geert Jørgensen para pedirle una cita, anuncia de pronto; es médico jefe de psiquiatría. A mí me trató una vez hace ya muchos años. Un hombre muy sensato.

Y aquí estoy, sentada enfrente del médico, que es un hombretón huesudo con unos ojos enormes que parecen a punto de salirse de las órbitas. Se lo cuento todo. Le cuento lo de Piet Hein y que no me veo capaz de decirle a Viggo F. que quiero divorciarme. Geert Jørgensen me mira con una sonrisa de aliento mientras juega con un abrecartas que tiene en el escritorio.

Y a pesar de todo, dice, ¿no resulta interesante estar así, entre dos hombres?

Pues sí, contesto perpleja; porque así es.

Tiene usted que dejar ir a Møller, dice así, sin más ni más, es un matrimonio absurdo. No sé si sabe que también trabajo en el sanatorio de Hareskov. Tengo intención de proponerle al editor que pase usted allí una temporada. No se preocupe, el resto corre de mi cuenta. Tan pronto como él la pierda de vista, pasará esa neurosis cardiaca suya.

Llama de inmediato a Viggo F., que no tiene nada en contra de su plan. Al día siguiente hago la maleta y salgo hacia Hareskov, donde me instalan en una habitación individual con vistas al bosque. Vuelvo a hablar con el médico, que me informa de que las visitas de Piet Hein no están permitidas en tanto la situación no se aclare. Él mismo le llamará para pedirle que se mantenga alejado. En el sanatorio no hay más que señoras de la edad de mi madre, muy finas y bien vestidas, y yo me siento abrumada por mis harapos y pienso en todos los trajes que Piet Hein me ha regalado y que aún no puedo ponerme. Los días pasan en calma y mi corazón se sosiega por completo. He alquilado una máquina de escribir en Bagsværd y escribo un poema: «Los tres eternos». «Dos hombres hay en el mundo, con quienes tropiezo sin fin, el uno es el que yo amo, el otro el que me ama a mí.» Pero lo cierto es que yo no sé si amo a Piet Hein, igual que él tampoco ha dicho que me ame a mí. Me envía bombones y cartas, y un día me hace llegar una orquídea en una larga caja de cartón. La coloco en un jarrón muy alto que dejo en la mesilla sin detenerme a pensar más en él. El día que Viggo F. tiene que hablar con el médico, entra primero en mi habitación. No bien me ha dado los buenos días, repara en la orquídea. Se queda lívido y tiene que apoyarse en el borde de una silla. Asustada, veo que la mandíbula le tiembla con violencia. ¿Quién te ha regalado eso?, pregunta con voz trémula mientras señala la flor. ¿Hay otro?

No, qué va, contesto de inmediato; es un envío anónimo, algún admirador.

Según lo digo pienso en mi madre, cuyos reflejos a la hora de dar la réplica no admiré en vano durante toda mi infancia.

4

Ha llegado el otoño y deambulo por el bosque con un traje negro con el cuello de ocelote. Voy siempre sola porque mi mundo es muy diferente al de las demás señoras, con las que solo mantengo fugaces conversaciones en las comidas. Piet Hein viene a visitarme todos los días. Me trae bombones o flores y trotamos sin descanso por el bosque, mientras me cuenta que anda buscándome una buena casa de huéspedes o que mi modo de quitarme de encima a Viggo F. le parece grandioso. Yo pienso para mis adentros que no seguir viendo a alguien no implica habérselo quitado de encima, pero ese tipo de cosas es inútil explicárselas a Piet Hein, que es un hombre práctico, terrenal y de lo menos sentimental. Me besa con un alegre semblante de propietario bajo los árboles multicolor, cuyas hojas descienden mudas sobre nosotros, y se queja de que no parezco todo lo contenta que debería estar. Le he mostrado una carta que me ha enviado Viggo F., pero él se ha echado a reír y ha dicho que qué otra cosa podía esperarse de un hombre decepcionado y amargado. Viggo F. ponía: «Querida Tove: Han escrito de la editorial para avisarte de que han aceptado tu libro. Te envío el talón que adjuntaban». Y después, la firma. Por más vueltas y revueltas que le he dado a la hoja, no he encontrado nada más. Me apena esa carta, aunque me alegra saber que han aceptado mi libro. Me apena porque recuerdo nuestra última noche buena, lo que compartimos, y ahora todo ha terminado. El médico ha dicho que Viggo F. no quiere concederme el divorcio porque cree que me arrepentiré de lo de Piet Hein. A Viggo F. nunca le ha caído simpático por culpa de sus maneras irónicas, y apenas han coincidido un par de veces. También me ha escrito Ester, que dice que en el club me echan de menos. Me pregunta si me importa que ella ejerza de presidenta en mi ausencia. No ha logrado que Viggo F. suelte prenda, pero a fuerza de torturar al misterioso Piet con unas tenazas al rojo, ha conseguido mi dirección. De haber estado viviendo con Viggo F., yo los habría invitado a todos a una cena en un restaurante caro para celebrar el acontecimiento. A Piet prefiero no invitarlo a ninguna cena porque está claro que es él quien tendría que pagar. Ahora pienso en el futuro con desasosiego, porque en los salones verdes había una especie de seguridad. Seguridad en la idea de ser una mujer casada que hacía la compra y preparaba la cena a diario, y ahora todo se ha ido al cuerno. Piet jamás me habla de matrimonio y a él le da igual que Viggo F. quiera divorciarse o no.

Al fin Piet ha encontrado una casa de huéspedes conveniente donde me instalo con la sensación de ser de nuevo una jovencita con una existencia frágil, provisional e insegura. Vivo en un buen cuarto, luminoso y amueblado con gusto, y me sirve una doncella que lleva cofia. He comprado una máquina de escribir con mi adelanto y estoy pasando a limpio mis poemas, porque he vuelto a escribir poemas. Piet opina que debería intentar vendérselos a alguna revista de las que publican ese tipo de textos, pero a mí me da miedo que no los quieran. Cuando por las noches charlamos en la estrechísima cama, pienso en lo extraño que es que jamás me cuente nada de sí mismo. Sus ojos tienen un brillo mate como las uvas pasas, y al sonreír se le ven todos los dientes, limpios y blancos. Aún no sé si estoy enamorada de él. Me pesa el hecho de que me esté manteniendo y, como todas las muchachas jóvenes, anhelo tener un hogar, un marido y un hijo. La casa de huéspedes está ubicada en Åboulevarden y los miembros del club acostumbran a subir a hacerme una visita cuando les pilla de paso. Nos tomamos un café, que puedo pedir con tan solo pulsar un botón. Hablamos de la charla que dio en el club Otto Gelsted.* Trataba acerca del compromiso político del artista y el debate quedó en nada, porque ninguno de nosotros anda metido en política. Morten Nielsen está sentado al borde de mi diván, con el rostro grande y cuadrado metido entre las manos como en una cuna. A lo mejor habría que unirse a la resistencia, dice. A mí me parece una estupidez, porque las fuerzas de ocupación tienen un poder demasiado grande, pero no le contradigo. Tal vez se me ha contagiado el horror a Dios, patria y rey de mi padre, porque me siento incapaz de odiar a los soldados alemanes que taconean por las calles. Bastante atareada estoy con mi propia vida y con mi futuro incierto como para pensar también a nivel nacional. Echo en falta a Viggo F. y se me olvida que enfermé de tanto estar encerrada con él entre cuatro paredes. Echo en falta enseñarle mis poemas y envidio a mis

* Otto Gelsted (1888-1968), escritor, crítico y traductor, figura muy destacada de las artes y la política en la Dinamarca de entreguerras.

compañeros, que pueden ir a su casa y mostrarle lo que escriben. Pero el médico ha dicho que debo dejarle en paz y esta vez del todo. Un día Ester llega contando que le ha prometido ocuparse de llevar su casa. La han despedido de la farmacia donde trabajaba por llegar siempre tarde, así que le va como anillo al dedo. Tiene una novela a medias y ahora espera disponer de más tiempo para terminarla. Desde que me marché, asegura, él no soporta vivir solo.

Al cabo de un mes viviendo en la casa de huéspedes, una tarde recibo la visita de Piet, que parece muy exaltado y un poquito nervioso. En lugar de besarme como de costumbre, se sienta y da golpecitos en el suelo con un bastón de paseo con puño de plata, su última adquisición. Tengo algo que contarte, anuncia mirándome de reojo con sus ojos de uva pasa. Cuelga el bastón del respaldo y se frota las manos como si tuviese frío o se deleitara con algo. Dice: Estoy seguro de que sabrás tomártelo con filosofía, ¿verdad que sí? Le prometo tomármelo con filosofía, pero ya me está asustando su actitud. De repente se comporta como un perfecto desconocido, como si nunca me hubiera tenido entre sus brazos. El otro día, prosigue muy atropellado, conocí a una joven, muy hermosa, muy rica. Lo nuestro fue un flechazo y ahora me ha invitado a una mansión en Jutlandia, propiedad de su familia. Salgo mañana, no te enfadarás, ¿verdad? Todo me da vueltas, ¿qué será del alquiler, qué será de mi futuro? Nada de lágrimas, ordena con gesto autoritario. No soy capaz de contestar, pero siento que las paredes de golpe empiezan a juntarse y ardo en deseos de sujetarlas. El corazón me late con tanta violencia como cuando enfermé por vivir con Viggo F. No he llegado a decir esta boca es mía o mover un solo dedo y él ya se ha ido por la puerta, tan deprisa como si hubiese atravesado la pared. Entonces llegan las lágrimas. Me echo en el diván y sollozo con la cara aplastada contra la almohada mientras pienso en Nadja y me repito que debería haber prestado más atención a sus advertencias. Me cuesta dejar de llorar, ¿será que, a fin de cuentas, sí estaba un poco enamorada de él?

De pronto llaman a la puerta y aparece Nadja con una gabardina desaliñada por encima de unos pantalones largos. Toma asiento con calma en el diván y me acaricia el pelo. Piet me ha pedido que viniera a echarte un ojo, dice; deja de llorar, no vale ni una sola de tus lágrimas. Me seco los ojos y me levanto. Tenías razón, admito, me ha hecho lo mismo que a ti. ¿Y la filosofía?, me pregunta risueña. ¿Tú también tienes que tomártelo con filosofía? Me uno a sus risas y el mundo recupera algo de luz. Sí, respondo, con mucha filosofía, es patético. Sí, admite Nadja, y sin embargo tiene algo que enamora a las chicas, aunque después nunca entiendes qué será y solo puedes reírte de él. Permanece un rato inmóvil con un gesto pensativo en el semblante bonachón de marcados rasgos eslavos. Escribe unas cartas estupendas, dice por fin, las tengo todas guardadas. ¿A ti también te escribía? Uy, sí, contesto. Y me dirijo al cajón de la cómoda, de donde saco un mazo de cartas que conservo atadas con un lazo rojo. ¿Me dejas verlas?, pregunta Nadja. Yo se las paso y ella, tras leer un par de líneas de la primera del montón, echa hacia atrás la cabeza y rompe a reír de tan buena gana que ya no puede parar. Ah, Dios, exclama antes de leer en voz alta: «Querida animalita mía, eres la única chica con la que podría casarme». Qué locura, jadea, es palabra por palabra lo que me escribió a mí. Sigue leyendo y afirma que es la misma carta que ella tiene en casa. Sube las piernas al asiento, el cabello en desorden le cae por la frente. ¿Sabes lo que creo?, pregunta. Que seguro que hace duplicados en algún sitio. Sabe Dios cuántas animalitas tendrá repartidas por todo el país. El día que deje plantada a la de la mansión, te mandará a ti a consolarla. Yo me pongo seria y le explico a Nadja que no puedo seguir viviendo aquí, es demasiado caro y estoy sin blanca. Entonces me propone, igual que Piet, que intente vender mis poemas, porque le parecería muy triste que tuviera que volver a encerrarme en una oficina. Ve a ver a los del *Det Røde Aftenblad*, sugiere, Piet les ha vendido ya un montón de poemas, todos los que no quisieron los del *Politiken*. Ahora tendrás que vivir de tu pluma, toda esa historia de ser una mantenida no sirve para nada, son cosas de tu familia.

No espero más allá del día siguiente para plantarme en la redacción con tres poemas. Me indican dónde está el despacho del editor, un hombre mayor con unas enormes barbas blancas. Mientras lee los poemas, me toca el trasero con aire distraído y gesto mecánico. Son buenos, dice por fin, puede usted pasar por caja y retirar treinta coronas. Después vendo más versos al *Politikens Magasin* y al *Hjemmet*, y escribo una crónica para el *Ekstra Bladet* acerca del Club de Jóvenes Artistas. Puedo permitirme seguir en la casa de huéspedes. A través de Ester, llega a mis oídos que Viggo F. me echa de menos como un desesperado y que ella se ve obligada a pasarse las horas hablando con él para que se acueste. Le pido que le pregunte si quiere verme, pero él rechaza mi oferta. No quiere siquiera que le hable de mí. Le echo de menos más que a Piet Hein y, aparte de las visitas esporádicas de mis compañeros del club, no tengo trato con nadie.

Una noche viene Nadja, que, como de costumbre, va vestida como si acabase de salvarse por los pelos de una casa en llamas. Necesitas un círculo de amistades, sostiene, creo que estás muy sola en el mundo. Conozco a unos chicos jóvenes al sur, por la zona del puerto, que se mueren de ganas de conocerte. Han estudiado todos en el instituto Høng. El sábado dan una fiesta de carnaval, ¿te apetece venir? El más encantador de todos es el hijo del director. Se llama Ebbe y es clavadito a Leslie Howard. Tiene veinticinco años y está estudiando Economía, eso si no está bebiendo. Hace algún tiempo me tuvo loquita por él, pero ni se enteró. Le entusiasman las chicas poéticas, rubias y de pelo largo, así, como tú. Mira por dónde, exclamo jovial, ¡si estás hecha una auténtica casamentera! Te prometo que iré el sábado; es verdad, necesito ver gente joven que, a ser posible, no sean artistas. Más animada, preparo el diván y me acuesto con una leve añoranza de estar en brazos de alguien. Pienso en el tal Ebbe antes de dormirme. ¿Cómo será? ¿Le gustarán de verdad las chicas como yo? Los tranvías chirrían a través de la noche como si cruzaran esta habitación. En su interior hay gente que sale a divertirse, personas corrientes deseosas de emplazar algunos hechos ilustres entre la noche y la mañana, momento de madrugar para ir al trabajo. Aparte de que escribo, yo también soy corriente y sueño con un joven igual de corriente al que le entusiasmen las chicas rubias de pelo largo.

5

De camino al puerto sur, Nadja me habla del «círculo de la farola», como los llaman; a saber por qué. Lo integran antiguos alumnos del Høng que han venido a Copenhague para estudiar en la universidad, pero no hacen mucho más que montar «jolgorios» y emborracharse o tener resaca. Pedaleamos contra el viento. Llueve y hace frío. Yo voy disfrazada de niña pequeña con un vestidito corto, un lazo en el pelo, calcetines altos y zapatos bajos. Me he puesto un suéter de lana encima del vestido y una gabardina igual que la de Nadja, con un pañuelo rojo en el cuello con la punta vuelta hacia atrás. Se supone que es lo más en estos años. Nadja va de apache y sus pantalones largos de seda golpean con fuerza en la caja de la cadena. Me cuenta que es un grupito muy liberal. Todos son pobres como las ratas y no les mandan mucho de casa. El jolgorio de hoy va a ser en casa de Ole y Lise, que están casados y son padres de un bebé. Ole estudia Arquitectura y Lise trabaja en una oficina, mientras su madre, que es viuda y vive al lado, cuida del niño. Viven a base de setas que cogen del vertedero, me explica, que está cerca de su casa. También me explica que se trata de una fiesta en la que cada uno aporta algo de comer o beber, aunque las chicas no hace falta que llevemos nada. No admiten hombres en el círculo, dice, pero siempre andan cortos de mujeres. Cuando llegamos, todos están ya sentados a la mesa en un salón grande y luminoso lleno de muebles elegantes y antiguos. Están comiendo *smørrebrød*, casi todo con «Ramona», una especie de mejunje de zanahoria de color tóxico. Para beber toman *pullimut*,* lo único que se puede encontrar. El ambiente ya está muy animado y todos hablan a gritos y al mismo tiempo. Saludo a Lise, una chica menuda y muy bonita con cara de madona. Me da la bienvenida y luego cantan todos una canción de fabricación casera con alusiones incomprensibles a todos los presentes. Ole se pone en pie y pronuncia un discurso. Tiene un rostro aplastado, moreno e interminable con dos profundos surcos de la nariz a la boca, como si fuese mucho mayor de lo que es. Se pasa el rato tirando de sus pantalones, como si le fueran grandes, y no va disfrazado como los demás. Dice que para ellos es un orgullo contar con la presencia de una poetisa en su hogar y lamenta que Ebbe se haya quedado en casa de su madre con treinta y nueve de fiebre. Ha pillado la gripe en el último momento. Después apartan la mesa y Nadja y Lise retiran los platos. El tocadiscos se pone en marcha y empezamos a bailar. Yo bailo con Ole, que se inclina sobre mí tirando de sus pantalones y entre risas se ofrece a ir en un minuto a buscar a Ebbe. Vive al otro lado del patio y, según asegura Ole, se muere por conocerme. Por un poco de fiebre no le pasará nada, dice. Luego él y otro chico se adentran en la noche en busca de Ebbe. El ambiente general ya ha pasado al desenfreno y todos parecen algo borrachos.

* Vino de fruta de pésima calidad.

Lise se acerca a preguntarme si me apetece ver al bebé y nos acercamos al cuarto del pequeño. Es un niño de seis meses y al ver cómo lo amamanta siento una punzada de envidia. Ella no es mayor que yo, que aún no soy madre y tengo la impresión de haber estado perdiendo el tiempo. El pequeño tiene una ligera concavidad de sombras en la nuca, justo debajo del nacimiento del pelo, que se mueve al compás cuando succiona. De pronto se abre la puerta. Es Ole, que se da tironcitos de los rizos negros. Ha llegado Ebbe, anuncia, ¿no quieres saludarle, Tove? Le acompaño a la sala, donde el ruido ya es ensordecedor. De la lámpara del techo cuelga la funda de un disco, y serpentinas de todos los colores se enredan entre los muebles y penden de los hombros y el cabello de los bailarines. En medio de todo hay un joven con un albornoz azul por encima de un pijama de rayas y una colosal bufanda enrollada varias veces alrededor del cuello. Este es Ebbe, dice Ole con orgullo, y yo le estrecho la mano, que está húmeda de fiebre. Tiene una cara blanda y suave de rasgos finos, y todo lleva a pensar que es el centro de la panda. Bienvenida al círculo de la farola, me saluda, espero... Entonces mira a su alrededor con expresión desvalida y pierde el hilo. Ole le da una palmadita en el hombro. ¿No vas a bailar con Tove?, pregunta. Ebbe me mira un instante con sus ojos rasgados antes de encogerse de hombros y decir con suavidad: *Die Sternen begehrt mann nicht.** ¡Bravo!, exclama Ole, solo a ti se te ocurre soltar una cosa así. Al final, Ebbe baila conmigo. Su mejilla acalorada busca la mía y nuestros pasos se tornan inseguros. De repente, los demás se arremolinan en torno a él, le tienden

* «Las estrellas no se desean, se goza su resplandor», del poema de Goethe «*Wie kommt's, daß du so traurig bist*».

un vaso, le manosean el albornoz, se interesan por su salud. Me saca a bailar otro chico y por un momento pierdo de vista a Ebbe. El tocadiscos atruena y en un rincón está Ole con las orejas pegadas a un altavoz casero, intentando oír la BBC. Ahora todo el mundo está borracho y muchos se encuentran mal. Nadja los pesca, los lleva al baño y les sujeta la frente mientras vomitan. Le encanta, asegura Lise entre risas. Va disfrazada de Colombina y por debajo de los volantes se le ven los pechos, grandes y firmes. Me pregunto si es verdad eso que dicen que amamantar embellece el seno y luego vuelvo a bailar con Ebbe, que a pesar de todo desea a las estrellas, porque propone que vayamos al otro cuarto a descansar. Nos echamos en la cama y me rodea con los brazos como si en su círculo fuese lo más normal, así, sin más preámbulos. Me siento feliz y enamorada por vez primera en mi vida. Le acaricio los fuertes cabellos castaños, que se rizan en la nuca, y le miro a esos extraños ojos rasgados suyos, cuajados de pintitas marrones en medio del azul. Él dice que se debe a que su madre tiene los ojos castaños y eso siempre acaba saliendo por algún lado. Me pregunta si puede venir a verme a la casa de huéspedes y yo contesto que sí. Baja la mano hacia el suelo en busca de la botella que ha traído consigo y ambos bebemos hasta caer rendidos. Me despierto temprano y no logro entender dónde estoy. Ebbe aún duerme, con las cortas pestañas rizadas arañando la almohada con suavidad. De pronto reparo en otra pareja que descansa en una cama nido infantil que hay junto a la otra pared. Están abrazados y no los recuerdo de ayer. En el suelo hay un montón abigarrado de ropa de carnaval. Me levanto con cuidado y voy al salón, que parece un campo de batalla. Nadja ya está recogiendo. Limpia el vómito que hay por todos los rincones mientras comenta animada: Es ese maldito *pullimut*, no hay quien lo aguante. ¿A que es simpático Ebbe? Nada que ver con el merluzo de Piet. En el cuarto del bebé está Lise amamantándolo. Cuidado con el tal Ebbe, me advierte muy sonriente, es un rompecorazones.

Recojo la gabardina, me anudo al cuello el pañuelo rojo y paso a despedirme de él. Oh, Dios, mi cabeza, gime. En cuanto me quite de encima está gripe, voy a verte. ¿Estás un poquito enamorada de mí? Sí, contesto, y él se disculpa por no acompañarme. Al ver que está ardiendo de fiebre, le aseguro que no tiene la menor importancia. A continuación pedaleo sola hasta casa. Aún no ha amanecido del todo. Los pájaros pían como si fuese primavera y me digo feliz que hay un estudiante enamorado de mí. Tengo la vaga sensación de que es una especie de profesión.

Cuando Ebbe se recupera, empieza a venir a verme todas las tardes y yo falto a las reuniones del club porque no quiero perderme sus visitas. Jamás se queda a dormir porque le tiene un poco de miedo a su madre, que es la viuda del director del instituto. Vive también con un hermano mayor que no se decide a marcharse, a pesar de que ya tiene veintiocho años. Cuando Ebbe se va, se enrolla alrededor del cuello tantas veces la larguísima bufanda que le tapa la nariz, y es que este invierno es glacial. Cuando me da el beso de despedida me entra lana en la boca.

Comienzo a ir muy a menudo a casa de Lise y Ole, y también visito a la madre de Ebbe. Es una mujer bajita y ya mayor que todo lo dice como si comunicase una desgracia. Después de la muerte de mi esposo, asegura, lo único que me queda son mis dos niños. Yo creo que cuando me mira con sus vivaces ojos negros está pensando en el miedo que le da que yo le quite a uno de ellos. El hermano de Ebbe se llama Karsten. Estudia para ingeniero y siempre anda cavilando cómo decirle que quiere irse de casa. No se atreve. La madre de Ebbe es hija de un pastor grundtvigiano y me pregunta si creo en Dios. Cuando contesto que no, me mira apenada y dice: Ebbe tampoco, ojalá volváis el alma hacia el Señor. A Ebbe le mortifica que diga esas cosas.

Cuando Ebbe y yo nos acostamos, nunca toma precauciones. Le he dicho que quiero tener un niño y que no se preocupe, que yo lo mantendré. Todos los meses marco el calendario con una cruz roja, pero el tiempo pasa y no ocurre nada. Al fin sale mi novela, y a la mañana siguiente mi casera entra a todo correr con el *Politiken*. Hoy el periódico habla de usted, anuncia sin aliento, dice algo de un libro, lea, lea. Al abrir el periódico, no doy crédito a lo que ven mis ojos. En el lugar de honor, junto a la sección «Día a día», Frederik Schyberg ha escrito una reseña a dos columnas. El titular dice: «Refinada inocencia». Es una crítica tan entusiasta que me aturde la alegría. Al cabo de un rato recibo un telegrama de Morten. Pone: «Alabados sean Schyberg y el genio auténtico». Entrado el día viene en persona y mientras tomamos café me dice que el club es un hervidero de chismorreos. Dicen que utilicé a Viggo F. por algún tiempo para luego rechazarlo cuando ya podía salir adelante sola. Le explico a Morten que no andan del todo descaminados, pero que aun así me duele un poco, porque tampoco es toda la verdad. Al día siguiente, el *Politiken* trae un *gruk* sobre mí. Dice así:

No me quito la chistera
por una Tove cualquiera,
pero esta de hoy encariña.

Tras debut tan de primera,
temo que, quiera o no quiera,
han hecho daño a una niña.

Se ve que aún se acuerda un poco de su animalita. Por lo demás, se ha casado con la de la mansión y ya nunca asoma por el club.

De repente me olvido de todo, porque tengo un retraso de dos días. Lo hablo con Lise, que me aconseja que lleve al médico orina y pida que la analicen. El médico promete llamarme tan como pronto tenga los resultados y paso varios días sin apenas despegarme del teléfono. Por fin llama y anuncia con voz corriente y moliente: Ha dado positivo. Voy a tener un hijo. Me cuesta creerlo. Un pegotillo de moco dentro de mí va a extenderse y a crecer un día tras otro hasta dejarme tan gorda y tan informe como la Rapunzel de mi infancia. Ebbe no se alegra tanto como yo. No nos queda más remedio que casarnos, dice, y ahora tendré que contárselo a mi madre. Le pregunto si es que no quiere casarse conmigo y contesta que no es eso. Lo que ocurre es que somos muy jóvenes y no tenemos dónde vivir. Al pensar en tantos cambios, una expresión desvalida asoma a sus ojos y lo beso en los labios, finos y blandos. Creo que yo tengo fuerzas por los tres. De pronto caigo en la cuenta de que no estoy divorciada y le envío una bonita carta a Viggo F. donde le pido el divorcio porque voy a tener un hijo. Me contesta muy ofendido: «Solo tengo una cosa que decir: ¡qué asco! Ve a ver a un abogado y que lo resuelva, y cuanto antes mejor». Cuando le muestro la carta a Ebbe, dice: Qué hombre tan ridículo, no sé qué fue lo que viste en él.

En las semanas siguientes, Ebbe viene a verme borracho muy a menudo. Se desenrosca la bufanda con movimientos rígidos y se le traba la lengua cuando intenta decir algo. No sirvo para nada, se lamenta, mereces a alguien mejor. Aún no he sido capaz de contárselo a mi madre. Pero al fin hace acopio de valor y un día se lo dice. Su madre rompe a llorar como si hubiese ocurrido alguna desgracia y asegura que su vida ya no tiene sentido. Lise dice que Ebbe no soporta las lágrimas y los reproches. Dice que es bueno, pero débil, y que no va a quedarme más remedio que ser quien lleve los pantalones en este matrimonio. Aunque no hago mucho caso, no me gusta oírlo. Además, tengo náuseas y devuelvo todas las mañanas. Nadja viene a verme y me dice las cosas de una forma aún más directa. Ebbe es un borracho, asegura, y no mueve un dedo. Es un encanto, pero mucho me temo que vas a tener que mantenerlo.

6

Nos instalamos en una habitación en casa de la madre de Ebbe antes de que lo del divorcio quede resuelto, porque queremos estar juntos todo el rato. Por las mañanas, él va al Directorado de Control de Precios, donde muchos estudiantes matan el tiempo y se ganan un dinerillo para sus gastos. Trabaja con otro estudiante de Economía llamado Victor. Ebbe tiene tantos amigos como estrellas hay en el cielo, tantos que jamás consigo conocerlos a todos. Cuando él y Victor llegan a la oficina por la mañana, cantan el himno del día leyendo la letra en una página del himnario que después usan para liar cigarrillos. Hay muchos problemas para abastecerse de tabaco y a veces lían los cigarrillos con sucedáneo de té. Yo, mientras tanto, trabajo en mi siguiente novela. Acabo de entregar el manuscrito de un poemario que llevará por título *Pequeño mundo*. Se le ocurrió a Ebbe. Se toma muy en serio mi trabajo. Él quería estudiar Literatura, pero su padre, que murió hace dos años, dijo que eso era un espejismo poco lucrativo, de manera que ahora estudia Economía, que le importa un comino. La literatura, en cambio, le entusiasma y, si no estamos hablando, siempre anda leyendo. Me descubre muchos libros que no conozco. Y todas las tardes, al volver del trabajo, quiere ver lo que he escrito, y si me hace alguna crítica siempre es constructiva y le hago caso. No veo demasiado a mi familia en este periodo. Mi hermano se ha ido a vivir con una divorciada que tiene un hijo de tres años. Ebbe y yo hemos ido a verlos, pero mi hermano y Ebbe no tienen gran cosa que decirse. Ebbe es un chico de provincias de clase alta y Edvin es un oficial de pintor de la capital que cada dos días se llena los ya maltrechos pulmones de barniz de celulosa porque no le queda otra salida. También el mundo de mis padres es muy distinto al de Ebbe. Con mi padre habla de libros y con mi madre, igual que Viggo F., de mí, pero en su actitud con ellos no hay condescendencia alguna. Después de cenar con su madre y con Karsten, nos echamos en la cama de nuestra habitación y hablamos del futuro, del hijo que vamos a tener, de la vida, del pasado antes de conocernos. Él prefiere los temas con cierto carácter eterno. Tiene, por ejemplo, una teoría sobre por qué los negros son negros y otra que explica por qué los judíos tienen la nariz aguileña. Un día se apoya en un codo y se me queda mirando mientras sus ojos, muy juntos, adquieren una expresión de gran intensidad moral. A lo mejor debería unirme a la resistencia, dice con seriedad. Las cosas no pintan bien tras la caída de Francia. Yo le contesto que eso mejor se lo deje a quienes no tienen mujer e hijo en que pensar y él parece olvidarlo. Para mí son buenos tiempos. Voy a casarme, voy a tener un hijo, tengo un marido joven al que amo y muy pronto tendremos nuestro propio hogar. Le aseguro que no pienso separarme nunca de él y que no soporto que la vida se complique como hace poco. Él me sujeta de la barbilla y me besa. Dice: Tal vez la complicada seas tú y por eso tu vida se complica.

Por fin estoy divorciada y alquilamos un apartamento en Tartinisvej, cerca de donde viven Lise y Ole y también la madre de Ebbe. La zona del puerto sur está situada al final de la larguísima Enghavevej, como la uña en un dedo. También la llaman «la ciudad de la música», porque todas sus calles llevan el nombre de un compositor. Las casas no son muy altas y casi todas tienen delante un jardincito con hierba y árboles. Entre la última calle y el campo abierto está el vertedero, del que con ciertos tipos de viento sube un hedor que se cuela en los pisos hasta el fondo, de modo que es imposible abrir las ventanas. Frente al edificio de Wagnersvej donde viven Lise y Ole hay un montón de casetas en huertos urbanos donde mucha gente vive todo el año. Una de las mujeres que viven allí limpia en casa de Lise, que los sábados le cuida a sus cinco hijos; los sube al cuarto de baño, donde los frota y restriega hasta que llenan toda la casa con sus aullidos. Lise lo hace como la cosa más natural, y en ese punto me recuerda mucho a Nadja. Nadja se ha ido a vivir con un marinero que es comunista, y ahora siempre anda defendiendo ideas comunistas, cuando en los tiempos de Piet era muy de derechas. Yo sé esas cosas por Ebbe, y es que de noche no salgo porque, por culpa del embarazo, a eso de las ocho ya no puedo más.

El apartamento tiene un dormitorio, salón y un cuartito donde nuestra cama de matrimonio ocupa prácticamente todo el espacio. Nos la ha comprado la madre de Ebbe. En el salón está el escritorio del padre de Ebbe, una mesa que hemos comprado de segunda mano, cuatro sillas que nos ha regalado Lise y el diván que hay junto a la pared. Sobre el diván colocamos una manta marrón y, en un rapto de inspiración, Ebbe cuelga otra más en la pared que hay detrás. Lise le regala un trozo de fieltro rojo y él lo recorta en forma de corazón. Luego lo pega a la manta-tapiz y retrocede un paso para admirar su obra. En nuestro hogar, dice con orgullo, no montaremos jolgorios. Por respeto hacia su madre, no vamos a instalarnos en el apartamento hasta después de la boda. Si no, pensaría que nuestro pecado es demasiado evidente.

Nos casamos uno de los primeros días de agosto y vamos en bicicleta al ayuntamiento cogidos de la mano. Llegamos con tanto tiempo que antes vamos al Frascati a tomar un café. Mientras nos lo tomamos, observo el rostro de Ebbe, que encuentro lleno de blandura y de inocencia, un desvalimiento que dan ganas de protegerlo. De pronto observo: Qué largo tienes el labio de arriba. Lo digo sin mala intención, pero él me mira con aire belicoso: No más que el tuyo, se defiende. Yo no lo tengo largo, replico ofendida, el tuyo en cambio te ocupa media cara. Se pone rojo de rabia. No critiques mi físico, dice, en el instituto las chicas estaban locas por mí. Lise se casó con Ole solo porque yo no quise nada con ella. ¡Menudo engreído!, suelto con vehemencia mientras pienso con asombro: Si estamos discutiendo, esto no nos había pasado antes. En silencio, paga la cuenta. Las mangas de la chaqueta oscura le quedan largas. Su hermano le ha prestado el traje de novio. En el círculo de la farola no solo van mal vestidos porque son pobres, también se debe a que ven la elegancia como algo ridículo. Ebbe se pasa el dedo índice por el cuello almidonado, que también le queda grande, y avanza a enormes zancadas delante de mí. Cuando, sin mediar palabra, llegamos a las puertas del ayuntamiento, se detiene y se aparta el pelo de la cara con un cabeceo. Si no retiras eso del labio, no me caso contigo, asegura en tono amenazante. Entonces me echo a reír. Por favor, exclamo, qué infantil. ¿De verdad que vamos a pelearnos por quién tiene más largo el labio de arriba? Pues venga, yo. Lo escondo tras el de abajo y bizqueo en un intento de verlo. Mide un kilómetro, digo, hale. Total, casarse hay que casarse.

Y nos casamos. Nos mudamos al apartamento y contratamos a una mujer que venga a limpiar, porque he empezado a ganar mucho dinero. Se llama Hansen, y cuando viene a interesarse por el empleo, Ebbe le pregunta con mucho énfasis: ¿Sabe usted rallar zanahorias? Ella contesta que cree que sabrá hacerlo. Es que las zanahorias son sanísimas, le explica él, ahora que es tan difícil conseguir tantas cosas. Más adelante, ella se ríe mucho cada vez que se acuerda, porque jamás ha visto una sola zanahoria en casa. Los días pasan como un redoble antes de un solo. Leo libros acerca del embarazo, la maternidad y la puericultura, y no entiendo por qué a Ebbe no le interesa todo esto tanto como a mí. Dice que le parece irreal pensar que va a ser padre. También le parece irreal ver mi nombre en los periódicos. No entiende cómo es posible que esté casado con una celebridad y no sabe si le agrada. Por las noches se sienta a hacer ecuaciones mientras se enrolla el cabello alrededor de los dedos. Le entusiasma resolverlas y afirma que, en realidad, debería ser matemático. Le cuento que Geert Jørgensen me ha dicho que ningún hombre normal me encontraría atractiva. ¿Y quién es normal?, pregunta él, y se palmea los bolsillos en busca de la cartera, el tabaco o las llaves. Es terriblemente distraído y todo se le olvida. Siempre va con la cabeza un poco echada hacia atrás, como si tratase de enfocar la vista, y la nariz levantada, así que no es raro que tropiece con cosas por la calle. Suele ir de juerga a casa de Lise y Ole, y vuelve tan borracho que me despierta en plena noche. Yo me enfado y le rechazo, porque en este periodo de mi vida necesito dormir bien. Al día siguiente siempre me pide disculpas. A veces voy a casa de mi madre o ella viene a la mía. Hablo de partos con ella, que me cuenta que Edvin y yo nacimos en un mar de pompas de jabón porque trató de abortarnos comiendo jabón de cáñamo. Nunca me han gustado los niños, dice.

Pasan los días, pasan las semanas, pasan los meses. Pienso dar a luz en la clínica privada que el doctor Aagaard tiene en Hauser Plads y suelo ir a que me explore. Es un anciano muy agradable que calma mis muchos miedos en lo referente al parto. Me pide que vuelva cuando tenga contracciones a intervalos de cinco minutos. Sin embargo, salgo de cuentas sin que suceda nada de nada. Me he comprado un abrigo de piel de foca y cada vez le coso los botones más al borde, hasta que llega un punto en que se bambolean, colgantes, al extremo del abrigo. Ebbe tiene que anudarme los zapatos porque yo no llego. Creo que nunca he visto una embarazada tan gorda como yo. Me da miedo traer al mundo un niño gigante con la cabeza llena de agua. He leído algo así en alguna parte. Lise me suele prestar a su hijo Kim para ir a dar un paseo. Es un niño dulce y risueño que me hace pensar en el poema de Nis Pedersen: «Colecciono las sonrisas de los niños». En medio de todo esto, Karl Bjarnhof me hace una entrevista para el *Social-Demokraten* y al leer el titular me llevo un buen susto. Pone con letras enormes: «Quiero dinero, poder y fama». ¿De verdad que he dicho eso? ¿Para qué iba yo a querer poder? Toda la entrevista produce una impresión desagradable de mí. Me presenta como una mujer vanidosa, ambiciosa y superficial que solo piensa en sí misma. Hasta ahora los periodistas me habían tratado muy bien, me pregunto qué le habré hecho a Karl Bjarnhof.

Entonces caigo en la cuenta de que es amigo de Viggo F. y tal vez le ha molestado que yo lo abandonase.

Es un invierno muy crudo y las calles están cubiertas por una capa de hielo. Aguardo con impaciencia a que comiencen los dolores y, para provocarlos, corro jadeante alrededor de la casa del brazo de Ebbe apenas oscurece. Los botones del abrigo saltan por los aires, eso es todo lo que logro. Al fin, una tarde empieza a dolerme la tripa y le pregunto a la señora Hansen si pueden ser contracciones. Eso cree ella, y conforme avanza el día la cosa empeora. Ebbe me da la mano cada vez que tengo una. Por la noche vamos a la clínica y se despide de mí con una mirada larga y desvalida.

¡Caray, qué fea es!, exclamo asombrada al ver el fardito humano que han dejado entre mis brazos. Tiene la cara en forma de pera y dos marcas muy profundas en las sienes por culpa del fórceps. No tiene un solo pelo en todo el cráneo. El médico se ríe: Eso lo dice porque jamás había visto a un recién nacido. Nunca son bonitos, pero a pesar de todo sus madres piensan que sí. Voy a llamar a su marido. Ebbe entra con un ramo de rosas en la mano. Las sostiene con torpeza y de pronto me doy cuenta de que es la primera vez que me hace un regalo. Luego se sienta a mi lado y se asoma a la cuna, donde han vuelto a acostar a la pequeña. Es bastante mofletuda, observa, y yo no puedo sentirme más ofendida. ¿Eso es todo lo que tienes que decir?, le pregunto. El parto ha durado veinticuatro horas y he jurado que ya no tendré más hijos. He chillado y he aullado de dolor, y todo lo que se te ocurre decir es que es mofletuda. Él parece contrito y empeora aún más las cosas al decir que tal vez sea más guapa cuando crezca. Me pregunta cuándo volveré a casa, porque me echa muchísimo de menos. Me inclino sobre la cuna y agarro los minúsculos deditos. Ahora somos papá, mamá y la niña, digo, una familia normal y corriente. ¿Por qué te interesa tanto ser tan normal y corriente?, pregunta Ebbe asombrado. Es un hecho que no lo eres. No sé qué contestarle, pero es lo que he deseado desde que tengo uso de razón.

7

Ha ocurrido algo terrible. Desde que tuve a Helle, no siento ningún deseo de irme a la cama con Ebbe, y cuando aun así lo hago, no siento nada de nada. Lo hablo con el doctor Aagaard, que me asegura que es de lo más habitual. Estoy tan extenuada a fuerza de dar el pecho, cuidar niños y trabajar como una salvaje, que no me quedan energías para mi marido, pero él lo pasa mal porque cree que es culpa suya. Le plantea el tema a Ole, que le aconseja que compre *El matrimonio perfecto*, de Van de Velde. Él le hace caso y lo lee con las orejas al rojo, porque el libro es la biblia pornográfica de estos últimos años. Se informa acerca de todas y cada una de las posturas y cada noche prueba una nueva. Por las mañanas amanecemos los dos derrengados después de tanta acrobacia, pero poco más sacamos. Yo le planteo el problema a Lise, que me confiesa que a ella le ocurrió todo lo contrario. Ella no le sacó ningún partido al asunto hasta que tuvo a Kim. Me observa pensativa con sus dulces ojos de madona. ¿Y si te echas un amante?, sugiere. A veces dos personas vuelven a acercarse cuando una de ellas está con alguien. Ella misma tiene a otro, un jurista. Trabaja en la Jefatura de

Policía y todos los días pasean juntos entre las columnas durante horas mientras a Ole le cuenta que hace horas extra. Ole lo sabe y no lo sabe. Él tiene un hijo con otra y, antes de que naciera, Lise se planteó muy en serio la posibilidad de adoptarlo. Al final resultó ser sordomudo, así que ahora se alegra de no haberlo hecho. Yo le digo que no quiero ningún amante, porque tener la vida enredada y patas arriba me impide trabajar. Y cada vez soy más consciente de que lo único para lo que sirvo, lo único que me absorbe y me apasiona, es construir frases, formar grupos de palabras o escribir sencillas estrofas de cuatro líneas. Para hacerlo, he de observar a la gente de un modo muy especial, casi como si fuese a depositarlos en un archivo para su uso posterior. Para hacerlo, también he de leer de una manera especial y asimilar por todos los poros eso que, de una forma nebulosa, necesito, si no para ahora mismo, sí para más adelante. Para hacerlo, no he de tener demasiadas relaciones, ni salir demasiado, ni beber alcohol, o de lo contrario no puedo trabajar al día siguiente. Y como mi mente anda siempre componiendo frases, cuando Ebbe intenta hablarme, a menudo le parezco distante y distraída, lo que le pone de mal humor y, sumado a la atención que le presto a Helle, le hace sentir al margen de mi mundo cuando antes era el centro. Cuando vuelve por las tardes, todavía se interesa por lo que he escrito, pero ahora sus críticas se han vuelto absurdas e injustas, como si pretendiese herirme en mi punto más débil. Un buen día discutimos por un tal Mulvad que aparece en *La calle de la infancia*. Al tal Mulvad le gusta resolver ecuaciones, y Ebbe pierde los nervios. Si es que soy yo, dice, me van a reconocer todos mis amigos y se van a reír de mí. Me exige que borre a Mulvad del libro. Sí, no hay quien lo coja por ningún lado porque aún no se me da bien del todo eso de crear personajes masculinos, pero no quiero prescindir de él. No entiendo por qué no puedes inventarte personajes como hace Dickens, por ejemplo, protesta furioso. Tú te limitas a copiar la realidad, y eso no tiene nada que ver con el arte. Le ruego que en el futuro no se acerque a lo que escribo; total, no lo entiende. Él contesta que se ha hartado de estar casado con una poetisa que, encima, es frígida. Yo me quedo sin aire y de pronto rompo a llorar. Llevaba sin pelearme con nadie desde las broncas de niña con mi hermano, y no soporto estar enfadada con Ebbe. Helle se despierta chillando y la cojo en brazos. ¿No puede hacer ecuaciones?, pregunto lloriqueando. Es que no sé qué otra cosa va a hacer alguien como él en su tiempo libre. Ebbe nos da un abrazo a Helle y a mí a un tiempo y se disculpa: Perdona, Tove, no llores más. Puede hacer ecuaciones si quieres, y lo demás no lo he dicho en serio. Es solo que me molesta, tú ya me entiendes.

Una tarde, al poco de la pelea, no vuelve a la hora de costumbre y me doy cuenta de hasta qué punto dependo de él. Paseo inquieta de un lado a otro, incapaz de hacer nada. No es raro que Ebbe salga de noche, pero siempre pasa antes por casa. Al caer la noche amamanto a Helle, la visto y voy a ver a Lise, que acaba de salir de trabajar. Me dice que Ole tampoco ha regresado y que supone que estarán juntos. Habrán quedado con más amigos y los habrán enredado. No sería nada nuevo. No seas tan burguesa, me reconviene con una sonrisa. Igual te habría convenido más un marido que volviese derechito a casa con la paga y no bebiera. Entonces le hablo de la pelea y ella dice que las cosas ya no marchan tan bien en nuestro matrimonio. Le confieso que me asusta que se busque a otra, una que no escriba, una que no sea frígida. A lo mejor para una noche, opina ella, pero ni en sueños os dejaría a ti y a Helle. Está muy orgulloso de ti, se le nota cuando habla. Tienes que comprender que a veces se siente inferior. Eres famosa, ganas dinero, trabajas en algo que te interesa. Él no es más que un estudiante pobre que vive más o menos mantenido por su mujer. Ha elegido una carrera equivocada y para soportar la vida no le queda otro remedio que emborracharse a menudo. Pero las cosas se arreglarán cuando volváis a acostaros. Y volveréis, ya verás, lo que ocurre es que te deja agotada la lactancia. Coge en brazos a su hijo y juguetea con él. El día que Ole termine los estudios, asegura, yo me haré psicóloga infantil. No hay quien aguante en una oficina. A Lise le encantan los niños de los demás. Le encanta la gente en general, y los amigos van a su casa y le hacen confidencias que jamás les harían a quienes tienen más cerca. ¿Cuándo crees que volverá?, pregunto. No sé, contesta Lise, una vez Ole pasó fuera ocho días, y ahí sí que empecé a ponerme nerviosa. Cuando Kim ya está acostado, Lise se sienta con las piernas encogidas y el mentón apoyado en la rodilla. Toda ella transmite confianza y cordialidad, y eso me hace sentir un poquito mejor. Reconozco que a veces me veo incapaz de querer a nadie. Es como si solo me viese a mí en este mundo. Chorradas, replica Lise, a Ebbe lo quieres de verdad. Sí, admito, pero no como debe ser. Si se deja olvidada la bufanda, no se lo digo. Tampoco me esfuerzo por cocinar para él comida como Dios manda, y cosas así. Yo creo que solo quiero a la gente si se interesa por mí. Por eso nunca tengo mal de amores. Bueno, dice ella, pero es que Ebbe sí se interesa por ti. Cuando le cuento lo de Mulvad y las ecuaciones, se echa a reír. No tenía ni idea de que Ebbe resolvía ecuaciones, dice, es muy gracioso. No, sostengo con seriedad, cuando escribo no respeto a nadie. No puedo. Lise asegura que los artistas no tienen más remedio que ser egoístas. No debo darle más vueltas. Regreso a casa por calles negras como el carbón que las estrellas no alcanzan a iluminar. Me alegra poder apoyarme en el cochecito. Aún no son las ocho y voy deprisa porque hay toque de queda. Todo el mundo ha de estar en casa antes de las ocho. Eso quiere decir que Ebbe no podrá volver a casa esta noche, esté donde esté. Cambio a Helle, le pongo el pijama y la acuesto. Tiene cuatro meses y me muestra su sonrisa desdentada mientras se aferra a mi dedo con toda la mano. Menos mal que por ahora le da lo mismo si su padre está en casa o no.

A la mañana siguiente, Ebbe aparece en un estado lamentable. Lleva el abrigo mal abotonado y la bufanda subida casi hasta las cejas, aunque es primavera y el tiempo es suave. Tiene los ojos enrojecidos por el alcohol y la falta de sueño. Me alegra tanto verlo con vida que no me apetece echarle un sermón. Oscila en mitad del cuarto y ejecuta unos pasos desmañados de «la danza del babuino», un baile en solitario que siempre hace en un momento concreto de sus borracheras al compás de las palmas de cuantos le rodean. Gira a la pata coja, pero pierde el equilibrio y se agarra a una silla. Te he sido infiel, anuncia con voz pastosa. ¿Con quién?, pregunto disgustada. Con una chica muy guapa, dice, que no está embarazada, no, frí-frígida. Una que Ole conocía del Tokanten. ¿La vas a volver a ver?, quiero saber. Puf. Se desploma en una silla. Depende de tantas cosas... Si lo cambias y Mulvad hace solitarios en vez de ecuaciones, es posible que ya no la vea más; si no, quién sabe. Me acerco a él, le retiro la bufanda de la boca y lo beso. No vuelvas a verla, lo apremio, te prometo que Mulvad hará solitarios. Me agarra por la cintura y me apoya la cabeza en el regazo. Soy un monstruo, murmura, ¿qué haces conmigo? Bebo y soy pobre, no valgo para nada. Tú, en cambio, eres guapa y famosa, puedes estar con quien quieras. Pero tenemos un hijo, le recuerdo con vehemencia, yo no quiero a nadie más que a ti. Se levanta y me estrecha contra su cuerpo. Estoy muy cansado, dice, no puedo resolver nuestro problema emborrachándome. A la mierda Van de Velde, tengo tortícolis. Nos echamos a reír y le ayudo a desnudarse y acostarse. Luego me siento frente a la máquina de escribir y mientras escribo olvido que mi marido se ha ido a la cama con otra, lo olvido todo hasta que Helle empieza a llorar reclamando su comida.

Al día siguiente escribo un poema que comienza así: «¿Por qué se adentra mi amado en medio de la lluvia sin sombrero y sin abrigo? Por qué se pierde mi amante en medio de la noche, por qué ya no está conmigo». Cuando se lo muestro a Ebbe, dice que es bueno, pero que no llovía y, además, llevaba abrigo. Yo me río y le hablo de los tiempos en que Edvin leía mis poemas infantiles y me acusaba de trolera. Ebbe asegura que no volverá a dejar que lo enreden los amigos si me hace tan desgraciada. Ese maldito *pullimut*, se excusa. Para poder tomar una cerveza en un bar hay que consumir también un vaso de *pullimut*, y eso acabará convirtiendo a todos en un hatajo de borrachos. Celosa, me intereso por la chica y él asegura que no era ni la mitad de guapa que yo. Una de esas que persiguen a artistas y estudiantes, dice, las hay a patadas. También dice: Si no hubiésemos tenido a Helle, las cosas entre nosotros seguirían yendo bien. Volverán a ir bien, me apresuro a prometer, tengo la sensación de que ya están arreglándose. Pero no es cierto. Algo esencial, algo infinitamente bueno y valioso ha dejado de funcionar entre nosotros, y para Ebbe es peor, porque él no puede aislarse de los problemas y las penas escribiendo, como hago yo. Antes de dormirnos, le miro largo rato a los ojos rasgados, cuyas manchitas castañas se vuelven doradas al resplandor de la lámpara. Pase lo que pase, le pido, prométeme que nunca nos abandonarás a Helle y a mí. Lo promete. Nos haremos viejos juntos, dice, te saldrán arrugas y la piel de la papada te colgará, como a mi madre, pero tus ojos jamás envejecerán. Siempre serán los mismos, con su reborde negro alrededor del azul. Es lo que me enamoró de ti. Nos besamos y nos quedamos un rato el uno en brazos del otro, castos como dos hermanos. Una vez superada la fase Van de Velde, ya no hace más tentativas de acostarse conmigo, a pesar de que yo no tengo nada en contra y rara vez le he rechazado.

8

Un día de finales de mayo, viene Ester a visitarme. Me cuenta que el club está abocado a la desaparición por culpa del toque de queda, la escasa disposición del restaurante —que nunca se ha hecho de oro, que digamos, a nuestra costa— y los embrollos internos de sus miembros. Sonja no consigue terminar su novela, que Morten Nielsen corrige sin parar, y ha pasado unos capítulos al profesor Rubow para que los lea. A Halfdan le han aceptado un poemario en Athenæum, donde también han elogiado la novela de Ester, que saldrá este otoño. Yo, por mi parte, he entregado el manuscrito de *La calle de la infancia* y, ahora que ya no escribo, siento un enorme vacío en mi interior que nada logra llenar. Tengo la sensación de que en mí entra todo, pero no sale nada. Lise dice que debo disfrutar de la vida por algún tiempo; después de tantos sudores, me lo merezco, pero para mí la vida solo es disfrute si escribo. Por puro aburrimiento, paso horas y más horas en casa de Arne y Sinne, que viven en Schubertsvej. Es la pareja que ocupaba la cama nido infantil la primera noche que Ebbe y yo pasamos juntos. Arne estudia Economía, como Ebbe, y desde casa lo ayudan tanto que no le hace falta trabajar. Sinne es hija de un granjero de la comarca del fiordo de Lim, lozana, pelirroja y rebosante de energía. Ha empezado a estudiar bachillerato en la preparatoria porque no soporta su ignorancia. Yo le cuento que ya me he acostumbrado a la mía y no sirvo para aprender. Le digo que me divorcié de Viggo F. sin llegar a terminar *La Revolución francesa*.

Ester ya no vive con Viggo F. Dice que se ha hartado de oír cuánto me echa de menos y lo amargado que está desde que lo abandoné. Ahora vive con su familia, pero allí las cosas no le van mejor. Su padre es un mayorista arruinado que lleva a casa a una amante detrás de otra. Su madre ya se ha habituado. Mira, me dice, estoy hasta las narices de tanto liberalismo forzoso. Como me ocurre lo mismo, le pregunto qué pueden hacer dos bichos raros como nosotras cuando no están escribiendo. Entonces desembucha a qué ha venido en realidad. De su época en la farmacia, conoce a una pintora llamada Elisabeth Neckelmann. Vive con otra mujer que usa pajarita, boquilla de ámbar, americana y pantalón porque solo le agradan las mujeres. Yo le alegro el ojo, afirma Ester con mucha calma, y me ha preguntado si querría pasar una temporada en su casa de campo. La idea me parece estupenda, pero no puedo vivir allí con Halfdan, porque entonces, ¿qué vamos a comer? ¿No te gustaría vivir allí conmigo? A Helle le iría muy bien un poco de aire puro. Al ver que me cuesta un poco dar una respuesta, interviene Ebbe: Creo que deberías ir, las separaciones breves suelen ser refrescantes para los matrimonios. También dice que así estará más tranquilo, y podrá estudiar si Helle no le molesta. Ya no falta mucho para los parciales y va muy retrasado. Al fin acepto la propuesta de Ester. Me gusta porque es tranquila, afable y sensata, y porque tiene el mismo propósito en la vida que yo. Ebbe promete ir a visitarme siempre que pueda, a pesar de que la casa está en algún punto del sur de Selandia, muy lejos de Copenhague. Nos ponemos de acuerdo para ir hasta allí en bicicleta al día siguiente y por la noche Ebbe se acuesta conmigo por vez primera en mucho tiempo. Lo hace de un modo airado y poco afectuoso, como si le molestara seguir deseándome. Las cosas serán distintas, aseguro apesadumbrada, cuando termine de dar el pecho. Le cae un poco de leche y se echa a reír. Dice: No es cosa fácil irse a la cama con una lechería ambulante.

La casa está situada en una hondonada y tiene un trigal detrás, y hierba hirsuta y frambuesos silvestres por la pendiente que sube a la carretera, donde unos pinos que crecen torcidos ocultan el declive del terreno. En el interior hay un salón enorme con una cocina antigua en un extremo y un cuartito con dos camas donde dormimos tan juntas que, si despierto un instante en el transcurso de la noche, oigo la callada respiración de Ester. Dormir con Helle me hace sentir segura y alegre al percibir el contacto de su cuerpecito cálido. Durante el día la tengo en el cochecito, al sol, pero, como a mí, le cuesta broncearse. Las dos somos de piel clara. Ester, en cambio, coge color apenas han pasado un par de días. Es como si los dientes se volvieran más blancos, y lo blanco del ojo parece porcelana húmeda por contraste con su piel morena y firme. Por las mañanas soy yo la primera en levantarse porque Ester necesita más horas de sueño. Enciendo la cocina a trancas y barrancas con unas astillas compradas a un campesino de los alrededores, que también nos vende huevos y leche. La cocina genera más humo que fuego y tengo que encenderla varias veces para que tire. Preparo el té, unto pan con mantequilla y a veces le llevo a Ester el desayuno a la cama. Cómo me mimas, dice contenta mientras se frota los ojos color hojarasca para ahuyentar el sueño. La larga melena negra le cae directamente desde la tersa frente. Hacemos que el día discurra entre prolongados paseos, charlas y juegos con Helle, a quien le acaba de salir el primer diente. Es mi primera vez en el campo y me asombra el gran silencio, que no se parece a nada que yo conozca. Siento algo cercano a la felicidad y pienso que tal vez esto sea disfrutar de la vida. Por las noches acostumbro a salir a pasear sola mientras Ester cuida a Helle. Noto que el aroma de los campos y del bosque de abetos es más intenso que el día de nuestra llegada. Las ventanas iluminadas de la granja resplandecen en la oscuridad como cuadrados amarillos; me pregunto cómo pasarán el tiempo las gentes que viven allí. Seguro que el marido oye la radio mientras la mujer zurce calcetines que va sacando de un cesto grande de mimbre. Dentro de un rato empezarán a bostezar, a desperezarse y a levantar la vista hacia el cielo, dirán unas palabras sobre el trabajo del día siguiente y luego se irán a la cama sin hacer ruido para no despertar a los hijos. Los cuadrados amarillos se apagarán. Se cierran ojos en todo el mundo, duermen las ciudades, duermen las casas, duermen los campos. Cuando vuelvo a entrar, Ester ya ha preparado alguna cosa para cenar, unos huevos fritos o algo semejante, tampoco nos complicamos demasiado la vida. Encendemos la lámpara de petróleo y pasamos horas de charla salpicada de largas pausas que no son tensas ni borboteantes, como ahora es el silencio que se abre entre Ebbe y yo. Ester me habla de su infancia, de su inestable padre y de su tierna y paciente madre. Yo hablo también de la mía, y nuestro pasado brilla entre las dos como un pedazo de muro inundado de vida. Estos días plácidos se ven solo interrumpidos por las visitas de Halfdan y Ebbe. A veces vienen juntos en bicicleta y llegan jadeantes y acalorados. Pasamos muy buenos ratos con ellos aquí, pero prefiero estar a solas con Ester. Parece un chiquillo: la camisa desteñida, los pantalones largos y la boca arisca con el labio de arriba corto y curvado hacia arriba.

En los días de calor, nos lavamos de pies a cabeza en la linde del campo por la mañana. El cuerpo de Ester es moreno y fuerte, de pechos grandes y firmes. Es algo más alta que yo y tiene los hombros anchos. Cuando me echa el agua fría por encima rompo a chillar y la piel se me pone de gallina, amoratada. Ester, en cambio, recibe el chorro con calma cuando le toca a ella y deja que el sol le seque los miembros lisos y brillantes extendida en la hierba como un crucificado. Creo que podría vivir así el resto de mis días, y ahora pensar en Ebbe y en nuestro eterno problema me resulta enrevesado.

Las mieses son ya amarillas y cabecean al viento cargadas de grano maduro. Nos despierta muy temprano el canto del cuco en torno a la casa, ora cerca, ora más lejos, como si le divirtiese gastarnos bromas. Al final, una de las dos se levanta a trompicones de la cama, ebria de sueño, abre la hoja superior de la puerta y da unas palmadas para ahuyentarlo. Al cabo de una hora, la segadora empieza a trabajar en la distancia, por los campos, y el sol asoma su frente dorada por detrás del bosque. Permanezco tendida en la cama observando a Ester mientras amamanto a Helle. Me digo que no tardaremos en separarnos y volver cada una con su marido. También me acuerdo de Ruth, mi amiga de la infancia, y una sensación cálida vaga sin rumbo y se apodera de mí en su camino por nuestro cuarto. A lo mejor debería dejar de darle el pecho, le digo a Ester cuando despierta. A lo mejor, contesta sonriente, no parece que eche en falta nada, pero no estaría de más algo de alimento sólido. Aunque así vas a perder ese busto tan bonito que se te ha puesto.

Regreso a casa y me encuentro con un Ebbe muy tostado que ha aprobado los parciales por la mínima, pero ha pasado. Le alegra de corazón volver a verme, y cuando me abraza descubro que es el principio del fin de mi frigidez. Cuando se lo cuento, dice que entonces nada en este mundo podrá volver a separarnos. Soy de la misma opinión. Sin embargo, tiempo después aún sigo pensando en Ester, con su cara morena de chiquillo y su boca arisca, que de algún modo oscuro e impenetrable es lo que impide que Ebbe y yo volvamos a acercarnos.

9

En otoño se publica mi nuevo libro y tiene muy buenas críticas en todas partes menos en el *Social-Demokraten*, donde Julius Bomholt lo despelleja a dos columnas con el siguiente titular: «Huida de la Calle de los Trabajadores». Entre otras cosas, dice que el libro no contiene «un ápice de gratitud» y añade que «se echa en falta algún retrato de nuestros resueltos jóvenes de las Juventudes Socialdemócratas». Pero si yo nunca he visto a nadie de las Juventudes Socialdemócratas, lloro en mi taza de sucedáneo de té, ¿cómo voy a retratarlos? Ebbe hace lo que puede por consolarme, pero no estoy habituada a los reveses en este campo y sollozo como si se me hubiese muerto mi familiar más querido. Con lo simpático que era conmigo cuando Viggo F. y yo íbamos a visitarlo, me lamento. Ebbe supone que, igual que Bjarnhof, está molesto porque he abandonado a Viggo F., y es que la crítica es tan perversa que parece esconder un asunto personal. Graham Greene escribió en alguna parte, dice mirando hacia el techo como siempre que se esfuerza por recordar algo, que cuando una persona nunca ha tenido un fracaso es que las cosas no marchan bien. De manera que me dejo consolar, recorto todas las críticas menos las malas, que ya no importan, y se las llevo a mi padre. Él las pega en mi libro de recortes, que ya está medio lleno. Podías haberte saltado eso de que me paso el día durmiendo con el trasero raído en pompa hacia la sala, me reprocha. No siempre estoy dormido y tampoco llevo los pantalones raídos. Nadie sabe que eres tú, protesta mi madre; desde luego, la madre del libro no se parece a mí lo más mínimo. Se lo he prestado a la de la lechería, me dice, me preguntó qué se siente al tener una hija famosa. Ella, que siempre me mira por encima del hombro.

Por un tiempo breve y dichoso, Ebbe no sale de noche y tampoco bebe más de lo razonable. A Lise y Ole, por el contrario, no les va bien. Se enfrentan a invencibles problemas económicos porque Ole debe el dinero de sus estudios y Lise no gana mucho en el ministerio donde trabaja. Se morirían de hambre sin las setas del vertedero, que ella recoge al anochecer mientras me cuenta que quiere divorciarse de Ole para casarse con su jurista. Tiene mujer y dos hijos. Y Arne pretende divorciarse de Sinne porque ella tiene un amante que es estraperlista y gana cincuenta coronas al día, una cantidad monstruosa. Por las noches me acuesto entre los brazos de Ebbe y nos confiamos que jamás nos divorciaremos ni nos seremos infieles.

Le hablo de lo mucho que siempre he odiado los cambios. Le hablo de mi tristeza cuando nos fuimos de Hedebygade y nos mudamos a Westend, donde nunca llegué a sentirme en casa. Le hablo de cuánto me parezco a mi padre. Cada vez que mi madre y Edvin redistribuían los muebles, mi padre y yo volvíamos a colocarlos en el mismo sitio. Ebbe se ríe y me acaricia el pelo. Eres una jodida reaccionaria, dice, y en el fondo yo también, por muy radical que sea. Después su voz tierna y grave me hila frases al oído como un carrete sin fin, llena de sosiego, llena de constancia. Desarrolla sus teorías sobre por qué los negros son negros y por qué los judíos tienen nariz aguileña, o sobre cuántas estrellas hay en realidad en el cielo, asuntos infinitos que me arrullan como a un niño la monotonía de una canción de cuna. Más allá de las paredes hay un mundo pérfido y complejo superior a nosotros que preferimos eludir. Los alemanes han asumido el control de la policía y Ebbe ahora es de CB.* Va a ser una especie de sustituto de la policía. Lleva un uniforme azul con los hombros caídos y el gorro le queda grande. A mí con él me recuerda al buen soldado Švejk, y cuando habla de unirse a la resistencia no puedo tomarlo en serio.

A la edad de nueve meses, Helle se levanta por primera vez, entre jadeos y resoplidos, en su corralito. Se queda bamboleándose bien agarrada a los barrotes mientras deja escapar agudos grititos de alegría. Cuando me agacho a elogiarla y acariciarla, de pronto siento la boca llena y corro a devolver. Aunque me digo a mí misma que habré comido algo que me ha sentado mal, el miedo a un nuevo embarazo hace que me tiemblen las piernas. Sé que eso destruiría todo lo que hay entre Ebbe y yo.

Está usted de dos meses, afirma el doctor Herborg, mi médico de la caja de enfermedad, antes de sentarse. Mientras tanto, la cortina que siempre me separa de la realidad de repente se vuelve gris y flácida, como de telaraña. Al doctor le falta un botón de la bata blanca y reluciente, y de

* *Civilbeskyttelse*, cuerpo dedicado a tareas de protección civil durante los años de la ocupación nazi de Dinamarca.

la nariz le sale un pelo largo y negro. Pero es que yo no quiero tener este hijo, le aseguro con vehemencia; ha sido un accidente, debo de haberme puesto mal el diafragma. Él me sonríe y me mira sin comprenderme. ¡Señor!, exclama, ¿y cuántos niños cree que nacen por accidente? Y al final sus madres siempre los quieren igual. ¿No pueden quitármelo?, pregunto con cautela. De inmediato la sonrisa se borra de su rostro como una goma elástica al soltarse. Yo no hago esas cosas, contesta con frialdad; que, por cierto, sabrá usted que son ilegales. Entonces le pregunto, por consejo de Lise, si puede remitirme a alguien que sí las haga. No, dice sin más, eso también es ilegal. Voy a casa de mi madre, que sé que me entenderá. Está en la cocina haciendo solitarios. Vaya, suelta al enterarse de qué me ha llevado hasta allí, si ponerlo de patitas en la calle es la cosa más sencilla: tú bájate a la farmacia y compra un frasco de aceite de ámbar, bébetelo y ya saldrá. Yo lo he hecho dos veces, así que sé lo que digo. Compro el aceite de ámbar y me siento en la cocina frente a mi madre. Al destapar el frasco acude a mi encuentro un hedor asfixiante y salgo disparada a vomitar. No puedo, digo desesperada, eso no hay quien se lo trague. Mi madre ya no tiene más consejos que darme, así que voy al ministerio donde trabaja Lise y la espero apoyada contra el muro. Al contemplar los tejados verdes de la Bolsa, con su suave resplandor vespertino, recuerdo mis paseos con Piet por la ciudad a oscuras cuando salíamos de las reuniones del club. Por aquel entonces no estaba embarazada, y si me hubiese quedado con Viggo F. tampoco habría llegado a este estado. La gente pasa a mi lado sin fijarse en mí. Pasan mujeres con y sin cochecitos, con y sin niños pequeños de la mano. Sus semblantes son tranquilos y ensimismados, y dentro de ellas no crece nada con lo que no quieren tener que ver. Lise, exclamo sin darle tiempo de llegar hasta mí. No ha querido, ¿qué voy a hacer ahora, por Dios? Mientras vamos al tranvía, le hablo del espantoso aceite de ámbar de mi madre, que es un remedio del que Lise tampoco sabía nada. Subo con ella a recoger a Kim de casa de su madre: es una mujer autoritaria que lleva un vestido hasta los pies y una cofia, porque tiene una calva en la cabeza. Pienso que ha traído diez hijos al mundo porque al padre de Lise le gustaba que siempre hubiese un niño en la cuna, y que a nadie le ha interesado nunca su opinión al respecto. Ya en casa de Lise, mi amiga dice que no me deje llevar por el pánico, que hay tiempo más que de sobra para encontrar una solución. Va a preguntarle a una chica joven de su oficina, que un año atrás interrumpió un embarazo de forma ilegal. Por desgracia, ahora mismo está enferma, pero en cuanto vuelva al trabajo, Lise se encargará de conseguirme una dirección. Hasta donde ella sabe, el doctor Leunbachno lo hace últimamente porque ha pasado un tiempo en chirona por esa misma razón. Puede que Nadja sepa de algún sitio, apunta, aunque ya no me acuerdo de dónde vivía con su marinero. Pero no puedo esperar, aseguro desesperada, no puedo quedarme cruzada de brazos ni un solo momento. No consigo trabajar, y ahora mismo Ebbe y Helle me son indiferentes. Lise supone que habrá otros médicos tan dispuestos como Leunbach. Dice que, ya que necesito mantenerme activa, puedo ir llamando a todos los que aparecen en el listín telefónico hasta que tope con uno. Entre tanto, la chica que tiene la dirección ya se habrá recuperado, lo importante es que no pierda la esperanza. Me observa pensativa: ¿De verdad crees que sería tan terrible tener un segundo hijo? Ella tampoco me entiende. Le aseguro con ahínco que me niego a que me ocurra nada que yo no desee. Es como verse atrapada en una trampa. Además, nuestro matrimonio no sobreviviría a otra frigidez por culpa de la lactancia. Ahora mismo no soporto que Ebbe me toque. Cuando vuelvo a casa y estoy con él, me cuenta que ha entrado en contacto con la resistencia y que lo van a adiestrar para luchar por la libertad de cara al día en que los alemanes tengan que capitular y abandonar el país. Nadie cree que lo hagan sin luchar. Nadie cree ya tampoco en su victoria, no después de la derrota de Stalingrado. A mí, si quieres jugar a los soldaditos me trae al fresco, replico molesta, tengo otras cosas en que pensar. Ebbe dice que él no es muy partidario de que aborte. Puede costarte la vida, sostiene; y, desde luego, se niega a conseguirme una dirección. No me apetece ni contestarle, no entiende nada, no sé qué fue lo que vi en él.

Al día siguiente comienza mi odisea médica. Solo puedo ocuparme de dos al día porque todos pasan consulta al mismo tiempo. Me siento frente a esas batas blancas con mi gabardina decrépita y el pañuelo rojo al cuello. Me observan con frialdad y sin ninguna empatía: ¿A quién demonios se le ha ocurrido darle a usted mi dirección? Mi querida señora, hay mujeres que se encuentran en circunstancias mucho peores. Usted, en cambio, está casada y no tiene más que un hijo. ¿No pretenderá que cometa un delito?, me pregunta uno de ellos. Ahí tiene usted la salida. Regreso de estas visitas humillada y abatida, voy a casa de mi suegra a recoger a Helle, le doy de comer sin hacerle ningún caso, la acuesto, la vuelvo a coger. Suena el teléfono y una voz dice: Buenos días, soy Hjalmar. ¿Está Ebbe? Le paso el auricular y él responde con monosílabos. Luego se pone el abrigo que ha heredado de su padre, con su estúpida trabilla por la espalda, unas botas de agua altas porque llueve y una gorra que nunca usa encasquetada hasta las cejas. Bajo el brazo sostiene la cartera con la misma cara que si estuviese llena de dinamita. Está pálido. ¿Tengo aire sospechoso?, pregunta. No, contesto indiferente, aunque con la pinta que tiene, sospecharía hasta un niño a varios kilómetros de distancia. Cuando se marcha, sigo revisando el listín página tras página, pero encontrar un médico que practique abortos de esta manera es como buscar una aguja en un pajar, de modo que al cabo de un par de días me doy por vencida. Empieza a ser una carrera contra el reloj, sé que nadie lo hace si estás de más de tres meses. Resulta complicado verse con Lise a solas por las tardes, porque después del trabajo se queda con su jurista y cree que no conviene mezclar en todo esto a Ole, que ve las cosas igual que Ebbe. Los hombres han quedado excluidos de mi mundo. Son seres raros, de otro planeta. Nunca han sentido nada en sus propias carnes. No cuentan con órganos tiernos y delicados a los que un pegote de moco pueda agarrarse como un tumor y vivir una vida independiente al margen de su voluntad. Una noche voy a ver al padre de Nadja y le pregunto dónde vive su hija con su marinero. Es en un sótano de Østerbro y hacia allí voy de inmediato. Están cenando, y Nadja es tan amable de invitarme a unirme a ellos, solo que cualquier olor a comida me da náuseas y de un tiempo a esta parte no como casi nada. Nadja se ha cortado el pelo y se ha echado unos andares bamboleantes, como si caminase por la cubierta de un barco. El marinero se llama Einar y repite siempre los mismos giros: sí, señor, así se hace, etcétera. Ella habla igual que él. Cuando oye a qué he venido, se ofrece a conseguirme unas pastillas de quinina. Así abortó ella en una ocasión. Pero es posible que la cosa tarde unos días, no es tan fácil.

No sabes cómo te entiendo, dice con gesto evocador. Odias pensar que le están saliendo ojos y dedos en las manos y en los pies sin que tú puedas hacer nada. Te quedas mirando a los demás niños como una boba y no encuentras nada en ellos que los redima. Lo único que tienes en la cabeza es volver a estar sola en tu propio pellejo.

Algo más aliviada, le cuento a Lise que Nadja ha prometido conseguirme quinina. Sin embargo, ella no se muestra tan entusiasmada. He oído que te puede dejar ciega y sorda, asegura. Le digo con toda franqueza que no me importa con tal de que me saquen del cuerpo esa cosa.

Por fin vuelve a la oficina la chica a la que esperábamos y le da a Lise los datos del médico que la ayudó. Por vez primera en todo este tiempo me siento feliz al regresar a casa con el papel en la mano. El tipo se llama Lauritzen y vive en Vesterbrogade. Le llaman «Abortos Lauritz» y dicen que es muy seguro. Vuelvo a tener ojos para Ebbe y Helle. Siento a la niña en mis rodillas y juego con ella, y a él le digo: Cuando te reúnas con ese tal Hjalmar, no te pongas la gorra y sostén la cartera como si estuviese llena de libros. No sirves para esas cosas. Pero él me tranquiliza asegurándome que no va a participar en actos de sabotaje, de modo que las probabilidades de que lo atrapen los alemanes son muy escasas. Mañana a esta misma hora, anuncio, seré más feliz que nunca en toda mi vida.

Al día siguiente me pongo el abrigo con forro de fustán que le he comprado a Sinne, porque está helando. Ella lo ha hecho con unos edredones que le han mandado de casa, pero como de repente todo hijo de vecino empezó a ir por ahí con abrigos de fustán, se cansó de él. Por abajo llevo pantalones largos. Voy en bicicleta hasta Vesterbrogade, que ya está decorada para la Navidad con sus guirnaldas de abeto y cintas rojas por la acera. Me han recomendado que no lo diga directamente y que tampoco cuente de dónde he sacado la dirección. Hay mucha gente en la sala de espera, sobre todo mujeres. Una señora vestida con un abrigo de piel avanza retorciéndose las manos, le acaricia a una niña en la cabeza como si fuese ocurrencia de su mano y retoma sus paseos. De repente se acerca a una mujer joven. ¿Me permite que pase antes que usted?, pregunta, tengo dolores muy fuertes. Claro, contesta la otra complaciente, y cuando se abre la puerta de la consulta y alguien grita «¡siguiente!», entra corriendo y cierra con ímpetu. Al cabo de unos instantes vuelve a salir como transformada. Le brillan los ojos, tiene las mejillas rojas y a sus labios asoma una sonrisa extraña y distante. Aparta un poco la cortina y contempla la calle. Qué bonitos son todos esos adornos, dice. No veo la hora de que llegue la Navidad. Yo la miro asombrada y mi respeto hacia el médico va en aumento. Si es capaz de curar a una persona tan atormentada en cuestión de minutos, quién sabe hasta dónde podrá llegar.

¿Y a usted qué la trae por aquí?, me pregunta mirándome con unos ojos cansados y amables. Es un hombre mayor de pelo cano con un indefinible aire de desaliño. Sobre su mesa hay un trozo de pan con salchichón que levanta los dos extremos al cielo. Le cuento que estoy embarazada, pero no quiero tener otro hijo. Ya, dice él frotándose la barbilla. Me temo que voy a decepcionarla: lo dejé hace no mucho porque las cosas se estaban poniendo feas.

El chasco es tan inmenso, tan paralizante, que hundo el rostro entre las manos y rompo a llorar. Pero es que usted es mi última salida y dentro de poco estaré de tres meses, sollozo. Si no me ayuda, me quito la vida. Eso dicen muchas, asegura apacible; de pronto se quita las gafas como si quisiera verme mejor. Oiga, dice luego, ¿no es usted Tove Ditlevsen? Lo admito, aunque no sé si eso supone una ventaja. He leído su último libro y me parece muy bueno. Yo también soy un hijo de Vesterbro. Si deja de llorar, añade muy despacio, tal vez pueda decirle al oído una dirección. Poco me falta para abrazarle de puro alivio cuando anota en un papel un nombre y unas señas. Le dará cita, dice. Él se limitará a perforar el saco amniótico. Si sangra, llámeme y la ingresaremos en mi clínica. ¿Y si no sangro?, pregunto presa de una nueva angustia al ver que es más complicado de lo que creía. Entonces, mala señal, dice. Pero no suele ocurrir. No adelantemos acontecimientos.

De vuelta en casa, comento el asunto con Ebbe, que me suplica que renuncie a mis planes. No, replico con vehemencia, antes la muerte. Lleno de inquietud, pasea de un lado a otro por el salón con los ojos clavados en el techo, como si fuese a encontrar allí argumentos convincentes. Llamo al médico, que vive en Charlottenlund. Mañana a las seis, me cita con una voz sorda y malhumorada, entre sin llamar, la puerta estará abierta. Traiga trescientas coronas. A Ebbe le pido que no tenga tanto miedo. Si me ocurre algo, también le ocurrirá algo al médico, así que se andará con ojo. Cuando esto haya pasado volveremos a estar bien, Ebbe. Por eso no veo la hora de que llegue el momento.

10

Voy en tranvía a Charlottenlund porque no quiero ir en bicicleta, quién sabe en qué estado me encontraré a la vuelta. Faltan dos días para Nochebuena y la gente va cargada de paquetes envueltos en brillante papel de Navidad. Puede que en Nochebuena ya haya pasado todo y podamos celebrar la Navidad en casa de mis padres. Serían las mejores Navidades de mi vida. Voy sentada junto a un soldado alemán. Una mujer gruesa con un sinfín de paquetes se ha levantado entre aspavientos y se ha cambiado de sitio. A mí me ha dado lástima el soldado, que seguro que tiene mujer e hijos y preferiría estar en casa con ellos en lugar de deambular por un país extranjero que su Führer ha tenido la ocurrencia de ocupar. En casa me espera Ebbe más asustado que yo. Me ha comprado una linterna para que vea los números en la oscuridad. Hemos buscado en un libro qué es el saco amniótico. Cuando se rompe, ponía, se expulsa el líquido que contiene y comienza el parto. Pero esta vez no tiene que salir el líquido, sino sangre, así que nos quedamos como estábamos.

El médico sale a recibirme a la entrada, donde una bombilla pelada se balancea de un gancho que cuelga del techo. Parece nervioso y ofendido. El dinero, exige sin más con la mano extendida. Se lo entrego y él señala en dirección a la consulta. Tendrá medio siglo y es bajo y reseco, y los labios se le tuercen hacia abajo como si nunca hubiese sonreído. Échese, ordena sin más señalando hacia una camilla con estribos para sujetar las piernas. Me acuesto asustada, observando una mesa con una hilera de instrumentos brillantes y puntiagudos. ¿Duele?, pregunto. Un poco, contesta él, solo un momento. Habla con estilo telegráfico, como si pretendiese hacer economía con sus cuerdas vocales. Cierro los ojos y un dolor agudo me traspasa el cuerpo, aunque no emito sonido alguno. Hecho, anuncia. Si sangra o tiene fiebre, llame al doctor Lauritzen. Nada de hospitales. Ni una palabra sobre mi nombre.

Vuelvo a casa en el tranvía y, por primera vez, tengo miedo. ¿Por qué ha de ser todo tan misterioso y tan complicado? ¿Por qué no se limitó a sacarlo de ahí y ya está? Dentro de mí hay un silencio propio de una catedral, y nada indica que un instrumento asesino acaba de perforar la membrana destinada a proteger algo que se empeñaba en vivir contra mi voluntad. En casa, Ebbe da de comer a Helle. Está pálido y nervioso, y le cuento el resultado. No deberías haberlo hecho, repite una y otra vez, has puesto tu vida en peligro, todo esto no está bien. Pasamos casi toda la noche acostados sin dormir. Sin sangre, sin líquido, sin fiebre, y sin que nadie me haya explicado qué hacer ahora. Entonces suena la alarma antiaérea. Bajamos al refugio la cuna de Helle, nunca se despierta. Dentro hay gente adormilada. Hablo unos segundos con la vecina de abajo, que está atiborrando de galletas a su hijo, enfurruñado y medio dormido. Es una mujer joven de rasgos débiles, incompletos, y tal vez haya intentado que le sacaran a un niño, a este o a otro posterior. Tal vez sean muchas las mujeres que ya han pasado lo que estoy pasando ahora y nadie hable de ello. No le he contado ni a Ebbe cómo se llama el médico de Charlottenlund; así, si me ocurre algo, no recaerá sobre él. Me ha ayudado *in extremis* y con eso se ha ganado mi más total solidaridad, a pesar de que era un hombre muy desagradable.

Mientras estoy en el refugio, siento un frío muy intenso y me abotono la chaqueta hasta el cuello. Estoy tan helada que me castañetean los dientes. Creo que tengo fiebre, le digo a Ebbe. La alarma cesa y volvemos a casa. Me pongo el termómetro y marca cuarenta. Ebbe está hecho un energúmeno. Llama al médico, me urge, hay que ingresarte ahora mismo. La fiebre me hace sentir un poco achispada. Ahora no, replico entre risas, no en plena noche. Se enterarían su mujer y sus hijos. Lo último que veo antes de dormirme es a Ebbe paseando de un lado a otro, retorciéndose el cabello entre los dedos como un loco. Válgame Dios, murmura desesperado, válgame Dios. Pienso: También ese tal Hjalmar te pone en peligro a ti.

A primera hora llamo al doctor Lauritzen y le digo que tengo cuarenta y medio de fiebre, pero que no he sangrado ni expulsado ningún líquido. Todo llegará, me asegura en tono afable; vaya a la clínica de inmediato, voy a telefonearles para informarles de su llegada. Pero ni una palabra a las enfermeras, ¿de acuerdo? Usted está embarazada y tiene fiebre, eso es todo. Y no tenga tanto miedo, que todo va a salir bien.

Es una clínica muy elegante de Christian den Niendes Gade. Me ingresa la enfermera jefe, una mujer mayor y muy amable de aire maternal. Es posible que no podamos salvar al niño, me dice, pero haremos todo lo que esté en nuestra mano. Esas palabras me desesperan, y, una vez en mi habitación compartida, me apoyo en un codo y observo a la mujer que hay en la otra cama, cinco o seis años mayor que yo y con un rostro abierto y simpático que remata la bata blanca que lleva puesta. Se llama Tutti y, para mi sorpresa, resulta que ha venido con Morten Nielsen. Él es el padre del niño que iba a tener. Es divorciada, arquitecta y madre de una niña de seis años. En cuestión de una hora, es como si nos conociésemos de toda la vida. En mitad de la habitación hay un arbolito de Navidad con piececitas de cristal que tintinean y una estrella en lo alto. En estas circunstancias resulta absurdo. Cuando era niña, le cuento a Tutti en medio de mi delirio febril, creía en serio que las estrellas tenían seis puntas. Encienden las luces y una enfermera trae dos bandejas. Sigo sin soportar la visión ni el olor de la comida, así que no toco la mía. ¿Sangras?, me pregunta la enfermera. No, contesto. Entonces me deja un cubo y unas compresas por si empiezo en plena noche. Dios mío, me digo desesperada, concédeme, aunque sea, una gotita de sangre. Cuando retiran las bandejas aparece Ebbe, y poco después entra Morten. Buenas, me saluda estupefacto, ¿tú qué demonios haces aquí? Luego se sienta en la cama de Tutti y entre susurros se pierden el uno en brazos del otro. Ebbe me ha traído veinte pastillas de quinina que le ha dado Nadja. No te las tomes si no es absolutamente necesario, me advierte. Cuando se marcha, le cuento a Tutti que Nadja una vez consiguió expulsar un feto con quinina, y ella no ve impedimento alguno para que me las tome. Y eso hago. La enfermera de noche viene a apagar la lámpara del techo y enciende una lamparilla cuyo resplandor azul envuelve la habitación en una luz irreal, fantasmagórica. No logro conciliar el sueño, pero al intentar decirle una cosa a Tutti no oigo mi propia voz. Se lo repito más alto y sigo sin oír nada. ¡Tutti!, grito aterrorizada, ¡me he quedado sorda! La veo mover los labios, pero no la oigo. Habla más alto, le ruego. Entonces chilla: No tienes por qué gritarme, que no estoy sorda. Son las pastillas, pero seguro que se te pasa.

Me zumban los oídos y detrás de ese zumbido se extiende un silencio algodonoso y funesto. Tal vez me haya quedado sorda para el resto de mis días, y en vano, porque aquí sigue sin salir sangre. Tutti se levanta, se acerca y me grita al oído: Quieren ver sangre, con eso solo les basta. Te voy a dar mis compresas usadas para que tú mañana se las enseñes. Entonces sí te harán el legrado. Habla más alto, le grito desesperada, y por fin consigo oír lo que me dice. Se pasa toda la noche viniendo hasta mi cama una y otra vez a dejarme las compresas usadas en el cubo. Cada vez que pasa al lado del árbol de Navidad, los adornos de cristal se agitan, y sé que tintinean, aunque no los oigo. Me acuerdo de Ebbe y de Morten, y de su cara de desamparo en este mundo femenino lleno de sangre, náuseas y fiebre. Y me acuerdo de las Navidades de mi infancia, cuando dábamos vueltas en torno al árbol mientras cantábamos *De los abismos venimos* en vez de himnos. Me acuerdo de mi madre y de su espantoso aceite de ámbar. No tiene la menor idea de que estoy aquí, nunca ha sabido guardar un secreto. También me acuerdo de mi padre, que siempre ha sido duro de oído, le viene de familia. Los sordos deben vivir en un mundo cerrado y aislado. Tal vez haya que ponerme un sonotone. Pero mi sordera ahora es lo de menos después de la buena obra de Tutti. Saben muy bien lo que está ocurriendo, me aúlla al oído, solo tratan de guardar las apariencias.

Con las primeras luces del alba caemos rendidas hasta que la enfermera viene a despertarnos. Hay que ver lo que ha sangrado, exclama con una preocupación hipócrita al ver en el cubo la cosecha nocturna. Mucho me temo que no podremos salvar al niño. Voy a llamar al médico de inmediato. Para mi alivio, compruebo que vuelvo a oír. ¿Está muy triste?, pregunta. Un poco, miento mientras trato de poner cara de compungida.

A media mañana aparece el médico y me llevan al quirófano. No se aflija tanto, me dice jovial; gracias a Dios usted ya tiene otro hijo. Luego me colocan una máscara en la cara y el mundo entero se llena de olor a éter.

Cuando despierto, estoy echada en la cama con una bata limpia. Tutti me sonríe. ¿Qué?, pregunta, ¿contenta? Sí, respondo, ¿qué habría hecho sin ti? Ella no tiene ni idea y cree que ya da lo mismo. Me cuenta que Morten quiere que se casen. Está muy enamorada de él y admira sus poemas, que acaban de publicarse y han recibido elogios en todos los periódicos. Después de ti, afirma con tacto, es el joven con más talento de hoy en día. Soy de la misma opinión, pero nunca hemos estado muy unidos. Ebbe me trae flores como si se tratase de un nacimiento y está radiante porque todo ha terminado. Dice que en el futuro habrá que andarse con más cuidado. También le pido a Abortos Lauritz que me enseñe a ponerme bien el diafragma. Con eso y con todo, siento una aversión terrible hacia esa pieza de quincalla que no perderé en la vida. Mi temperatura ha vuelto con rapidez a sus valores normales y, ahora que las náuseas se me han pasado como por ensalmo, tengo un hambre de lobo. Echo de menos el cuerpecillo regordete de Helle, con sus hoyuelos en los nudillos y en las rodillas. Cuando Ebbe me la trae, me pregunto con espanto: ¿y si hubiese sido a ella a quien hubiéramos negado el derecho a la vida? La subo a mi cama y juego largo rato con ella. La quiero más que nunca.

Por la noche viene a vernos el médico, sin bata y con

dos niños de la mano. Tendrán diez o doce años. Feliz Navidad, nos desea de corazón estrechándonos la mano. Los niños nos dan la mano también y una vez que se han marchado Tutti dice: Es un hombre muy agradable, menos mal que alguien se atreve.

En Nochebuena despierto, saco papel y lápiz del bolso, y escribo un poema al débil resplandor de la lamparilla:

A ti que buscaste refugio en una
que era débil y temía,
entre la noche y el día
te arrullo con una canción de cuna...

No me arrepiento de lo que hice, pero en el sombrío dédalo de mi mente se ve aún un rastro tenue, como de huellas de niño, sobre la arena mojada.

11

Pasan los días, pasan las semanas, pasan los meses. He empezado a escribir cuentos y la cortina que me separa de la realidad vuelve a ser densa y segura. Ebbe ya no falta a clase y ahora no me da miedo que salga con Hjalmar. Para mi alivio, muestra menos interés en lo que escribo, de modo que ahora creo mis personajes masculinos en paz. Sin embargo, después de lo de Mulvad siempre procuro que no guarden ningún parecido exterior con Ebbe. Tras acostar a Helle, todas las noches me lee poemas de Sophus Claussen o de Rilke. Los de este último me causan una honda impresión; jamás lo habría descubierto de no haber sido por Ebbe. También le interesa mucho Hørup últimamente. Entusiasmado, permanece en pie en el centro de nuestra pequeña sala de estar, el pie encima de una silla y la mano en el corazón, recitando con voz grave: «Mi mano se alzará siempre contra la política que considero la más mezquina de todas, la que aspira a confabular a los ricos y poner a la clase alta en contra de aquellos de quienes menos tienen que temer para aplastarlos hasta aniquilarlos». Por las noches nos acostamos abrazados y me habla de su infancia, que es como la de todos los hombres. Siempre hay un jardín, unos árboles frutales, una manguera y una prima o una amiga con la que se echan en un pajar hasta que llegan una madre o una tía a arruinarlo todo. Cuando ya la has oído varias veces, la historia resulta de lo más aburrida, pero ellos se emocionan mucho al contarla y, al fin y al cabo, si estamos bien los dos juntos, qué se diga es lo de menos.

Nos hemos mudado a otro apartamento en el bajo del edificio de Lise y Ole. Tiene un dormitorio, sala de estar y un cuarto pequeño, además de un jardincito donde Helle juega y corretea. Ya tiene dos años y su calvicie ha quedado reemplazada por una maraña de rizos rubios. Es una niña tan buena que Lise dice que no sabemos lo que es tener un hijo. Cuando escribo por las tardes, la siento a jugar con sus construcciones y sus muñecas, y ha aprendido a no molestarme. Mamá está escribiendo, le dice en tono solemne a su muñeca, después vamos todos juntos de paseo. Ya habla con claridad. Unos días antes de la mudanza a la casa nueva, me llama desde la cocina la señora Hansen. Los HiPos* han cortado la calle, me advierte; mire, están encendiendo hogueras. Aparto un poco la cortina para observar la calle desierta. Los HiPos están arrojando muebles por la ventana del último piso del edificio de enfrente. Los queman en una hoguera formidable mientras retienen en medio de muchas voces a una mujer y dos niños con los brazos levantados contra el muro de la casa a punta de ametralladora. Pobre gente, se compadece la señora Hansen, menos mal que esta maldita gue-

* El término *Hilfspolizei*, abreviado como HiPo, se utilizó para designar a distintas unidades militares y paramilitares creadas por los alemanes en los territorios que ocuparon durante la Segunda Guerra Mundial.

rra no tardará en terminar. Me dispongo a abandonar mi atalaya cuando veo que una mujer dobla la esquina a toda velocidad y, para mi espanto, descubro que se trata de Tutti. Un HiPo le grita y dispara al aire, luego ella desaparece en nuestro portal. Cuando le abro la puerta, se abalanza sobre mí entre sollozos: Morten ha muerto, anuncia. Al principio no comprendo sus palabras. La obligo a tomar asiento y reparo en que lleva puestos dos zapatos diferentes. ¿Cómo que muerto?, pregunto. ¿Hablas en serio? Si le vi hace un par de días. Tutti me cuenta llorando que ha sido un disparo fortuito, un sinsentido, algo insoportable. Estaba sentado frente a un oficial que iba a enseñarle a usar un revólver con silenciador. De pronto, el arma se disparó y le alcanzó en el corazón. Solo tenía veintidós años, lamenta Tutti mirándome con aire desvalido. Yo lo quería muchísimo, no sé si algún día podré superar todo esto. Pienso en el rostro de Morten, anguloso y honesto, y recuerdo su poema: «La muerte la conozco desde niño». Es curioso que escribiera tanto sobre la muerte, digo. Sí, conviene conmigo Tutti, ya algo más tranquila. Es como si presintiera que no le dejarían vivir.

Al cabo de unas horas llegan Ester y Halfdan, muy afectados los dos. Me consta que Halfdan estaba muy unido a él. Sin embargo, lo que no logro quitarme de la cabeza es que lo mismo podría ocurrirle a Ebbe. De repente, sus salidas con Hjalmar adquieren una enorme gravedad y me llenan de zozobra hasta que lo vuelvo a ver. Cuando nos mudamos a la casa nueva, puedo ver a Lise y Ole también durante el toque de queda. Durante unas pruebas de tuberculosis que todos los estudiantes deben pasar una vez al año, descubren que Ole tiene «algo en el pecho», como dice él mismo. De no ser por eso, él también entrenaría para unirse a la resistencia. El médico determina que tendrá que pasar unos meses en una residencia para estudiantes tuberculosos que hay en Holte, y a Lise no le apena mucho la separación. Así podrá aplazar el asunto del divorcio y dedicarse a su jurista en paz.

Entonces llega el 5 de mayo y las calles se llenan de multitudes vociferantes que parecen salir de debajo de las piedras. La gente va abrazando a perfectos desconocidos, cantando a voz en cuello la canción de la libertad y lanzando hurras cada vez que pasa un camión con miembros de la resistencia. Ebbe va de uniforme y temo por su suerte, porque aún no se sabe si los alemanes se retirarán sin lucha. Arriba, en casa de Lise y Ole, han sacado a la mesa por última vez las botellas de *pullimut* y hay un tropel de personas, algunas que no conozco. Bailamos, lo festejamos y nos divertimos, pero este acontecimiento histórico no acaba de calar en mi conciencia, porque yo siempre percibo las cosas con retraso y rara vez vivo de lleno en el momento presente. Arrancamos las cortinas opacas y las rompemos a pisotones. Nos conducimos como si fuésemos los más felices, pero la realidad es otra: todos seguimos llorando la muerte de Morten, Lise y Ole van a irse cada uno por su lado y Sinne acaba de dejar a Arne, que se siente tan desdichado que está todo el santo día tirado en la cama. Nadja, que siempre anda a la caza de un hombre y nunca da con el adecuado, coquetea con Karsten, con quien haría muy buena pareja. Yo solo pienso en mi aborto y ando siempre calculando qué edad tendría ahora el niño. Todos hemos fracasado en algún plano de la vida y tengo la sensación de que nuestra juventud ha acabado junto con la ocupación. Hemos acostado a Helle con Kim en el cuarto de los niños, y cuando su llanto es tan audible que supera incluso nuestro bullicio, Lise va a cantarles hasta que vuelven a dormirse. Afuera, en el firmamento, avanza la noche de primavera, y la luna, suspendida con elegancia, contempla melancólica un tropel exhausto y trasnochado que no logra decidirse a separarse y volver a casa cada quien por su lado.

Al cabo de un par de días, Ebbe regresa pálido y agitado, diciendo que ya no quiere participar en nada más. Después de contarme el trato que dispensan a delatores y colaboracionistas en Dagmarhus, se quita el uniforme y vuelve a vestir su atuendo civil. Al pasear con Helle por Vesterbros Torv, veo un grupo de soldados alemanes desarmados que arrastran los pies fuera de compás con expresión consumida, desesperada. Son muy jóvenes, algunos no tendrán más de quince o dieciséis años. Vuelvo a casa a escribir un poema sobre ellos que comienza así:

Cansados soldados nazis
en una ciudad extraña,
la primavera en la frente
y huidiza la mirada.
Cansados, tardos, sin maña,
marchan hacia la derrota
por una ciudad extraña.

Un buen día Lise baja a nuestra casa a contarme que Ole quiere invitar a un montón de chicas a un «tubercubaile» que van a dar en su residencia, que se llama Rudershøj. Ebbe está muy ofendido porque él no es bienvenido, pero no hay nada que hacer, chicos tienen de sobra. La invitación me viene que ni pintada, porque he terminado mi libro de relatos y cuando no escribo no sé qué hacer. Lise me cuenta que el hijo de la directora asistirá a la fiesta para obligar a su madre a retirarse temprano.

Cuando llegamos, la juerga está en todo su apogeo. La gente baila al ritmo de una orquesta de la zona y los estudiantes no parecen más tuberculosos que Ole, que es la salud personificada. Una mujer pechugona se acerca corriendo a darnos la bienvenida. La directora, obviamente. Bailo con muchos chicos en una sala inmensa que han despejado de muebles y tiene el suelo de parqué y sillas de respaldo alto alineadas en paralelo a las paredes. La residencia está situada en un parque enorme que esa noche está envuelto en un velo de lluvia, verdinegro y plateado por una luna brumosa que viene y va tras las nubes. En una especie de vestíbulo han instalado un bar con su barra, taburetes y un camarero que sirve alcohol de verdad, no *pullimut*. Por alguna razón, me siento feliz y liberada y tengo la oscura sensación de que antes de que termine la noche va a ocurrir algo especial. Bebo whisky y me emborracho, y estoy alegre y envalentonada. Sentado en un taburete hay un joven con Sinne en las rodillas. Me siento con ellos y digo con deslealtad: Estás apostando al caballo que no es, está comprometida con un estraperlista. El joven se echa a reír, aparta a Sinne como si fuese una mota de polvo y me dice: Y yo sin saber que las poetisas fueran tan guapas. De pronto, su rostro emerge de la sombra de una lámpara y me sorprendo observándolo con la atención de un pintor de miniaturas. Tiene el cabello ralo y rojizo, los ojos grises y calmos y los dientes tan torcidos que parecen alineados en dos filas. Resulta ser el hijo de la directora, que ya tiene el título de Medicina. Es asombroso encontrar a un estudiante que haya completado sus estudios. Baila conmigo y nos pisamos tanto que al final, entre risas, nos damos por vencidos. Después salimos a dar una vuelta por el parque. La noche va clareando y el aire es como seda húmeda. Me besa al pie de un abedul plateado y de repente aparece su madre, corriendo hacia nosotros con su ondulante busto de seda violeta y agitando los brazos. Santo Dios, qué juventud, jadea. El contenido de su conciencia se expresa sobre todo por medio de exclamaciones líricas inteligibles a medias. De improviso su hijo, que se llama Carl, recuerda que ha prometido a los estudiantes acostar pronto a su madre, me murmura algo al oído sobre reunirnos más tarde y desaparece con ella en el interior de la casa.

A partir de ahí las cosas se desmelenan. La gente baila, bebe y se divierte, y una pareja tras otra van esfumándose escaleras arriba para ya no regresar. Estoy borracha como hace tiempo que no lo estaba, y cuando Carl me propone que suba a la habitación donde va a dormir, me parece una idea formidable. Olvidado queda Ebbe, olvidada mi promesa de ser fiel.

Por la mañana, despierto con un dolor de cabeza horrible. Al mirar al hombre que duerme a mi lado, descubro que en realidad es bastante feo, con todos esos dientes y esa barbilla salida que no consigue ocultarlos. Le despierto y le informo de que me voy a mi casa. Malhumorada y revuelta, me visto sin dirigirle la palabra. He decidido no volver a verlo, y cuando pregunta si quiero que me acompañe, contesto que no. Prefiero irme a casa sola. Al bajar a la sala sumida en el caos, me siento por un momento en un taburete. Por las escaleras baja Sinne pisándole los talones a un tipo altísimo que lleva en una mano su sujetador. Sin hacerle el menor caso, ella viene hacia mí y me pregunta: Dios santo, pero ¿qué bebimos? Ha sido odioso, mide dos metros y estoy segura de que le falta medio pulmón. Le birla el sujetador y desaparece con un inoportuno bostezo.

Dejo atrás el campo de batalla y vuelvo en bicicleta a

casa, con Ebbe, que está hecho una furia porque no he aparecido en toda la noche. Supongo que te habrás acostado con alguno, dice. Yo proclamo mi inocencia, pero en el fondo encuentro ridículo que le dé tanta importancia. Lo esencial es otro tipo de fidelidad. Hasta que estoy metida en la cama, no me doy cuenta de que no llevaba puesto el diafragma. Con el cuidado que he puesto desde el aborto. Luego me digo que si de veras ha ocurrido algo, al fin y al cabo él es médico, y eso debería hacer que las cosas fueran algo más fáciles que la última vez.

12

Ay, Dios, exclamo. Tiene la mandíbula salida y sesenta y cuatro dientes en lugar de treinta y dos. Y yo aquí sin saber si es suyo o de Ebbe. ¿Qué voy a hacer, Lise?

Paseo de un lado a otro mientras Lise me observa con dos profundas arrugas surcándole la frente. Hija mía, tú es que te quedas embarazada con que te dé la corriente, comenta con un suspiro. Pero, como es médico, podrá deshacerse de él sin que pases tantas cuitas como la última vez. Sí, pero es que volver a verlo, replico desesperada, es algo espantoso. ¿Y qué le digo yo a Ebbe? Estamos mejor que nunca. Entonces, Lise me explica con mucha paciencia que no tengo más remedio que volverlo a ver. Debo llamar a su madre y averiguar dónde vive. A Ebbe ya le contaré lo que se me ocurra, que estoy en casa de Nadja, o de Ester, o que he ido a ver a mis padres. Si él no es nada suspicaz. Tomamos un café juntas y Lise me cuenta que ella tampoco atraviesa un buen momento. Al final el jurista ni se quiere divorciar, ni quiere prescindir de ella. Son horribles estos hombres que tienen dos mujeres, dice. Las dos sufriendo cada una por su lado y el hombre que se niega a tomar una decisión. Se aparta de la mejilla el cabello castaño y corto con tal aire de desamparo que siento remordimientos por andar siempre agobiándola con mis problemas. Cuando no estoy escribiendo, aseguro, estoy preñada. Nos echamos a reír y coincidimos las dos en que tengo que hacer algo. Conseguir su dirección, ir a buscarlo y obligarle a interrumpir mi embarazo.

Al día siguiente es él quien llama y pregunta si podemos vernos. Sí, respondo, y quedamos en reunirnos en su casa la noche del día siguiente. Vive en el Departamento de Bioquímica, donde también trabaja. Es científico. A Ebbe le digo que voy a casa de Nadja y al atardecer pedaleo por Nørre Allé, donde los árboles permanecen tan inmóviles como en un dibujo. Es verano y llevo un vestido blanco de lino que le he comprado a Sinne. El cuarto de Carl se parece al cuchitril donde viven todos los estudiantes: una cama, una mesa, un par de sillas y varias estanterías llenas de libros. Ha comprado *smørrebrød*, cerveza y aguardiente, y yo no toco ninguna de las tres cosas. Una vez sentados a la mesa, anuncio: Estoy embarazada y no quiero tener un hijo que no sé de quién es. No, contesta con calma mirándome con sus ojos serios y grises, lo único bonito que hay en él. Pero no te preocupes, yo te ayudaré. Puedes venir mañana por la noche para que te haga un legrado. Lo dice como si fuese parte de su trabajo diario, y parece una persona a la que nada en el mundo puede desequilibrar. Sonrío aliviada y pregunto: ¿También vas a anestesiarme? Te pondré una inyección, responde, para que no sientas nada. ¿Una inyección?, pregunto. ¿De qué? De morfina o petidina, me explica; lo último es lo mejor. A mucha gente la morfina le provoca vómitos. Ya más tranquila, termino comiendo y bebiendo con él. Solo se me ha retrasado ocho días y aún no tengo náuseas. Carl tiene unas manos pequeñas, finas y rápidas que me recuerdan un poco a las de Viggo F. Su voz es muy bonita y emplea un lenguaje agradable. Me cuenta que estudió en Herlufsholm, que su madre se divorció cuando él tenía dos años, y que desde que tiene uso de razón ha deseado que se volviera a casar. También que, hasta donde sabe, su padre está en un hogar para alcohólicos, pero jamás ha tenido contacto con él desde que los abandonó. Me cuenta, además, que desde la última vez que nos vimos ha leído todo lo que he escrito, y añade con una sonrisa que podríamos tener un hijo maravilloso. Nada le gustaría más, y casarse conmigo, asegura. Ya, replico, pero yo tengo un marido maravilloso y una hija encantadora, así que eso va a tener que esperar. Sí, dice frotándose la barbilla como para cerciorarse de que no hay pelos. Tampoco sería sensato que te casaras conmigo. Debo decirte que estoy un poquito loco. Habla completamente en serio, tanto que le pregunto qué diantres quiere decir, pero no puede explicármelo sin más ni más, es solo una sensación. Dice que hay muchos locos en su familia y que su madre tampoco anda bien de la cabeza. Yo me echo a reír y no le concedo mayor importancia. Cuando me voy a marchar, me besa con suavidad, aunque no hace intento alguno de acostarse conmigo. Creo que me he enamorado de ti, dice, pero me temo que eso no va a servirme de nada.

Al llegar a casa me encuentro a Ebbe leyendo poemas de Thøger Larsen y fumando en pipa; se ha hecho con una porque ha leído que fumar cigarrillos produce cáncer, y él no quiere morirse antes de tiempo y dejarnos solas a Helle y a mí. Cuando pregunta cómo está Nadja le digo, cosa que es cierta, que ahora se ha prometido con uno de las Juventudes Conservadoras y hace gala de unas ideas tan reaccionarias que parece de tiempos del rey Federico VI. A él le hace mucha gracia y dice que debería casarse y tener hijos. Nos hacemos viejos, comenta mientras vacía la pipa en el cenicero. Él tiene veintisiete años y yo, veinticinco. Cuando pienso en mi niñez, asegura, siento lo mismo que Thøger Larsen. Escucha:

Alégrate si hallas un rayo marchito
de la primavera de tu niñez.
Un sol de gracia. Tu padre anda cerca.
Tu madre trastea por la cocina.

Yo disiento: mi madre pasa de los cincuenta y no la veo nada vieja. Mi madre tiene sesenta y cinco, replica él, y nunca la he visto joven. Esa es la diferencia. Cuando se pone a hablar de su avanzada edad me cuesta seguirle, y todo lo que me veo obligada a ocultarle también nos distancia. Cuando nos acostamos, le digo que estoy cansada y quiero dormir. Mañana voy a ir a ver la casa de Ester y Halfdan, anuncio. Cuando dice que quiere acompañarme, objeto que no podemos andar siempre pidiendo a Lise que cuide de Helle, y su madre tampoco está demasiado por la labor. Pero prometo volver pronto.

La noche siguiente voy en el tranvía de camino a casa de Carl, repitiéndome a mí misma que no es del todo seguro que esté embarazada. Podría tratarse de un simple desarreglo en la menstruación, les pasa a muchas mujeres. Lo digo para evitar que crezca una sombra más al lado de Helle, alguien cuya edad siempre me vea forzada a calcular. Sé que muchas mujeres se hacen un legrado solo para poner en orden sus órganos internos. Al llegar veo que Carl ha conseguido una mesa alta para la ocasión. La ha colocado en el centro del cuarto, cubierta con una sábana blanca. También le ha puesto su almohada para que me encuentre cómoda. Él lleva una bata blanca y está lavándose las manos y frotándose bien las uñas mientras me indica amablemente que tome asiento. Junto a la mesa hay varios instrumentos relucientes en una estantería. Cuando termina con las manos, coge una jeringuilla de la repisa que hay sobre el lavabo. Está llena de un líquido transparente y la coloca al lado de los instrumentos mientras me ata una tira de goma alrededor del brazo. Vas a sentir un pinchazo, me advierte con calma, apenas vas a notarlo. Me da unos golpecitos en la cara interna del codo hasta que una vena azulada se marca con claridad. Tienes buenas venas, observa. Después pincha, y a medida que el líquido de la jeringa penetra en mi brazo se va extendiendo por todo mi cuerpo una sensación de gozo extremo que nunca he experimentado. La habitación se expande hasta convertirse en una sala radiante y me siento relajada, perezosa y feliz como nunca antes. Ruedo hasta quedar de costado y cierro los ojos. Déjame sola, me oigo decir a través de muchas capas de algodón, no hace falta que me hagas nada de nada.

Al despertar, veo a Carl lavarse las manos de nuevo. Mi estado gozoso persiste y tengo el presentimiento de que si me muevo, se disipará. Levántate y vístete, ordena Carl mientras se seca, ya está. Obedezco despacio sin contarle lo feliz que soy. Él me ofrece una cerveza, pero yo digo que no con la cabeza. Entonces, insiste en que necesito líquido y saca un refresco que me obligo a tomar. Se sienta a mi lado en la cama y me besa con cautela. ¿Lo has pasado muy mal?, pregunta. No, respondo. ¿Cómo se llamaba eso que me has inyectado? Petidina, contesta, es un analgésico. Le cojo la mano y la llevo hasta mi mejilla. Me he enamorado de ti, digo, volveré pronto. Parece contento, y en estos momentos lo encuentro casi guapo. Tiene un rostro sólido y resistente hecho para durar toda la vida. El de Ebbe, en cambio, es frágil y está calado por varios puntos. Puede que a los cuarenta ya se le haya gastado. Es una idea muy rara y no puedo formularla. Cuando vuelva, digo con lentitud, ¿me pondrás otra inyección de esas? Él se echa a reír con ganas y se frota el mentón saliente. Bueno, accede, si tanto te ha gustado. Total, no tienes madera de drogadicta. Me encantaría casarme contigo, digo acariciándole el cabello suave y ralo. ¿Y tu marido?, pregunta. Me voy de casa, propongo, y me traigo a Helle. De regreso en el tranvía se van disipando los efectos de la inyección y tengo la impresión de que un velo gris, viscoso, recubre todo cuanto contemplan mis ojos.

Petidina, pienso, y su solo nombre es como un trino de pájaro. Resuelvo no dejar ir jamás al hombre que puede procurarme un placer tan indescriptible, tan gozoso.

De vuelta en casa, Ebbe quiere saber cómo se encuentran Ester y Halfdan, pero yo solo respondo con monosílabos. Cuando pregunta qué me sucede, le contesto que tengo dolor de muelas. Ruedo en la cama y le doy la espalda mientras palpo el bultito que me ha dejado el pinchazo en la articulación del codo. Me obsesiona la idea de volver a sentirlo, y Ebbe y cualquiera que no sea Carl me dan exactamente lo mismo.

SEGUNDA PARTE

1

Ahora que Ebbe está muerto, cuando intento recordar sus rasgos siempre lo veo con el semblante del día que le dije que había otro. Estábamos a la mesa, comiendo con Helle. Soltó el cuchillo y el tenedor y apartó el plato de un manotazo. Estaba pálido y un nervio de la mejilla le vibraba débilmente, pero no hubo otra señal de turbación. Se levantó y fue hasta la estantería, sacó la pipa y la cargó con esmero. Después empezó a pasear de un lado a otro dando chupadas con gran vehemencia mientras miraba hacia el techo, como si fuese a encontrar allí una solución. Entonces, ¿quieres el divorcio?, preguntó con una voz sorda y calmada. No lo sé, respondí, por ahora Helle y yo podemos irnos una temporada. Tal vez volvamos. De pronto, dejó la pipa y cogió en brazos a Helle, algo que hacía muy rara vez. Papá triste, dijo la niña acercando su mejilla a la de él. No, replicó él con una sonrisa forzada, sigue comiendo. Volvió a sentarla en la trona, cogió la pipa y reemprendió sus paseos. No entiendo por qué la gente necesita casarse o vivir en pareja, dijo. Te condenas a ver a la misma persona todos los días toda tu vida, es algo antinatural. Puede que estemos mejor si solo nos vemos de vez en cuando. ¿Quién es ese hombre?, añadió sin mirarme. Un médico, contesté; lo conocí en el tubercubaile. Volvió a sentarse y vi que tenía la frente empapada en sudor. Sin perder de vista el techo, dijo: ¿Y crees que podrá darte una filosofía de vida? Cuando Ebbe se alteraba, siempre decía cosas estúpidas. No te entiendo, respondí, la gente no va por ahí dándose filosofías.

Cuando nos acostamos, me tomó entre sus brazos por última vez, pero advirtió que yo estaba distante y distraída. Sí, admitió, te has enamorado de otro. Son cosas que pasan, muy habituales en nuestro círculo. Y aun así, me parece completamente irreal. Aun así, me siento fuera de combate, aunque no se me note. Es un error por mi parte, nunca me atrevo a mostrar mis sentimientos. Si te hubiese demostrado lo mucho que te quiero, esto quizá no hubiese ocurrido. Ebbe, dije poniéndole los dedos en los párpados. Nos veremos a menudo y a lo mejor conoces a Carl. A lo mejor podemos llegar a estar a gusto los tres juntos. No, contestó con repentina vehemencia, no quiero ver a ese hombre en toda mi vida, solo a ti y a Helle. Me incorporé un poco y observé por un momento su rostro joven y hermoso de rasgos suaves y blandos. ¿Y si le dijera la verdad? ¿Y si le contara que me he enamorado del líquido claro del interior de una jeringuilla y no del hombre que era su propietario? Pero no se lo conté, ni a él ni a nadie nunca jamás. Como cuando era niña. Los secretos más dulces se echaban a perder si se los revelabas a los mayores. Me di media vuelta y me quedé dormida. Al día siguiente Helle y yo nos instalamos en una casa de huéspedes de Charlottenlund que Carl había buscado para nosotras.

Se trataba de una casa para mujeres solteras mayores. El cuarto estaba atestado de muebles de mimbre revestidos de cretona y había, además, una mecedora con un cojín colgado en el respaldo, una cama alta de hierro de los años ochenta y un pequeño escritorio de señora que a punto estuvo de desmoronarse cuando dejé encima mi robusta máquina de escribir. Hasta la cunita de Helle resultaba demasiado contundente en tan frágil entorno, por no hablar de la propia niña. Ya el primer día se le ocurrió jugar a los barcos con la mecedora puesta del revés y empezó a morder un Cristo de tamaño natural de una fealdad tremenda que había tras el escritorio. Por aquel entonces andaba falta de calcio. En medio de aquel silencio monástico, su aguda voz infantil resonaba con una intensidad provocadora, y una tras otra las ancianas señoras fueron llamando a nuestra puerta para pedir un poco de sosiego. No sé por qué nos dejaron instalarnos allí. Cuando, a la mañana siguiente, me puse a escribir a máquina, toda la casa se sublevó y la patrona, que también era mayor, vino a preguntarme si aquel escándalo era necesario. Todas sus huéspedes eran personas que se habían retirado de la vida, me explicó, y hasta sus propias familias las daban ya por muertas. Al menos nunca venían a visitarlas, y lo único que esperaban era heredar los ahorrillos que ellas dejaran. Estudié con atención a la anciana mientras hablaba, porque quería quedarme allí. Me agradaban el sitio, la habitación y las vistas a dos arces jóvenes entre los que colgaba una hamaca remendada cuyos cordeles trenzados todavía estaban cubiertos de nieve, aunque ya casi era marzo. La señora, de rostro enfermizo e indulgente y ojos bonitos, dulces, sentó a Helle en sus rodillas con tanto cuidado como si aquella robusta criatura fuese a romperse al menor contacto. Quedé de acuerdo con ella en que no usaría la máquina entre la una y las tres de la tarde, hora del descanso de las señoras, y también me comprometí a visitarlas de vez en cuando, ya que sus parientes se habían olvidado por completo de ellas. Me gustaba pasar el rato con las que ni estaban sordas del todo ni se habían vuelto gruñonas y amargadas en este retiro vitalicio. Además, siempre había alguna dispuesta a echarle un ojo a Helle las noches que yo iba a ver a Carl. Que eran muchas. Me tumbaba en su otomana con los brazos por detrás de la cabeza y las rodillas flexionadas a observarle trabajar. Tenía un montón de matraces y probetas en soportes de madera repartidos por toda la habitación. Saboreaba su contenido y asomaba la lengua entre los labios con aire pensativo antes de anotar unos comentarios en un libro enorme. Yo le preguntaba qué era lo que probaba. Pis, contestaba él muy tranquilo. ¡Puaj!, exclamaba yo. Entonces me sonreía y aseguraba: No hay nada en este mundo más limpio que el pis. Tenía unos andares raros, cautos, como si intentase no despertar a alguien que dormía, y a la luz de la lámpara del escritorio su cabello ralo adquiría un brillo cobrizo. Las primeras tres veces que fui a verlo me inyectó y me dejó quedarme echada, pasiva y en trance, sin molestarme. La cuarta vez, sin embargo, dijo: No, es mejor parar un poco, que esto no es regaliz. Me llevé tal chasco que se me llenaron los ojos de lágrimas.

Ebbe venía a vernos a Helle y a mí casi siembre borracho y con un semblante tan desnudo e indefenso que yo no podía mirarlo. Sentada frente a los dos arces entre cuyas ramas el sol y el viento dibujaban cambiantes sombras chinescas sobre la hierba, me decía a mí misma que no era una mujer con quien un hombre debiera casarse. Ebbe jugaba un poco con Helle, que decía: Papá es bueno.

A Helle no le gusta Carl. No le gustaba, no, y tardó mucho tiempo en permitir siquiera que la tocara.

Yo ya había entregado mi colección de cuentos y por el momento no sentía deseo alguno de escribir más. Casi siempre andaba ingeniando de qué manera lograr que Carl me pusiera más petidina. Recordaba que había dicho que era un analgésico. ¿Dónde podía contarle que me dolía? Un oído me supuraba de vez en cuando por culpa de una antigua otitis mal curada, y un día, echada en su cama, al verlo trajinar por la habitación parloteando a veces conmigo y a veces consigo mismo, me llevé la mano al oído: ¡Ay, qué daño! Él se acercó y se sentó en la cama. ¿Te duele mucho?, me preguntó, comprensivo. Yo contraje el rostro en una mueca de dolor. Sí, contesté, es insoportable, me ocurre de vez en cuando. Él movió la lámpara para poder estudiar el interior de mi oído. Es que está supurando, constató asustado, prométeme que irás a que te vea un otorrino. Yo te busco uno. Me dio unas palmaditas en la mejilla: Vamos, vamos, me consoló, ahora mismo te pongo una inyección. Sonreí con gratitud mientras el líquido me penetraba en la sangre y me elevaba hasta el único plano donde me sentía a gusto con la vida. Luego se acostó conmigo, siempre lo hacía cuando el efecto alcanzaba su punto álgido. Su abrazo era extrañamente breve y brutal, sin preámbulos, sin ternura, y no me hacía sentir nada. Por mi mente se deslizaban pensamientos leves, plácidos, cómodos. Pensaba con calidez en todos mis amigos, a los que casi nunca veía, y mantenía conversaciones imaginarias con ellos. ¿Cómo has podido enamorarte de él?, me había preguntado Lise no hacía mucho. Yo le contesté que nunca se comprenden los sentimientos ajenos. Me quedé en la cama un par de horas hasta que los efectos fueron pasando con lentitud y cada vez me costaba más resignarme al estado sobrio, desnudo. Todo se volvió gris, viscoso, feo, insoportable. Cuando le dije adiós, Carl me preguntó cuándo quedaría zanjado el asunto del divorcio. El día menos pensado, le prometí, porque pensé que una vez casados sería mucho más sencillo conseguir que me pinchara. ¿Te gustaría tener otro hijo?, quiso saber al acompañarme escaleras abajo. Claro, respondí de inmediato, porque un hijo lo ataría más a mí, y yo lo único que deseaba era atarlo por el resto de mis días.

2

Con el divorcio me adjudicaron el apartamento, donde me instalé con Helle y con Carl. Ebbe regresó a casa de su madre y yo iba a verlo cada vez que me llamaba. No volvió a poner un pie en nuestra casa por miedo a encontrarse con Carl. Quienes sí venían mucho eran Lise y Ole; y Sinne y Arne, que volvían a estar juntos porque el estraperlista había acabado en chirona. En tiempos de Ebbe me parecía muy agradable todo este ir y venir unos a casa de otros sin avisar, pero ahora me sacaba de mis casillas. También molestaba a Carl, que estaba celosísimo de mis amistades. Cuando venían a vernos, se quedaba en un rincón con una sonrisa mansa y tímida, y no intervenía apenas en la charla. ¿Y no es un poco rarito?, me preguntó un día Lise con cierta cautela. Contesté con sequedad que tenía mucho trabajo y por las noches estaba cansado. ¿Y tú?, insistió ella. Has cambiado mucho desde que lo conociste. Además, has perdido peso y no tienes buen aspecto. Entonces repliqué con muy malos modos que a ella solo le gustaba la gente que había estudiado en Høng, y si no eran charlatanes, borrachos y extrovertidos, los encontraba raritos. Se sintió tan herida que me evitó durante mucho tiempo.

Una noche, al poco de nuestra boda, Arne y Sinne nos invitaron a una fiesta. A Sinne le habían mandado medio cerdo de la granja y había que celebrarlo. Carl dijo que él no pensaba ir y que creía que yo también debía quedarme en casa. Cuando se está muy centrado en el trabajo, dijo con ese tono de disculpa suyo que jamás dejaba entrever sus verdaderas emociones, no conviene tener demasiadas relaciones. Son mis amigos, protesté yo, no veo por qué no voy a poder ir a esa fiesta. Y si te pongo una inyección, propuso con suavidad, ¿te quedas en casa? Sí, respondí abrumada y, por primera vez, también un poco asustada; claro que me quedo. A la mañana siguiente me sentía tan mal que fui incapaz de levantarme a prepararle el café. La luz me cegaba y me costaba separar los labios, secos y agrietados. Era como si mi piel no pudiese soportar el peso de la sábana y de la funda del edredón. Mirase adonde mirase, todo era feo, duro y estridente. Entre gruñidos, aparté a Helle de un empujón que la hizo echarse a llorar. ¿Qué pasa?, preguntó Carl. ¿Es el oído otra vez? Sí, gemí llevándome la mano a la oreja. Dios mío, pensé con desesperación, que se lo crea, aunque sea la última vez. Que no se vaya al trabajo sin inyectarme. Deja que le eche un vistazo, me dijo él con cariño mientras sacaba un espéculo y una linternita del cajón más alto del ropero, donde también guardaba el instrumental del legrado. Parece todo tranquilo, murmuró, y ahora que vas al otorrino dos veces a la semana debería estar bajo control. Mientras me examinaba el oído, me quedé echada sin pestañear una sola vez para que los ojos se me llenasen de lágrimas. Me tienes muy preocupado, aseguró mientras cargaba la jeringa. Si esto sigue así, no va a quedar más salida que una operación. Voy a hablar del asunto con Falbe Hansen. Era el otorrino que me había encontrado. Por qué pinchas a mamá, preguntó Helle, que nunca nos había visto. Le estoy poniendo una vacuna contra la difteria, contestó Carl, a ti también te la han puesto. Tiene que ser en el hombro, protestó ella, ¿tú por qué se la pones en el brazo? Ahí es donde se pincha a los mayores, le explicó mientras extraía la aguja. Laxa, distante y gozosa, le vi tomarse el café y servirle a Helle la papilla. Perezosa y feliz, me despedí de él, aunque en lo más recóndito de mi cerebro brumoso me reconcomía un pequeño temor. ¡Una operación! Si a mí no me ocurría nada en el oído. Después me olvidé del tema y empecé a fantasear con una novela que quería escribir. Iba a llamarse *Por el bien de la criatura* y la estaba escribiendo mentalmente. Frases largas, bellas y esbeltas cruzaban por mi cerebro y yo, tendida en el diván, contemplaba la máquina de escribir sin ser capaz de hacer el menor movimiento en dirección a ella. Helle gateaba a mi alrededor y tuvo que vestirse sola. Le dije que subiera a buscar a Kim y que saliera al jardín a jugar con él. Cuando pasó el efecto de la inyección, rompí a llorar y me tapé con el edredón hasta la barbilla, porque aunque estaba a punto de comenzar el verano, yo temblaba de frío. Es espantoso, le dije al aire, no lo soporto. ¿En qué acabará todo esto? Luego me vestí con mucha dificultad, porque me temblaban las manos y sentía que cada prenda me arañaba la piel. Pensé en llamar a Carl para que volviese a casa a inyectarme. Las horas que tenía por delante se me antojaban años y no me veía capaz de superarlas. Me entró un espantoso dolor de estómago y no me quedó más remedio que ir al lavabo. Tenía diarrea y cada cinco minutos salía de estampida.

A medida que fue pasando el día, las cosas fueron mejorando. Hasta logré sentarme frente a mi máquina de escribir y comenzar la novela que tanto tiempo llevaba rondándome por la cabeza. Sin embargo, no escribía tan fluido y con tanta facilidad como otras veces y me costaba centrarme. Me pasaba el rato mirando el reloj para ver cuánto faltaba para que volviese Carl.

Hacia el mediodía vino a verme John. Era un amigo de Carl, un estudiante de Medicina tuberculoso que vivía en Rudershøj con mi suegra. A mí no me era simpático porque siempre que venía a casa tenía por costumbre quedarse en un rincón sin decir una palabra y clavar en mí unos ojos enormes con rayos X, como si yo fuese un problema muy complicado que debía resolver a toda costa. Él y Carl solían ignorarme y tratar en mi presencia cuestiones científicas incomprensibles, y era la primera vez que estaba a solas con él. Me gustaría hablar contigo, anunció con aire grave, ¿tienes un momento? Le hice pasar al tiempo que un miedo extraño e indefinido me aceleraba el corazón. John se sentó en la silla de mi escritorio mientras yo me acomodaba en la otomana. Sentado, daba la impresión de ser alto porque tenía un rostro grande y cuadrado, los hombros anchos y el torso largo y vencido hacia delante. Pero tenía las piernas muy cortas y cuando se levantaba no resultaba mucho mayor. Habían sido compañeros de residencia en el Regentsen y se habían ayudado el uno al otro con la tesina. Pasó algún tiempo sin decir nada y frotándose las manos como si tuviese frío. Yo miraba hacia el suelo porque no soportaba su mirada penetrante. Al cabo de un rato dijo: Estoy preocupado por Carl y puede que también por ti. ¿Por qué?, le pregunté yo pronta a saltar como un resorte, si estamos muy bien juntos. Él se echó hacia delante para captar mi mirada y yo levanté la vista y clavé en él unos ojos rebeldes y asustados. ¿Carl te ha hablado de su ingreso de hace un año?, quiso saber. ¿Qué ingreso?, pregunté inquieta. En un psiquiátrico, respondió; sufrió una psicosis. Te agradecería mucho que me hablases en cristiano, repliqué molesta. ¿Qué es una psicosis? Una enfermedad mental pasajera, contestó recostándose en la silla. Duró tres meses. Dejé escapar una risa forzada: ¿Qué me estás contando?, exclamé. ¿Que está loco? A los locos los tienen encerrados; los locos dan miedo, y yo no le tengo miedo. Apartó de mí aquella mirada enervante para contemplar a los niños, que jugaban en el jardín. Algo no anda bien, dijo, tengo la sensación de que se está poniendo enfermo de nuevo. Cuando le pregunté por qué, me contó que, de un tiempo a esta parte, Carl había empezado a descuidar su trabajo para volcarse en el estudio de las enfermedades del oído. Sobre su mesa, en la facultad, se apilaban manuales de anatomía del oído y enfermedades auditivas que estudiaba como si fuese a ser otorrino. Es una locura, insistió John con vehemencia; y todo porque a ti te duele un poco de vez en cuando. Cualquier otra persona habría dejado el asunto en manos de un especialista con la seguridad de que haría cuanto estuviera en su mano. Es que me quiere, repliqué yo sintiendo que me sonrojaba, se interesa por mí; desea curarme, eso es todo. Entonces me eché a reír al ver su cara de funeral: Buen amigo estás tú hecho, le dije, corriendo a casa de su mujer para contarle que está loco de remate. No he dicho eso, se defendió vacilante, solo quería que supieras que sus tres tías paternas están en el manicomio. Por lo menos, no deberías darle hijos. Según lo dice, caigo en la cuenta de que ya tengo un retraso de varios días. ¿Sabes?, le digo, me temo que tu advertencia llega tarde. Sospecho que ya estoy embarazada. La idea me hace tan feliz que le ofrezco una cerveza o un café para no tener que seguir escuchándolo. Pero él no quiere nada, tiene una clase. Lo acompaño a la puerta y me estrecha la mano a modo de despedida, algo que mis amigos y yo no hacemos jamás. Me van a ingresar en Avnstrup dentro de unos días, anuncia, para quitarme un pulmón. Para alguien como yo, la salud no es una cosa que se dé por descontado. Vacila un segundo más antes de salir. Y tú, dice igual que Lise, no tienes muy buen aspecto. ¿Comes bien? Lo tranquilizo a ese respecto y respiro aliviada cuando por fin se va. Aunque él no me lo ha pedido, decido no hablarle a Carl sobre su visita.

Cuando volvió Carl, le anuncié que creía estar embarazada. Se alegró mucho con la noticia y empezó a hacer planes para construir una casa a las afueras. Le pregunté si podíamos permitírnoslo, y me explicó que estaban a punto de concederle una beca de importancia. Viviríamos en una casa solo nuestra, concentrados cada uno en su trabajo y sin ver a mucha gente ni salir nunca. A mí la idea me pareció infinitamente atractiva, porque empezaba a pensar que vivir en paz y a salvo de las intromisiones de los demás era una necesidad. Cuando me preguntó por el oído, le dije que los dolores habían cesado. La visita de John me había asustado. También le dije, sin saber muy bien por qué, que me costaba dormir cuando estaba embarazada. Se quedó pensativo unos instantes frotándose la barbilla. ¿Sabes lo que te digo?, que voy a darte cloral, que es un somnífero de toda la vida sin efectos secundarios. Tiene un sabor espantoso, pero puedes tomarlo disuelto en leche.

Al día siguiente llegó con un gran frasco marrón lleno de medicamento. Mejor será que te lo dé yo, me advirtió; si no, es posible que no te des cuenta y te pongas demasiado. A los pocos minutos de tomármelo comencé a sentirme de maravilla, no como después de la petidina, sino más bien como si hubiese bebido un montón de alcohol. Empecé a hablar por los codos de nuestra casa, de su decoración, del hijo que íbamos a tener. De pronto me quedé dormida en mitad de una frase y no volví a despertarme hasta el día siguiente. ¿Puedo tomarlo todas las noches?, pregunté. Sí, claro, contestó él sin darle importancia, no puede hacerte nada de nada. Luego se acordó de algo. Deja que te palpe detrás del oído, dijo mientras me apretaba el hueso. ¿Te duele?, preguntó. Sí, respondí; pensé que estaba tan habituada a mentirle que ya no podía parar. Él se mordió el labio superior con aire pensativo. Voy a hablar de todas formas con Falbe Hansen de esa operación, anunció. Le pregunté si, en caso de operarme, me anestesiarían con petidina. No, contestó, pero después yo te daría toda la que quisieras para aliviarte el dolor. Cuando se fue, me metí en el baño y contemplé mi reflejo largo rato. Era cierto que tenía mal aspecto: tenía la cara más chupada y la piel reseca y áspera al tacto. Hablé con el reflejo: Me pregunto cuál de los dos es el loco aquí. Después de eso me senté delante de la máquina de escribir, que parecía mi única esperanza en medio de un mundo cada vez más inseguro. Mientras escribía, pensaba: toda la petidina que quiera. Y la operación que era el precio de ese paraíso empezó a parecerme un trámite sin la menor importancia.

3

Pero el otorrino se negó a operarme. Una vez hechas las radiografías, Carl y yo fuimos juntos a verlo en la motocicleta que acababa de comprarse. De pie junto a Falbe Hansen, con el abrigo de cuero levantado por detrás como un culo de pato y con el casco en la mano, fue estudiando una tras otra las imágenes que el médico alzaba a contraluz. No se ve nada fuera de lo normal, aseguró Falbe Hansen. Yo estaba al lado de Carl, soportando la mirada fría y gris que el otorrino no me quitaba de encima mientras le hablaba. Si existen esos dolores, afirmó con lentitud, han de ser de origen reumático, y ahí hay poco que hacer. Suelen pasar por sí solos. Carl empezó a hablar de huesos, martillos, yunques, estribos y quién sabe qué, mientras yo me sentía con el agua al cuello, porque ese hombre sabía que yo estaba mintiendo. La actitud de Falbe Hansen se volvió aún más distante. Nadie accederá a operarla, anunció antes de sentarse tras su escritorio con aire despreocupado. Ese oído no puede estar más sano. Lo he secado y no hace falta que su mujer vuelva a verme.

No te lo tomes así, dijo Carl con mansedumbre cuando atravesábamos los jardines del Blegdamshospitalet. Si persisten los dolores, ya encontraremos a otro que esté dispuesto a operarte. Puede que la conversación le hubiese causado cierta impresión, porque al llegar a casa me dijo: Voy a hacerte una receta de unos comprimidos de una cosa que se llama metadona. Tienen un fuerte efecto analgésico, así no dependerás tanto de que yo esté en casa o no. Hizo la receta con una de mis hojas de escribir a máquina y le recortó bien los bordes antes de contemplar su obra con una sonrisa: Tiene pinta de falsa, dijo; si insisten en comprobarla dales mi número de la facultad. ¿Cómo que falsa?, pregunté. Como si te la hubieses fabricado tú, contestó entre risas, los drogadictos auténticos hacen esas cosas. Utilizaba a menudo esa expresión, «drogadictos auténticos», comparándolos conmigo. Creo que una vez vi una drogadicta auténtica, dije al recordarlo. Entonces le hablé de aquella mujer tan deteriorada que paseaba de un lado a otro por la sala de espera de Abortos Lauritz suplicando que la dejasen entrar primero. Al cabo de un rato, le conté, volvió a salir transformada, locuaz y animosa, con los ojos muy brillantes. Sí, afirmó Carl pensativo, yo diría que se trataba de una drogadicta auténtica. Al quedarme sola, estudié más a fondo la receta y me dije que era cierto: podría haberla hecho cualquiera. Luego bajé a la farmacia a comprar los comprimidos. De regreso en casa, me tomé dos de inmediato para comprobar su efecto, tal vez me quitaran las náuseas del embarazo. Era sábado por la tarde. Lise salía temprano de trabajar y vino a casa a buscar a Kim, que jugaba con Helle casi a diario. Nuestra relación se había enfriado mucho desde el día que acusó a Carl de raro, pero aun así le pedí que pasara un rato a charlar conmigo, como en los viejos tiempos. Me sentía muy contenta, animada y afectuosa, y dijo que se alegraba de ver que había recobrado mi buen humor. Es porque trabajo en algo, le expliqué, ya sabes que para mí es lo único que cuenta. Hice un poco de café y mientras lo tomábamos le pregunté cómo estaba, contrita por no haberme interesado en tanto tiempo. No muy bien, respondió, los hombres casados son una mierda, pero no puedo vivir sin él. Ole estaba neurótico a causa de los celos e iba a una psicoanalista que se llamaba Sachs Jacobsen y que, en opinión de Lise, estaba mal de la cabeza. El domingo anterior por la mañana, Lise había comprado panecillos para el café en lugar de hacerlos porque Kim estaba enfermo, y eso a Ole le había provocado un ataque terrible. Al día siguiente, la señora Sachs Jacobsen llamó a Lise a la oficina. Era alemana. *Perro* a ese hombre había que darle sus bollos calientes, dijo. Nos reímos mucho y el viejo sentimiento de camaradería volvió a crecer poco a poco entre las dos. Obedecí al impulso de sincerarme con ella y le hablé de la obsesión de Carl por mi oído y de su manía de operarme. Pero eso es horrible, exclamó ella con un espanto sincero, no lo permitas nunca, Tove, una operación como esa te dejaría sorda, le pasó a una tía mía. Además, antes de conocer a Carl nunca te habías quejado de dolor de oídos. No, admití, pero ahora a veces me duelen. Entonces me acordé de una carta importante que había recibido Carl unos días antes. Era de una chica de Skelskør que le informaba de que iba a tener un hijo suyo en el plazo de un mes; no le había escrito antes porque creía que era un tumor. Había decidido dar al niño en adopción por consideración a su familia, que era muy tradicional. Carl me había propuesto que lo adoptásemos y yo ya casi había aceptado; total, un crío más o uno menos no suponía mucha diferencia. Además —aunque ese argumento no lo mencioné en presencia de mi amiga—, sería muy complicado que me dejase si yo adoptaba a su hijo. Me parece buena idea, dijo Lise, que igual que Nadja tenía inclinación a salvar a la gente, ayudarla y liberarla de su carga. Tendréis espacio más que de sobra en la casa nueva. Entonces lo haré, decidí, como si estuviese hablando de una simple excursión. Encima, Carl me ha prometido que me pondrá una asistenta. Yo no puedo escribir y ocuparme de tres niños. A Lise le sonó todo muy razonable. Así por fin tendrás alguien que te haga la comida a ti también, observó mientras se daba golpecitos en los dientes superiores con aire pensativo; lo estabas pidiendo a gritos, que te has quedado en el chasis. Bajó al jardín a buscar a Kim y subió a su casa. Yo fui al baño y me tomé dos pastillas más, me senté a escribir y, por primera vez en mucho tiempo, las palabras fluyeron por sí solas. Como antaño, olvidé cuanto había a mi alrededor, también que la causa de mi bienestar estaba en el cuarto de baño dentro de un frasco.

En octubre de 1945 fuimos a la puerta del Rigshospitalet a recoger a la recién nacida. Era diminuta y no pesaba más de dos kilos y medio. Tenía el cabello rojo y largas pestañas doradas. Ese día me había tomado cuatro pastillas, porque dos ya no surtían el mismo efecto. Me parecía maravilloso volver a tener una criatura en brazos y me prometí a mí misma quererla tanto como a mis hijos. Había que alimentarla cada tres horas con biberón y por las noches Carl se levantaba a dárselo. Yo no lograba salir de mi sueño de cloral. Cuando vino mi madre a ver a la pequeña, se limitó a echar un vistazo en dirección a la cuna antes de decir: Bueno, una monada no se puede decir que sea. Le parecía una locura que me hiciera cargo de más críos de los estrictamente necesarios. Mi suegra vino también y poco le faltó para morir asfixiada de emoción: Santo Dios, exclamó con la mano en el corazón, hay que ver cómo se parece a Carl. Nos entretuvo contándonos que su cocinera la había dejado plantada y lo difícil que era encontrar otra. Siempre tenía problemas con las cocineras. ¿Qué puedo hacer contra los sofocos?, le preguntó a su hijo, que no tenía más remedio que emborracharse para sobrellevar sus visitas. Él sonreía: Si debe de ser muy agradable, con el verano tan frío que estamos teniendo. Se negaba a tomarla muy en serio, y cada vez que ella intentaba darle un beso, empezaba a pegar saltos muy extraños como si fuese una gamba para esquivar sus abrazos. En el último instante le ofrecía la mejilla para que ella la besara. Cuando su madre venía, Carl siempre me pedía que me pusiera un vestido de manga larga para ocultar las señales de las agujas que me recorrían los brazos. No es que importe demasiado, aseguraba, pero no hace bonito.

Jabbe se instaló en casa con nosotros y por el momento tuvo que conformarse con dormir en el cuarto de los niños. Su verdadero nombre era señorita Jacobsen y venía de Grenå, pero como Helle la llamaba Jabbe, los demás hacíamos lo mismo. Era una muchacha grande, fuerte y lista con pasión por los niños. Tenía una cara ingenua y digna de confianza y unos ojos muy saltones que siempre estaban un poco húmedos, como si entre unas cosas y otras todo la conmoviera sin descanso. Por las mañanas se levantaba temprano a hornear bollos para el desayuno y me los traía a la cama mientras Carl seguía durmiendo a mi lado. Tiene usted que comer algo, afirmaba con gran determinación, está muy flaca. Ahora que me servían la comida, recuperé un poco el apetito y empezó a parecerme que en general las cosas mejoraban. Trabajaba bien bajo los efectos de la metadona y me daba por satisfecha con una inyección muy de cuando en cuando. Ebbe solía llamarme cuando se emborrachaba.

Iba de bar en bar con un tal Victor al que yo no había visto nunca, aunque muchos amigos míos lo conocían. Se moría de ganas de presentarme al tal Victor. Pero tan pronto le decía a Carl que pensaba ver a Ebbe, él sacaba la jeringa y se acostaba conmigo a su manera violenta y desprovista de afecto. Me encantan las mujeres pasivas, decía. Como no se le escapaba que Ebbe tenía cierto derecho a ver a su hija, llegamos a un acuerdo: yo la dejaba de vez en cuando en casa de su madre, y ella la traía de vuelta al final de cada visita.

Di a luz a Michael en una clínica de Enghavevej y Carl ayudó al niño a venir al mundo. Cuando después del parto me dejaron en mi habitación con el recién nacido en brazos, me puso una inyección y se quedó mucho rato junto a mi cama contemplando a su hijo, al que no tardaron en devolver a la cuna. Va a ser un niño maravilloso, aseguró con orgullo, hijo de una artista y de un científico, una combinación estupenda. Estoy deseando que terminen la casa, dije yo abotargada mientras aquella dulzura que tan bien conocía se iba deslizando por todos mis miembros. Estaremos juntos toda la vida, conmigo no será como con los demás. Viggo F. y Ebbe no te comprenden como yo, dijo lleno de amor propio.

Al poco nos mudamos a la casa terminada, que estaba en Ewaldsbakken, en Gentofte. Era un chalé de ladrillo de dos alturas diseñado por entero a nuestra medida. En la planta de abajo estaban el cuarto de los niños, el del servicio, el cuarto de baño y la cocina. Arriba teníamos Carl y yo una habitación cada uno. La mía era grande y muy luminosa, y desde mi escritorio podía contemplar nuestro hermoso jardín, con sus numerosos frutales salpicados por el césped que Carl cortaba todos los domingos por la mañana. Aquel verano fuimos relativamente felices. Le habíamos dado un marco burgués a nuestra existencia, algo con lo que en el fondo llevaba soñando toda mi vida. Todo lo que ganaba se lo entregaba a Carl, que hasta donde yo sabía lo administraba con inteligencia y economía. Sin embargo, un día de otoño en que le pedí otra receta de metadona, comenzó a pasear de un lado a otro con sus zancadas inquietas, sigilosas, y dijo: Mejor será que esperemos unos días, me temo que estás tomando demasiada. A medida que fue pasando el día me empecé a sentir muy mal, como ya me había ocurrido otras veces. Temblaba, sudaba y tenía diarrea. Además, fui presa de una ansiedad terrible que hizo que mi corazón galopase como loco. Al comprender que necesitaba esas pastillas, me apresuré a buscar una solución. Por algún motivo había escondido una de las recetas de Carl, y la copié con esmero. Mandé con ella a la farmacia a Jabbe, que, ignorante de todo, volvió con los comprimidos como quien trae una caja de aspirinas. Tras tomarme cinco o seis —que eran los que ahora necesitaba para lograr el efecto que antes me hacían dos—, pensé con una especie de espanto lejano que por primera vez en mi vida era culpable de un delito. Decidí no hacerlo más. Pero no lo cumplí. Vivimos cinco años en aquella casa y casi todo ese tiempo fui una drogadicta.

4

Si no hubiese asistido a aquella cena, no me habrían operado del oído, y tal vez a día de hoy muchas cosas serían diferentes. Ocurrió en un periodo en el que Carl solo me inyectaba de forma esporádica. Yo me mantenía en pie a base de metadona y las marcas de las venas de mis brazos empezaban a borrarse. Y otro tanto sucedía con mi ansia de petidina. Cuando volvía, me recordaba a mí misma que no podía escribir bajo sus efectos, y estaba muy enfrascada en mi nueva novela. La vida en Ewaldsbakken había adquirido un carácter casi normal. Durante el día pasaba mucho tiempo con Jabbe y los niños, y por las noches, después de cenar, Carl y yo subíamos a mi cuarto a tomar café mientras él leía libros científicos y no me decía gran cosa. Entre nosotros se había abierto un asombroso vacío y descubrí que éramos incapaces de mantener una conversación. Carl no tenía relación con la literatura y no parecía interesarle nada fuera de su campo. Se quedaba con la pipa entre los dientes montados y sacaba tanto la barbilla que parecía sostenerle el resto de la cara. De vez en cuando apartaba la vista del libro, sonreía con timidez y me preguntaba: ¿Qué, Tove? ¿Estás bien? Jamás me hablaba, como otros hombres, de su niñez y, si yo le preguntaba, sus respuestas siempre eran vacías y triviales, como si no tuviera memoria. Solía acordarme de Ebbe, de su animado parloteo nocturno, sus lecturas de Rilke en alemán y sus entusiastas citas de Hørup. Lise, que de tanto en tanto se dejaba caer por casa, me contó que seguía penando por haberme perdido y que en lugar de dedicarse a sus estudios iba con Victor al Tokanten y demás locales.

Ester y Halfdan también venían algunas veces, cuando no estaba Carl. Vivían en un piso de Matthæusgade, tenían una niña un año menor que Helle y eran pobres de solemnidad. Me preguntaban por qué daba de lado a mis antiguos amigos y por qué ya no iba al club. Yo respondía que estaba ocupada y que a los artistas no les convenía tener trato entre ellos. Ester me preguntaba con sonrisa melancólica: ¿Ya no te acuerdas de los tiempos en casa de la Neckelmann? Pero yo sufría en mi aislamiento y añoraba tener alguien con quien hablar de verdad. Pertenecía a la Asociación de Escritores, pero cada vez que celebraban una reunión o asamblea general, Viggo F. me llamaba para preguntarme si iba a ir y, en tal caso, no asistir él, y yo renunciaba a hacerlo. También era socia del exclusivo PEN Club que presidía Kai Friis Møller, uno de mis críticos más entusiastas. Un día, poco antes de Navidad, llamó para preguntarme si me gustaría ir al Skovriderkroen a cenar con él, con Kjeld Abell y con Evelyn Waugh. Acepté. Tenía tantas ganas de conocerlos a los tres, que cuando Carl esa noche me preguntó si no prefería una inyección, rechacé por vez primera tan tentadora oferta. Eso le inquietó mucho. Si se hace tarde voy a buscarte, se ofreció, pero yo le contesté que ya encontraría el modo de volver a casa y que podía acostarse. Al menos tápate bien los brazos, dijo en su tono apacible. Y date en la cara un poco de crema, añadió al tiempo que me pasaba el dedo índice por la mejilla, aún tienes la piel muy seca. Son cosas en las que uno no cae.

Pasé la cena sentada al lado de Evelyn Waugh, un hombrecillo menudo, brioso y jovial de cara pálida y mirada curiosa. Friis Møller me ayudó con galantería a vencer las dificultades lingüísticas y se mostró tan atento y tan adorable en todo que parecía imposible que fuese el mismo que escribía con una pluma tan afilada. Kjeld Abell le preguntó a Evelyn Waugh si en Inglaterra tenían escritoras tan jóvenes y tan bonitas. Él lo negó, y cuando quise saber qué lo había traído hasta Dinamarca, contestó que siempre salía a recorrer mundo cuando sus hijos volvían a casa del internado por vacaciones. No los soportaba. A fin de disculpar mi llamativa falta de apetito, les dije que había tenido que cenar con los niños antes de salir. Para compensarlo bebí, y no poco, y como había engullido un puñado de pastillas de metadona antes de ir al Skovriderkroen, llegué de un humor radiante y me puse a hablar por los codos, provocando las carcajadas de las tres celebridades una y otra vez. Éramos casi los únicos comensales del local. Afuera nevaba, y el mundo estaba tan silencioso que oíamos el golpeteo de los motores de los barcos que pasaban a lo lejos. Estábamos ya tomando café y coñac cuando, de pronto, Friis Møller y Kjeld Abell se quedaron mirando estupefactos en dirección a la entrada, que yo no podía ver porque le daba la espalda. ¿Y ese quién demonios es?, exclamó Friis Møller, secándose los labios con la servilleta; creo que viene hacia aquí. Al girar la cabeza, vi para mi espanto que Carl avanzaba hacia nosotros con sus botas de piel altas, su abrigo de cuero cubierto de nieve, el casco en la mano y la sonrisa mansa en la boca, como pintada. Es... es mi marido, respondí desesperada, pues al lado de aquellos tres caballeros tan elegantes parecía una especie de marciano; de pronto comprendí que nunca lo había visto relacionarse con nadie. Vino directo hacia mí y dijo con timidez: Bueno, ya va siendo hora de que vuelvas a casa. Permita que le presente, dijo Friis Møller mientras se ponía en pie echando el asiento hacia atrás. Carl estrechó las tres manos sin decir una palabra y en los labios de Kjeld Abell se dibujó una sonrisita irónica. Yo me levanté, furiosa y apenada. Los ojos me hacían chiribitas de puro bochorno. Carl me ayudó a ponerme el abrigo en silencio. Apenas salimos, me volví a mirarlo y grité: Pero ¿tú qué te has creído? Ya te he dicho que no vinieras a buscarme. Me has dejado en ridículo. Pero era imposible discutir con él. Es que tenía que acostarme, dijo a modo de disculpa, y no puedo si antes no te doy tu cloral. Me abrió la puerta del sidecar, me senté y él cerró la portezuela. De camino a casa, rompí a llorar por la humillación. Cuando volvió a abrir para que yo saliera y reparó en mis lágrimas, exclamó: Pero ¿qué te pasa? Yo, como en los viejos tiempos, me llevé la mano al oído, porque esta vez quería un consuelo muy efectivo. Ay, me lamenté, no sabes cómo me ha dolido toda la noche, ¿tú qué crees que puede pasarle ahora? Parecía sinceramente preocupado. Sin embargo, al clavarme la aguja en una de las venas que aún me quedaban abiertas, también había en su mirada un extraño brillo de triunfo. Ya sabía yo aquel día que Falbe Hansen se equivocaba, dijo. Se acostó conmigo con más fiereza de la habitual y al terminar me quedé tumbada, relajada y gozosa, pasándole los dedos por el cabello ralo y rojizo. Él se echó boca arriba con las manos debajo de la cabeza y la vista fija en el techo. Esto no puede seguir así, anunció, hay que limar ese hueso. No desesperes. Conozco a un especialista que no traga a Falbe Hansen.

Al día siguiente volvió a casa con los libros más gruesos que había en la biblioteca acerca del oído y sus enfermedades. Los estudió mientras nos tomábamos el café antes de irnos a la cama, murmurando ensimismado, llenó de rayas rojas las ilustraciones que contenían, me palpó por detrás y alrededor de la oreja, y por último sentenció que, de persistir los dolores, iría a hablar con el especialista que había pensado e intentaría convencerlo de que me operase. ¿Te duele ahora?, me preguntó. Sí, contesté con una mueca, una barbaridad. Mi ansia de petidina había vuelto con una fuerza imparable. Al día siguiente escribí el último capítulo de mi novela, la metí en una bonita cubierta de cartón y puse en ella en mayúsculas: «POR EL BIEN DE LA CRIATURA», UNA NOVELA DE TOVE DITLEVSEN. Luego la guardé en un armario de persiana que había en el cuarto de Carl y, como siempre, sentí una especie de pena por no tener ya una novela en que concentrarme. Sentía un malestar físico y saqué el frasco de pastillas del cajón con llave de mi escritorio, a cuyo contenido Carl no tenía acceso. Me eché un puñado en la mano sin contarlas. Tenía mucho cuidado al escribir mis recetas. Unas veces ponía el nombre de Carl, otras el de John, que se había licenciado en el sanatorio de Avnstrup. Jabbe y yo nos turnábamos para ir a la farmacia a recogerlas, y estoy convencida de que la muy cándida jamás sospechó de mí ni del resto de los secretos que había en aquella casa. Jeringa, ampollas y agujas se guardaban bajo llave en el armario de persiana junto con mis papeles, y solo una vez —pero eso ya sería mucho más tarde—, al volver con la compra, comentó: Qué cuenta tan colosal la de la farmacia. Por aquel entonces ascendía ya a varios miles de coronas cada mes.

El especialista era viejo, duro de oído y atrabiliario. Cuando su auxiliar no le pasaba de inmediato el instrumental que él pedía, arrojaba al suelo cuanto tenía entre manos chillando: ¡Me cago en todo lo que se menea! ¿Cómo voy a trabajar con empleados tan inútiles? En fin, dijo volviendo a mi oído, ¿conque Falbe Hansen se ha negado a operar? Bueno, bueno, ahora veremos. Vamos a hacer unas radiografías, cabe la posibilidad de que haya penetrado en la meninge. Eso es lo que yo pensaba, coincidió Carl, y creo que tiene fiebre de vez en cuando. ¿Fiebre?, pregunté yo pasmada. ¿Cuánta?, preguntó el otro. No le he tomado la temperatura porque no quería asustarla, contestó Carl con calma, pero a menudo parece febril y ausente. Al cabo de unos días volvimos a la clínica, donde Carl y el especialista estudiaron afanosos las nuevas radiografías. Ahí se ve una sombra, anunció el médico antes de guardar silencio unos instantes y hacer un gesto enérgico con la calva. Bueno, dijo, operamos. Puedo ingresar a su mujer en una habitación individual mañana temprano y operarla antes del mediodía. Al llegar a casa, Carl me puso otra inyección y pensé: Quiero vivir así siempre, no me dejéis regresar a la realidad nunca más.

Cuando desperté de la anestesia, tenía toda la cabeza vendada y supe al fin lo que era un dolor de oído. Sufría tanto que aullaba y me retorcía en la cama. El médico vino a verme y se sentó a mi lado. Sonría, ordenó, y yo contraje la boca en una mueca parecida a una sonrisa. ¿Por qué?, pregunté antes de reanudar mis aullidos y mis giros. Sin querer hemos rozado el nervio facial, explicó, eso puede dar lugar a una parálisis que, por fortuna, hemos evitado. El dolor es espantoso, gemí, ¿no pueden darme algo? Claro, respondió, podemos darle aspirina, que es lo más fuerte que suministramos en esta unidad. No queremos que la gente acabe siendo drogadicta. Aspirina y algo más para dormir esta noche. ¿No podría llamar a mi marido?, le pregunté horrorizada, tengo muchas ganas de hablar con él. Vendrá enseguida, contestó él, pero solo un momento; necesita usted reposo. Cuando llegó Carl, traía consigo su cartera marrón. En su interior estaba la bendita jeringa, y mientras me la clavaba en la vena abierta le dije: Tienes que venir mucho, no lo he pasado tan mal en toda mi vida, y aquí para el dolor solo te dan aspirina. Lo mismo podrían darte terrones de azúcar, murmuró él. Habla más alto, pedí, no oigo lo que dices. Te has quedado sorda de un oído, me comunicó; es de por vida, pero a cambio no volverás a tener dolores. Cuando la inyección me hizo efecto, el dolor pasó a un segundo plano, pero seguía estando allí. ¿Qué voy a hacer cuando vuelva y tú no estés?, pregunté abotargada. Intenta aguantarlo, me suplicó, si vengo demasiado voy a despertar sospechas. Regresó por la noche a inyectarme y darme cloral. Para entonces yo ya había soportado varias horas de infierno y me había dado cuenta de que jamás en mi vida había sabido lo que era el dolor físico. Me sentía aprisionada en una trampa espantosa y no era capaz de decir en qué momento había saltado el resorte y la había cerrado en torno a mí. Desperté en plena noche sintiendo lenguas de fuego que me atravesaban la cabeza. ¡Socorro!, grité en la oscuridad de la habitación, iluminada tan solo por el resplandor azul de la lamparilla que había sobre la puerta. Entró corriendo una enfermera. Voy a traerle un par de aspirinas, dijo, siento no poder suministrarle algo más fuerte. El doctor es muy estricto, añadió a modo de disculpa; él también está operado de ambos oídos y no se le olvida cómo soportó el dolor. Cuando salió de mi cuarto, fui presa de un pánico terrible. No quería estar allí un minuto más. Me levanté y me vestí en el mayor de los sigilos. Ay, ay, gemía en voz baja, me muero, madre, me muero, no aguanto más. Ya con el abrigo puesto, me asomé al pasillo con precaución. Frente a la mía había otra puerta y tenía la esperanza de que llevase a la salida. Corrí hacia ella y al cabo de un instante me encontré en la calle, a esas horas desierta, con la cabeza vendada. Paré un taxi y el taxista, compasivo, me preguntó si había sufrido un accidente de tráfico. Al llegar a casa, eché a correr por el jardín y empecé a tocar el timbre como una loca. No llevaba llaves. Jabbe salió a abrir. ¿Qué le ha ocurrido?, me preguntó horrorizada y clavando en mí dos ojos abiertos como platos. Nada, contesté, es solo que no quería seguir allí. Entré en el cuarto de Carl como una exhalación y lo desperté. Petidina, gemí, rápido. Me estoy volviendo loca de dolor.

Aquello duró cerca de quince días en los que Carl no fue a trabajar para poder pincharme siempre que yo lo pedía. Permanecía en la cama, inmóvil y embotada, y me sentía acunada en un agua verde y tibia. Nada en el mundo tenía interés para mí, solo seguir para siempre en ese estado gozoso. Carl me repetía que eran muchas las personas que no oían por un oído y no tenía importancia. A mí también me traía sin cuidado, porque valía la pena. No había precio que no estuviera dispuesta a pagar con tal de mantener a raya la insufrible realidad. Jabbe subía a darme de comer. Tragar me costaba tanto que le suplicaba que me dejase en paz. Ni hablar, replicaba ella con determinación, mientras yo tenga voz y voto en esta casa, no se morirá de hambre. Como si las cosas no fuesen ya lo bastante mal.

Una noche, al despertar, descubrí que los dolores habían remitido casi por completo, pero temblaba de frío y tenía la piel tan seca que para abrir la boca hube de separarme los labios con los dedos. Medio dormido, Carl se levantó a ponerme la inyección. No sé qué vamos a hacer cuando esta vena también se obstruya, dijo como si hablara consigo mismo. A lo mejor te encuentro alguna en el pie.

De nuevo sola en mi cama, recordé que hacía mucho que no veía a mis hijos. Bajé por las escaleras y entré en su cuarto. Estaba tan débil que tenía que apoyarme en las paredes para no caerme al suelo. Encendí la luz y me quedé contemplando a los niños. Helle dormía con el pulgar en la boca y los rizos en torno a la cabeza como una aureola. Michael estaba abrazado a su gatito. No podía dormir sin él. Y Trine, que tenía los ojos abiertos, me observaba seria con la mirada insondable de los niños muy pequeños. Avancé a tientas hasta su cuna y le acaricié el cabello. Aún tenía unas pestañas largas y doradas que bajó con lentitud al sentir mi caricia. Había juguetes por el suelo y en el centro del cuarto se veía un corralito. Ya casi no conocía a aquellos niños y había dejado de formar parte de su día a día. Como una mujer muy anciana recuerda su juventud, me dije que apenas unos años antes yo era una joven sana y alegre, llena de vitalidad y con montones de amigos. Fue un pensamiento fugaz; después apagué la luz y cerré al salir procurando no hacer ruido. Tardé mucho en llegar hasta la cama. Dejé la luz encendida y contemplé mis manos blancas y flacas mientras movía los dedos como si escribiese a máquina. De pronto pensé con claridad por primera vez en mucho tiempo. Si las cosas se ponen feas de verdad, me dije, llamo a Geert Jørgensen y le cuento todo. No iba a hacerlo solamente por mis hijos, sino también por los libros que aún me quedaban por escribir.

5

Entonces, el tiempo deja de existir. Una hora puede ser como un año y un año, como una hora. Todo depende de lo mucho o poco que contenga la jeringa. A veces no me produce ningún efecto y le digo a Carl, a quien siempre tengo cerca: Era demasiado poco. Él se frota la barbilla con mirada atormentada. Tenemos que ir reduciendo; si no, acabarás enferma. Enferma acabaré si no me das suficiente, ¿por qué me haces sufrir así? Vale, vale, murmura con un gesto de impotencia, te pongo un poco más.

Estoy siempre en la cama, y solo me levanto para ir al cuarto de baño si Jabbe me ayuda. Cuando me da de comer tiene la cara empapada, como si le hubiese caído algún líquido, y yo le paso el dedo por la mejilla. Luego me lo llevo a la boca y noto su sabor salado. Fíjate, digo con envidia, quién pudiera sentir algo por alguien. No sigo el ritmo de las estaciones. Como la luz me hace daño en los ojos, siempre tengo corridas las cortinas y no hay diferencia alguna entre la noche y el día. Duermo y estoy despierta, me siento bien o estoy enferma. Lejos, muy lejos de mí, está la máquina de escribir, tan distante como si la viese a través de un catalejo del revés, y de la planta de abajo, donde se vive la vida de los vivos, me llegan las voces de los niños como a través de capas y más capas de mantas de lana. Junto a mí aparecen rostros y se esfuman otra vez. Suena el teléfono y Carl contesta. No, lo siento, dice, mi mujer no se encuentra bien últimamente. Come en mi cuarto, y compruebo con asombro y cierta envidia lejana que tiene buen apetito. Intenta tomar un bocado, me ruega, está muy bueno. Jabbe lo ha hecho por ti. Me mete un pedacito de carne en la boca con su tenedor y yo vomito. Le veo limpiar la mancha de la sábana con un trapo húmedo. Su rostro está cerca del mío. Tiene la piel lisa y fina, y los párpados húmedos y brillantes, como los niños. Qué sano se te ve, le digo. Tú estarías como yo, asegura, si aguantases estar mal por algún tiempo, si me dejaras bajar un poco la dosis. ¿Es que ahora soy una drogadicta auténtica?, le pregunto. Sí, contesta con su sonrisa tímida e insegura, ahora eres una drogadicta auténtica. Se aleja sin hacer ruido, aparta un poco la cortina y observa el cielo. El día que puedas bajar de nuevo al jardín será estupendo, afirma. Los frutales están ya en flor, ¿no te gustaría verlos? Me sostiene mientras yo me tambaleo hasta la ventana. ¿Ya no cortas el césped?, suelto por decir algo. Nuestro césped contrasta con el de los vecinos: está descuidado y lleno de vilanos que el viento arrastra. No, responde, tengo otras cosas más importantes en que pensar. Un día se sienta junto a mi cama y me pregunta si me encuentro bien. Sí, porque la última jeringa iba bien cargada. Tengo que hablar contigo de algo, anuncia. En la facultad hay un médico que se ha gastado en drogas cuarenta mil coronas que había recibido para estudios científicos. Lo he descubierto por pura casualidad. Creía que ya no ibas, digo perpleja. Sí, sí, replica mientras recoge del suelo pelusas invisibles, una nueva costumbre que ha adquirido; a veces, cuando te duermes. Ah, digo sin mucho interés, ¿y qué vas a hacer al respecto? He pensado ir a ver a un abogado, me explica al tiempo que se agacha una vez más a coger algo del suelo. Al principio tenía intención de ir derechito a la policía, pero ¿no te parece que es mejor consultar antes a un abogado? Sí, contesto con la más total indiferencia, seguro que es lo mejor. Pero no tardes mucho, tienes que estar aquí cuando yo te llame.

Mi madre viene y se sienta junto a mi cama. Me coge de la mano y me da unas palmaditas. Papá y yo creemos que es Carl quien te pone enferma, dice secándose los ojos con el dorso de la mano. Cómo, eso no lo sabemos, pero, en mi opinión, ese hombre no anda bien de la cabeza. Por teléfono dice cosas muy extrañas, y cuando venimos nunca está. Jabbe también dice que se ha vuelto muy raro. El otro día le pidió que lavara las suelas de los zapatos de los niños para evitar el contagio. Dice que la asusta. No me está poniendo enferma, le replico con calma, al contrario: intenta curarme. Vete, por favor; hablar me agota. Sin embargo, a veces yo también le veo raro, siempre recogiendo pelusas del suelo, andando de puntillas sin hacer ruido y encerrándose en su cuarto cuando no le llamo. A veces pienso sin demasiado espanto que debo de estar muriéndome y que he de hacer un esfuerzo y llamar a Geert Jørgensen. Pero si me decido, adiós a las inyecciones, eso lo sé. Si me decido, me ingresarán en un hospital donde no me darán más que aspirinas. Por eso lo retraso una y otra vez; además, me encuentro en un estado en el que es difícil pensar con claridad mucho rato seguido. Lise viene a verme y pega su cara tanto a la mía que se rozan nuestras mejillas. Me aparto dando un respingo porque me duele el contacto. No soporto la presión de la piel de los demás contra la mía, y hace ya mucho que Carl no se acuesta conmigo. ¿Qué tienes, Tove?, me pregunta muy seria, me estás ocultando algo, algo espantoso. Cuando le pregunto a Carl, se va por las ramas. Es una enfermedad de la sangre, le explico siguiendo las recomendaciones de Carl, pero lo peor ya ha pasado. Las cosas ya van mejor. ¿Me haces el favor de irte? Estoy muy cansada. ¿Ya no escribes nunca?, pregunta ella. ¿No te acuerdas de lo bien que te sentías cuando estabas trabajando en algún libro? Claro que me acuerdo, contesto con la mirada en mi polvorienta máquina de escribir, pero pronto volverá a ser como antes. Ahora márchate.

Después me repito sus palabras. ¿No voy a volver a escribir? Recuerdo aquellos lejanos tiempos en que siempre me pasaban por la mente frases y versos cuando la petidina empezaba a surtir efecto, pero ya no ocurre nunca. Ya no me embarga aquella antigua sensación gozosa, y estoy convencida de que Carl me está rebajando las dosis o a veces llena la jeringa de agua. Un día o una noche, no sé, cuando se arrodilla a mis pies para clavarme la aguja en la vena de uno de ellos, veo que tiene los ojos llenos de lágrimas. ¿Por qué lloras?, le pregunto estupefacta. No lo sé, responde él. Solo quiero que sepas que si he hecho algo mal, recibiré mi castigo yo también. Es la única confesión que me hace. Creo que me estás inyectando agua, digo porque todo lo demás no me interesa. Vas a sentirte muy mal y muy indispuesta, aunque después te encontrarás mejor y al final te curarás. Pero tienes que dejar de pedir más, porque nunca he soportado verte sufrir. Todo lo que hago lo hago por ti, para curarte y que puedas volver a trabajar y ser una madre para tus hijos. Sus palabras me llenan de horror. Yo no quiero vivir sin petidina, protesto con vehemencia, no puedo pasar sin ella. Tú empezaste todo esto y ahora tienes que seguir. No, dice con mansedumbre, estoy parando muy despacio.

El infierno en la Tierra. Me hielo, tiemblo, sudo, lloro y lo llamo a gritos en medio de la nada. Jabbe acude al oírme y se queda conmigo. Llora desesperada. Se ha encerrado, me informa, me da miedo. Me ha pedido que le deje la comida delante de la puerta y la recoge cuando me voy. ¿No puede usted llamar a otro doctor? Tiene un aspecto horrible y yo no puedo hacer nada. Cuando vienen sus amigos, me ordena que no les abra; ni a su propia madre quiere ver ya. Yo le digo: A lo mejor se está volviendo loco, ya lo estuvo una vez, que yo sepa. De pronto vomito y Jabbe va a buscar una palangana y me limpia la cara con un paño. Le pido que busque en la guía el número de Geert Jørgensen y lo anote en un papel. Cuando me lo trae, lo guardo bajo mi almohada. Ya ni el cloral me hace dormir. Cuando cierro los ojos, veo imágenes espantosas por dentro de los párpados. Una niña avanza por una calle oscura y, de repente, aparece un hombre detrás de ella. Lleva la cabeza cubierta con una capucha y sostiene en la mano un cuchillo muy largo. Se abalanza sobre ella y se lo clava en la espalda. Los gritos de la niña rivalizan en potencia con los míos y abro los ojos. Carl entra sin hacer ruido. ¿Has vuelto a tener malos sueños?, pregunta antes de agacharse a recoger pelusas del suelo. No nos queda petidina, al parecer he olvidado pagar la última cuenta, pero puedo darte otra dosis de cloral. Lo vierte en la probeta graduada mientras yo le suplico que ponga más. Al cuerno, exclama, y hace lo que le pido; daño ya no te va a hacer. Me encuentro un poco mejor y él me da unas palmaditas en la mano, que ya no abulta ni la mitad que la suya. Es un problema de nutrición, sostiene con una risita boba, si engordaras diez kilos, estaría todo en orden. Se queda un rato sentado con la mirada perdida, y luego empieza a cantar desafinado: «Nos tiramos a las chicas siempre que nos viene en gana». Es del Regensen, me cuenta. Cuando vivía allí, era vegetariano. Muchas veces me imagino que eres mi hermana, murmura agachándose de nuevo a coger algo del suelo. El incesto es más común de lo que la gente cree. Intenta tumbarse conmigo en la cama y por primera vez me da miedo. No, protesto, y lo aparto con un gesto desprovisto de energía. Déjame sola, quiero dormir. Cuando se marcha, me espabilo de golpe. Se ha vuelto loco, le digo al aire, y yo me muero. Trato de retener ambas ideas, que se yerguen en mi mente como cuerdas verticales, pero ellas ondean hacia los lados como algas en unas aguas tormentosas. No me atrevo a cerrar los ojos por temor a las imágenes. ¿Será de noche o de día? Me incorporo sobre los codos y me dejo resbalar con mucha dificultad hasta bajar de la cama. Descubro que no consigo mantenerme en pie. Gateando, llego a la silla de mi escritorio y me levanto hasta sentarme en ella. El esfuerzo es tal que tengo que apoyar los brazos sobre las teclas de la máquina de escribir y recostar un momento la cabeza en ellos. Mis jadeos rompen el silencio. Debo actuar antes de que el cloral deje de hacer efecto. Llevo estrujado en la mano el papel con el teléfono de Geert Jørgensen. Enciendo la lamparita del escritorio y hago girar el disco mientras aguardo respuesta. ¿Diga?, contesta una voz reposada, al habla Geert Jørgensen. Me presento. Ah, es usted, protesta él. Menudas horas de despertarme. ¿Ocurre algo? Estoy enferma, respondo, le echa agua a la inyección. ¿Qué inyección? Petidina, digo, incapaz de expresarme mejor. ¿Que le está inyectando petidina?, repite con aspereza. ¿Desde cuándo? No lo sé, susurro, desde hace varios años, creo, pero ya no se atreve. Me estoy muriendo, ayúdeme. Me pregunta si puedo ir a su casa al día siguiente y contesto que no. Entonces me pide que le pase con Carl y yo grito su nombre lo más fuerte que puedo mientras dejo el auricular sobre la mesa. Aparece en la puerta con su pijama de rayas. ¿Qué pasa?, pregunta adormilado. Es Geert Jørgensen, le explico, quiere hablar contigo. Vaya, dice con suavidad frotándose el mentón sin afeitar, entonces mi carrera está acabada. No hay reproche alguno en su tono y al pronto no entiendo a qué se refiere. ¿Dígame?, contesta al levantar el aparato; luego pasa largo rato en silencio porque el otro le está hablando. Se oye por todo el cuarto que está exaltado y furioso. Sí, se limita a decir Carl; sí, mañana a las dos. No se preocupe. Sí, mañana se lo explico. Una vez que ha colgado, me regala una sonrisa mortecina. ¿Te apetece una inyección?, me propone con ternura; esta vez pondré bastante. Esto hay que celebrarlo. Cuando trae la jeringuilla, la dulzura y el gozo de antaño me penetran en la sangre. ¿Estás enfadado conmigo?, tanteo mientras ensortijo su cabello entre mis dedos. No, responde, cada quien tira para lo suyo. Luego echa un vistazo alrededor, estudia cada objeto como si pretendiera grabarse para siempre en la retina esta habitación con todo su mobiliario y habla muy despacio: ¿Te acuerdas de lo felices que éramos el día que nos instalamos en esta casa? Sí, contesto embotada, pero seguro que podemos volver a serlo; llamarle ha sido una estupidez. No, replica, ha sido tu solución. Ahora te ingresarán y todo terminará. ¿Y los niños?, recuerdo de repente. Tienen a Jabbe, me tranquiliza, ella no les fallará. ¿Y tú, Carl?, ¿cuál va a ser tu solución? Yo estoy acabado, responde con calma, pero no pienses en eso. Ahora cada uno tiene que salvar lo que se pueda salvar.

Al día siguiente, cuando vuelve de su cita con Geert Jørgensen, se le ve más tranquilo que en mucho tiempo.

Hay que ingresarte, anuncia mientras se quita el abrigo de motorista, para que te desintoxiques. Lo harán en cuanto quede una plaza libre en Oringe, y mientras tanto tendrás toda la petidina que quieras. ¿Estás contenta? Sí, admito, y pienso que fue esa misma frase la que me llevó a aceptar la operación del oído. Tendré algunos quebraderos de cabeza con Sanidad, comenta con fingido desapego, pero ya me las arreglaré. Tú ahora tienes bastante con pensar en ti.

Jabbe está exultante cuando le cuento que van a ingresarme. Ahora se curará, me asegura. Sus amigos y su familia se van a alegrar muchísimo, estaban muy preocupados. El día de mi ingreso me lleva al cuarto de baño y me lava todo el cuerpo. También el pelo, y el agua se pone negra de porquería. No pesa usted más que Helle, dice al llevarme de nuevo a la cama. Carl entra a pincharme. Será la última vez, dice, pero les pediré que te lo vayan reduciendo muy poco a poco. Voy contigo.

Paso un brazo por el cuello del camillero que me está bajando por las escaleras. Lo veo preocupado y sonrío. Me devuelve la sonrisa y leo en sus ojos compasión. Carl se sienta al lado de la camilla con la mirada perdida. De repente deja escapar una risita, como si hubiese tenido alguna idea traviesa. Recoge un par de pelusas y las amasa entre las palmas de las manos. No sé si volveremos a vernos, dice con una mirada vacía. Después añade con indiferencia: En realidad, nunca estuve muy seguro de ese dolor de oídos. Esa es la última frase que oigo de su boca.

6

Estoy acostada con la cabeza algo levantada por encima de la almohada y la vista fija en mi reloj de pulsera. Con la otra mano me seco el sudor de los ojos. Observo fijamente el segundero, porque el minutero se niega a moverse, y de cuando en cuando me llevo el reloj al oído sano porque me parece que se ha parado. Me pinchan cada tres horas y la última de las tres es más larga que todos los años que he vivido en este mundo. Me duele la nuca a fuerza de levantar la cabeza, pero cuando la apoyo sobre la almohada las paredes se comprimen en torno a mí, cada vez más y más cerca, y dejan sin aire el cuartito. Cuando la apoyo sobre la almohada, un hervidero de bichos avanza por encima del edredón, unos bichos pequeñajos, asquerosos, cucarachientos, que me corren a millares por el cuerpo y se me meten por la nariz, la boca y los oídos. Lo mismo sucede si cierro los ojos por un segundo: se abalanzan sobre mí y ya no puedo frenarlos. Quiero gritar, pero no consigo despegar los labios. Además, poco a poco he ido entendiendo que de nada sirve. Nadie reacciona, nadie entra en mi habitación antes de la hora marcada. Estoy sujeta a la cama con una correa de cuero que me corta la cintura y que hace muy difícil que me vuelva. Ellos no me la quitan ni para cambiarme las sábanas, que siempre están repletas de excrementos míos. «Ellos» son una cosa azul y blanca que centellea ante mis ojos y carece de identidad. Ahora tienen el poder y de nada sirve desgañitarse llamando a Carl hasta quedarme tan afónica que mis gritos se convierten en un susurro inaudible. Son las tres menos cinco, a las tres entrarán a ponerme la inyección. ¿Cómo es posible que cinco minutos duren lo que cinco años? El reloj hace tictac contra mi oído al compás de mi corazón, que late como loco. Quizá mi reloj adelante, a pesar de que les hago ponerlo en hora una y otra vez, quizá me hayan olvidado, quizá estén ocupados con esos pacientes cuyos chillidos y gritos llegan hasta mi cuarto desde ese mundo desconocido que se extiende al otro lado de la puerta.

Bueno, dice una boca que parece ir de oreja a oreja en un rostro muy grande para el resto del cuerpo, ahora vamos a ponerle su inyección. Me pinchan en el muslo y tarda un poco en hacerme efecto, un efecto que solo consiste en que me encuentro un poquito mejor. Me atrevo a apoyar la cabeza en la almohada y por un instante mi cuerpo deja de temblar como una hoja. El rostro que asoma entre el azul y el blanco se perfila ahora con más claridad; es manso y puro como el de una monja y comprendo que este ser no va a hacerme ningún mal. Hable un poco conmigo, le ruego, y ella se sienta a mi lado y me seca el sudor de la cara. Enseguida pasará, asegura. Nosotros la curaremos, no se preocupe, aunque lo cierto es que llegó aquí por los pelos. ¿Dónde está mi marido?, pregunto. Muy pronto vendrá el doctor Borberg a hablar con usted, dice evasiva. Pero antes tenemos que asearla un poco. Entonces me alzan unas manos fuertes mientras se cambian las sábanas por debajo de mí. Me lavan y me ponen un camisón blanco. Lo peor, sostengo, son todos esos bichos. Yo los sacaré de aquí, dice ella divertida. Usted llámeme cuando vengan, que yo los echo. Ande, sea buena chica y bébase lo que le demos. Su cuerpo está pidiendo a gritos un poco de líquido, ¿no lo nota? ¿No tiene sed? Me levanta la cabeza y me lleva un vaso a los labios. Beba, me pide con insistencia. Yo bebo, obediente, e incluso reclamo más. Eso está bien, dice la voz, es usted una buena chica.

Después llega el doctor Borberg, que es la única persona en este mundo de tormento a la que veo con claridad. Es un treintañero alto de cabello rubio con el rostro redondo y aniñado y unos ojos amables, inteligentes. Me pregunta si me siento con fuerzas para hablar con él un momento y acto seguido me dice: Su marido está ingresado en el Rigshospitalet, sufre una grave psicosis. Sanidad lo ha denunciado, pero en estas condiciones es muy posible que retiren los cargos. Pero ¿y los niños?, exclamo horrorizada; si él no está, Jabbe no tendrá dinero. Debo volver a casa ahora mismo. No volverá usted a su casa en los próximos seis meses, dice con firmeza, pero habrá que dar dinero a su niñera, es evidente. He hablado por teléfono con ella y va a venir a visitarla uno de estos días. Me encargaré de que hablen en cuanto le suministren a usted su inyección. Desaparece y los efectos se van difuminando poco a poco. De nuevo estoy con la cabeza levantada de la almohada y la vista fija en el reloj, y no existe otra cosa en todo el mundo más que él y yo.

Cuando vino Jabbe, le entregué la libreta del banco que Carl metió en la camilla al venir con la ambulancia. Le pedí que sacara mi manuscrito del armario de persiana de la habitación de Carl y lo entregase en mi editorial.

Le supliqué también que se quedara con los niños hasta que yo saliese, y ella me prometió que así lo haría. Se quedó mirándome con esos ojos suyos, húmedos y afectuosos, me dio unas palmaditas en la mano y me preguntó si estaba comiendo bien. Después empezó a contarme muchas cosas de los niños, pero yo no era capaz de prestarle atención. Vete, Jabbe, por favor, le rogué con todo el cuerpo bañado en sudor de nuevo, diles a los niños que muy pronto estaré bien, que tengo muchas ganas de verlos. No irá a volver de repente su marido, preguntó con el miedo pintado en la mirada, no irá a volver de repente, ¿verdad? No, le prometí; creo que ya nunca volverá.

Poco a poco mis tormentos se fueron mitigando. Podía ya apoyar la cabeza en la almohada sin que las paredes se abalanzasen sobre mi cama y dejé de consultar el reloj sin cesar. Me quitaron la correa y un buen día me dejaron ir al baño apoyada en una enfermera. A la puerta de mi cuarto había una sala enorme con las camas tan pegadas unas a otras que apenas quedaba espacio para pasar entre ellas. Casi todos los pacientes estaban atados, y algunos llevaban grandes manoplas cubriéndoles las manos. Me miraban con ojos vidriosos, sin expresión, y yo me arrimé cuanto pude a la enfermera. No tenga miedo, me tranquilizó ella, no son más que personas muy enfermas. No le hacen daño a nadie. Sin embargo, sus chillidos eran tan terribles que no podía oír ni mi propia voz. Pero ¿por qué estoy aquí, si yo no estoy loca?, pregunté. Es una zona de seguridad, me explicó; tal y como llegó, no podíamos tenerla en otro sitio. Cuando se encuentre mejor, es muy probable que la trasladen a un área de libre acceso. Venga conmigo, dijo con mucha amabilidad, y me llevó hasta el lavabo. Lávese las manos, intente hacerlo usted sola. Al levantar la cabeza me veo en el espejo y me tapo la boca con la mano para reprimir un grito. Esa no soy yo, lloro, yo no soy así. Es imposible. En el espejo veo un rostro devastado, envejecido, extraño, con la piel descamada y gris y los ojos rojos. Si parezco una vieja de setenta años, sollozo aferrada a la enfermera, que me apoya la cabeza en su hombro: Vamos, vamos, no he caído en la cuenta de que debía prevenirla, pero no llore. Cuando empiecen a ponerle la insulina ya mejorarán las cosas. Dejará de estar en los huesos y volverá a parecer una jovencita. Se lo prometo. ¡Lo hemos visto tantas veces! Cuando me acuesto de nuevo, me quedo contemplando los palillos que tengo por piernas y brazos y, por un momento, me ciega la rabia contra Carl. Luego recuerdo que yo también tengo parte de la culpa y mi furia se disipa.

A la mañana siguiente me inyectaron una dosis de insulina. Había pasado mala noche y me sumí en un letargo del que no volví a salir hasta las nueve y media. Tenía un hambre tremenda, temblaba y todo lo veía lleno de puntitos negros que se movían. Mi organismo me pedía comida a gritos como antes había pedido petidina, y salí corriendo al pasillo en busca de una enfermera. La señorita Ludvigsen. Me encuentro mal, dije, ¿no podrían darme algo de comer? Me agarró del brazo y me condujo de regreso a mi habitación. La verdad es que no le toca nada hasta las diez, me explicó, pero enseguida se lo traigo. Por una vez, pase. Cuando volvió con la bandeja, donde había una fuente de pan negro con queso y pan blanco con mermelada, salté sobre la comida sin dejarle tiempo para soltarla y empecé a engullirlo todo con voracidad, a la vez que cogía más mientras un bienestar físico que hasta ese instante desconocía se extendía por mi cuerpo. Ay, qué bien me siento, exclamé entre dos tragos de leche, ¿puedo comer todo lo que quiera? La señorita Ludvigsen se echó a reír: Sí, me prometió, aunque nos lleve a la ruina con esa forma de zampar; ¡es tan bonito verla comer! Fue a buscar más comida y yo comí sin parar riendo de alegría. Soy tan feliz, dije, ahora me creo por fin que voy a curarme. No pensarán quitarme la insulina, ¿verdad? Me respondió: No hasta que recupere su peso normal, pero para eso aún falta. Me pusieron una bata de hospital y me dejaron en una silla junto a la ventana. Afuera había un gran prado de césped muy bien cuidado y entre dos edificios bajos se divisaba una cinta de agua azul con crestas de espuma blanca. Era otoño y las hojas marchitas se apilaban en montones ordenados sobre el césped. Unos hombres vestidos con ropa a rayas las recogían sin mucho ahínco. ¿Cuándo podré salir a dar un paseo?, le pregunté a la señorita Ludvigsen mientras me peinaba. Muy pronto, me prometió; alguna de nosotras puede acompañarla. Aún no puede salir sola.

Siguió una época en que miraba el reloj para comprobar cuánto tiempo faltaba para la hora de comer. Siempre estaba expectante, aguardando las comidas, y devoraba como un peón de albañil. Engordé, y empezaron a pesarme cada dos días. A mi llegada pesaba treinta kilos, pero no tardé en subir hasta cuarenta. Podía andar sin ayuda, salía a tomar el aire a diario y hablaba por los codos con las enfermeras de todo lo divino y humano, porque mi humor volvía a ser excelente, como de pronto recordé que había sido en los tiempos lejanos y felices previos a mi primer encuentro con Carl. Me permitían llamar a casa todos los días y hablaba por teléfono hasta con Helle. Ya tenía seis años e iba a la escuela. En una ocasión me dijo: Mamá, ¿por qué no te casas otra vez con papá? A mí no me gustaba nada papá Carl. Yo me eché a reír y contesté que cualquier cosa era posible, aunque no estábamos seguras de que él quisiera. Ya no bebe, anunció la niña llena de alegría, ahora hace los deberes. Ayer vino con Victor. Victor nos dio caramelos y tofes, me cae muy bien. Me preguntó si iba a ser poeta igual que mi madre.

Una tarde, justo después de comer, entró en mi habitación el doctor Borberg. Tenemos que hablar muy en serio, me dijo tomando asiento. Yo me senté en la cama y lo observé expectante. Estoy curada, exclamé, soy muy feliz. Entonces me contó que empezaba a estar curada físicamente, pero que esa era la parte fácil. Ahora llegaba el momento de iniciar el proceso de estabilización, y eso era lo que más tiempo llevaba: tendría que aprender a vivir la vida desnuda, sin aditivos, hasta que el recuerdo de la petidina se fuese borrando de mi mente poco a poco. Me advirtió: Es sencillo sentirse alegre y curada en este cuarto de hospital donde está a salvo, pero cuando vuelva a casa y se enfrente de nuevo a las adversidades —como hacemos todos—, volverá la tentación. No sé cuándo volverá a estar bien su marido, si es que alguna vez lo ha estado, pero pase lo que pase no debe usted volver a verlo jamás, y se tomarán medidas para que él no la busque. Me preguntó si alguna vez había acudido a otros médicos y yo lo negué. También me preguntó si Carl me había suministrado algo más que petidina y nombré la metadona. Es igual de peligrosa, aseguró, tampoco puede volver a consumirla nunca. Entonces le prometí que no volvería a acercarme a nada parecido en lo que me quedaba de vida, porque jamás olvidaría los horribles sufrimientos que había tenido que pasar. Al contrario, replicó él con gravedad, los olvidará enseguida. Si un día vuelve a presentársele alguna tentación semejante, se dirá usted que no tiene nada de malo. Se dirá que lo puede controlar, y antes de que se dé cuenta caerá de nuevo en la trampa. Yo reí, despreocupada. No tiene usted muy buena opinión de mí, comenté. Hemos vivido experiencias muy tristes con drogadictos, añadió muy serio, solo uno de cada cien se recupera de veras. Luego me sonrió y me dio unas palmaditas en el hombro. Pero a veces pienso que usted va a ser ese uno, porque su caso es muy especial y porque usted, al contrario que muchos, tiene motivos para vivir. Antes de irse me concedió libertad de movimientos, lo que significaba que podía deambular libremente por el edificio y la finca una hora al día.

El tiempo fue pasando y yo ya me sentía como en casa en mi unidad y en sus hermosos jardines, donde de cuando en cuando charlaba con otros pacientes que también salían a pasear. Llegué a estar tan vinculada al personal, que cuando recibí una oferta para trasladarme a un pabellón mejor, la rechacé. Jabbe me trajo mi máquina de escribir y mi ropa, que, como llevaba años sin comprarme nada nuevo, se encontraba en un estado deplorable. También se encargó de que dispusiera de algo de dinero, y un día me dieron permiso para ir yo sola hasta Vordingborg a comprar un buen abrigo. Todo lo que tenía era la vieja gabardina de tiempos de Ebbe. Fui a la ciudad una tarde. Empezaba a anochecer y unas pálidas estrellas asomaban en el cielo, eclipsadas por las luces de las calles. Me sentía tranquila y feliz, y mis pensamientos giraban, como siempre en esta época, en torno a Ebbe. Recordé las palabras de Helle: Mamá, ¿por qué no te casas otra vez con papá? Había comenzado a escribirle un sinfín de cartas, pero todas acababan en la papelera. Le había hecho mucho daño de manera innecesaria y él nunca llegaría a comprender la razón.

Una vez comprado el abrigo y con él puesto, regresé por la calle principal sin detenerme a mirar las tiendas.

Tenía hambre y estaba deseando que llegase la hora de la cena. De pronto, el bonito escaparate iluminado de una farmacia captó toda mi atención. Despedía suaves destellos procedentes de distintos recipientes de mercurio y cilindros llenos de cristalitos. Me quedé largo rato frente a él sintiendo cómo ascendía por mi interior, como un líquido oscuro, el deseo de ingerir unas pastillas blancas que ahora estaban a mi alcance. Allí de pie, descubrí con horror que lo llevaba dentro como la podredumbre se extiende por el tronco de un árbol o como un feto crece y vive una vida propia por más que tú te desentiendas de él. A regañadientes, me separé del cristal y eché a andar con lentitud. La tormenta me enredaba los largos cabellos por la cara y los aparté enojada. Recordé las palabras de Borberg: Si un día vuelve a presentársele una tentación... De nuevo en mi cuarto, saqué un papel de mecanografía y me quedé mirándolo. Qué sencillo sería cortarlo con unas tijeras, hacer una receta de metadona y pasar por la farmacia a retirarla. Entonces recordé todo lo que habían hecho por mí en la clínica y cómo compartían mi alegría ahora que me había curado, y sentí que no podía hacerles algo así. No mientras siguiera allí. Me metí en el cuarto de baño, me armé de valor y me miré al espejo. Llevaba sin hacerlo desde el día que me espanté al ver mi aspecto. Me sonreí, contenta, y me palpé las mejillas, llenas y tersas. Tenía la mirada limpia, el pelo brillante. No parecía ni un día mayor de lo que era. Sin embargo, ya acostada y con mi dosis de cloral, permanecí largo rato despierta, pensando en el escaparate de la farmacia. Me acordaba de lo bien que trabajaba bajo los efectos de la metadona y me dije que todo era cuestión de no aumentar la dosis. No había nada malo en tomar un poco de vez en cuando, lo importante era no perder el control. Acto seguido recordé mi interminable sufrimiento durante la desintoxicación y me dije: No, nunca más. A la mañana siguiente escribí a Ebbe y le pregunté si quería venir a verme. Al cabo de unos días recibí su respuesta. Decía que de haberle llamado solo unos meses antes, habría acudido de inmediato, pero ahora había conocido a otra chica y las cosas empezaban a irle mejor. No se puede abandonar a una persona cinco años y a la vuelta pretender encontrarla en el mismo lugar, había escrito.

Lloré al leer su carta. Ningún hombre me había rechazado. Entonces pensé en la casa de Ewaldsbakken, en el jardín descuidado y en mis tres hijos, que ya no conocían a su madre igual que yo tampoco creía conocerlos. Estaba a punto de volver a casa y quedarme a solas con ellos y con Jabbe, y no me sentía a la altura. Durante el resto del tiempo que pasé en Oringe no regresé a la ciudad para no tener que ver el escaparate de aquella farmacia.

7

Es primavera cuando regreso a la casa de Ewaldsbakken. Los jardines colman todo del perfume de forsitias y cítisos, que cuelgan de las vallas de la estrecha calle de gravilla. Jabbe ha decorado la mesa de la merienda y ha servido chocolate y trenza casera, y los niños se han sentado alrededor, limpitos y bien vestidos. En el centro de la mesa hay un cartel de cartón y un jarrón con flores. BIENVENIDA A CASA, MAMÁ, han puesto en unas mayúsculas todas torcidas; Helle asegura que lo ha pintado ella. Me mira con sus ojos rasgados de Ebbe, esperando mis elogios. Los dos pequeños guardan silencio cohibidos, y cuando intento acariciarle el pelo a Trine, mi pajarillo perdido, ella rechaza mi mano y se arrima a Jabbe, que le reprocha: Pero, bueno, ¿es que ya no reconoces a tu madre? Me digo que ha sido Jabbe quien los ha acompañado en sus primeros pasos, Jabbe quien les ha enseñado a balbucear, soplado sus rasguños y cantado hasta dormirlos por las noches. Solo Helle se muestra cercana a mí y habla conmigo como si nunca nos hubiésemos separado. Me cuenta que su padre ha vuelto a casarse con una señora que escribe poemas, igual que yo. Pero tú eres mucho más guapa, asegura leal, y Jabbe se echa a reír mientras me llena la taza y sostiene: Tu madre sigue igual de guapa que la primera vez que la vi. Cuando los niños se acuestan, me quedo un buen rato charlando con ella. Ha comprado una botella de licor de casis que compartimos, mientras una añoranza indefinida se va difuminando en mi interior. Es mejor beber un poco de vez en cuando, afirma Jabbe con las mejillas enrojecidas y más brillo en la mirada de lo normal, que toda esa porquería con que la atiborraba su marido. Vaya, replico yo. ¿Ahora quiere convertirme en una alcohólica? Se ve que he huido del fuego para caer en las brasas. Las dos reímos y acordamos que descansará los miércoles por la tarde y fines de semana alternos. La pobre no ha librado un solo día en años. Me pregunta qué puede hacer con su vida y le sugiero que ponga en el periódico un anuncio para buscar marido. Yo haré lo propio. El ser humano no está hecho para estar solo, sentencio. Traigo papel y lápiz y lo pasamos en grande redactando dos anuncios donde nos pintamos como poseedoras de todo cuanto un hombre puede necesitar. Nos ponemos muy cómicas y cuando me acuesto, nos han dado las tantas. Jabbe ha adornado mi cuarto con flores recién cortadas, pero el recuerdo de todo lo que he vivido entre estas cuatro paredes me abruma por un instante, y me echo en la cama con toda la ropa puesta. Me parece ver la sombra de una figura que va recogiendo pelusas y murmurando entre dientes algo ininteligible. ¿Dónde estará? Me levanto a abrir la ventana y me asomo. Hace una noche clara y estrellada. La cola de la Osa Mayor apunta hacia mí, y por la calle, apenas iluminada, pasa una pareja abrazada. Se detienen a besarse al pie de una farola y me apresuro a cerrar con la misma sensación de los días de matrimonio con Viggo F., cuando el mundo estaba lleno de parejas que se amaban. Acongojada, me desvisto y me acuesto. De pronto caigo en la cuenta de que he olvidado la leche para el cloral. He traído un frasco del hospital y, cuando se termine, el doctor Borberg me enviará una receta para comprar más. No quiere que me atienda ningún otro médico. Al despedirse de mí, me pidió que le llamara si surgía algún problema y también si no, para tenerlo al corriente de cómo evolucionaba. Voy a la cocina a buscar la leche y me acuesto otra vez. Me concedo tres vasos en lugar de los dos que acostumbro a tomar, y mientras su efecto embotador se extiende por mi cuerpo, pienso que es primavera, que todavía soy joven y que no hay ningún hombre enamorado de mí. Sin darme cuenta me abrazo, enrosco la almohada y la aprieto contra mí como si fuese algo vivo.

Los días transcurren de un modo rítmico y regular, y yo los paso con Jabbe y los niños. Me entristece estar a solas en mi cuarto y ya no siento deseos de escribir. Los pequeños se van habituando a mí y corren a mis brazos tanto como a los de Jabbe. Ella me invita a salir de casa y tratar a otras personas. Quiere que vuelva a reunirme con mi familia y mis amigos, pero algo me retiene, tal vez el antiguo miedo a que alguien descubra lo que ocurre en casa. Una mañana despierto más alicaída que de costumbre. Oigo la lluvia y en mi habitación hay una luz grisácea y desconsolada. El escaparate de la farmacia de Vordingborg aparece ante mis ojos con tal claridad que se diría que lo he visto no una, sino cien veces. Miro hacia la pila de papeles que hay sobre mi escritorio. Solo dos, pienso, dos por las mañanas, ni una más. ¿Qué puede tener de malo? Me levanto de la cama y me estremezco, indispuesta. Después me siento delante del escritorio, saco unas tijeras y recorto un pedazo de papel alargado. Lo relleno con esmero, me visto y le digo a Jabbe que voy a dar un paseo matinal. He puesto al pie el nombre de Carl; estoy segura de que, dondequiera que se encuentre en este mundo, llegado el caso me encubrirá. De vuelta en casa, tomo dos pastillas y me quedo observando el frasco de medicamento por un instante. Me he dispensado un par de cientos. Recuerdo mis sufrimientos al desintoxicarme y oigo a lo lejos la voz de Borberg: Los olvidará enseguida. De pronto tengo miedo de mí misma y guardo las pastillas en el armario de persiana. La llave la escondo bajo el colchón, bien al fondo, sin saber muy bien por qué. Cuando me hacen efecto, llena de alegría y de espíritu emprendedor, me acomodo frente a mi máquina y escribo la primera estrofa de un poema que hace tiempo que quiero terminar. La primera estrofa siempre me sale sola. Una vez acabo y me parece que ha quedado un buen poema, siento un deseo imperioso de hablar con el doctor Borberg. Le llamo y él me pregunta qué tal me va. Bien, contesto, hoy el cielo es muy azul y la hierba, mucho más verde de lo normal. Hay un silencio al otro lado de la línea. Luego Borberg me pregunta con crudeza: Oiga, ¿qué ha tomado? Nada, miento, es solo que me siento bien. ¿Por qué lo dice? Olvídelo, responde él con una carcajada, es que tengo un carácter muy suspicaz. Bajo a la cocina a ayudar a Jabbe a pelar patatas mientras los niños se arremolinan a nuestro alrededor. Es domingo, de modo que Helle no ha ido a la escuela. Tomamos café, llevo a los niños a su cuarto y les leo cuentos de los hermanos Grimm. Después de comer me siento tan triste y tan distraída que Jabbe, preocupada, me pregunta qué me ocurre. Nada, que necesito una siesta, contesto. Subo a acostarme y me quedo mirando al techo con las manos detrás de la nuca. Dos más no van a hacerme ningún daño, pienso, teniendo en cuenta todas las que tomaba en los viejos tiempos. Cuando entro al cuarto de Carl, veo que el armario no tiene la llave puesta. ¿Dónde demonios la habré metido? No me acuerdo y de repente me dejo llevar por el pánico. El sudor frío del miedo se extiende bajo mis brazos mientras pongo el cuarto entero patas arriba. Busco como una loca y me repito que es domingo. Supongo que la farmacia estará cerrada. Vacío sobre la mesa todos los cajones del escritorio, les doy la vuelta, les golpeo el fondo, pero la llave no aparece. Necesito esas pastillas, solo dos más, es cuanto puedo pensar. Bajo a la planta de abajo y le digo a Jabbe: Es espantoso, pero la llave del armario de persiana ha desaparecido y tengo dentro unos papeles que necesito sí o sí. No lo puedo dejar para mañana. Entonces Jabbe, que es una chica muy práctica, propone que llamemos a un cerrajero; ella lo hizo una vez que se olvidó las llaves. Tiene entendido que trabajan de día y de noche, así que busca en la guía y me anota un número. Yo salgo disparada hacia el teléfono y le explico a un hombre que no encontramos la llave de un armario. En su interior hay una medicina de una importancia vital que necesito a toda costa. El hombre viene y fuerza el cierre. Ya está, señora, anuncia; problema resuelto. Son veinticinco coronas. Cuando se marcha, me tomo cuatro pastillas y con la parte despejada y alerta de mi conciencia pienso que allá voy de nuevo, y que esta vez hará falta un milagro para detenerme. Sin embargo, al día siguiente tomo solamente dos por la mañana, tal como me había propuesto, y cuando algo más tarde vuelvo a tener tentaciones, me basta con sostener el frasco en la mano. Ahí está, no va a ir a ningún sitio, es mío y nadie puede arrebatármelo.

Unas noches más tarde me despierta el timbre del

teléfono. Buenas, saluda una voz difusa, soy Arne. Sinne está en Londres y cuando vuelva nos vamos a divorciar. Pero no llamo por eso. Victor y yo estamos en mi casa tomando una copa y nos han entrado ganas de ir a verte. Es una locura que aún no os conozcáis. ¿Podemos ir ahora mismo? No, contesto enfadada, déjame dormir. ¿Y mañana, a la clara luz del día?, insiste, y para zafarme de él, acepto. Cuando me vuelvo a acostar tras desconectar el teléfono, recuerdo que Jabbe libra al día siguiente. Con un poco de suerte no llaman más. Por la mañana me he olvidado de todo, me tomo mis dos pastillas y bajo a desayunar con Jabbe y los niños. Cuando Jabbe se marcha a mediodía, Arne llama de nuevo, aún más borracho que por la noche: Estamos aquí, en Den Grønne, dice, tomando una cervecita. Nos tienes ahí en media hora. Nada más colgar, subí a tomarme cuatro pastillas que me dieran fuerzas, vestí a los niños y salí a pasear con ellos calle arriba. Era julio y llevaba un vestido de verano azul que había comprado con Jabbe. Regresábamos a casa cuando se acercó un taxi; por la ventanilla vi el rostro embriagado y redondo de Arne junto a otro cuyos rasgos no alcanzaba a distinguir. El coche llegó a la casa antes que nosotros y los dos hombres bajaron con un montón de botellas entre los brazos. Buenas, Tove, gritó Arne; aquí estoy, con Victor. Los saludé y el tal Victor me besó la mano. Parecía casi sobrio y al verlo se esfumó de pronto todo mi enfado. Solté a los niños, que echaron a correr y se metieron en casa. El sol no me dejaba verle los ojos, pero su boca tenía el arco de Cupido más bonito que había visto jamás. Todo su ser destilaba una suerte de vitalidad estragada y demoniaca que me cautivó por completo. Les hice pasar a casa y Arne se desplomó de inmediato en la cama de Carl. Le pedí a Helle que se ocupase un ratito de los más pequeños y subí con Victor a mi habitación. Él se sentó y me estudió largo rato sin decir nada. Yo me senté en otra silla con el corazón latiéndome como un loco. Me sentía llena de una mezcla de dicha y miedo al mismo tiempo, miedo como cuando era niña y mi madre decía entre sollozos que iba a abandonarlo todo y mi hermano y yo no sabíamos qué sería de nosotros. Victor se arrodilló delante de mí y empezó a acariciarme los tobillos. Estoy enamorado de ti, dijo, estoy enamorado de tus poemas. Hace años que quería conocerte. Levantó hacia mí los ojos y yo respondí: Hasta ahora siempre había creído que eso del amor a primera vista no era más que una patraña. Le sujeté la cabeza y besé sus hermosos labios. Bajo sus ojos cansados había profundas sombras de color humo, y dos surcos le corrían por las mejillas como el rastro de unas lágrimas. Era un rostro lleno de sufrimiento y pasión. No me dejes, supliqué, no me dejes nunca más. Era extraño decir eso a alguien a quien veía por vez primera, pero a Victor no parecieron sorprenderle mis palabras. No, nunca más te dejaré, dijo al tiempo que me estrechaba entre sus brazos. Después bajamos a reunirnos con los niños, que conocían a Victor de visitas anteriores, mientras yo estaba en Oringe. Toma, Helle, dijo él; diez coronas. Ve corriendo a comprar caramelos bien rojos para los tres. Durante la comida, Helle, que miraba a Victor con arrobo, preguntó: Mamá, ¿por qué no te casas con él y así vuelve a haber un papá en casa? Victor se echó a reír: Me lo pensaré, contestó.

Estoy locamente enamorada de ti, dije pletórica cuando volvimos a acostarnos en mi cama. ¿Te vas a quedar a pasar la noche? Sí, la vida entera, sonrió él con sus dientes cegadores. ¿Y tu mujer?, pregunté. Tenemos de nuestro lado el derecho que nos concede el amor, respondió. Ese derecho es siempre el derecho a herir a los demás, objeté entre besos. Hicimos el amor y pasamos hablando casi toda la noche. Me habló de su infancia, que se parecía mucho a la infancia de Ebbe y que, aun así, me sonó como si la oyese por primera vez. Yo le hablé de los cinco años de locura junto a Carl y de mi estancia en Oringe. No sabía que las drogas podían enfermarlo a uno hasta ese punto, se sorprendió. Creía que era parecido a cuando el resto del mundo bebe cerveza. A algo hay que aferrarse para aguantar esta vida. Al fin lo venció el sueño y yo me quedé contemplando su rostro, las elegantes aletas de su nariz y su boca perfecta. Me acordé del día que le dije a Jabbe: Quién pudiera sentir algo por alguien. Ahora, por primera vez desde Ebbe, yo podía. Ya no estaba sola, y sentía que su promesa de quedarse junto a mí toda la vida no eran meros disparates de borracho. Me tomé el cloral y me arrimé bien a él. Sus cabellos claros olían como el pelo de los niños cuando regresan a casa después de jugar al sol en la hierba.

8

Llegó un momento en que Victor y yo estábamos juntos casi siempre. Solo volvía a su casa si quería que su mujer le lavase y le planchase una camisa, y decía entre muchas risas que tal vez yo con el paso del tiempo corriese la misma suerte. Tenía una hija de cuatro años de la que estaba prendado y hablaba sin parar. Se saltaba el trabajo cada dos días, y cuando por fin iba, me tenía a mí al teléfono hora sí y hora también. Era economista, como Ebbe, y como a él, le interesaba más la literatura. Paseaba de un lado a otro de mi cuarto en calidad de príncipe Andréi, el de *Guerra y paz* de Tolstói, o D'Artagnan, de *Los tres mosqueteros*. Cortaba el aire con un florete invisible y representaba grandes escenas de lucha en las que interpretaba a todos los personajes. Su figura esbelta evolucionaba por toda la habitación mientras las citas brotaban de sus labios hasta que, risueño y desfallecido, caía a plomo en la cama. He nacido en un tiempo que no es el mío, se lamentaba, con un par de siglos de retraso. Aunque si hubiese nacido entonces, no te habría conocido. Me tomaba entre sus brazos y olvidábamos al resto del mundo. Apenas saciada nuestra pasión, volvía esta a despertarse y los niños a quedar al cuidado de Jabbe. Esto es lo más terrible del amor, decía yo: que cualquier otra persona te resulta indiferente. Sí, coincidía él, y además siempre termina haciendo un daño de mil demonios. Un buen día llegó a casa tan contento, contando que su mujer le había pedido el divorcio. Se instaló para siempre con nosotros sin otra cosa que su ropa y sus libros. Le traía sin cuidado todo lo material. Más o menos por entonces me telefoneó un abogado a quien Carl había encargado resolver nuestro divorcio. Me contó que quería que se vendiera la casa y percibir la mitad de su valor. Pues a venderla, dijo Victor, y ya encontraremos dónde vivir.

Sin embargo, algo ensombrecía nuestros días más felices sin que Victor se hubiese percatado aún de ello. Por miedo a caer enferma si lo dejaba, tomaba cada día más metadona. Perdí el apetito y adelgacé, y Victor me decía que parecía una gacela condenada a las fauces del león. Yo tomaba las pastillas de forma anárquica e irregular y en realidad no sabía cuántas necesitaba. De vez en cuando sentía el impulso de llamar a Borberg y contarle todo. También sentía la tentación de confesárselo a Victor, pero un oscuro temor a perderlo me lo impedía.

Un domingo muy temprano, fuimos en bicicleta hasta el parque de los Ciervos para tomar un café en un pequeño restaurante algo apartado que se había convertido en nuestro rincón. Me había tomado cuatro pastillas de metadona antes de salir, pero había olvidado llevarme el frasco. Nos sentamos mirándonos a los ojos y el camarero nos dedicó una sonrisita indulgente. Sabe Dios qué pensará, comenté. Victor se echó a reír: Ya sabes que no hay nada más ridículo que los demás cuando se enamoran; le hacemos gracia, eso es todo. Dejó su mano sobre la mía. Pareces una odalisca, añadió; y luego tuvo que explicarme qué era una odalisca. El cielo era de un azul continuo y el canto de los pájaros expresaba un júbilo primaveral muy particular. Un gorrión se había posado en el mantel de cuadros blancos y rojos a picotear las migas, y el instante se grabó silencioso en mi memoria como algo susceptible de revivir algún día pasara lo que pasara más adelante. Paseamos por el bosque de la mano y le hablé a Victor de mi matrimonio con Viggo F. y de lo mucho que me perturbaba en aquel entonces ver jóvenes enamorados. El tiempo se fue volando y Victor propuso que regresáramos al restaurante para almorzar. De repente, un estremecimiento me recorrió como un ataque por la espalda y supe qué significaba. Le solté la mano. No, dije, prefiero volver a casa. Ay, no, me rogó sorprendido y algo inquieto, con lo bien que estamos. Para volver siempre hay tiempo. Yo estaba inmóvil con los brazos en torno a mi propio cuerpo en un intento de mantenerme caliente. Empecé a salivar y sentí ganas de vomitar. Mira, tengo en casa unas pastillas que necesito sí o sí, le dije. ¿Por qué no volvemos? Me preguntó preocupado qué pastillas eran esas y respondí que su nombre no le iba a decir gran cosa. O sea, que sigues siendo una adicta, dijo intranquilo; creía que conmigo te bastaba. De camino a casa, le aseguré que empezaría a reducir poco a poco la dosis, porque quería dejarlo. Me bastaba con él, era un problema puramente físico, no podía prescindir de esa sustancia. También le dije, sin dejar de pedalear con rapidez, que pensaba llamar al doctor Borberg y preguntarle qué podía hacer. En cuanto entremos en casa, replicó con una autoridad que yo no le conocía. Al llegar a casa me tomé cuatro pastillas y acto seguido llamé al doctor. Estoy enamorada, anuncié, vivimos juntos, se llama Victor. Espero que no sea médico, por el amor de Dios, exclamó Borberg. Entonces le hablé de las recetas falsas y le aseguré que estaba deseando dejarlo, pero que no podía gestionarlo sola. Permaneció en silencio unos instantes. Páseme con Victor, dijo sin más. Le tendí el auricular y Borberg habló con él por espacio de una hora. Le explicó en qué consistía la drogadicción y a qué tendría que enfrentarse si me quería. Cuando colgó, Victor parecía transformado. Su rostro entero transmitía una firmeza fría e inquebrantable. Alargó una mano hacia mí. Dame esas pastillas, ordenó. Asustada, fui a buscarlas y él se las guardó en el bolsillo. Vas a tomar dos al día, anunció, ni una más ni una menos. Y cuando no queden más, se acabó. Nada de recetas falsas. Si descubro que haces una sola, no quiero volver a saber de ti. ¿Es que ya no me quieres?, le pregunté llorando. Claro que sí, respondió, precisamente por eso.

Los días que siguieron fueron una tortura. Después pasó, y los dos fuimos felices. Se ha acabado para siempre, le aseguré, tú me importas mucho más que todas las pastillas de este mundo. Vendimos la casa y nos instalamos en un piso de tres dormitorios situado en Frederiksberg con Jabbe y los niños.

Una noche de otoño Helle se puso enferma. Entró en nuestro dormitorio y se metió en nuestra cama temblando de fiebre. Le dolía la garganta y yo le puse el termómetro, que marcó más de cuarenta. Le pregunté a Victor qué podíamos hacer y decidió llamar al médico de guardia. Al cabo de media hora el médico estaba en casa. Era un hombre alto y agradable que examinó la garganta de Helle y le extendió una receta de penicilina. A los niños les sube la fiebre con más facilidad que a los adultos, explicó. Pero para quedarnos tranquilos, le pondré ahora mismo una inyección. Cuando abrió el maletín y vi todas las jeringuillas y las ampollas, el ansia de petidina, que yo creía enterrada a enorme profundidad, se expandió por mi consciencia con una fuerza irresistible. Victor siempre se dormía antes que yo y no era fácil despertarlo. A la noche siguiente me levanté de la cama sin hacer ruido y descolgué con sigilo el teléfono del salón. Marqué el número del médico de guardia y me senté a esperar con las piernas encogidas. Había dejado abierta la puerta de la calle para que no tuviese que llamar. Me aterraba que Victor me descubriera, pero lo que me impulsaba era más fuerte que el miedo. Cuando llegó el médico, le dije que me estaba matando un dolor de oídos y él me examinó el que me habían operado. ¿Tolera usted la morfina?, me preguntó. No, respondí, me hace vomitar. Entonces le daré otra cosa, dijo mientras llenaba la jeringuilla. Le rogué al cielo que fuese petidina. Lo era, y volví a la cama, donde me acosté al lado de Victor, que estaba dormido, mientras la dulzura y el gozo de antaño iban invadiendo todo mi cuerpo. Feliz y corta de miras, pensé que podría repetirlo siempre que quisiera. El riesgo de ser descubierta era mínimo.

Sin embargo, unas noches más tarde, cuando el médico llenaba la jeringa, Victor se presentó de improviso en el salón. ¿Qué coño está pasando aquí?, le gritó hecho un basilisco al sobresaltado médico. No le ocurre nada, salga de aquí ahora mismo y no vuelva a poner un pie en esta casa. Ya solos, Victor me agarró por los hombros con tanta fuerza que me hizo daño. Maldita condenada, dijo enfurecido, vuelve a hacerlo una vez más y te abandono al instante.

Pero no me abandonó, ni entonces ni nunca. Se enfrentó a su temible rival con una pasión que jamás se extinguía y con una furia que me llenaba de espanto. Cada vez que estaba a punto de darse por vencido, llamaba al doctor Borberg, cuyas palabras le daban energías renovadas. Tuve que renunciar a los médicos de guardia porque Victor ya apenas se atrevía a dormir. Pero cuando iba al trabajo, yo aprovechaba para ir a ver a otros médicos y no me costaba mucho conseguir que me pincharan. Para curarme en salud, yo misma se lo contaba a Victor por las noches. Él telefoneaba a un sinfín de médicos y los amenazaba con denunciarlos a Sanidad para que yo no pudiera volver a acudir a ellos. Aun así, mi hambre insaciable de petidina siempre me hacía encontrar otros nuevos. No comía nada, volví a adelgazar, y Jabbe estaba muy preocupada por mi salud. El doctor Borberg le dijo a Victor que, de continuar así, habría que volver a ingresarme, pero le supliqué que me permitiera quedarme en casa. Le prometí que me enmendaría y volví a romper mis promesas una y otra vez. Al final, Borberg le dijo a Victor que la única solución viable era que nos marchásemos de Copenhague. Por aquel entonces no andábamos bien de dinero, pero obtuvimos un préstamo de la editorial Hasselbach y así compramos una casita en Birkerød. Había cinco médicos en el pueblo y Victor se encargó de visitarlos a todos para prohibirles cualquier contacto conmigo. De ese modo por fin me fue imposible hacerme con drogas y poco a poco aprendí a resignarme a la existencia tal como era. Nos queríamos, y tenernos el uno al otro y a los niños nos bastaba. Empecé a escribir de nuevo, y cuando la realidad se volvía como una piedra en el zapato, compraba una botella de vino y la compartía con Victor. Había logrado salvarme de mis años de adicción, pero aún hoy despierta débil en mí el ansia de antaño con solo hacerme un análisis o pasar por delante del escaparate de una farmacia. Nunca morirá del todo mientras yo viva.